症例A

多島斗志之

角川文庫 12804

「だけど、ほかの声が話しかけてくることはあります」

「誰の声が話しかけてくるの？」

「ペンギンの声」

「ペンギン？」

「そうよ、子供のペンギン」

「それが話しかけてくるのかい？」

「わたしが呼ぶときもある」

「どういうときに」

「目かな」

「え」

「相手の目よ」

「相手の目？」

「相手の目の感じよ。目でわかるでしょう、相手が何かする気でいるのがさ。そのときにね、わたしもペンギンを呼ぶのよ。でないと怖いもの」

1

亜左美《あさみ》。高校生。十七歳。

彼女は仮名で入院している。亜左美の本名と身元を知るのは、院長と事務長だけであり、担当医師の榊《さかき》にもそれは知らされていない。

仮名入院の例は、精神科ではときおりあることだ。世間体《せけんてい》を気にする身内が名前を隠したがるのだ。それはそれでかまわない、と榊は思っている。隠したければ隠せばいい。

いずれにせよ、榊が彼女の症例を外部に公表する場合には、その仮名をさらに記号化して〈A子〉と書くはずであり、名前など医者にはどうでもいいことだ。

その亜左美を初めて診《み》たのは五月の上旬だった。

南棟二階の面接室で榊が待っていると、彼女は看護婦につれられて現われた。白いサマーセーターにブルージーンズという格好だ。午後二時の指定時間きっかりだった。が、すぐには室内へ入らず、戸口に軽くもたれるようにして腕を組み、初対面の榊を観察した。

きれいな顔立ちの少女だが、榊に対して初めから敵意を抱いている様子が感じられた。しかし興奮や譫妄《せんもう》の気配《けはい》はない。肩にかかる髪がつやつやと清潔にひかっていて、身だしなみにだらしのない乱れが見えぬことでも、それはわかった。息づかいも静かだ。目の焦点にも揺らぎはない。

榊は椅子《いす》にすわったまま微笑をこしらえて、

「入りなさい」

と、うながした。

榊は精神科医として十年のキャリアがあるが、この病院での勤務はまだ三日目である。担当することになった入院患者は二十人あまりだ。その誰とも、これまでに面識はなかった。かれらの病状に関する知識は白紙だった。だからこの三日間、患者たちを一人ずつ面接室に呼び、前任者の診療記録を参考にしながら一時間ほど話をして、それぞれに対する自分なりの診断をくだそうとしているところだった。

亜左美は戸口からうごかずに、鼻の下を人差し指でこすった。

「わたし、外がいいです」

ふくれっ面《つら》でそう言った。

「外?」

「はい。外で面接を受けたいんです」

「庭で、ということ?」

「沢村先生はよく外でしてくれました」

前任の担当医師だ。

「……そう」榊は、そばに立つ中年の看護婦の顔をちらりと見あげたあと、「オーケー、庭へ出よう。いい天気だしね。気持ちがよさそうだ」亜左美の求めをうけいれて立ちあがった。

すると看護婦が榊の白衣の袖《そで》をひいて何かささやこうとする。榊はそれを聞く前に、亜左美につげた。

「すぐに行くから、先に行って待ってなさい」

亜左美はうなずいて戸口を離れた。離れるさいに、腕時計に目をやった。

看護婦が口にしたのは榊への忠告だった。

「あの子、沢村先生がすっかり甘やかしちゃったもんだから、図に乗ってるんです。先生は先生のやりかたを、きっちりお見せになったほうがいいと思いますけど」

榊は机からボールペンを拾いあげ、白衣の胸ポケットに入れながら答えた。

「ええ、もちろんそうしますが、なるべく患者の希望に応じるのが、わたしのやりかたなんです、治療のさまたげにならない限りは」

看護婦は、なにか不服げな顔でそれを聞いた。

「そうですか、わかりました」

「甘やかすというんじゃないが——」と、榊は言葉をおぎなった。「そのほうが患者の精神状態を把握しやすいですから」

「ええ、わかりました。よけいな口出しをして申し訳ありません」

彼女としては、新入りの医師への親身な助言をしたつもりだったのだろう。それを撥《は》ねかえされて、態度がやや硬化した。

「しかし、そういうアドバイスは歓迎です。気がついたことがあったら、どんどん言ってください」

榊は本心からそう付けくわえたが、

「はい」

という看護婦の返事は硬いままだった。

廊下へ出て階段をおりる榊のあとから、看護婦は十歩以上も離れてついてきた。


前任の沢村医師は、亜左美を精神分裂病（＊）であろうと診断している。（＊五七四頁の付言を参照。）

亜左美本人との面接の前に、すでに榊は、フロッピーディスクにおさめられたこれまでの診療記録をパソコン画面に呼び出して、ひととおり目を通していた。

精神病、とくに分裂病の診断は、医師によってずいぶん異なることがある。だから、ほかの医師の所見をそのまま鵜呑《うの》みにはしないのが榊のやりかただが、しかし発病以来の症状の経過をくわしく知るには、前任の担当医から引きついだ診療記録を読むしかない。

その記録によると、亜左美の発病は昨年の夏、高校二年のときだ。四週間の入院でいったん退院している。半年後のことし二月、症状がふたたび悪化して再入院。通っていた高校は休学中ということだ。

亜左美は二人姉妹の第二子。両親、姉との四人暮らし。父親は会社経営者。母親は華道師範。姉は三歳上の大学生。——家族歴の項にはそう書かれている。

病前性格は、「やや内気だが、すなおで礼儀正しい子」

既往歴は、「特記すべきものなし」

昨年夏の初診時の様子を、沢村医師はつぎのように記録している。

——母親の言によれば、患者は夏休みに入ったころから沈みがちになり、食事もせずに呆然と立ちつくしていることが多くなった。とつぜん念入りにおしゃれをしたりする一方で、自室に閉じこもって出てこなくなるなどの内閉性と、両親にたいする反抗性が目立つようになった。ついには深夜に家を出たまま、ゆくえが判らなくなったが、翌日の夕方、公園の片隅で雨に打たれてうずくまっているところを警察官に保護された。しかし帰宅後も支離滅裂なことを口走っていたため、父親が当病院院長に連絡し、診断を求めた。

〔面接〕

患者は亜昏迷状態。おびえた様子と攻撃的な態度とが入り交じって錯乱ぎみ。質問にたいする返答なし。首をはげしく横にふったり、口に指をあててシーッと黙らせようとするなど、疎通性欠如。

投薬をこころみたが、患者の拒薬により不可能のため、注射にきりかえる。

処方／LP25ミリグラム。ジアゼパム10ミリグラム。

LP、すなわちレボメプロマジンは抗精神病薬で、鎮静効果にすぐれている。ジアゼパムは抗不安薬だ。

薬の選び方や使用量は医師によってまちまちだが、強力なハロペリドールをいきなり使わずに、まずレボメプロマジンを選び、しかも25ミリグラムという少量におさえたのは、副作用を警戒してのことだろう。副作用のあらわれ方は個人差が大きい。抗精神病薬を初めて投与される亜左美にどの程度の副作用が出てくるのか、その予測はつかない。急がずに様子をみながら種類や量を調節してゆこうという沢村医師の方針がその処方から読みとれ、そういう慎重さは榊自身のやり方によく似ていた。

亜左美は入院後も二週間ほどは、緘黙《かんもく》、拒食、不眠がつづいたが、その後しだいに落ちついて、医師との会話が持てるようになっている。

入院三週間後の面接記録には、こう書かれている。

——表情から緊張感がとれ、比較的おだやかな目になった。いらいらした動作が消え、質問にも答える。言葉づかいはおおむね丁寧だが、ときにぶっきらぼうな物言いがまじる。本人による症状説明／夏休みの前から、理由のわからない不安に苦しめられるようになった。やたらに胸がドキドキして、頭痛がし、身動きできなくなることも。「目に見えるものや聴こえるものが、なんだか変だったんです」と語る。どのように変だったのかと尋ねると、「怪しい感じ。信用できない」と答える。いまはどうか、と尋ねると、「いまはだいじょうぶです。でも、ちょっと怪しい」という。「一日中ずっと眠い感じがするんですけど、これって薬のせいですか。それとも最近あんまり寝ていなかったせいですか」ときかれ、薬の影響であることを教える。入院前の日常生活（学校・家庭・友人）について質問したが、「何もかもふつうだから、特に話すことはありません」という。ふつうの生活でいいから話すようにとうながすと、「めんどうなので、またにして」とけだるげにいう。

すなおさには欠けるが、会話に疎通性が回復。「怪しい感じ」という表現を除けば、ほぼ理解可能。滅裂思考はみられない。

診療記録には、MRI（磁気共鳴断層撮影）、脳波、血液の検査結果も出ており、いずれにも異常はない。つまり、亜左美の脳に損傷や器質欠陥はなく、ウイルスやバクテリアにも感染しておらず、糖の欠乏もなく、覚醒剤《かくせいざい》中毒でもなく、鉛やその他の毒物汚染とも無関係、ということだった。

となると、医師なら誰しもが精神分裂病をうたがう。

沢村医師もそう診断している。

投薬が一応の効果をあげたと見た沢村医師は、四週間で亜左美に退院の許可を出している。退院後も服薬をつづけるという条件でだが。——病院に長くとどめておくのは患者にとっていいことではない、というこの病院の基本方針が、前任医師の記録にもあらわれていると榊は感じた。

亜左美の二回目の入院は、ことしの二月半ばである。二年生三学期の期末試験を、だから彼女は受けていない。——この入院は、いま現在もつづいている。ということは、すでに三カ月になるわけだ。

二回目の入院の記録。

それによれば、亜左美が初診時と似た昏迷《こんめい》症状をみせるようになったので、ふたたび父親が院長に連絡をよこして入院治療を求めた、となっている。

担当医は、初診時とおなじ沢村医師である。

緘黙状態からぬけだして医師と会話が持てるようになるまでに、今回は入院後ひと月あまりかかっている。沢村医師は根気よく面接をつづけ、丹念に記録をつけている。半熟卵の殻《から》を剝《む》くような細心の手つきと目くばりを、同業者の榊はその記録の行間から読みとることができる。

榊は記録の中から、亜左美のうったえる症状を拾いあげてみた。
・原因のよくわからない不安。——これは初診時にもうったえている。
・壁の木目模様が人間の顔にみえ、その顔がわたしをじっと見つめる。——パレイドリアと呼ばれる症状だ。
・自分の存在感がどんどん薄くなっていく気がする。なんだか他人のからだの中にいるみたい。ほんとうの自分というものが現われてこない。人と話していてもそう。外側のわたしは内側のわたしと違うような感じ。生活が嘘《うそ》っぽい。現実だという気がしない。何か作りもののドラマの中にいるのかと思うくらい。台詞《せりふ》をやりとりしているみたい。
……離人症《りじんしよう》だな。

と、榊は胸でつぶやく。

亜左美がうったえる感覚は、だれでも経験することがある。榊自身にも憶《おぼ》えがある。目に映るものが何もかも遠く感じられる。ガラスをへだてて眺めているような非現実感。自分が自分でないような、空虚な手ごたえのなさ。——だが、あまりにいつまでも続くのは、やはり病気と言っていい。

分裂病。あるいは鬱病《うつびょう》。

しかし、確定はできない。離人神経症という場合もある。神経症とは、つまりノイローゼのことだ。これは分裂病ほど深刻な病気ではない。分裂病は、悪化が進むと、砂の城がくずれるように、しだいに人格が崩壊してゆくケースがあるが、神経症にはそれはない。まぎらわしい症状を目にするとき、榊は神経症であってくれるようにと、つい願ってしまう。分裂病も離人神経症も、どちらも思春期に発病する例が多いのだが、そのことが両者の見わけをむずかしくしているのだ。

沢村医師は亜左美をこう観察している。

——気分がとても変わりやすい。ちょっとしたことで機嫌をそこねたり、楽しそうに笑ったり、万華鏡をみるようだ。病棟の廊下や屋外で出合うと、手を振って近寄ってくる。すなわち接触性は良好のようにも思えるが、継続的ではない。当医の飼い猫を思い出させる。

榊は、ここで苦笑した。「万華鏡《まんげきょう》」「猫」。こういう表現を、医師はふつう、あまり用いない。文学趣味ふうの表現は避けるようにと、榊は研修医時代に指導医から注意をうけたことがある。それでも、ときにポロリと使ってしまう癖《くせ》がいまだにぬけず、この沢村医師の記録の中に同様の傾向をみつけて苦笑したのだ。

——患者は、面接中も、当医の言葉や表情のかすかな変化にたいして、羽毛が風を感じとるように敏感に反応する。当医が、ふと患者から関心をそらせる瞬間があったり、看護婦に笑顔をむけたりするとき、とつぜん言う。「先生はわたしを疑ってる」。そのあと、不機嫌に黙りこんで、眉をひそめている。ただし、このひそめ眉は、服薬の影響も考えられる。

看護者の報告によると、患者はルール違反に無頓着。廊下を走ってはならないという規定などを、いっこうに守ろうとしない。そのくせ、当医との面接時間は厳守する。開始、終了、ともに1分の遅れもいやがったりする。その点においては、ルールの過剰遵守。

夜間の雨音をみょうに怖がるが、しかしその一方で、先日、自殺患者の死体を梅林公園で発見したときは、まったく怖がらなかった、という。

やや聴覚過敏。小さな刺激にも驚愕反応を示すことがある。

しばしば幻聴もうったえる。


聴覚過敏や幻聴《げんちょう》は、分裂病によく見られる症状だ。

分裂病であろう、という沢村医師の診断に同意する方向へ、榊も傾きつつあった。神経症であればいいのだがという期待が、記録を読むうちに、しだいに削《けず》りとられてゆく。

昨年の夏の四週間の入院のあと、学校での二学期の成績は以前通りに優秀だった。そのことが亜左美の母親からの報告として記されているが、しかし、これもとくに良い材料とはいえない。分裂病では知能そのものが損《そこ》なわれることはあまりない。だから、いい成績をとったからといって、分裂病の疑いが消えるわけではなかった。

いずれにせよ、早まった断定は避けようと榊は思っている。

榊の研修医時代には、精神分裂病は、発症の仕組みがまだよくつかめていなかった。そのため、「自我の解体」が引きおこす精神疾患であるとか、「幼児期の自我の発達不全」に原因があるとかいった、精神分析的な解釈が一部に生き残っており、いまから思えばかなり見当外れのむなしい議論もおこなわれていた。

それほどに分裂病は謎《なぞ》の多い病気だった。

人口の〇・八パーセント、という数字も当時の榊をおどろかせた。百人に一人弱という数の多さにのみ驚いたのではない。世界のどの地域でも、どの時代でも、その発症率がほとんど変わらないということを教えられて、不思議なおどろきを覚えたのだ。精神の病《やまい》でありながら、文化や社会習慣の違いに左右されることのない、一定不変の発症率。ここにも何か重大な秘密があるのではないかという気がした。自分もふくめて、すべての人間の脳が太古から隠し持ってきた暗黒の裂け目を覗《のぞ》きこむような、底暗い不気味さと怖れとを、インターンの榊は感じたものだ。

けれども、この十余年のあいだに、謎のいくつかはどうにか解明された。

神経伝達物質ドーパミンやグルコースの代謝《たいしゃ》異常がからんでいることは間違いなさそうだ。ドーパミンが過剰にあふれ出て中脳辺縁系《へんえんけい》や中脳皮質系で洪水を起こすと、幻覚や妄想《もうそう》がうまれる。

だがしかし、それ一つで分裂病のすべてが説明できるわけでもない。脳の側頭葉《そくとうよう》や視床《ししょう》の萎《い》縮《しゅく》が見つかる例もあるが、そうでない分裂病患者もいる。遺伝子の異常も発見されてはいるが、それも百パーセントではない。病因についての仮説は、さらに他《ほか》にも出てきている。

要するに、まだ完全には解明しきれていない。全体像がつかめていない。そんな病気を的確に診断するのは容易ではないという思いがあるだけに、榊の姿勢はどうしても慎重になる。

亜左美に関する沢村医師の記録には、ほかにもこんなことが書かれていた。

——ambivalence 顕著。当医にたいしても、信頼・好意と、不信・悪意とが同居している。

アンビヴァレンス。相反する考えや感情を、同時に抱くことだ。

これも、多少のことならば誰にもある。多少か、顕著《けんちょ》か。沢村医師は亜左美のアンビヴァレンスを「顕著」とみた。

——当医のことを「若くて素敵なお兄さん」と表現することがあるかと思うと「疲れきった中年のおじさん」と表現することもある。これも ambivalence とみるべきか。しかもこの表現が、わずか一時間のうちに入れ替わることもある。

——患者は当医にたいして、しばしば難解な質問をぶつける。回答不能の質問。「人間の存在というのは善ですか、悪ですか」ときく。あるいは「世界は永遠ですか、それとも滅亡へむかってるんですか」

当医はなるべく安心感をあたえる返答をするが、患者は言葉よりも、当医の表情や態度を見つめている模様。当医がおざなりな返答をあたえた後は、機嫌をそこねて、悪意をみせる。たとえば当医の弱点を侮辱する言葉を吐く。しかし、後日かならずそれを詫びにくる。難解な質問の目的は、かならずしもその答えにあるのではないようだ。当医がゆったりと語りかける、その雰囲気の中で安心感につつまれたいと期待しているように思えてならない。それが満たされないとき、腹立ちまぎれに当医を侮辱する。当医を傷つけ、不快にし、それでも患者を突き放すことがないかどうか、どうやらそのことを確かめているような気がしてならない。当医が怒っていないかどうか、後日かならず様子を見にくるのが、その証拠である。

読みながら榊は、沢村医師の、総じて誠実な診療姿勢が目にうかび、好感をおぼえた。患者とていねいに付き合っている。手さぐり状態をそのまま記録している。

——患者は、姉にたいして被害妄想を抱いているように見うけられる。自分の行動や思考が、姉のテレパシーに操られることがある、という。「わたしの考えが抜き取られちゃって、かわりに、わたしの考えじゃない考えが割り込んでくるんです」などと訴える。すなわち思考奪取。および思考吹入。この妄想は継続的ではなく、間欠的にあらわれる模様。

これは〈作為体験〉もしくは〈させられ体験〉と呼ばれる被害妄想だ。分裂病の症状として、よくあらわれる。が、しかしこれも、分裂病だけにあらわれる症状ではない。

このあと沢村医師は患者の姉との面談を希望しているが、院長を介してのその要望が、父親の拒否によって叶《かな》えられなかったことを、やや無念そうに書き添えていた。


……南棟の玄関を出ようとする榊の背後で、例の看護婦がナース・ステーションの窓口にこう告げるのが聞こえた。

「面接、外の庭でなさるそうです。なにか連絡があったら、携帯電話で呼び出してちょうだい。よろしく」

玄関の五段の階段をおりると煉瓦畳《れんがだたみ》の道が芝生の中を通っており、その先が洋風庭園である。さほど大きな庭ではないが、植え込みやベンチが幾何学的に配置されている。

「おや、いないな」

榊は亜左美の姿をもとめて見まわした。きらめくような日射《ひざ》しが周囲一帯にふりそそいでいる。背後の病棟の白い壁がまばゆい。

「梅林公園だと思います」看護婦がいった。「あの子、あそこのあずま屋がお気に入りみたいですから」

日焼けをきらって診療簿をかざしている。外光のまぶしさに歪《ゆが》めた顔が、しかめっ面にみえた。

「梅林公園……」

榊は一瞬ひるんだ気持ちになった。沢村医師の記録の断片を思い出したからだ。

――（亜左美は）夜間の雨音をみょうに怖がるが、しかしその一方で、先日、自殺患者の死体を梅林公園で発見したときは、まったく怖がらなかった、という。

「患者の自殺があった場所ですね」

榊がいうと、看護婦は小さくうなずいた。

「よくご存じですね」

「あの子がその死体を発見したとか」

「ええ、看護婦と散歩してるときに見つけたんです」

「死体を見ても怖がらなかったそうですね」

「らしいです。看護婦のほうは、まだ新米《しんまい》の若い子だったもんだから、悲鳴をあげて大騒ぎでしたけど」

「そのあとも平気で梅林公園へ行くんですね？」

「ええ、平気みたいです」

行動範囲がせまく、特定の場所にこだわる固着現象も、分裂病患者によく見られることだ。悲観的な材料がまたひとつ増えた。

「どっちの方角ですか、梅林公園は」

「あっちです。坂をひとつ下ります」

診療簿を顔にかざしたまま、看護婦は先にたって案内した。

海につきでた岬の一角にあるこの病院は、かなり広い敷地を保有しており、テニスコートやソフトボール用グラウンドのほかに、庭園や梅林や雑木林もある。

洋風庭園を端《はし》まで歩き、斜面の小道をくだると、葉をしげらせた梅林が細長くつづいていた。あずま屋は奥のほうにあった。傘をひろげたキノコのように、一本の柱で屋根をささえている。屋根は萱葺《かやぶ》きふうで、その下に、背凭《せもた》れのない木製のベンチが二つ並行に置かれている。

亜左美はそこにすわって待っていた。

ジーンズの脚を組み、片膝《かたひざ》を抱えて海のほうを見ている。

看護婦はあずま屋の下の日陰に入って、通りぬける涼風にほっとした表情をみせた。榊はすぐには屋根の下に入らず、白衣の前を左右にひろげてズボンのポケットに両手をつっこみ、海に顔をむけたまま亜左美に語りかけた。

「なるほど、いい場所だね。こんど、ここへ昼寝しにこよ」

患者へのおもねり。機嫌とり。

効《き》く場合もあるが、効かない相手もいる。亜左美には効かなかった。

「時間過ぎてるから、早く始めてください」

不機嫌にいう。

榊は屋根の下へ入り、亜左美とおなじベンチに腰をおろした。亜左美はこころもち尻を遠ざけた。白いサマーセーターの両袖をたくしあげ、ずりさがってくるわけでもないのにまたたくしあげる。それを何度も繰り返した。

緊張しているようだ。

しかし表情の異常は、とくに見られない。沢村医師が記録していた〈ひそめ眉〉もない。無《ぶ》愛想《あいそう》ではあるが、パーキンソン症状の、仮面のような顔つきとはあきらかに違う。パーキンソン症状は抗精神病薬の副作用としてあらわれることがあり、仮面様顔貌《がんぼう》のほかに手指のふるえなども出てくるが、亜左美にはそれも見られない。ひたいにシワをよせたり、口をとがらせたり、ということもない。逆にニヤニヤ笑いをうかべるということもない。

……亜左美の表情をさりげなく観察していた榊だが、やがて、彼女の容貌に見とれている自分に気づいた。とにかくきれいな子だ。分裂病患者の場合、顔の筋肉の緊張や弛緩《しかん》あるいは歪みにわざわいされて、せっかくの美貌も美貌として感じられないことがあるが、亜左美にはそんな痛ましさは見られない。唇から顎《あご》にかけての、何か甘いものを含んだようなやわらかな丸みは、男の目を惹《ひ》きつける引力を持っている。

沢村医師のあの熱心さ、ていねいさは、この美貌のせいだろうか、という邪推までがふと頭をかすめた。

「先生」

看護婦が背中から声をかけ、榊の肩ごしに診療簿をさしだした。

「ああ、ありがとう」

受けとって、胸ポケットのボールペンを抜きとり、容貌ではなく表情に注意を集中しながら、亜左美への問診を開始した。

「どう、最近、夜はよく眠れる?」

すこし間《ま》をおいて、

「はい」と亜左美が答える。

「そう。朝はどうかな。さっと起きられる？」

分裂病患者は夜ふかし朝寝の傾向がある。

「はい」

口調はあいかわらず無愛想だ。適当に返事をしているように見える。

「からだの調子は？　どこか具合の悪いところはない？　たとえば、目がかすむとか、眩《まぶ》しくて目があけにくかったりとか」

抗精神病薬の副作用の有無、あるいはその徴候《ちょうこう》を、榊は一つひとつ入念にチェックしようとしていた。

「べつに」

たしかに、瞬《まばた》きを異常にくりかえすこともなく、まぶたの痙攣《けいれん》もないようだ。

「首や肩が痛むようなことはないかい？」

それは遅発性ジストニアと呼ばれる副作用の前駆症状である。遅発性ジストニアがあらわれると、筋肉が引き攣《つ》りを起こして首が斜めになったり、胴体が横に湾曲したり、捻《ねじ》れたりする。

「ないです」

「調子はいいわけだね？」

「はい」

よそ見をしながら答える。組んだ脚のつまさきを揺らしている。

しかし、いらいらと落ちつかぬ様子というのではない。じっと坐《すわ》っていることに耐えられないという感じではない。つまり静坐不能《アカシジア》もあらわれてはいない。

前任の沢村医師が慎重な投薬を心がけていたお蔭か、抗精神病薬の副作用は、いまのところ深刻なものは何も発現していないようだ。

「最近、何か愉《たの》しいことあった?」

「たのしいこと?」

「どんなことでもいいんだ」

「とくにありません」真剣に答えようとはしていない。

「じゃあ、何か厭《いや》なことは? 腹が立ったことでもいいけど」

「いろいろあります」

「そう。たとえば?」

「いちいち憶えてません」

榊に対してすこしも協力的ではないが、言葉の疎通《そつう》性は保たれている。

「あそこに雲が浮かんでるね、そこの梅の木の真上」

榊は指さしてみせた。あずま屋の庇《ひさし》によって切られた青空。白い雲がゆっくりと動いている。

亜左美は榊の指をたどって見あげた。

「あの雲のかたち、何に見えるか言ってごらん」

「テスト?」

と亜左美は不快げに榊を見返る。

「うむ、あの雲をみて思いつくものを言ってごらん。何でもかまわない」

亜左美はしばらく雲を見つめて、

「子熊、かな。豚にも見えるけど」

とつぶやいた。

「ほかには何に見える?」

「まだ言うんですか?　じゃあ、ええっと、かじりかけのパン」

じっと雲を見つめて答える。注意集中力もそこなわれてはいない。

かりに亜左美が分裂病だとした場合、いまは寛解期《かんかい》にあるのか、それとも慢性期に入りつつあるのか、榊はそれを探ろうとしていた。

興奮や昏迷や錯乱《さくらん》。そういった急性期の陽性症状は、慢性期になると陰性症状として沈潜してゆく。意欲・自発性の低下。感情の平板化。思考にまとまりが欠け、注意集中力がうしなわれる。

だが、亜左美を問診したところ、分裂病慢性期の症状はほとんど見られない。

ただし、沢村医師の記録にあった病前性格――おそらく親の言葉だろう――「すなおで礼儀正しい子」という表現に誤りがないとすれば、性格にかなりの変化がおとずれている、と思われる。

もしも神経症ならば、発病の前と後で性格が変わるということはない。したがって、分裂病の可能性はやはり消しされない。

「……あとは、走ってる人間にも見えます。だって、だんだん形が変わってくるもの」

「オーケー、もういいよ」

「いまのテストで何が判ったんですか?」

またセーターの袖をたくしあげる動作をくりかえし始めた。依然《いぜん》として打ちとけることのない警戒的な目で榊をみる。

「感受性が豊かだということが判った」

微笑しながら榊が言うと、亜左美は冷淡に言い返した。

「嘘ばっかり」

榊の笑みはむなしく空《から》回りした。

亜左美には相手の言葉の真偽を一瞬にして嗅《か》ぎわける力があるようだ。

——患者は、面接中も、当医の言葉や表情のかすかな変化にたいして、羽毛が風を感じとるように敏感に反応する。

沢村医師の記録を思い出し、なるほど、と実感した。

榊は、つぎに問いかけるべきことを考えようとしたが、その空白をついて、亜左美のほうから質問してきた。

「先生、おいくつですか」

「ぼくか？　ぼくは三十四だ」

「結婚してるんですか？」

「していたが、別れた」

「なぜ」

「いろいろ事情があってね」

「どういう事情？」

榊の私生活に関心をしめしている。垣根をこちらへ跨《また》いでくる気になったのかもしれない。看護婦がうしろで苦笑している気配《けはい》が感じられた。

「ま、ぼくの話はまたこんどゆっくり聞いてもらうとして……」

はぐらかそうとすると、

「沢村先生も三十四だったけど――」亜左美はなにか意地のわるい目つきをして榊にいった。

「先生よりずっといい男だったよ」

榊は鷹揚《おうよう》にわらってみせた。

「……そうか。それは残念だったな」

亜左美はしかし、しつこく言い重ねる。

「背だってもっと高かった。髪もさらさらしてカッコよかった。そんなダサいズボンなんてはかなかったし、そんないやらしい笑い方しなかったし、いやらしい目つきもしなかったし……」

アハハハ、と看護婦が思わず嬉《うれ》しそうに笑ったが、ふりむいた榊と目が合い、あわてて口を手でおさえていた。

苦笑する榊を亜左美が横目でみた。

「わたし、沢村先生がなつかしい。沢村先生のほうがよかった」

「無理いうなよ」

榊はネクタイを少しゆるめ、首すじににじんだ汗を人差し指でぬぐった。

——当医がおざなりな返答をあたえた後は、機嫌をそこねて、悪意をみせる。たとえば当医の弱点を侮辱する言葉を吐く。しかし、後日かならずそれを詫びにくる。

沢村医師の記録。それを榊はまた脳裏《のうり》に呼び起こす。

——当医を傷つけ、不快にし、それでも患者を突き放すことがないかどうか、どうやらそのことを確かめているような気がしてならない。当医が怒っていないかどうか、後日かならず様子を見にくるのが、その証拠である。

亜左美は後日榊の機嫌をたしかめにきて、きょうのことを詫《わ》びるのだろうか。それとも、偽《いつわ》りのない本音を口にしたのだろうか。その見きわめがつかなかった。

榊は診療簿をわきに置き、ベンチから立ちあがって日射しの中へ出た。両手をあげて大きく伸びをした。不意に何かの影が足もとを滑りぬけ、見あげると鳶《とんび》が頭上で滑空していた。斜面を吹きあがってくる海からの風に乗っているのだ。

亜左美が横へきた。

そしらぬ顔で海を見ていると、榊の胸ではためくネクタイを片手でつかもうとした。

「あ、つかめない」

といって笑った。風にあおられてつかみそこねたのだが、そんなことの何がそれほどおかしいのか、二度三度とつかみそこねては、肩をヒクヒクさせて大笑いする。暴れる小動物をつかまえるような手つきでやっとネクタイをとらえ、それをにぎったまま、自分の笑いがおさまるのを待った。

榊はただ棒のように突っ立って、なすがままにさせていた。

感情が急変する傾向は、沢村医師も記録している。

発作《ほっさ》的な笑いがおさまったあとも、亜左美は笑顔のままで、榊のネクタイをもてあそんだ。

「先生、ネクタイなんかやめたら？」

「ネクタイが嫌いなのかい？」

「先生は、もっとラフな格好のほうが似合うよ、きっと」

早くも懐柔《かいじゅう》作戦か。この少女は医師を手玉にとり、調教しようとしているのだろうか。それとも、これは衒奇症《げんきしょう》のあらわれなのか。この、無遠慮な、わざとらしい、芝居っけたっぷりの振る舞い。厚かましいお転婆《てんば》娘のようなしぐさ。文字どおり、奇を衒《てら》うような行為。

――榊は小さく吐息をついた。やはり分裂病と見なさざるを得ないようだ。

いや、待て、と彼けしかし自分を引き戻す。

急ぐことはない。あわてて断定してはならない。

これは衒奇症のあらわれではなく、単なるお茶目といったところかもしれない。榊の気分を害したことを後悔して、こんなかたちで仲直りを求めているのかもしれない。この年代の少女にありがちな、感情の不安定な揺れうごきの一つなのかもしれない。

あわてずに観察をつづけるべきだろう。

榊はネクタイを首から引きぬき、くるくると丸めて白衣のポケットに押しこんだ。

「これでいいかな」

「うん」

と亜左美は上目づかいの微笑で榊を見つめつづける。

ふりむくと、あずま屋の屋根の下で看護婦がぽつんとベンチに腰をおろし、頰杖《ほおづえ》をついてふたりを眺《なが》めていた。

「ねえ、きみ。きみはお姉さんに考えが操《あやつ》られる、と感じることがあるそうだね。その感じは、いまでも残ってるの?」

榊は問診のつづきに戻った。

亜左美は海へからだを向け、両手をあわせて指を組み、ひたいの前へ持ち上げて日除《ひよ》けの庇《ひさし》をつくった。

「そんなこと言いましたっけ?」

「うむ、診療記録に書かれている。沢村先生の記録にね」

「そうだったかな。よく憶えてません。頭の調子の悪いときに、そんなこと言ったのかもしれません」

榊は、亜左美のその言葉をどう評価すべきか、つかのま考えた。——頭の調子の悪いとき、と彼女はいった。つまり〈病識〉が、いまの亜左美にはあるのだ。まわりがおかしい、ではなく、自分がどこかおかしいと気づくことができる状態にいるのだ。

そのことを過大に重視する医者がいる。〈病識〉の有無で、分裂病と神経症を見分けようとする医者がいる。けれども、榊はそういう区分けに自信が持てない。これまでの十年間の経験で、〈病識〉のある分裂病患者を何人も見てきた。というよりもむしろ、ほとんどの分裂病患者が、濃淡の差はあっても何らかのかたちで自分の〈異常〉を認識していると思えるふしがあった。その証拠に、かれらは自分の幻覚や妄想をごく客観的な口調でものしずかに語ってみせたりする。強烈な異常体験に呑《の》み込まれて我をうしなっているように見えるときでも、脳のどこか一部は正常に思考していて、自分の異常体験や異常行動をこまかく観察している気配がある。意識がごっそりと抜けおちる暗黒の昏迷もたしかに存在するが、それ以外のたいていの時間、患者はもう一つの日で自分を眺めている、と榊はおもう。

亜左美がいま口にした〈病識〉に、かれはあまり重きを置かぬことにして、問診をつづけた。

「じゃあ、お姉さんの考えが頭の中に割り込んでくるなんていう感じは、いまは全然ないわけだ」

「はい、だけど……」

「だけど？」

「だけど、ほかの声が話しかけてくることはあります」

両手でつくった庇《ひさし》。海を見ながらその庇で、ひたいをかるくトントンとたたいている。髪が風にふくらむ。

――しばしば幻聴もうったえる。

と沢村医師が書いていたのは、このことだろうか。

榊はくわしく訊《き》き出そうとした。

「誰の声が話しかけてくるの？」

「ペンギンの声」

「ペンギン？」

「そうよ、子供のペンギン」

「それが話しかけてくるのかい？」

「わたしが呼ぶときもある」

「どういうときに」

「目かな」

「え」

「相手の目よ」

「相手の目？」

「相手の目の感じよ。目でわかるでしょう、相手が何かする気でいるのがさ。そのときにね、わたしもペンギンを呼ぶのよ。でないと怖いもの」

「それは、相手が男の場合、ということ？」

「なぜ？」

「いや、男の目つきが怖いの？」

「なぜ男なの？」

「相手が女の人でも同じなのかい？」

「そうよ、あたりまえじゃない」

「ふむ、つまり――」

「先生」

「なに」

「その話、めんどう」

「しかし――」

「めんどうだから、いや」

「そうか、オーケー、いいよ。その話はまたにしよう」

亜左美が言おうとしたことの意味は、榊にはまだよく摑《つか》みきれなかった。了解不能。これはしかし、とりあえずは無理に分析せずに、このまま記録に書きとめておくしかない。

袖をたくしあげた亜左美の左手首に腕時計。黒いデジタル。彼女はそれをひんぱんに見る。

「あと五分」

と榊に告げた。

「だいじょうぶ。時間は守るよ」

「ほんと？」

安心したようにほほえむ。

面接時間を厳密に守りたがる、ということを沢村医師も書いていた。

——開始、終了、ともに1分の遅れもいやがったりする。

沢村医師はこれを、ルールの過剰遵守、と見ている。ルールを守らない、あるいは逆に過剰に遵守《じゅんしゅ》しようとする、どちらも分裂病の前期症状としてあらわれることがある。とくに思春期に発病する破瓜《はか》型の場合。

だがしかし、榊は少し違うような気がした。

亜左美のこれは、ルールの過剰遵守ではなく、時間にかんする強迫神経症とみたほうがいいのではないか。そんな気がした。げんに亜左美は、病棟の廊下を走らないようにという規定などはまったく守ろうとしない、と記録されている。

とにかく診断を急ぐことはやめよう。

結論を出すのは、もうすこし面接を重ねてからにしよう、と榊は思った。

「さて、じゃあ残りの五分間を利用して、病棟のほうへぶらぶら帰ろうか」

榊は目で看護婦にも合図し、ゆっくりと歩きはじめた。

亜左美は榊と並んで歩き、ときどき自分の肩を榊の腕にぶつけるようなことをした。衒奇症《げんきしょう》、お茶目、いったいどっちだ。少し離れてうしろから看護婦がついてくる。

「きみ、お母さんが面会に来ても、あんまり会いたがらないんだって？」

「はい」

それは看護記録のほうに書かれていた。

「どうして？」

「なんとなく」

歩きながら、風になびく自分の髪に両手をまわして首のうしろでつかむ。

「お姉さんは来ないのかい？」

亜左美は答えずに、

「先生、人間の死体ってさあ」

と、不意に声をひそめるようにして言った。

「え？」

「死体って、生きてるときとずいぶん感じが違うのね」

「死体？」

「ウンコの臭《にお》いなんかして、変なのよね」

うしろの看護婦には聞こえぬ囁《ささや》きだった。

榊はやや緊張した。

「……そういえば、きみ、自殺した患者さんを発見したんだったね」

しかも、その場所はこの梅林だということだった。榊は、この話題をさらりとやり過ごしてしまうべきか、それとも、話をつづけさせて亜左美の内部観察をすべきか、ふと迷った。だが、そんな迷いは一瞬後にどこかへ吹き飛んだ。

亜左美がこう言ったからだ。

「ちがうの。あの死体じゃなくて、沢村先生の死体のこと」

首を傾けて、いつ取り出したのか、黒いゴムバンドで髪をゆわえた。

榊は、立ち止まりかけた足を無理に前へ運びながら、訊いた。

「見たのか、きみ？」

前任の沢村医師が死亡したことは、榊も聞いていた。事故死だということを漠然と聞かされていたが、そのとき亜左美も一緒にいたのだろうか。

梅林が終わって坂道にかかる。

「腕もさあ、こーんなに捻《ね》じ曲がっててておかしいの」

「きみ、その場にいたの？」

細い坂道を前後になってのぼる。のぼりきっても亜左美は返事をしない。

洋風庭園の煉瓦畳を歩きながら、榊は小声でもういちど訊いた。

「その場にいたのかい、きみ？」

亜左美は立ち止まって、

「先生」

と榊をみた。そしてふっくらした唇に人差し指をあててシーッと言ったあと、自分の腕時計をしめした。もう時間です、という意味か。

榊を残して足を速め、さっさと病棟の中へ消えた。

†

このS精神科病院は、岬の南面の傾斜地をうまく利用して建てられている。

二階建ての本館から東西に両翼がのび、斜面を一段おりたところに別棟としての南棟がある。そして南棟の二階と本館の一階が空中の渡り廊下でむすばれている。いずれも白堊《はくあ》の壁面で、ずらりと並ぶ大きな窓には鉄格子もない。

病棟の西側に、これも白い二階建ての看護宿舎。そのまた西に焦茶色の屋根をのせた平屋の外来診療棟と事務所。そして門へと至る。

門を出ると、細い道路が岬の斜面のひだに沿って曲がりくねり、最寄りのS町の駅へとつづいている。

辺鄙《へんぴ》な立地である。だが都会育ちの榊には、その辺鄙さがむしろ新鮮でもあった。

「この土地には、本来ならリゾートホテルが建つはずだったんです。ところが不況で計画が頓《とん》挫《ざ》して、造成だけ終えた状態で打ち棄《す》てられてしまった。それをうちの理事長が安く買い取って、四年前にこの病院をこしらえたんです」

初めておとずれたとき、院長の久賀《くが》からそう聞かされた。

本館二階の院長室は、展望ラウンジのように窓が広い。そこから海が一望できた。

「しばらくは街が恋しいかもしれませんが、慣れてしまえば、ここもなかなかいいもんですよ」

「いや、あまりに景色がすばらしいので、びっくりしているところです」

感嘆してみせる榊に久賀院長は微笑でこたえ、

「きょうは天気がいいから、海がきれいでしょう」

ソファに坐《すわ》ったまま上体をひねって背後の窓をふりむいた。腰の太いがっしりとした体つきだが、その白衣の肩に白髪まじりの長髪がかかり、古武道の師範のような後ろ姿だった。

窓から見える海面は、晩春の午後の、明るすぎるほど明るい光をまばゆく反射している。

「これを眺めているだけで、軽い神経症程度なら治りそうですね」

榊がいうと、院長はゆっくりと向きなおり、黒いメタル・フレームの眼鏡を人差し指で押しあげた。

「そのかわり、天気が悪いときはね、なんともいえない陰気な眺めになります。どんよりとした雲が垂れこめて、その下の海は灰色の泥水みたいにうねる。鬱病なら、見ているだけで悪化しそうだ。海というのはね、どうしてもそういう二面性がある。ある種の患者とよく似ている」

ここの入院患者は二百人あまり。そのうちの一割を榊に担当してもらいたいというのが久賀院長からの要望だった。

「一割？」

と榊は問い返した。

「ええ、二十人ちょっとだが」

「それだけでいいんですか？」

いまの医療法では、精神科の場合、入院患者四十八人に対して医師一人を配置することになっている。二十余人に対して一人、というのは、その基準のはるか上をゆく良心的な態勢である。榊が前に勤めていた病院では、実質的には百人以上の患者を受け持たされていた。日本の精神科病院では、それがむしろ普通だ。

「限度でしょう、二十人くらいが。それより多いと、まともに患者を診《み》ることなんかできやしない。わたしはそう思っている」

久賀院長の言葉を、榊は、何かすがすがしい思いで聞いた。

前の病院は、利潤の追求を何よりも優先していた。患者を牧場の羊のように見なしている気配があった。何度も改善を申し入れたが無視されつづけた。その病院を辞めることになったときにも、だから、職場としての未練はまったくなかった。むしろ、悪徳医療に加担しているという負《お》い目から自由になれることで、ほっとする気持ちのほうが大きかったかもしれない。しかし、榊が去ったのちもその病院はそのまま存続しているわけであり、それを考えれば、医師としての気持ちが完全に晴れたとは言えない。中にいて改革をめざすのが本当だろうが、それができないような立場に榊は自分自身を追いやってしまった。

辞職後、三カ月ほどを無為《むい》に過ごし、沈み込んでいた気分がやや持ち直したとき、このS病院が常勤医を募集していることを知って、どんなところかと様子を見がてら面接をうけにきたのだった。

来てみて、かなりいい印象を持った。海辺ののどかな立地も気に入ったが、久賀院長という人物にも好感を抱いた。かれの考え方には、榊を共鳴させる部分が多かった。

たとえばECTのことだ。――ECT、すなわち電気ショック療法。患者の頭の左右に電極を当て、電流を数秒間流すという手荒い療法だ。これについて、久賀院長はこう語った。

「ECTはね、うちではなるべくやらないようにはしているんです。けれども、絶対にやらない、ということじゃない。時と場合によっては使うこともあります。たとえば患者が自殺しそうなとき。自殺する気でいるのがはっきりしているとき。これは当然使う。あとは、そうだな、錯乱がひどくて暴れてどうにもならないとき。しかし、いずれにしてもめったにやらない」

榊もうなずいた。

「わたしも、できるだけ使わないようにしてきました。使って気持ちのいいものじゃないですから」

「だが、ゼロじゃないでしょう？」

「……ええ、ゼロじゃないです」

電気ショック療法は、とくに精神病症状を伴う鬱病にたいして即効的な効果がある。希死念慮に取り憑《つ》かれた患者には、これしかない場合がある。抗鬱薬がじわじわと効いてくるのを何週間も待つ間に、ほんのわずかな隙《すき》をとらえて患者は自殺してしまう。

「ECTを完全にやめて、それを自慢にしている病院もあるらしいが、じゃあ何やってるかというと、けっきょくは薬だからね。びっくりするほど大量の薬を使っている。それと、縛《しば》りだよね」

「ええ、縛る病院がありますね。じつは、わたしがこのあいだまでいたところも、それが多くて……」

「あ、そう」

「方針の変更を何度も訴えたんですが、聞き入れてもらえなかった」

「わたしに言わせれば、拘禁《こうきん》はECTなんかよりももっと残酷だ。自分の身に置き換えてみれば判ることです。いい大人を、おむつをさせて何日間もベッドに縛りつけておくなんて最悪だ。わたしなら耐えられない。まして若い娘さんには地獄でしょう。屈辱と苦痛でずたずたになった記憶から、患者はそのあともなかなか脱け出せない。だから、うちではいっさい縛りはやらない。拘禁はまったくやらない。——そのかわり、と言っては何だが、どうしようもないときはやはりECTということになる。ECTにはいまだに賛否両論があるけれども、現にたいていはそれで症状がおさまるんだから、場合によっては使ってもいいと思う。同じ悪でも、薬の大量使用や縛りよりはずっといい。わたしはそう思っています」

悪、という言葉をはっきり使ったことが、院長の率直さを感じさせた。

「悪は悪なんでしょうね、やっぱり」

電気ショックの使用を決断するときの、何ともいえぬ後ろめたい気分を榊は思い出す。

「うむ、だからむろん乱用しちゃいけない。むかしはひどかったからね。なにかというとすぐ電パチだ。患者は電パチと呼んでますよ」

「ええ、知っています」

「むかしのような乱用は絶対につつしむべきだが、さっき言ったように、それに勝る方法がほかにないときには、ECTに頼らざるをえない」

「ええ」

ひかえめに同意のうなずきをしながらも、榊の中では、その問題はいまだに明快な決着がついているとは言いがたかった。

アメリカでのデータによると、電気ショックが脳を傷害する例はほとんどない。一時的な健忘はよく起こるが、脳を傷《いた》めることはめったにない。めったにないのだが、しかし、残念ながら皆無《かいむ》でもないのだ。脳に出血変化が起こった例も、そのデータには示されている。——そのことが、榊をためらわせる理由だ。

「とにかく――」

と院長は、榊と同様のジレンマがあることを表情に漂わせながら、くりかえした。「乱用さえしなければ、うちでもECTを認めています。ついこのあいだも、自殺をもくろんだ患者に使いました。三回だけね。1《ワン》クール三回以下と決めている。しかも一日おきに。……むかしみたいに十回も十五回もつづけるなんて論外だ」

「ええ、使うとしても、せいぜい五回まででしょうね」

「五回でも多いとわたしは思っている。三回やっても効果が出なけりゃECTは諦《あきら》めるように医師たちに言ってあります」

「効果があらわれるまでは、やはり保護室ですね？」

「そう、自殺しそうな患者はとりあえず保護室。ECTを使うかどうかはその場での判断だけれども、いずれにせよ保護室へ入れて看視する。だいじょうぶだと見ればすぐに出す。長居はさせない。病院は強制収容所じゃないんだから、いつまでも保護室へ閉じ込めるようなことはしません。入院期間についても、むやみに引き延ばすことはしない。それが、うちの基本方針です」

きっぱりと言う久賀院長だった。眼鏡レンズの奥の目は細くおだやかで、誠実をこころがける人間の硬さと、野暮《やぼ》をいわぬ大人のやわらかさとが、ほどよく混ぜあわされている。

榊は気持ちを固めた。

「わたしの考え方もおなじです。ぜひここで働かせていただきたいと思います」

「そうですか。では決定としましょう。どうやら仲よくやれそうですね」

「よろしくお願いします」

宿舎として与えられたのは、最寄りのS町にあるマンションの一室だった。そこから車で通勤し、十日に一度、病院内で宿直することになった。

出勤初日の帰途、澄んだ夕空にまたたく金星のあざやかさに新鮮なおどろきを覚えながら、榊はこのあらたな職場に、気持ちよく馴染《なじ》んでゆけそうに思えたのだった。

2

上野にある首都国立博物館の本館は、六十年前にできた古い建物で、城のようにどっしりと巨大だ。地上の一階と二階には陳列室が配置されているが、地下の大部分は一般観覧客が立ち入りできない学芸部の領域になっており、その廊下は、いつも陰気に静まりかえっている。長ながと続く白い壁と、そこに並ぶ灰色に塗られた木製のドア。

「陶磁室」

「漆工室」

などと白い板に黒く書かれた標示板も古めかしい。

アーチといえるほどではないが、廊下の天井は平らではなく、わずかに弧《こ》を描いている。そのためか、自分の靴音がみょうに強く響いて感じられる。

江馬《えま》遥子《ようこ》は、

「金工室」

の標示のあるドアの前で立ちどまり、ショートヘアの頭をすばやくめぐらせて廊下の前後に人影がないのを確かめてから、そっとノックした。

「どうぞ」

という怒ったような口調の返事があった。

遥子は丸い真鍮《しんちゅう》のノブをつかんで大きなドアを少しだけ開き、隙間《すきま》をすりぬけるようにして中へ入りこんだ。白い壁に囲まれ、紫外線カットの蛍光灯に照らされた殺風景《さっぷうけい》な部屋だ。

金工室長の岸田がふりかえり、

「きみか」

と不機嫌につぶやいて、またすぐに白衣の背中を向けた。ほかには誰もいない。

遥子はベージュの麻上着の袖をまくっていたが、岸田に叱《しか》られる前に急いで両袖をおろした。岸田が肌の露出を嫌うのは、生の皮膚がうっかり美術品に接触して、汗や脂《あぶら》が付くことを恐れているのだ。とくに若い者たちの皮膚を岸田は警戒している。若い皮膚は水分の含有量が多いから、というのだが、職業柄とはいえ、そんな岸田に、やや神経症的な気配《けはい》を遥子は感じてしまう。けれど、ことし三十歳の遥子の皮膚は〈水分含有量〉から見て、果たして若いグループに入れてもらえるのかどうか、彼女としてはむしろそちらが気になるところだ。

ともかく水分には異常に過敏な岸田だが、かといってすべてに潔癖性というわけではない。壁のスティール書棚には本や雑誌類が乱雑に突っ込まれており、ファイルボックスの引き出しの一つは、何かの書類の一部が舌のようにはみだした状態のままだ。

「お邪魔でした？」

訊《き》いてみたが、岸田は返事をしなかった。

遥子はあゆみ寄って、かれの脇《わき》に立った。

「まったく……」岸田がつぶやいた。「何てことしやがるんだ」

白手袋をした両手で、テーブルの上の小型仏像の背中をしきりに撫《な》でている。かれはまだ四十歳そこそこだが、むぞうさに切ったおかっぱ頭は若白髪のせいで灰色だ。一昨年に妻を亡くしてから鰥夫《やもめ》暮らしだという。そのせいか、お世辞にも身だしなみが整っているとはいえない。きょうも白衣の下のワイシャツの襟《えり》が薄く汚れている。たぶん三日は着つづけているに違いなかった。

その岸田が撫でている銅製の弥勒菩薩《みろくぼさつ》は、奈良時代につくられたもので重要文化財に指定されている。高さ四十センチあまり。右脚をひだりの膝《ひざ》にもちあげ、右手をかるく頬にあてた半《はん》跏思惟《かしい》像だ。

「あ、返ってきたんですね、それ」

遥子がいうと、岸田は弥勒菩薩の背中を指先でしめした。

「見てくれ、錆《さび》だ。ここに錆が出てきている」

顔を近づけて覗《のぞ》きこむ遥子の鼻に、銅造仏に塗られたニトロセルロース・ラッカーがかすかに臭《にお》った。

「ほんとだわ。粉が吹いてる」

白緑色の粉状斑点《はんてん》。

「ブロンズ病だ。塩気にやられたんだ」岸田は怒りを抑《おさ》えきれない様子だ。「だからおれは気がすすまなかったんだ。あんな海辺の美術館なんかに貸し出すべきじゃなかった。しかもあそこは開館してからまだ一年もたってねえんだ。湿気のことが気になって、おれは何度も念を押したんだ。そしたら〈乾《か》らし〉も空調も完璧《かんぺき》だなんて胸を張りやがるから、つい信用しちまった」

岸田は、貸し出しに強く反対しなかった自分自身にも怒っているようだ。

コンクリートは水を含んでいる。完成して間もない建物のコンクリートからは水分がじわじわと蒸発する。そのせいで室内の湿度が高くなる。ほうっておくと、その状態は何年もつづく。そこで空調によって強制的に蒸発をうながす。それを〈乾らし〉と呼ぶ。

コンクリートからはアルカリ性の微粒子も放出されて美術品を傷《いた》めるが、その放出値が下がるのを待つことは〈枯らし〉と呼ばれる。

「梱包《こんぽう》を向こうの連中にまかせたのも失敗だった。コーティングした保護膜がとれちまって、そこから塩気が入り込んだ」

銅の弥勒菩薩は古色をおびて鈍い艶《つや》をはなちながら、口もとに微笑をうかべている。造られた当初は全体に金メッキがほどこされていたようだが、千二百年以上もの歳月を経る間に金の表皮は剝《は》げおち、裳《も》裾《すそ》の襞《ひだ》の溝にほんのわずかにその名残《なご》りをとどめているだけだ。

「こんな固い肌をしてるのに、デリケートなんですね」

像の頰のひんやりとした感触。それを素手であじわってみたい衝動に遥子は駆《か》られたが、そんなことをしたら岸田を逆上させてしまうだろう。

「あの美術館には、もう金輪際《こんりんざい》、何一つ貸し出してやるもんか」

「でも、そんなに神経質になっていたら、どこにも何も貸し出せないじゃないですか」遥子はなだめる口調でいって、岸田の横顔をみた。

「うちはレンタル会社じゃねえぞ」岸田は遥子の目を見返した。「文化財を完璧な状態で後世にのこすのが仕事だ。ちがうか？」

「それはそうですけど、完璧な状態でのこすために大事に抱えこんでいたら、大勢の人に見てもらえないわ」

「大勢に見てもらう必要なんかねえよ。わかる者だけが見にくればいいんだ」

こういう頑固な雰囲気の岸田を、遥子は嫌いではない。しかし雰囲気は好きだが、意見は同じではなかった。すこし喧嘩《けんか》を売ってみた。

「だったら本音《ほんね》を言いますけど——」

「何だ」

「この仏像のどこがそんなに素晴らしいんだか、わたしにはちっとも判りません」

「……」岸田はあきれたように遥子を見つめ、遥子が負けずに見つめ返すと、やがて目をそらした。「きみはもともと、こっちの畑の人間じゃねえもんな」

江馬遥子は、去年までは学芸部でなく、資料部の研究室にいた。資料部でおもに国史関係の研究をしていた。

「そのことは関係ないと思います。ひとつの美術品として、この仏像はわたしの胸にはピンとこない。それだけのことです」

「勇気のある発言だな」腹を立てているのが判った。

「ゴッホが好きな人もいれば嫌いな人もいる。それと同じです。自然なことだわ」

岸田はいらだたしげに溜《た》め息をついた。

「古美術の価値ってのは、そんな単純なもんと違う」

そして遥子の目から弥勒菩薩をかばうように立ちはだかり、

「おれに何か用なのか？」

と敵意のあらわな顔で訊いた。

遥子はさっき自分が閉じたドアを念のために振り返って、それがちゃんと閉まっていることを確かめてから、麻上着の内ポケットに手を入れた。取り出したのは、一通の封書だった。紙がすこし黄ばんで、かすかに黴《かび》のにおいもする。縦長封筒の頭の部分がちぎりとられて開封されている。

「何だ」

岸田がいぶかしげにその封筒に目を向けた。

「むかし、わたしの父が受け取った手紙なんです。ちょっと読んでみてください」

「え、どういうことだ」

岸田は白手袋をゆっくりと脱いで白衣のポケットにしまったが、封筒に手を出そうとはせず、遥子の顔を見ている。

「故郷《いなか》の兄から送ってきたんです。改築のために庫裏《くり》の奥を整理していたら——あ、うちはお寺なんですけど——庫裏の物入れから古い手紙類が出てきて、その中にこれがあったそうです」

「だから、なんでそれをおれに見せるわけ？」

「なぜかは、読めば判ります」

言って前にさしだすと、岸田は初めは警戒するようにおずおずと手をのばし、けれど臆《おく》する理由など何もないと気づいたのか、いきなり手荒く奪い取って中の便箋《びんせん》を抜き出し、すこし眉《まゆ》をよせた顔で読みはじめた。

拝復　久方振りの音信、實に懷しく讀ませて貰つた。どうやらすつかり坊さん暮しが板に付て來たやうす、まづは結構な事だと安心した。そのぶんならば神經衰弱も全快だらう。舘を辭める前の君は全く生ける屍のやうで、正直な話、このまま自殺してしまひやせぬかと氣を揉んだぞ。まあいづれにせよ元氣さうな便りで何よりだ。

僕のはうは相かはらずのんべんだらりとやつてゐる。實を云ふとこの春の異動で資料課へ追ひ拂はれさうになつたのだが、さうはゆくかと粘り腰でふんばつてやつた。工藝課長は僕が目障りでしやうが無いやうだ。帝大の美學出身だか何だか知らんが、所詮は頭でモノを見てしまふ御仁だから、實際のところ自分の「目」に自信が無いのだ。おまけにその事を僕に見拔かれてゐるのを知つてゐて煙たがつてゐるのだ。例の青銅の狛犬を憶えてゐるかい。課長はあれを重文指定リストの中に加へてゐたんだ。默つて見てゐる事も出來たんだが、氣に食はん奴の鼻を明したくなるのが僕の持つて生れた性分だから仕方が無い。これはどう見ても贋作ですよと指摘してやつた。さうしたら奴さん、何を證拠にさう仰るんですか、とのたまふた。見てお判りにならんのですか、平安の物にしちや脚の線がモダンすぎるでせう、とそこまで云つてやると、ちよいと頬をひきつらせて、一つの御意見として承つておきます、だとさ。面目を潰されまいとして虚勢を張つてゐたよ。御蔭であの狛犬一對、今や重文となつて鎭座ましましてゐる。呆れた話だと思はんかね。僕も大人げないと云へば大人げないが、あんな節穴の目しか持たぬ奴が上司かと思ふと情無い限りだ。しかし、かうして人を誹《そし》つてばかりゐると、また君に説教されさうだな。云つておくが僕は別段、課長をやつかんでゐるわけでは無い。舘での出世なんぞ糞食らへだ。僕の天職は學藝員なんかじやあ無い。僕はアルチストとして生れて來たのだと今も思ふてゐる。いづれ時期を見て制作に專念する暮しを始めるつもりだが、今はまだ日々の食ひぶちの確保を優先せざるを得ない。さう云ふわけで、課長に煙たがられながらも、まあのんびりと、日々氣樂にやつてゐる。

仙臺には行つた事が無いので、何時かぶらりと君を訪ねてみようかとも思ふが、その折には土地の名物でも食はせてくれ給へ。但し精進料理は遠慮する。　敬白

昭和廿六年四月廿四日

五十嵐潤吉

江馬文範様

読み終えて顔をあげた岸田に遥子はいった。

「そこに書いてある〈舘《かん》〉というのは、この都博《とはく》のことです」

首都国立博物館、略して〈都博〉と内輪《うちわ》では呼んでいる。

青インクが茶色っぽく褪《あ》せたその二枚の便箋を、岸田はもういちど読みだした。冒頭を飛ば

して、中程あたりだけを読み返しているのが視線の位置でわかった。

「わたしの父親も、若い頃、ここの学芸部に勤めていたんです。差出人の五十嵐潤吉《いがらしじゅんきち》という人はその当時の同僚のようです。資料館でむかしの職員録を見てみたら、名前が出ていました」

岸田は無言で便箋を折りたたみ、封筒にもどした。それを遥子の手に返して、ふたたびテーブルの上の弥勒菩薩に向きなおった。手紙にはまったく興味を惹《ひ》かれなかったかのような態度だが、じつはそうではなく、むしろ強く心に引っ掛かったことがすぐに判った。というのは、かれは白手袋をはめなおすのも忘れるほど上《うわ》の空になっており、大事な弥勒菩薩にあやうく素手で触れようとして、ハッと我に返ったのだった。

その背中に遥子はいった。

「わたし、都博の収蔵品目録をしらべてみたんですけど、重要文化財に指定されている青銅の狛犬《こまいぬ》といったら、一対《いっつい》しかないですよね」

「うむ」

岸田は弥勒菩薩から離れ、うつむいて顎を撫でながら、遥子のそばをゆっくりと行きつ戻りつした。静かな部屋のなかでゴム・サンダルの底がぺたりぺたりと鳴った。

遥子はそっと訊いた。

「どう思います？」

ゴム・サンダルの音が止まり、岸田は若白髪の頭を掻《か》きあげた。部屋の一点、何もない白い壁を見つめて、かれは言った。

「おれは会ったことはないが、五十嵐潤吉さんの名前は聞いたことがある。金工の目利《めき》きだったそうだ。……あの狛犬、いちどしっかり検《しら》べてみたほうがいいかもしれんな」

「わたしもそう思います」

「その手紙、ほかにも誰かに見せたか？」遥子を見返った。

「はい」

「誰に見せた」

「うちの室長と課長に」

遥子の所属は学芸部企画課総合室だ。

総合室というのは去年新設されたセクションで、美術課、工芸課、考古課、東洋課、それらの各課の仕事を〈臨機応変に〉支援する、いわば遊軍のような立場だ。が、実状をいえば、各課から便利屋のようにあつかわれ、もっぱら雑事の処理を押しつけられている。

「そうか。で、おれに見せに行けと言われたのか」

「いいえ。課長からは誰にも見せるなと言われました」

「……見せるな？」

「ええ、むかしの人間の無責任な放言だ、そんなものに振り回されて余計な厄介《やっかい》の種を蒔《ま》くなって」

手にした封筒を顔の前でひらひら振ってみせた。黴《かび》のにおいがまた漂う。

岸田は慎重な目で遥子をみた。

「それなのに、なぜ見せたんだ、おれに」

「だって、厭《いや》なんですわたし、そういうの」眉間《みけん》にしわが寄るのを感じ、指でそこを撫でて伸ばした。「物事をいいかげんに処理するのが嫌いなんです。疑わしいことははっきりさせないと、ずっとそのことが気になり続けて、すっきりしないから」

「それはおれも同じだ」岸田の言葉は遥子の想像した通りだった。

「うちの課長には内緒《ないしょ》で、あの狛犬を検査してみてくれませんか。この手紙に書かれていることの真偽、はっきりさせましょうよ」

声をひそめるようにして言うと、岸田は二、三度ちいさくうなずき、

「よし、了解した」

と低く答えた。

3

芝生の上を小動物が這《は》うような音が近づいてきたので、榊《さかき》がベンチからふり返ると、ソフトボールの球だった。ベンチの二メートルほど手前でボールは止まり、近くの芝の中から薄緑色のバッタが跳びはねた。

グラウンドを囲う金網フェンスの内側に、白いトレーニングウェア姿の青年がじっと立っている。榊がボールをひろって投げ返すのを待っているようだ。ほかにも数人の男女がグラウンドからこっちを見ている。ソフトボールができるくらいだから、かなり寛解状態にある患者た

ちのはずだが、それでも「やあ、先生、おねがいします」と気軽な口調で頼むことができずに、なにか当惑したような表情で見ている。

榊は立ちあがってボールをひろいにいった。おろして間もないボールらしく、まだ表面が硬く張って白じろとしており、わずかに付いた土の汚れと草の汁が目立った。

グラウンドの金網フェンスは大人の胸までの高さしかないが、榊は患者たちが捕球しやすいように山なりの緩《ゆる》いボールを投げた。しかし誰も捕《と》ろうとはせず、ボールがグラウンド内に落ちて転々ところがってゆくのを見てから、安心したようにそれを追いかけていった。

ベンチにもどった榊が隣を見ると、及川《おいかわ》氏はさっきと寸分も違わぬ姿勢でじっと坐《すわ》っている。横にいた医師が不意に立ちあがり、またもどってくる、そんな動きにまったく無関心に、斜め前のつつじの植え込みの一点を、身じろぎもせずに見つめている。口のまわりだけが少しヒクヒク動いている。そして、なぜか茶色い革の書類鞄《かばん》を大事そうに膝《ひざ》の上に置いている。

水色の半袖シャツから出た腕がぽってりと太い。口のまわりの不随意運動も、この肥満も、抗精神病薬を長く服用しつづけたことによる副作用だろう。しかし、大柄で福々しい風貌《ふうぼう》をしており、仏像のように寡黙《かもく》な五十二歳の患者だ。

榊にとっては、きょうが二度目の面接だった。

診療記録によれば、及川氏は四十歳をすぎてから発病した、いわゆる晩発性分裂病患者である。病前の職業は某国立大学薬学部の助教授だった。妻と二人の息子がいる。

十年前、四十二歳の春、家族にも大学にも無断で一週間の旅行に出た。行き先や目的を決めての旅ではなく、ただなんとなく列車に乗って信州方面のちいさな宿を泊まり歩いてきたようだ。帰宅後、ヨガの道場に通いはじめ、大学には行かなくなり、家族との会話も避けるようになった。

心配した妻が親戚の者たちに相談すると、女子大で心理学を学んでいる姪《めい》から精神分析医に連れてゆくことを勧められた。初めは拒否した及川氏だが、説得されて受診を了解した。姪の受講していた臨床心理学の講師が精神分析のクリニックを開業しており、及川氏は半年間そこへ通った。

及川氏の主訴は、不眠、不安、緊張、心悸亢進《しんきこうしん》、頭痛などだったが、講師は及川氏の意識下に横たわる〈葛藤《かっとう》〉を分析しようと試みたようだ。

しかし、及川氏の言動がしだいに支離滅裂になったため、その講師は患者が分裂病であることに気づいて精神分析をあきらめ、自分の出身大学の精神科へ紹介状を書いた。その大学病院に三カ月間入院したのち、系列の精神科病院へ転院させられた。やがて薬物療法で寛解がみられたので退院し、休職扱いだった勤務先の大学へ復帰したが、二カ月足らずでまた言動がおかしくなり、再入院となった。以後、何度も入退院をくりかえして、結局大学には辞表を出した。

数年間、悪化と寛解の波をくぐるなかで、及川氏の症状は根をおろして沈潜し、固定してしまった。何をする意欲も消え失《う》せ、終日、独りでじっとしているようになった。

回復への希望を捨てきれなかった妻は、その病院を見かぎり、ある雑誌で目にした久賀《くが》院長のエッセーに心うごかされるものがあって、このS病院に夫を転院させた。発病から七年後のことだった。

S病院で及川氏を担当することになったのは、沢村医師、つまり榊の前任者であり、かれの書いた診療記録の冒頭に、発病後の経過が、ほぼ以上のようにまとめられている。及川氏の妻や親族から聞き出したのだろう。

以来三年がたっているが、S病院へ移ってからも及川氏の病状にほとんど変化はないようだ。たとえば、ある日の面接記録はこんな具合だ。

患者はあいかわらず自閉的で、無表情。当医の質問にも答えようとしない。質問への返答はないが、まれに独語風に言葉を発することがある。きょうは「脳の中がねばねばしている」とセネストパチーを訴えた。ほかに発語なし。

セネストパチーというのは、一種の幻覚である。ふつうなら感じるはずのない感覚を体験する。分裂病に多い症状の一つだ。

いずれにしても及川氏の診療記録は、例の亜左美のケースにくらべると、かなり簡潔だった。これはしかし、沢村医師が患者をわけへだてしていたということではない。診療記録の簡潔さは、その患者への関心の薄さをあらわしているわけではない。いや、仮にそういう面がいくらかはあったとしても、それだけが理由ではない、と榊には判る。

要するに及川氏の症状には、亜左美のようなまぎらわしさがなく、診断がつけやすかったのだ。しかも、発病してから長い年月がたち、すでに慢性症状が固定化してしまっているために、面接をどれだけ繰り返しても、あらたな発見はとくになく、注目すべき変化もなく、それゆえ診療記録が簡潔で単調なものになるのは、やむをえなかった。

先週、榊が初めての面接をしたとき、看護婦につれられて面接室に入ってきた及川氏は、患者用の椅子に、横向きに腰をおろした。壁のほうを向いたまま榊と視線を合わせないようにしていた。これは榊への抵抗というのではなく、初対面の相手と向き合うことへの本能的な不安感が、なかば無意識にそんな姿勢をとらせてしまうのだろう。顔をそむけているという自覚は、おそらく当人にはないのではなかろうか。

短めに刈られた髪の側頭部には白髪がめだち、二重顎《あご》のひだの間から剃《そ》り残しの髯《ひげ》が一本、覗《のぞ》いていた。耳たぶの大きい、いわゆる福耳で、鼻の隆起もしっかりしている。及川氏のその立派な横顔には、しかし何の表情もあらわれてはいなかった。とりすました無表情というのでもない。心のうごきが停止してしまっているのではないかと思えるような、うつろな無表情だった。

こういう患者を、榊はこれまでにおおぜい診《み》てきている。

感情鈍麻。

凪《なぎ》の海面のように、感情が波立たず、喜怒哀楽をあらわさない。まわりに何が存在しようと、どんなことが起ころうと、まるで興味をしめさない。自分が誰なのか、なぜ今ここにいるのか、それすら関心がない。

かれらはいつも病棟の片隅に、ひっそりと坐り、ひっそりと佇《たたず》んでいる。まわりから切り離された自分だけの小宇宙にひたって、静かに放心している。暴れもせず、騒ぎもせず、苦情も言わず、駄々《だだ》もこねない。何もしない。何もする意欲がない。

榊はいま、そんな及川氏とふたりきりで洋風庭園のベンチに坐っている。初回の面接では看護婦も同席させたが、きょうはそれを省《はぶ》いた。ただでさえ忙しくしている看護婦に、むだな時間をとらせたくなかったのだ。

……むだな時間。

榊はハッとして、自分のその意識を急いで消そうとした。

及川氏のような患者との面接は時間のむだだという思いが、榊の中に、じつはある。あるが、それを言っては医師としての責任の放棄になる。けっしてむだではないと自分に言いきかせながら面接にのぞむのだが、心の底では、やはり時間の浪費をしている、という徒労感をぬぐいきれない。

以前にいた病院では、たいていの医師が、このような患者との面接を、せいぜい月に一回、しかも数分で切りあげていた。そんな中で、毎週最低二十分の面接を自分に義務づけようとした榊は、同僚の医師たちからも看護婦たちからも、苦笑まじりの白けた目で見られているのを感じた。榊のやりかたを良心的と評価する者は少なく、むしろ偽善的なポーズ、あるいは単なる変わり者といった見方をされていたようだ。

榊自身にも、自分のやりかたが本当に良心的なのか、それとも偽善にすぎないのか、正直なところよく判らないのだった。

ところが、このS病院での沢村医師の診療記録をよむと、及川氏との面接を、毎週三十分ずつおこない、それをたゆみなく継続している。書かれている内容は簡潔で単調だが、面接そのものは、しっかりと時間をとっている。これはしかし沢村医師個人の方針というよりも、S病院の方針、つまりは久賀院長の方針と見るべきだろう。ここでは各医師の担当する入院患者数が二十人あまりにおさえられている。だからこそ一人ひとりにじっくりと面接時間をとることが可能なのであり、また、そうすることが各医師に要求されてもいるわけだった。

「うちの理事長は、病院経営で儲《もう》けようなんて思っちゃいないんです」

と久賀院長が言っていた。「赤字にならなきゃそれでいい、という考えです。別の事業では相当したたかな経営者らしいが、この病院に関してはそんな面はまったく見せない。社会奉仕のつもりでいるようです」

「ほう、奇特な方ですね」

まだ直接には会ったことのない理事長に感銘をおぼえつつ、榊は、前の病院とのあまりの落差にやや戸惑いを感じてもいた。

しかし、この病院にいるかぎり、もう榊の診療姿勢が周囲から浮くことはない。感情鈍麻のいちじるしい慢性分裂病患者にたいしても充分な面接時間をとることがこの病院全体の方針であるならば、おのれのやりかたが良心的か、それとも偽善か、などと孤独な自問をせずにすむのだった。

ただ、そうではあっても、その面接から何の成果も得られないという徒労感は、やはり付きまとう。時間のむだ、という思いが、打ち消しても打ち消してもにじみ出てくる。

「及川さん」

と榊はしずかに語りかけてみる。「さっき、菜園の作業に加わっておられましたね。きゅうりの畑でしたね。収穫がたのしみだなあ。及川さんご自身はきゅうりはお好きですか？」

及川氏の返事はなく、何かの音楽に耳を澄ますかのように、すこし首をかたむけてじっとしている。

ちいさな菜園が駐車場の隣にもうけられている。榊が午前中の外来診療を終えて外の空気を吸いに出ると、数人の患者たちがそこで作物の世話をしており、及川氏の姿もその中にあった。菜園ではいまきゅうりを栽培中で、葉のつけねに黄色い花が点々と咲き始めていた。及川氏は看護士から青いビニールホースを持たされ、水やりを指示されていた。榊は、及川氏がその作業を普通にこなせるのかどうか、関心をもって見守った。ホースの先についたプラスティックのノズルから水が霧状に噴射しはじめ、及川氏はゆっくりとした横歩きで作物に水を注いでいった。簡単な仕事ではあるが、与えられた役目を一応きちんと果たしている。榊の中にかすかな期待感がうまれた。思ったほど悲観的な状態ではないのかもしれない。が、やがて水が不意に止まった。地面を這う長いホースを榊が目でたどると、その先端が水道の蛇口《じゃぐち》から脱落しているのが見えた。水は排水口へまっすぐ落ちて飛沫《しぶき》をあげている。及川氏はしかし、蛇口のほうを振り返ることもなく、水の出なくなったホースを持ったまま途方《とほう》にくれて突っ立っていた。看護士が気づいて蛇口にホースをつなぎ直しにゆくまで、及川氏は何のうごきもとらなかった。

D1受容体、とよばれるものが脳の中にある。

神経伝達物質ドーパミンを受けとめる装置のひとつだ。引きこもりや感情鈍麻のいちじるしい慢性分裂病患者の脳では、このD1受容体が一、二割すくなくなっていることが確かめられている。

そこまでは判っている。

だが、いったいどうすればそれを治療できるのか、その答えがまだ出ていない。

妄想や幻覚や錯乱、つまり陽性症状に対してはよく効く抗精神病薬があるのだが、引きこもりや感情鈍麻といった陰性症状には、これだと言いきれる薬がない。

沢村医師の診療記録によれば、リスペリドン４ミリグラムが及川氏に処方されている。陰性症状にはリスペリドンがいいようだ、という話は榊も最近ときおり耳にしていた。しかし少なくとも及川氏に関しては、今の様子を見るかぎり、その効果があらわれているとは思えない。

及川氏はさっきからずっとつつじの植え込みの、どこか一点を見つめつづけている。かれの目がなぜその一点に惹《ひ》きつけられているのか、本人にもおそらく判ってはいない。かれはそこを見たくて見ているのではない。それなのに、そこから視線を引き剝《は》がすには大変な努力がいるのだ。いったん何かに固着した視線を他へ移すのは、かれにとっては一《ひと》苦労なのだ。

「及川さん、何かわたしに言ってみたいことはありませんか？　話したいことはないですか？　訊《き》きたいことでもいいですよ」

及川氏はやはり無言のままだ。

まるで榊の声が聞こえていないかのようだ。

だが、そうではないことを榊は知っている。及川氏の耳には榊の言葉がちゃんと届いているはずである。

感情鈍麻と痴呆とはちがう。及川氏は榊の言葉を聞き取り、正確に理解している。にもかかわらず、反応できないのだ。かれに反応を起こさせる脳の回路が、いわば接触不良をきたしているのだ。

その姿からは、一見、意識がだらりと弛《ゆる》みきっているような印象をうける。緊張とは程遠い状態にいるように見える。しかし、じっさいは逆であろう、と榊は思っている。榊と肩をならべて坐っている及川氏は、見た目とは正反対に、内部では意識の糸が過剰に張りつめ、ぎこちなく緊張しているにちがいない。活動性が低く、対人接触が悪く、何物にも関心を持たない、つまり引きこもり症状のひどい患者ほど、むしろ内面の意識は覚醒《かくせい》しており、たえず緊張しつづけている。そんな研究結果が出ているのだ。

榊自身、これまでの診療経験で、その空気、その気配《けはい》を、何度も感じとってきた。

患者の緊張。

それは、医師にも微妙に伝染し、反射しあう。

薄曇りの空の下、洋風庭園のベンチに並んで静かに腰をおろしている榊と及川氏の姿は、ひとつの情景としては、きわめてのどかな、平和なものだろうが、じつのところ、陰気な緊張の糸がふたりを窮屈にしばりつけており、うっかり溜《た》め息もつけないような息苦しさがあるのだった。

もっと若いころの榊は、こういう閉塞感《へいそくかん》のなかでじっと坐っていることに耐えられず、患者に〈揺さぶり〉をかけようとしたことがある。行動療法の技法をいくつか用いて、無為自閉の巣穴から患者を引っぱり出そうと試みた。外泊も奨励《しょうれい》し、あまり乗り気でない家族には、しつこく電話をかけて迎えに来させた。

だが、榊のそんな熱意は、患者にはむしろ有害に作用することが多かった。慎重さを欠いた〈揺さぶり〉は、患者を不安と混乱におとしいれ、かえって症状を悪化させてしまうという失敗を何度かおかした。

そういう経験をへて、榊は、徐々におとなしい医師になった。熱意をうしなったとは思わないが、その熱意の空回りを恐れて、すべてに慎重になった。

と同時に、懐疑《かいぎ》も芽生えた。

患者を〈治す〉ことに対する懐疑だ。

治す、というのは、つまりは社会に復帰させる、ということだ。社会復帰ができない限り、治ったことにはならない。すくなくとも精神科の医療ではそう見なされる。治療のゴールは社会復帰なのだ。

けれども、と榊はしだいに考えるようになった。そのゴールにどうしても辿《たど》り着けない患者がいる。辿り着けないことに苛立《いらだ》ち、もがき、絶望してゆく患者がいる。

ゴールは、果たして必要なのだろうか。

ゴールは患者の行く手に、強迫的に、威丈高《いたけだか》に、待ちかまえている。

患者にそれを指し示し、そこへ向けて尻を押しつづける、という治療が、ほんとうに最善なのだろうか。ゴールなど取り払ってしまってはまずいのだろうか。

ゴールのない治療。

しかし、それはどんな治療だろう。それはもはや治療とは呼べないかもしれない。患者とともに黙りこくって雲を眺めているだけの、うらさびしい現実逃避でしかないのかもしれない。

「及川さん」

榊はまたそっと語りかける。「薬の量を、きょうから少し増やしてみようかと思うんです。沢村先生が処方していたリスペリドンという薬です。量を増やして様子を見てみることにします」

榊は、薬の処方内容をできるだけ患者本人に説明することを以前から心がけているが、言葉の疎通が回復していない患者に対しては、省《はぶ》くことが多かった。疎通のない及川氏にあえて薬の話をしたのは、大学の薬学部で助教授をしていたという彼の経歴を考えてのことだ。処方の変更を告げたかったのではなく、〈薬〉を話題にしてみたかったのだ。

それが及川氏の発語をうながす呼び水になりはしないかと、ほとんど期待はしていないものの、いちおう試してみたのだった。

が、やはり彼の反応はない。つつじの一点を無言で見つづけている。鈍麻した外見の内側に、過剰な緊張を抱え込みながら。

鈍麻。じつは過敏。

ある同業医師が書いていた。――分裂病になりやすい者たちは、生まれつき〈人に対する過敏さ〉を持っているのではないか。この過敏さは、恐怖や不安や嫌悪感を伴っており、その意味ではむしろ〈人に対する怯《おび》え〉と言い換えたほうがよいかもしれない、と。

別の医師で、こんなふうに論じる者もいた。――分裂病になる可能性は、すべての人類が背負っている。しかしそのなかで、ふつうの者たちには察知できない遠い微《かす》かな危険の兆候を過敏に感じ取り、まるでその危険が目の前にあるかのように恐怖する人々、それが分裂病になりやすい人々なのではないか、と。

榊より一世代前のその医師は、そんな人々のことを〈分裂病親和者〉と呼んだ。

狩猟採集文化の時代には、分裂病親和者こそが、人類のなかで優位の存在であったろう、とその医師は言う。なぜなら、獣を狩ったり、獣から身を守ったりするために必要なのは、遠い微かな兆候をいちはやく感じ取る過敏さであるからだ、と。しかし農耕文化のはじまりによって、分裂病親和者はもはや優位の存在ではなくなり、それどころか社会的にはマイナスの位置に墜《お》ちてしまった。農耕社会は、人間を一つの場所に縛りつけ、一つのかたちに整えようとする強迫性のつよい社会であるから、分裂病親和者にとっては適応がむずかしい。そのために、かれらの精神はしばしば破綻《はたん》してしまい、分裂病を発症するのだ、と。

そしてその医師はさらに言う。――分裂病親和者は、人類にとって必要な存在なのだ。遠い微かな危険の兆候を過敏に感じ取る彼らだけが、破滅へと向かう人類の盲目的な行進にブレーキをかけることができる。それゆえ、人類がかつて持っていた美質を滅ぼさぬためにも、分裂病親和者は、むしろその存在を貴《とうと》ばれるべき人々なのだ、と。

ロマンティックな説だ。

おそらくその医師は、自分自身、現実の社会になにがしかの違和感をおぼえていたのではないだろうか。その違和感が、かれをして分裂病の世界へ感傷的に寄り添わせ、やや幻想味をおびたロマンティックな仮説を語らせたのではなかろうか。

最近の脳研究の成果を知る榊は、もはやその説に素朴《そぼく》に賛同することはできないが、しかしその医師の気持ちは、いまも判らぬではない。

現実社会から遠く離れた独自の世界でひっそりと呼吸している慢性の分裂病患者を診ていると、榊も、ふと同じ世界へ引きずり込まれてゆくような感覚におちいることがある。わずらわしい現実からどんどん遠ざかってゆき、患者とともに、自分も異次元の虚空《こくう》をしずかに漂っているような不思議な感覚。

そんなときには、医師と患者ではなく、患者どうしで肩を並べているような錯覚すらおぼえそうになる。しかもその錯覚に、さほど抵抗も感じないのが我ながら奇妙だった。

分裂病は伝染病ではない。患者から医師にうつることはない。理屈ではそうだが、しかし、精神科医が分裂病を発病する例も少なくはない。それは、もともと自分の精神に何か異常な気配を感じて不安に思っている者が、その真相を解明しようとして精神科医をこころざす例が多いからだろうか。アメリカでは実際にそういう調査結果が出ているが、たぶん日本でも同じだろう。そして、そんな医師たちの中にひそんでいた分裂病気質が、患者との接触によって、しだいに表へ引きずり出されてくるのだろうか。

とにかく、たとえ発病にまで至ることはなくとも、精神病院そのものが、そこで働く医師に対して何らかの作用をおよぼすことは事実に違いない。〈そこに住む人間は――職員であろうと患者であろうと――いつの間にか普通の世界では通用しにくい人間になってゆく危険がある〉と警告した者もいる。

……そうしたことを榊がとりとめもなく考えていたとき、不意に及川氏がぼそりと言葉を発した。

「フシバチかと思いました」

榊は及川氏の横顔を見つめた。

そのまま何秒かが経過したので、あとの続かない単発的なつぶやきなのかと思ったが、そうではなかった。

「フシバチに、似て、いました。フシバチだろうと、思いましたが違うかも、しれません。インクフシバチに、似ていました」

その言葉を聞いて、榊は、そういえば今しがた、つつじの植え込みの上を蜂《はち》か虻《あぶ》のようなものが小さな羽音をさせてゆっくりと飛んでゆくのを見たような気がした。

「地中海の、インクフシバチは、ブナ科の木の若芽を刺してその中に、卵を、産みつけます。すると、芽の植物組織が、病的な変化を、起こして丸くふくれて、きます。インクフシバチの卵は、孵化《ふか》して幼虫に、なります。丸くふくらんだ木の芽の、なかで、幼虫が育ちます。この木の芽が、モッショクシ、です。奈良の、正倉院の薬物にも、これ、あるんです。正倉院のは、ムショクシと書いて、ありますけど、同じものです。地中海から、中国を通って日本に、来たんです。モッショクシには、タンニンが多量に含まれて、います。正倉院のムショクシを、しらべてみたら、いまも、トルコでとれるモッショクシと、まったく同じ、ものでした。モッショクシを、薬に使って、いたという記録は、ギリシャの、ヒポクラテスの、時代からあります。ローマ時代のプリニウスも、この薬のことを書いて、います。止血とか、口の中の、潰瘍《かいよう》とか、歯の、痛みに、使いました。漢方、だと思い、込んでる学生も、いますが、ヨーロッパでもいまだに、使っています。イギリスの薬局で、見ました。あれは、去年……去年じゃない。ええと……何年前かな……何年前かな……何年前かな……」

及川氏の言葉はそこで途絶えてしまった。

「十年ほど前のことですか？」

榊が回想の手助けをしようとしたが、その甲斐《かい》もなく、及川氏はふたたび沈黙のなかへ引き返してしまった。

榊はしかし、かすかな光明を見た思いだった。

引きこもり症状のいちじるしい患者が、何かの拍子にとつぜん話を始める。そんな例を榊もこれまで何度か経験している。それは、必ずしも回復のきざしとは言えず、あくまでも一時的《いちじ》なものに過ぎないことのほうが多い。及川氏の場合もそうである可能性が高いが、しかし一抹《いちまつ》の期待は抱きたくなる。

沢村医師の診療記録には書かれていなかったので、榊はうっかり知らずにいたが、いまの話から判断すると、大学の薬学部で教えていたころの及川氏の専門分野は、生薬・和漢薬のほうだったようだ。

たまたま一匹の蜂が視野に入ったことで言葉がこぼれ出たのか、さっき榊が〈薬〉を話題にしたことも呼び水になったのか、そのあたりは不明だが、いずれにせよ話の脈絡はきちんと通っていた。

診療簿にそのことを書き記していると、煉瓦畳《れんがだたみ》の道をペタペタと走る小きざみな足音が聞こえた。病棟のほうから若い看護婦が小走りにやってくるところだった。面接時間の三十分が経過したので、及川氏を迎えにきたのだ。

「先生、よろしいですか？」

と問いかける彼女の声が、及川氏との面接の後では、むしょうに明るく聞こえる。

「うむ、おねがいします」

「及川さん、おつかれさま、お部屋にもどりましょうか」

と看護婦は患者にも声をかけ、無反応でいる彼の手をとって立ちあがらせた。

及川氏の膝から鞄が滑り落ちた。茶色い革の書類鞄だ。榊がすぐに拾って手渡すと、大事そうに腋《わき》の下へ抱え込んだ。

及川氏にとってその書類鞄はよほど大事なものらしく、面接のときも、かならず持ってきて膝のうえに置いていた。おそらく、大学で教えていたころに使っていた鞄ではなかろうか。社会との関係が途切れてしまった今も、その鞄だけは片時も手放そうとしないそうだ。

看護婦につれられて、のろのろとした足取りで病棟へ向かう後ろ姿を見送りながら、榊は、やるせない寂寥感《せきりょうかん》にとらえられた。

4

廊下の角を曲がろうとしたとき、出合いがしらに、白い木綿綿《もめんわた》の塊《かたまり》とぶつかった。

「あ、ごめん」

と細く澄んだ声がして、綿のうしろから橋本直美の顔がのぞいた。考古課原史室の女性学芸員だ。前が見えないほどの綿を抱えている。

「何、梱包《こんぽう》?」

遥子がきくと、

「そう、埴輪《はにわ》をね、八つ送るのよ」

と眉《まゆ》をよせて大儀《たいぎ》そうに答えた。「しかも、ひとりで」

「手伝おうか？」

「ほんと？　助かる」

遥子はそのまま橋本直美を先導するようにして一緒に考古課の準備室へ入った。がらんとした部屋の、一方の壁に沿って、八体の小型埴輪が並べられていた。

「どこへ送るの？」

「仙台」

「わたしの故郷《いなか》だわ」

「へえ、そうなの」

「市の博物館へ貸し出すの？」

「そうよ」

梱包をはじめる前に、まず木綿綿を薄葉紙《うすばがみ》にくるんで綿布団《わたぶとん》をこしらえる。橋本直美は床にジーンズの膝《ひざ》をついて作業を始めた。

余った薄葉紙の端を鋏《はさみ》で切りながら、

「あそこ、きれいな博物館よね、出張でいっぺん行ったけど」

やさしいのどかな口調で言った。すこし茫洋《ぼうよう》としたところのある性格なので、気みじかな遥子とは対照的だが、むしろそのせいで仲がいい。

うつむいた滑《なめ》らかな額の下に丸みのある小ぢんまりした鼻の先が見える。遥子と同じ三十歳、しかも既婚者だが、いつも化粧をほとんどせず髪を後ろで二つにむすんでいる。遠くから見ると地方の純朴な女子高生のようにみえる。

遥子もしゃがんで、紙の端を押さえるのを手伝った。

「ここと違って開放的な感じがしなかった？　この都博ってさ、なんだか雰囲気が陰気だと思わない？」

橋本直美は顔をあげずにうなずき、

「あそこはガラスが多くて、しゃれてるよね。二階のレストランの外に森がひろがって、すごくいい感じだった」

お世辞《せじ》めいたことを言った。遥子の言葉をお国自慢とうけとったのかもしれない。

「そういう意味じゃなくて、職場の空気のことよ。仙台にかぎらず、よその新しい博物館へ行くと、いつも感じるの、ずいぶん空気が違うなって。都博は陰鬱《いんうつ》。なんか古ぼけた官庁のなかで働いてるみたい。直美さんは、そんなふうに思ったことない？」

「だって、ここ官庁のひとつだもの」

「それはそうだけれど、空気がよどんでる。空調のことじゃなくて、職場の風通しが悪い。そう感じる」

「そりゃあ規模も異なるし。職員の人数が少ない博物館なら、そのぶん風通しだってよくなるわよ」

都博の職員は百四十名。うち、学芸員は五十四名だ。

「まあ、それもあるとは思うけど……」

「ちょっとここ持っててくれる?」

綿布団がすでにたっぷり出来あがったので、橋本直美はそれを埴輪に巻きつけ、麻紐《あさひも》でしばりはじめる。しばり終えるまで綿布団がはがれないように遥子が押さえる。押さえながら、またつぶやく。

「わたし、どうも抵抗がある。この、みょうに重苦しい雰囲気」

「それが歴史というものなんじゃないの? 伝統、っていうのかな。古い組織には、どうしたってそういう雰囲気がしみつくものなのよ」

麻紐でしばった綿布団のうえから、さらに晒《さらし》を巻き、もういちど麻紐で厳重にしばる。これでようやく一体の梱包が済んだ。――まだ七体ある。

「江馬さんは、都博に入る前はどこにいたの?」

二体目にとりかかりながら橋本直美がきいた。

「大学の研究室にいたの、国史科の助手として」

「なぜ都博に入ったの?」

「主任教授に追い出されたのよ」

「え、どうして」

「思考に柔軟性がないって言われた。何かに目がゆくと、それだけしか見えなくなって視野狭窄《きょうさく》におちいってしまうって。狭い範囲しか見ないで物事を考えようとするのは、研究者としては失格だって」

「きついわね」

「だから外へ出て視野をひろげてきなさいって、都博にゆくことを勧められたの。ちょうど欠員の募集があって、推薦状を書いてくれた」

「応募者の競争はなかったの？」

「あったよ。でも、わたしは有利な材料を一つ持ってたのよ」

遥子が言うと、橋本直美は作業の手をとめて、手の甲で顎《あご》の横をこすりながら訊《き》いた。

「どんなこと」

「わたしの父親もむかし都博に勤めてたの」

「へえ、それは強みよね」作業を再開し、手を動かしながら言った。「じゃあ、いまの幹部のなかには、お父さんの部下だった人なんかもいるんだ」

「もしそうなら目をかけてもらえて少しはトクしたかもしれないけど、残念ながらそれはなし。だって、父がいたのは五十年くらい前のことだから」

橋本直美は遥子の顔をみた。

「え、江馬さんて、いくつだっけ？」

「失礼ね。直美さんとおんなじよ。わたし、父が四十八歳のときの子供なの。父が都博にいたのは二十代の頃の話」

「あ、なるほど」

「で、退職したあと、仙台に帰って実家のお寺を継《つ》いだの」

「お父さんはどこの部におられたの？　学芸部？」

「そう。戦争中から勤めてたみたい。帝室博物館で呼ばれてた時代から」

「兵隊には行かなかったの？」

「片目を失明してたの、学生時代のけがもとで。それで徴兵はまぬがれたらしいの」

「ふうん。で、いまもお元気なの？」

「二十年ほど前に死んだわ。それにしても、父の職場だったところでわたしも働くことになるなんて、前には思ってもみなかった。……父がいた当時も、やっぱりこんな雰囲気だったのかしら」

二体目の埴輪の梱包が終わり、三体目にとりかかった。そのさい、遥子がちらりと腕時計を見たのに目ざとく気づいて、橋本直美が遠慮がちに訊いた。

「悪いわね。時間いいの？」

「うん、だいじょうぶ。三時に、ちょっと出る用事があるけど、それまで空《あ》いてるから」

まだ四十分ちかく余裕があった。


三時五分前に、遥子は本館をぬけだして、通用門から上野公園の噴水池へとむかった。

公園の木々は新緑にかがやいている。

噴水池に向いたベンチの一つに、岸田がすわっていた。きょうは少し風があり、その風がさらっと乾いているので暑さは感じない。なのに岸田は上着をぬいでいた。

遥子が歩み寄ってゆくと、かれは苦笑いを浮かべて言った。

「鳩の糞《ふん》がついちまった」

季節にそぐわぬ朽葉《くちば》色の上着。肩のあたりをハンカチで拭《ふ》いている。「いまさっき、あそこの木の下を通ったときだ。糞が落ちてきた」

その方向に顎をしゃくってみせた。「きみ、やられなかったか？」

近くの木に鳩が群れている。遥子はあわてて自分の両肩をみた。黒のサマーセーター。――だいじょうぶ。糞はついていない。下はグレーのチェックのスカートなので判りにくいが。

「後ろを向いてみな」

言われるままに、背中を岸田にみせた。

「ついてません？」

「セーフだな」

「よかった」向き直ってちいさく笑った。

岸田は坐ったままハンカチをズボンのポケットにしまい、何か肩の関節が外れそうな、ぎくしゃくした不器用なうごきで袖《そで》を通した。遥子は隣に腰をおろした。

池のまんなかに大きな噴水がある。水の噴《ふ》きあがり方がときどき変化する。対岸の植え込みの向こうを、携帯電話を耳にあてた男が歩いてゆく。鞄を小脇にかかえ、前屈《かが》みになって、何かしきりにうなずいている。声はここまでは届かない。その男が不意に首をすくめて小走りになったのは、風のかげんで噴水の飛沫《しぶき》がふりかかってきたからだろう。

遥子は右隣の岸田の横顔をみた。

「結果、どうでした？」

「うむ……」岸田は噴水のほうを向いたまま顔をしかめ、若白髪のおかっぱ頭を手荒く掻いた。

「わかんねえ」

「え」

「正直いって、わかんねえ。答えを出しあぐねてる」

「そんなに難問でした?」

金工室長の岸田にすら判定がつかないとは、ちょっと驚きだった。

青銅の狛犬《こまいぬ》一対。

平安時代のものだとされ、重要文化財に指定されている。それを贋作《がんさく》だと指摘する古い手紙が気になって、遥子は岸田に真贋《しんがん》鑑定をもちかけた。上司の許可は得られそうになかったので、これは、ふたりの隠密《おんみつ》行動だった。

問題の狛犬は金工室の管理下にあるため、岸田は、研究の名目でいつでも収蔵庫から取り出せる。遥子もかれに現物を見せてもらったが、高さ二十センチ足らずの小さなものだった。ひとつは、口をひらいて吠《ほ》えているような阿形《あぎょう》の像。もうひとつは、みじかい一角を頭にもち、口をとじた吽形《うんぎょう》の像。あわせて阿吽《あうん》。狛犬の定型である。

片手でも持てる、この小型の狛犬は、もともと屋外に据《す》えるためのものではない。室内の敷物や帷帳《いちょう》などが風にあおられぬための重しとして使われたものだ。

岸田は真贋鑑定の結果を四日後に教えると遥子に言い、きょうがその日だった。

「もう少し時間がほしいってことですか?」

遥子が問うと、

「いや」

と岸田はかぶりを振った。「分析は終わってるんだけどな」

「なのに答えが出ないんですか？」

「うむ、出ねえ」

溜《た》め息をつき、ズボンの膝をもぞもぞと掻いた。

遥子は半端《はんぱ》な気分で、噴水をぼんやりと眺めた。

そのまま黙っていると、岸田が低い声で、独り言のように話し出した。

「青銅の表面に酸化銅の層ができて、その外側に塩基性炭酸銅《マラカイト》が形成されてる。つまり、表面の錆《さび》は安定状態にある。安定しきってるから、何十年前のものか、何百年前のものか、判断がつかねえ」

遥子は問いをはさんだ。

「青銅の成分分析は？」

「もちろん、したさ。都文研へ持ってって、蛍光X線分析をやった。あれだと、検査用の試料を削りとらなくても調べられるからな」

都文研、というのは、都博とおなじ敷地内にある首都国立文化財研究所のことだ。そこに置かれている蛍光X線分析装置を遥子も見たことがある。装置のなかに検査品を入れ、焼却炉のような分厚《ぶあつ》い引き戸をカチリと閉じ、X線を連続照射する。それによって生じた特性X線が分光分析され、検出器を通して、その結果が、横のデスク上のディスプレイ画面に表示される。

「あの狛犬の青銅は、銅と錫《すず》と鉛のほかに、いろんな不純物を含んでた。砒素《ひそ》、アンチモン、ビスマス、鉄、それからニッケルに、コバルトに、金。——もちろん、どれも微量だけどな」

「それは、何を意味してるんですか？」

「古い時代の青銅だということを意味してるのさ。近代につくられた青銅なら、こんな不純物はまじってねえもの」

「不純物が時代判定の目安になるってこと？」

「それと、鉛の含有量だな。これの数値も、平安期の青銅の平均的な数値と一致した。——というわけで、成分分析の結果では、本物と出た」

「だったら、本物なんでしょう？　違うんですか？」

「あの手紙に——」

と岸田はようやく遥子に顔をむけた。「書いてあっただろう。平安の物にしちゃ脚の線がモダンすぎる、と。言われてから気づくのも情けねえけど、おれにもそんなふうに見えてきた」

遥子に向けていた目を自分の左肩へおろした。さっき鳩の糞を拭き取った跡。近すぎて見づらそうだが、そこを検分しながらつづけた。「なにしろ五十嵐《いがらし》潤吉さんてのは、金工室じゃ伝説的な存在なんだ。その人の言葉だとなると、やっぱり無視はできねえよ。よっぽど確かな反証がないかぎりはな」

「成分分析の結果は、確かな反証にはならないんですか？」

「九割方は本物の可能性があるが、十割とは言えん」

岸田の視線はまた噴水へもどった。

「なぜ」

「成分分析をパスする偽物だってありうる」

「というと？」

「たとえばだ、平安期の青銅製品の破片を手にいれて、それを鋳《い》つぶして狛犬をつくる。これだったら、成分分析では見破れねえ」

「でも——」遥子には疑問がのこる。「あの手紙は昭和二十六年に書かれたものだわ。狛犬はそれ以前から存在していたわけでしょう？　そんな昔には、いまみたいな精密な成分分析の方法はなかったはずだもの、贋作者のほうだって、微量成分のことまで考えて造ったりはしなかったんじゃないかしら」

「そりゃそうさ。しかし贋作者がだな、たまたま手近にあった平安期の青銅を鋳つぶして造ったという偶然もなくはねえだろ。だから偽物《にせもの》である確率は一割だと言ったんだ。もしもあの狛犬が一九六〇年代以降にどこからか出てきたんだとしたら、確率は五割まで上がる」

「……いずれにしても確定的な答えは出ないってことですね」

「そういうことだ」

「五十嵐という人の指摘が正しい可能性も、じゃあ消えないんですね」

平安期の物にしては脚の線がモダンすぎる、という指摘。

遥子が見たあの一対の狛犬は、細部を緻密《ちみつ》に彫りこんだものではなく、適当に省略をほどこした造形だった。むしろ、その省略のおかげで、なかなかいい〈味〉が出ていた。けれども専門家の目からすれば、様式的にひっかかりを覚えるのかもしれない。

岸田はまたおかっぱ頭を掻きながら、こう言った。

「センスがなあ、みょうに垢《あか》ぬけてるように見えるんだ。どっか近代人の感覚がのぞいてるように思えてな。平安時代の人間の感覚とは、なにか微妙に違うものを感じちまうんだ。――奈良、平安、鎌倉、いや室町まで入れても、あんな作風の像を、おれは目にした記憶がねえんだ。五十嵐さんのあの手紙を読んで、おそまきながらそのことにハッと気づいた。かといって、偽物だと断定するだけの自信もねえしな。……そういうわけで、おれの鑑定結果はクエッションマークだ」

「……そうですか」

落胆の吐息をもらす遥子を、岸田はちらりと見た。面目をうしなったような気になったのかもしれない。

「すっきりせんだろう?」

「しませんね」

「おれも、このままじゃ気分が悪い」

風で噴水の先端が霧状にながれてまた対岸を襲い、歩いていたふたりづれの女たちに小さな悲鳴をあげさせた。

「白黒つけたいですよね」

「文献資料のほうからは、何か判らんのか?」リレーのバトンをほうってよこすような口調で岸田がいった。

「あ、そうですね。ちょっと調べてみましょうか」

「きみ、前は資料部にいたんだろう?」

「ええ、古巣へもぐりこんで、判定の材料になりそうなものはないか、調べてみます」

「何か見つかったら、教えてくれ」

「わかりました」

「ただし、要領よくやれよ」立ちあがりながら、そう言った。

「は？」

「仕事さぼって余計なことやってることがバレねえようにな」

「ええ、そのへんは上手にやります」言って遥子も立ちあがった。

「きみんとこの課長、わりとうるさそうな奴だからな」

「そういう岸田さんも、若い人たちからは怖がられてますよ」

「おれがか？」

まじめな顔で訊き返した。

遥子はその腕をつかんで都博の方向をむかせ、かるく背中を押した。

「先に帰ってください。わたし、五分ほど時間をずらせて帰ります」

いっしょに歩いているところを都博の誰かに見られて、みょうな噂《うわさ》を立てられたくなかった。

岸田は、じゃあな、とそっけなく言って歩きはじめた。五、六歩行ったとき、

「あ、岸田さん」

遥子が呼びかけると、肩ごしにふり返った。

「頭上注意」

「何？」

「鳩の糞に気をつけてくださいね」

岸田は苦笑し、その薄い笑顔のまま、遥子にかるく手をふってから去っていった。

5

当直の夜がきた。

この病院での最初の宿直勤務である。

榊は病院内の図書室でみつけた『ガリヴァー旅行記』を当直室に持ちこみ、簡易ベッドに横になって読みはじめた。寝酒代わりに肩の凝《こ》らない本をと思って、それを選んだ。途中で眠くなればそのまま寝てしまうつもりだった。

『ガリヴァー旅行記』は四篇の話から成っている。

第一篇の「リリパット国渡航記」は、なかでも一番有名な小人国での物語であり、第二篇の「ブロブディンナグ国渡航記」はその逆の巨人国での話だ。榊は子供のころに少年向けのダイジェスト版で読んだ記憶がおぼろげにあるが、原典の完全な翻訳に目を通すのは初めてだった。とても一晩では読みきれぬほどの長い物語なので、ところどころを拾い読みするかたちでページを繰《く》っていった。

やがて、第三篇の「フピュータ渡航記」にさしかかった。

ラピュータは、空にうかぶ円形の島である。そこの住民は小人でもなく巨人でもないが、しかしどこやら奇妙な人間たちである。とりわけ上流階級の者たちの様子が異様だ。

たとえば、こんなふうに書かれている。


どの人間の頭も、右か左に傾いていた。……あちらこちらに、下男の服装をした男たちも数多くいたが、その連中は、手に手に、殻竿《からざお》のような恰好をした、先端にふくらんだ膀《ぼう》胱《こう》をくっつけた短かい棒をもっていた。……見ていると、それらの下男らしい連中は、この膀胱で自分たちの横に立っているお偉方の口と耳を時折叩いていた。……どうやら、お偉方の心は深い思索にいつも沈潜しがちなので、ものを言う器官と聴く器官を適当に外部の者に叩いて刺戟してもらわない限り、ものを言うことも、他人の言っている言葉に耳を傾けることもできないらしかった。そんなわけで、資力のある連中は、家の雇人《やといにん》の一人として叩き役（原語ではクリメノールという）を雇うことにしているのだそうだ。この男が傍についていてくれないと、外出することも他人の家を訪問することもできないのである。


この部分を読んだとき、榊は、ふと思った。

……これは、まるで分裂病患者ではないか。

感情鈍麻のいちじるしい慢性症状の分裂病患者を連想させる文章だった。作者のスウィフトは、当時の精神病患者の姿にヒントを得てこんな光景を描いたのだろうか。その場合、ここに書かれている〈叩き役＝クリメノール〉は、精神科医もしくは現代の臨床心理士のような立場といえるかもしれない。

「ラピュータ渡航記」には、ほかにも、こんな一節があった。


ここの連中は絶えず不安に襲われていて、一瞬といえども心の平安を味わうということができないでいる。よその国の人間ならてんで問題にもしないような事柄を、絶えず気にして悩んでいる。天体に何か異変が起こりはしないか、といっていつも戦々兢々としているというわけだ。

……危険に今にでも見舞われるのではないかという危惧《きぐ》の念に、日常絶えず襲われているので、夜もおちおち眠れないし、人間生活には当然つきものの楽しみや娯楽などを味わう余裕も失っている。


これはまさしく、分裂病患者たちが抱く世界破滅妄想そのものだ。

「先生、もうじき何かが起こります。危険が近づいてるんです。ああ、どうしよう。大変なことになります。世界が壊れちゃうんです」

真顔《まがお》でそんなふうに訴える患者を、榊はいったい何人診《み》てきたことだろう。

けれども、異様なのはラピュータの人々ばかりではない。当のガリヴァー自身の内面も、しだいに奇妙に変容してゆく様子が描かれている。

その変容は、第四篇「フウイヌム国渡航記」、いわゆる馬人国での滞在が大きなきっかけになっているようだ。ガリヴァーは、馬の姿をした住民たちとともに暮らすうちに、かれらの美徳にみちた生き方に感銘し、ひるがえって汚辱にまみれた人間界へのはげしい嫌悪と侮蔑《ぶべつ》をいだくようになる。そしてその思いが執拗《しつよう》に書きつづられる。――それだけならば、しかしどうということはない。人間を批判し風刺する文学は、とくに珍しいものでもないだろう。榊の注意をひいたのは、そのあとに出てきた一節だ。イギリスに帰国して再び家族と暮らしはじめたガリヴァーは、こう告白するのだ。

> 自分の近くに妻や子供たちがくるだけでも我慢できなかった。連中の体臭には実に辟易《へきえき》した。いわんや、同じ部屋で食事をするなどもっての他で、私は断乎としてそれを許さなかった。今でも、彼らが私のパンに手を触れたり、私と同じコップから水その他を飲むなどという、そんな言語道断な真似は許していない。いかに肉親とはいえ、私の手を握ろうとする奴がいたら絶対に容赦しなかった。

人間界の汚濁にやりきれない怒りや嫌悪をおぼえるのは、ある面ではむしろ健全なことだと榊は思うが、しかしそれにしても限度がある。まして家族に対してすら、これほどまでにすさまじい生理的嫌悪を吐露するガリヴァーの内面は、やはりどこか病的である。

そう思って見ると、この『ガリヴァー旅行記』という書物の全体が、病的な妄想と幻覚から成り立った世界であると言えなくもない。

榊は、この奇怪な旅行記を拾い読むうちに、途中から、ある予感のようなものをおぼえたが、巻末の解説を読んだとき、その予感が的中していたのを知ることになった。

解説にはこうあった。——スウィフトがこれを書いたのは五十四歳からの五年間だが、晩年には〈完全に精神の異常をきたした。それでもなお、数年、生ける屍《しかばね》として悲惨な生命を保ち〉七十八歳で死亡した。〈遺産は、遺志によって、狂人のための病院設立の費用にあてられた〉

夜中の二時すぎに、榊は呼び出し電話で起こされた。

南棟二階の病室にいる患者が不眠をうったえ、いますぐ医師と面接させろといってきかず、夜勤の看護婦がもてあまして、当直室の榊に電話してきたのだった。榊の担当ではないが、〈気分障害〉という診断をうけて入院している中年の女性患者だった。

榊はほかの患者の睡眠のじゃまにならぬように、本館一階のナース・ステーションわきにある面接室までつれてこさせ、三十分ほどその患者の相手をした。患者はそれで納得したらしく、やがて看護婦に送られておとなしく引きあげていった。

その夜の呼び出しは、それだけだった。

だが、前の病院でもそうだったが、当直室では榊は熟睡できない。浅い眠りをうつらうつらと啄《ついば》むうちに朝がくる。

しかも、この日は新しい勤務先での初めての宿直でもあったので、五時半にはもう目が覚めてしまった。

ナース・ステーションにひと声かけて、榊は本館の半地下にある職員食堂へむかった。食堂はまだ開いていないが、その前の廊下にある自動販売機で缶コーヒーを買って飲むつもりだった。

コインを入れてボタンを押すと、缶が取り出し口へと落下する音が、しずまりかえった廊下にゴトンと大きくひびいた。つかみだした缶は保温されており、すこし熱いほどの手ざわりだった。プルトップをひらいて、ふたくち喉《のど》にながしこんだとき、背後で何か物音がした。

廊下をはさんで職員食堂の反対側にあるのは、スポーツ室だ。明るいクリーム色に塗られた両びらきのドアがぴたりと閉まっているが、物音はその中から聞こえてきた。こんな早朝に誰が何をしているのだろうかと、榊はコーヒーの缶を手にしたままドアへあゆみ寄り、ちいさく設けられたガラス窓から中を覗《のぞ》いてみた。

けれども、ドアの内側二メートルほどのところに大きな横長のホワイトボードが——たぶん何かの講習や説明のときに使うためのものだろう——衝立《ついたて》のようにして置かれており、内部を見通せなかった。

ホワイトボードは両端をスティールの脚で支えられているので、下には空間がある。その空間のむこうに、人の足がみえた。裸足《はだし》だった。爪先《つまさき》は左を向いている。その足をなかば覆《おお》いかくしている暗紺の袴《はかま》。つまり見えているのは、袴をはいた人間の膝から下だけだった。

つぎの一瞬、その袴の前で白いものがすばやく閃《ひらめ》いた。

刀だ、と榊は気づいた。

剣舞の練習だろうか。いや、居合《いあい》だ。居合にちがいない。誰かが早朝に居合の稽古《けいこ》をしているようだ。患者に刀を持たせるはずはないから、これはむろん職員だと思われるが、いったい誰だろう、と榊は興味をもった。

両びらきのドアの右側をそっと押しひらいてスポーツ室の中へ入っていった。入りながら榊は、たぶん院長ではないか、と推測していた。久賀院長の風貌《ふうぼう》から、自然にそんな推測がうかんだのだ。白衣の肩に白髪まじりの長髪を垂《た》らして姿勢よく廊下をあるく院長の後ろ姿は、いつ見ても古武道の師範のようであり、その印象が居合の早朝稽古としっくり結びつく。

榊はホワイトボードの右横を回りこみ、しかし不用意に近づいて思わぬけがをさせられることがないように気をつけながら、その人物の全身が見える位置に立った。気配《けはい》で相手がふりかえった。

久賀院長ではなかった。

女だった。

髪を後ろで結び、白い稽古着に暗紺の袴。ひだりてを腰の黒鞘《くろざや》に添え、みぎてには抜き身の日本刀をにぎっている。

看護婦や事務職員の女たち、そのすべての顔と名前をまだ榊は憶《おぼ》えきってはいないが、目の前にいるその女の名は知っていた。

広瀬由起《ゆき》。臨床心理士のひとりだ。

年齢をきいたわけではないが、おそらく三十代の半ばを過ぎているだろう。榊よりは何歳か年上におもえた。

「勇ましい姿ですね」

榊が頬笑みながら言うと、広瀬由起はきまりの型にのっとったらしいきっちりとした身ごなしで刀を腰の鞘におさめ、それからおもむろに、

「おはようございます」

と微笑を返した。

色白の肌がわずかに火照《ぼて》って、なめらかな額にうっすらと汗をにじませている。鼻すじがすっきりと整い、目は細めで浅い二重《ふたえ》なので、黙っていると冷たく高慢な印象をうけるのだが、話し方は――おそらく仕事で身につけた部分もあるのだろう――やさしく穏《おだ》やかだった。

榊は二、三歩あゆみ寄り、

「居合、ですか？」

と彼女の腰の刀に視線をむけた。黒い柄糸《つかいと》がすこし褪《あ》せてみえるのは、長く使いこんでいるからだろうか。

「ええ、ときどきここで稽古してるんです」みだれのない稽古着の襟元《えりもと》をみぎてで整えるしぐさをした。「以前に教わったことを思い出しながらの、我流《がりゅう》のひとり稽古ですけど」

背丈《せたけ》は榊よりもやや低いが、女にしては長身のほうだ。袴姿のせいか、白衣を羽織《はお》っているときよりもすらりと細く見える。

「青竹とか筵《むしろ》の束をスパッと斬《き》ったり、そういうのもやるんですか？」

しかし、いまは周《まわ》りにそうしたものは立てられていない。小型の体育館のようなこのスポーツ室はがらんとしており、隅の金網籠《かご》にバレーボールとバスケットボールの球がまぜこぜに放りこまれ、ひだり側の壁の中央からバスケットのゴールがひとつ突き出ているだけだ。

広瀬由起はちょっと眉《まゆ》をよせるようにして薄く笑った。

「この刀ではできません。刃のない模擬刀《もぎとう》なんです」

「竹光《たけみつ》というやつですか？」

「いえ、金属です。合金です。でも刃入れはされてないんです」

「重いんですか？」

「持ってごらんになる？」

ひだりてで鞘ごと腰から引きぬき、横にしてさし出した。

「いいんですか？」

言いながら榊も左手で受け取ろうとしたが、たとえ模擬刀とはいえ刀など持つのは初めてなのでその重さの加減が推《お》し測《はか》れず、しかもそれをさし出したときの広瀬由起の手さばきが意外に軽そうに見えたため、そのつもりで鞘のまんなかあたりを無造作《むぞうさ》につかんだのだが、彼女が手をはなすと刀は榊の予想を上まわるずっしりとした重みがあった。取り落とさぬようにあわてて力をこめる際、反射的に右手も添えようとした。が、その手に缶コーヒーをにぎっていたことに気づいて躊躇《ちゅうちょ》したほんの短い空白の瞬間に、広瀬由起の手がすかさず伸びてきて榊の手から缶を奪い取り、おかげで彼は刀を落とさずに済んだ。ただ、その一瞬の彼女の顔と手つきには、不器用な弟を見かねて思わず手助けする癇性《かんしょう》の姉のような苛立《いらだ》ちと手荒さがあったのを、榊は感じとった。

「見かけよりも重いんだなあ」

両手に横たえた刀をかるく揺すったあと、しかし刀身を引き抜いてみることまではせず、そのまますぐに返した。

刀と飲みさしの缶コーヒーがふたたび交換されて持ち主の手にもどったが、広瀬由起はもう

刀を腰に差さずにひだりてに提《さ》げもち、

「これ、ただの趣味でやってるんじゃなくて、わたし自身にとってのセラピーみたいなものなんです」

と榊からすこし目をそらして静かに言った。

「セラピー？」

「精神統一ができるでしょう。よけいなことを頭から追い払って抜刀《ばっとう》していると、悩みとか迷いとか鬱屈《うっくつ》とかがちょっぴり浄化されて、おちついた、おだやかな気分になれるんです。座禅やヨガなんかの効用と同じだと思います」

「なるほど。しかし患者に勧めるのは考えもんですね。刃はなくったって、斬ったり突いたりすれば大怪我《けが》になるでしょう」

冗談とわかる口調で言って缶コーヒーをひとくち飲んだ。

広瀬由起もうすく笑みをうかべ、

「ええ、クライアントに勧めたことは一度もないです」

答えて、手の甲でひたいと頬の汗をおさえた。

臨床心理士たちは〈患者〉のことを〈来談者《クライアント》〉と呼びたがる。そういう気持ちで相手に対するべきだという意味をこめてのことだろう。榊は内心で、その呼び方に半分賛成し、半分反対している。気分障害や睡眠障害や摂食障害、あるいは軽症の性障害くらいならば来談者《クライアント》と呼ぶほうが確かにふさわしいと言えるが、しかし分裂病や鬱病となると、その呼び方では事態の深刻さを曖昧《あいまい》にぼかしてしまうように思えてならないのだった。

「こうやって稽古時間を早朝に限っているのも、刀を振り回している姿をクライアントに見せないためなんです。変な刺激をうける人がいたら困りますから」

言いながらホワイトボードのほうへ歩き、それを押しはじめた。ボードの脚についたキャスターがキュルキュルと鳴った。ドアの小窓から覗《のぞ》き見されぬよう目隠しの衝立《ついたて》代わりにしていたのを、どこか元の位置へ戻そうとしているようだ。

「手伝いましょうか」

榊がいうと、

「そうですか、すみません」遠慮せずに礼をいい、「じゃあ、これ、あの正面の壁ぎわへ寄せといてくださいます？　わたし、窓をあけて空気入れ換えますから」

と金網入りのガラス窓のほうへ向かった。窓は西側の壁に四つ設けられている。

あたりまえのことだが、おなじ資格をもっている者が、おなじ能力を発揮するわけではない。優秀な者もいれば劣った者もいる。精神科医もそうだ。同業者として榊が感服《かんぷく》する医師がいる一方で、首を傾げたくなるような連中もいる。けれども、臨床心理士の分野にくらべれば、それでもまだましかもしれない、と榊は思っている。臨床心理士の資格をもつ者たちは、医者に輪をかけて能力のバラツキがはなはだしい、というのが榊の実感である。

このS病院には、十人の医師のほかに五人の臨床心理士がいる。

そのなかで、広瀬由起は医師たちから特に高い信頼を寄せられている様子だった。勤務をはじめてまだ間もない榊の耳にも、その評価はすでに聞こえていた。彼女は二年前までほかの病院にいたが、久賀院長がじきじきにスカウトしてこの病院へ連れてきたのだという。

とはいえ、S病院ではすべての患者について、診療の主導権をにぎっているのは医師たちである。臨床心理士は、原則として補助的な立場にいる。その点だけで言えば、S病院の人事体制はひじょうにオーソドックスなものだ。

初診はかならず医師がおこない、その医師の判断で、心理テストやカウンセリングを臨床心理士に依頼する、というかたちをとる。臨床心理士にもっと大きな権限をあたえている病院や診療所もあるが、S病院はそれをしていない。これは摩擦《まさつ》や混乱をさけるための院長の方針だろう、と榊はおもっている。

医師と臨床心理士とでは、学んできたことの中身がちがう。患者をみる角度もちがう。病気や障害にたいする考え方の根っこに、微妙なずれがある。立場を対等にすれば、かならずどこかで摩擦がおきる。院長はそれを予見して、あえて〈主〉と〈従〉の枠組《わくぐ》みを外さずにいるのではないだろうか。

院長にスカウトされてきたという広瀬由起も、やはりその枠組みのなかに入れられている。評価はされているが、だからといって特別の立場をあたえられているわけではない。あくまでも医師の補助者としての役割をはみだすことを許されてはいない。

正面の壁ぎわへホワイトボードを押してゆきながら、榊は、ふとこんな憶測をもった。さっき彼女がなにげなく漏らした言葉――〈よけいなことを頭から追い払って抜刀していると、悩みとか迷いとか鬱屈とかがちょっぴり浄化されて、おちついた、おだやかな気分になれるんです〉――あの言葉は、この病院での彼女の立場とも、いくらか関係があるのかもしれない。

「きょうはお天気が悪そうですね。雨になるみたいですね」

開けた窓のひとつから外を見て、広瀬由起がすこし間《ま》のびした声でいった。「……外来は暇になりますね」

ホワイトボードを所定の位置に戻しおえた榊は、缶コーヒーの残りをひといきに飲み干して隅の屑籠《くずかご》に捨てたあと、袴姿で立つ広瀬由起の背へ近づいていった。

彼女は外を向いたまま、しかし、榊の足音が背後から近づくのに合わせて一歩ひだりへ寄り、かれの立つ場所を空《あ》けた。

「言ってる間に、ほらもう、ぽつりぽつり降ってきちゃいました」

「ほんとだ」

窓から湿っぽい空気がながれこんでくる。

職員食堂とおなじく、このスポーツ室も地面を掘りさげた半地下にある。窓の外に塀のように立ちはだかって見えるのは、地面がこちらへ崩《くず》れてくるのをふせぐための土留《つちど》めのコンクリート壁だった。目線よりも高い位置にある地表面は、右から左へと下ってゆく斜面になっており、地平のラインが傾いている。そのため、窓から外を見ると、自分たちのいる部屋そのものが斜めに傾《かし》いでいるような錯覚をおぼえて、なにやら不安定な気分におちいった。

斜めの地平のうえに早朝の雨空が仄暗《ほのぐら》くかぶさっている。土留めのコンクリートに雨の粒が黒い縦線を細くみじかく引いてゆく。その線がしだいにふえてゆく。けれども雨脚はよわく、こぬか雨という感じだった。

「窓、閉めなおしましょうか」

榊がいうと、

「雨ながめるの、お嫌《きら》い？」

と広瀬由起は横顔のまま訊いた。「わたし好きですわ。雨が地面に当たって立ちのぼってくるにおいも好き」

「ぼくも嫌いじゃないです。長雨はいやだが、さっと降ってさっと上がる雨はいい」

「わたしは、しとしと降りつづく雨も好きです。子供のころからそうなんです。ひとりで部屋にいて、頬杖つきながら外の雨音に耳をかたむけていたりするのも好きでした。こんなこと言うと、なんだか根暗《ねくら》な女におもわれそうですけど」

頬の横でほつれ毛がひとすじ、湿った微風に揺れている。彼女の髪をうしろで束ねているのは半透明の薄茶色の髪留めだが、それは鼈甲《べっこう》なのかプラスティックなのか、榊にはわからない。

「でも――」

と広瀬由起は低くつぶやいた。「なぜか雨の音を怖がる子もいるんですよね。ここに入院している子ですけど」

言われて榊も思い出した。

「それ、亜左美という少女のことですね？」

仮名で入院している十七歳の美少女。――彼女の診療記録には〈夜間の雨音をみょうに怖がる〉と書かれていた。

――夜間の雨音をみょうに怖がるが、しかしその一方で、先日、自殺患者の死体を梅林公園で発見したときは、まったく怖がらなかった、という。

ふつう誰もが怯《おび》えるものを少しも怖がらず、その逆に、何でもないものを異様に恐れたりする。それを必ずしも異常ときめつけることはできないが、分裂病患者にやや多く見られる傾向があることは事実だ。

「そういえば、あの子、先生が担当を引き継《つ》がれることになったんでしたわね」

「ええ、あした二回目の面接をすることになっています」

「あの子の心理テストを担当したのは、わたしなんです」ほつれ毛をうるさそうに払いながら榊のほうを向いて言った。

「そうでしたか。――しかし、変だな。心理テストのことは、診療記録には何も書かれていなかったが……いつのことですか？」

「去年の夏です」

「最初の入院のときですね？」

「ええ、あの子の症状が落ち着いてきたときに、沢村先生の依頼でパーソナリティ・テストをしました。YG性格検査と、ロールシャッハと、SCT、その三種類でした」

パーソナリティ・テストは、人格の内容をさぐるための検査だ。

そのひとつであるYG（矢田部ギルフォード）性格検査は、質問用紙に列記された項目――たとえば、「いんきである」「いつもほがらかである」「人中ではだまっている」「こまかいめんどうな仕事が好きである」「人前に出るのが恥ずかしい」「人のうわさはあまり気にしない」などというたくさんの項目――について、「はい」「?」「いいえ」のどれかを選ばせる。

ロールシャッハ・テストは十種類のインクのしみが何に見えるかを言葉で答えさせる。

SCTは文章完成法テストといわれるもので、「子どもの頃、私は――」「私はよく人から――」「私の暮らし――」「私の失敗――」「家の人は私を――」などといった導入句のあとに、頭にうかんだ文章をつづけさせる。

「その検査結果を、沢村先生に報告されたんですね?」

「いいえ」広瀬由起はわずかに眉をよせた。「あの子の回答のしかたに疑問点が多かったので、診断資料に使ってもらうのはあきらめたんです」

「テストに真面目《まじめ》に応じなかったということですか。だとしても――」叱責《しっせき》の口調にならぬよう気をつけて、榊はおだやかに言った。「それならそれで、患者のそういう態度を記録しておくべきだったと思いますが」

広瀬由起はひるまずに言葉を返した。

「回答がでたらめだと確信できていれば、そうしました。けれど、疑問をもっただけで、確信にまでは至りませんでした。テストに答えるときのあの子の態度や表情からは、わざとでたらめを答えているという様子はうかがえませんでした」

「態度からは見ぬけなかった、ということですか」

「見きわめがつきませんでした。――すなおに答えたのか、でたらめを答えたのか、判断がつきませんでした。それを沢村先生に申しあげたら、先生も、じゃあ、無かったことにしようとおっしゃって記録にも残されなかったんです」

「……そうですか」

「頼りなくて、いいかげんな心理士でしょう?」

自嘲《じちょう》の言葉だが、それをいう彼女の表情には卑下《ひげ》の色は微塵《みじん》もなく、それどころか居直るように、まっすぐに榊の目をみた。

「いや、いいかげんとは思いません。むしろ、その逆でしょう」

信用性の不確かなテスト結果を平然と分析して報告を出すよりも、はるかに誠実な態度だ。

榊の言葉に、広瀬由起の表情が謙虚にやわらいで、ほつれ毛をまた指先で払った。

「わたし――」と彼女は静かな声でいった。「臨床心理士のくせに、心理テストなんか、あんまり重視してないんです」

「ほう……」榊は笑いをふくんで相手をみた。そんなことを平気でいう臨床心理士に会うのは初めてだった。

彼女もうすく笑い、すこし視線をそらして、こうつづけた。

「心理テストっていうのは、どうしたってクライアントを緊張させますでしょう? 怖がらせる、と言ったほうがいいかしら。自分の内面を覗き見られるのは、やっぱり厭《いや》なものですものね。他人には知られたくない一面て、誰にでもありますし、自分自身も知りたくない、知るのが怖い、というようなことだってあるでしょう? そういう気持ちが複雑に渦巻くなかで答えているわけですから、すべてをさらけだして素朴《そぼく》に無心に回答してくれる人がいったいどれだけいるのか、わたし、かなり懐疑的なんです」

「患者のそういう意識を先回りして、ちゃんと補正しながら読み取っている、とぼくに言った心理士がいましたが」

「ふふ。ハッタリですわ、そんなの」鼻で嗤《わら》った。

「ハッタリ？」

「そんな神様みたいな芸当のできる心理士なんて、どこにもいやしませんわ。もし、できると本気で思い込んでる心理士がいるのなら、その人はDSMでいうところの妄想性障害にあてはまると思います」

DSMというのは、アメリカの精神医学会がまとめた『診断と統計の手引き』の略だ。いわば診断用のメニューのようなものだ。いまは改訂第四版、すなわちDSM－Ⅳが出されており、日本の精神科医や臨床心理士たちも、このところそれを重宝《ちょうほう》がって使う者がふえている。

「だいいち――」

と彼女はさらに言いつのった。「その補正のしかたが間違っていないかどうか、どうやって確かめるんでしょうか？　確かめようがありませんわ。誰にも確かめられないことをあれこれ言い放つのは、単なるホラ吹きです」

言葉は辛辣《しんらつ》だが、口調はあくまでもおだやかだ。

榊はすこし愉快になった。

じつはかれ自身も、心理テストには以前から疑問を持っている。あまりあてにすべきではないと内心で思っている。臨床心理士たちが好んで使うロールシャッハ・テストにも、信頼を置く気にはなれない。なぜなら、インクのしみのかたちや色をみて口にする言葉に、その人間の意識下の願望や恐怖や、その他のもろもろが投影されているという前提じたい、ほんとうに正しいのかどうか、確実な証拠がない。

仮に、その前提が正しかったとしても、投影された意識下のもろもろを読み取り、解釈する作業には、どうしても心理士の主観が入りこむ余地がある。その心理士の解釈が真実を突いているのか的外れなのか――広瀬由起の言葉を借りれば――〈誰にも確かめられない〉のだ。

まして、画用紙に家や樹や人を描かせてその人間の内面を解釈するＨＴＰなどというテストに至っては、まさしく〈判《はん》じもの〉というしかなく、人相見の占いと大差はない、と榊は醒《さ》めた見方をしている。

にもかかわらず、おおかたの臨床心理士は、みずからの商売道具のひとつとして心理テストに固執《こしゅう》している。しかもテスト結果をむだにすまいとするあまり、検証不可能な憶測だらけの解釈をもっともらしく書きつらねてくる者も少なからずいる。

そうした心理士たちにくらべると、広瀬由起の考え方は、榊にはきわめて好ましいものに映った。この病院の医師たちが彼女に高い信頼を寄せている理由も呑《の》みこめた気がした。

「心理テストのことはともかくとして――」榊は真顔になって話題をもどした。「彼女の治療には、心理の人に手伝ってもらって、家族療法をとりいれる必要があるかもしれない、とぼくは思ってるんです。両親と、それから姉がひとりいるようですが、いちど全員と個別に面談して、どんな人たちなのか様子を見たいと――」

それを途中でさえぎるようにして、

「無理です」広瀬由起がしずかに断言した。「父親が承諾しません」
「……無理ですか」
「沢村先生もわたしも、以前にそれをお願いしてみたんですが、承諾していただけませんでした。とくに沢村先生は、あの子のお姉さんと会いたがっておいででしたけれど、父親が頑《がん》として応じませんでした」

——患者は、姉にたいして被害妄想を抱いているように見うけられる。自分の行動や思考が、姉のテレパシーに操られることがある、という。「わたしの考えが抜き取られちゃって、かわりに、わたしの考えじゃない考えが割り込んでくるんです」などと訴える。すなわち思考奪取。および思考吹入。この妄想は継続的ではなく、間欠的にあらわれる模様。

妄想は、現実生活の何かを反映しているとは限らない。それどころか、こんな妄想を妹が抱いていたことに対して、きっと姉のほうは激しく当惑していることだろう。

が、それはそれとして、亜左美が発病に至るまでの姉妹関係の様子やふたりの生育歴などをいちおう詳しく知っておきたい、というのは担当医師の当然の希望である。

その希望が叶《かな》えられなかったことを、沢村医師がやや無念そうに診療記録に書き添えていたのを、榊は思い出す。

「父親とじかに会われたことは？」
「一度もありません。わたしたちが会ったのは母親だけです」広瀬由起はちいさく嘆息《たんそく》を漏らした。「父親は、院長先生とはご昵懇《じっこん》のようで、ときどき連絡をとりあっておいでのようですけれど、担当のわたしたちが面談を求めても仕事の多忙を理由にして、ぜんぜん来てくださらないんです。院長先生から頼んでもらってもだめなんです。たまに来られるのはいつも母親だけですが、その母親も、父親とおなじく防御《ぼうぎょ》意識がとても強くて、妹の病気に姉まで巻き込みたくないといって、決して連れてこようとなさらないんです」

「ふむ」榊は腕組みをした。「困った家族ですね。患者を自分たちから切り離そうとしているんだろうか」

仮名入院。家族面談拒否。――自分たちを守るためにガードをめぐらせている。

そのせいか亜左美のほうでも、母親が面会に来てもあまり会いたがらない、と看護記録に書かれていた。

亜左美への同情が榊のなかでふくらんだ。

〈わたし、沢村先生がなつかしい。沢村先生のほうがよかった〉

あの言葉は、榊の気分をわざと損《そこ》ねようとする悪意のみで言ったのではなく、それ以上に、前任の沢村医師への追慕の気持ちを正直に口にしたものだったのかもしれない。亜左美にとっては、親身《しんみ》に自分を見守ってくれた沢村医師のほうが、じつの家族よりも、気持ちのうえでずっと近しい存在だったのかもしれない。

思いつつも、しかし榊のなかで気になっている彼女の言葉がある。

〈先生、人間の死体ってさあ、生きてるときとずいぶん感じが違うのね〉

〈死体？〉

〈ウンコの臭《にお》いなんかして、変なのよね〉

〈……そういえば、きみ、自殺した患者さんを発見したんだったね〉

〈ちがうの。あの死体じゃなくて、沢村先生の死体のこと〉

〈見たのか、きみ？〉

〈腕もさあ、こーんなに捻《ね》じ曲がっててておかしいの〉

〈きみ、その場にいたの？〉


亜左美はあのとき返事をせずに、人差し指を唇にあててシーッと言い、榊を残して病棟の中へ消えたのだった。

「このあいだの初めての面接のとき、彼女、みょうなことを言いました。沢村先生の死体をまぢかで目にしたような口ぶりでした。沢村先生は事故で亡くなったと聞いていますが、その場に、彼女もいたんですか？」

「あの子、そんなこと言ったんですか」広瀬由起はあきれたように眉をよせた。「沢村先生の遺体を見たというのは、あの子の虚言《きょげん》だと思います」

「虚言癖《へき》があるんですか」

「虚言なのか、それとも妄想なのか、ちょっと見きわめにくくて困ることが多いんです。そういうとき、沢村先生は妄想だろうという見方をなさいましたけど、わたしは意識的な虚言ではないかという疑いを、いつも捨てきれずにいました」

しかし、虚言とみるか妄想とみるかで、亜左美の病気についての診断は大きく変わってしまう。

「とにかく、わかりにくい子なんです。――あの子の言葉を聞くときは、そのあたりを慎重によりわける作業が必要だと思います」

「ふむ……」そんな難しい少女をこれから的確に診断してゆけるかどうか、榊は自信が持てなくなってきた。「ところで、沢村先生はどんな事故で亡くなったんですか？」

「本館の屋上から転落されたんです」

「え、墜死《ついし》ですか」

「ええ、当直中の深夜に」

「なぜ落ちたんです。屋上にはフェンスがあるでしょう」

「あります」

「……すると、自殺ですか？」

「そう思っているスタッフは多いみたいです。というのは、沢村先生が抗鬱薬を飲んでらっしゃったこと、みんな知ってますから」

「抗鬱薬を？」

「ええ、ご自分で処方されてました」

「そうですか。……遺書のようなものは？」

「そういうものは無かったそうです。――いずれにしても、あの子が沢村先生の遺体を目にしたはずはありません。だって、沢村先生が落ちた場所は本館の裏手です。あの子のいる南棟の病室からは見えませんし、深夜の見回りをしていた看護士が遺体を見つけてから警察の現場検証が終わって運び出されるまで、各病棟の出入口はすべて閉ざされていたんです。――あの子の言ったことは、ですから、虚言か妄想だと思います」

「なるほど」

「ちょうどこんな――」

と広瀬由起は窓の外へ視線をむけた。「小雨の降ってる夜でした」

「沢村先生の診療記録をみると、最後の日付けは先月の半《なか》ばになっていますが」

「ええ、きょうでちょうどひと月になります、亡くなられてから」

「まだ、ほんの最近ですね」

「クライアントの神経によけいな刺激をあたえて動揺させたりしないために、沢村先生の転落死のことは、病院内ではあまり話題にしないようにという申し合わせができています。でも、沢村先生に診《み》てもらっていた方たちにはやはり伝えざるを得ないので、事故でお亡くなりになった、というふうにだけ説明してあります」

それを聞かされてショックをうけた亜左美が、そのさい頭に描いた想像上の光景や臭《にお》いを、じっさいの記憶と混同してしまっているのかもしれない。

であるとすれば、これは〈妄想追想〉とよばれるもので、おもに精神分裂病にみられる症状の一つだ。

だが、広瀬由起が疑っているように、これが妄想ではなく、意識的な虚言であるとするなら、分裂病よりも、むしろ人格障害のほうへ大きく針が振れることになる。

「わたし、このあいだから——」

と広瀬由起がいった。「あの子の精神分析をさせてほしい、と院長先生に申し出てるんです」

榊はそれを聞いて、思わず眉根《まゆね》をよせてしまった。

「精神分析？」

「……あら、ずいぶん厭《いや》な顔をなさいますわね」苦笑しながらも、さぐるような目で榊をみた。

「あなたのご専門は、精神分析療法だったんですか」

落胆の気持ちを榊は声音《こわね》にもあらわした。

すると、広瀬由起の顔からもそれまでの打ちとけたやわらかさが消え、なにか身構えるような、よそよそしい態度になった。

「精神分析一本槍《やり》じゃありませんけど、でも、クライアントの症状によっては、精神分析をします。そのためのトレーニングも定期的にうけています」

「……そうですか」

「精神分析は、おきらいのようですわね」

「治療法として使うことには、疑問を持っています」

「分裂病は脳の機能異常が原因で、心の病気じゃないから、精神分析なんかしても無意味だとおっしゃるんでしょう？」

「その通りですが、それだけじゃない。気分障害であろうと、不安障害であろうと、人格障害であろうと……どんな患者に対しても精神分析療法の効果には疑問を持っています。——あれは医療とは呼べない」

榊はそう言いきった。

広瀬由起は感情をおさえた口調で、

「手きびしいんですね」

目を合わさずに言った。


……榊が医学生だったとき、精神医学概論の講師がほんらいの講義から脱線して、精神分析の話をした。具体的な分析例として、講師は、ひとりの精神分析医の著作から一例を引用した。

ある日、分析中に、ある男性がトイレに行きたいと言った。彼は過去の想い出を話しているところだった。彼に弟が生まれて、家庭の中での彼の地位は危うくなっていた。その頃、彼は橋の上に立って、足下のドブ川の流れを見ていた。するとそこに、ビニール袋に入れられた胎児が流れて来た……。これだけ話して彼はトイレに行ったのだった。彼が戻って来たとき、私は彼に解釈を与えた。

ビニール袋に入っていた胎児を、あなたは弟だと思ったのです。今トイレに行きたくなったのは、そのドブ川があなたの尿の流れになったからです。弟をドブ川に流してしまいたいという願望が、トイレに行きたいという感覚となって現れ、あなたは心の中の弟を、今トイレに流してきたのです。

講師は、さらにつづけて、おなじ著作の中から〈夢分析〉の例も引用した。ある男が奇妙な夢をみて不安になり、この精神分析医のもとを訪れて分析をうけた、という内容だった。

「僕は枯木の上にしがみついていました。下は沼です。降りようにも降りられないのです。見ると、沼の中には、死体がいっぱい浮いていたのです。ますます強く枯木にしがみついているところで、目が醒めました。不安でしかたがありません。これからどうなるのでしょうか。この夢はどういう意味でしょうか」

分析の中で、彼は、夢を見る前に彼に起こった出来事を思い出した。それは、結婚して妊娠していた彼の姉が、流産したということだった。解釈はすぐに行なわれた。彼の夢の中の、沼地に浮かぶたくさんの死体は、流産された胎児である。そしてその胎児は彼だった。後日、彼は家に帰って、父母に向かって叫んでいた。「僕は、お姉さんの、流産された子供なんだ！」。分析は、彼の不安を、このような一つの真理の言表に変えた。

このとき、教室のなかで数人の学生が失笑し、その声が講師の耳にも届いた。

「いま笑った者は手をあげたまえ」

講師は教室を見まわした。笑いは消え、しずまり返った。誰も手をあげなかった。

講師は、ひとりの学生を指さした。

「きみは笑ったか？」

学生は急いでかぶりを振った。

「いえ、笑いませんでした」

「うむ、きみは笑わなかったな。わたしはちゃんと見ていた」

ほっとしてうなずくその学生に、講師はこう言った。

「では、いま引用した分析例について、きみの意見を述べてみなさい」

しかし学生が口にしたのは、意見ではなく、

「……すごいです。驚きました」

という単なる感想だった。

「そうか。すごいかね。——さて、それじゃあ、きみに問うけどね、この精神分析医がやってみせた解釈の正しさを、われわれは、どうやったら検証できるだろうか」

学生はしばらく言葉につまったあと、

「検証は……できません」

と小声で答えた。

「ふむ。とするならば、この解釈とはまったく別の解釈を誰かがおこなってみたとして、どっちが正しく、どっちが間違っているか、それを確かめたり証明したりする方法は何かあるだろうか」

「……たぶん、ないと思います」

「その通り。ないよ。検証する方法なんかありはせん」

そして講師は、教室全体を見まわしながら言った。

「いまの引用を、笑いもせず、苦笑もうかべず、感心しきった顔で聞いていた者が、ほかにも

何人かいたようだが、その諸君には、卒業後の専門領域を決めるさい、精神科ではなく、どうか他《ほか》の科を選択してくれるよう切《せつ》にお願いしたい。あるいは、いっそ医学なんかやめちまって、文学、もしくは哲学の分野へ進むことをお勧めする。その分野でなら、きみたちは他人にさほど実害を与えずにすむんじゃないかと思う。どうぞその分野で、思うぞんぶん勝手な空想をふくらませていただきたい。観念をもてあそぶ技《わざ》を磨《みが》いていただきたい。——しかし、まちがっても、精神科医になろうなんてことは思わないでいただきたい。きみたちの手に落ちて玩具《おもちゃ》にされてしまう気の毒な患者さんたちのことを思うと、わたしは胸が痛む」

戸惑いぎみに黙りこむ学生たちをもういちど見まわしたあと、五十年配のその講師はすこし語気をやわらげた。

「こんなことを言うのは、あるいは越権行為かもしれん。かえって、きみたちの反発を買うかもしれん。だが、どうしても言っておきたかった。——というのは、たとえば文学部あたりで臨床心理学をかじる学生ならば多少は致し方ないとしても、医学をこころざす身で、しかも精神科を選択するつもりでいる学生のなかにも、精神分析なんぞに魅力をおぼえて、そっちの道に入りこんでゆく者が、いまだに無くならんからだ。とくにラカン派のような、みょうに難解で観念的な物言いに、きみたちは弱い。〈対象a〉だの〈黄金数〉だのと、なにやら響きのいい用語に出合うと、手もなくやられてしまう。ラカンが観念の上に観念を積み重ねてこしらえた複雑な空中楼閣に、きみたちは強く惹《ひ》きつけられてしまう」

たしかにラカン派の精神分析は、難解であるがゆえに、学生のあいだで根強い人気があった。

講師はかけていた眼鏡をはずし、くしゃくしゃのハンカチをポケットからひっぱり出してレンズをぬぐいながら、つづけた。

「まあ、観念遊びが好きなのは、若くて優秀な頭脳をもつ者の、いわば宿病みたいなものだ。だから、それをするなとは言わない。観念遊びに興じたければ、興じてもいい。ただし、精神医学の分野でそれをすることだけは、どうか慎《つつし》んでもらいたい」

　眼鏡をかけなおして目をあげた。その視線が榊の顔にも向けられた。

「諸君のうちの幾人かが精神科を選んで研修医になったとしよう。しかし若い諸君にとっては、現実の患者たちとの接触は、じつのところ、さほどヒロイズムを満足させてくれるものでもなく、むしろしばしばうんざりし、ときには退屈でさえあるかもしれん。だから、たとえ空中楼閣であっても、そこへ昇って、自分の〈知的な仕事ぶり〉を味わってみたくなる気持ちは、わたしにも判る。ようく判る。しかし、繰り返すが、それをすれば、もはや医者じゃあない」

　教室の隅で誰かが小さく咳《せき》をした。ほかには私語もなく、講師の声だけがつづいた。

「人間というものがよく判らない。その脳がまだよく判らない。しかし判らないことに苛立《いらだ》って、空想の世界に入ってゆくのは控《ひか》えようじゃないか。観念の上に観念を積み重ねるんではなく、あくまでも謙虚に、実証的に、人間の脳の働きを、そして病気を見ていこうじゃないか。それが医者の良心というものだと、わたしは思う。精神科医は、観念遊びに長《ちょう》ずる必要などないんだ。観念遊びにひたった頭で患者を診断するのは、きわめてたちの悪い行為だ。患者の発言とか夢とかを材料にして勝手な解釈とこじつけをするような療法は、もう、いいかげんにやめてもらおうじゃないか。精神分析で患者がほんとうに治《なお》るんならまだしも、そんな実例はほとんど見当たらない。精神分析医が誇らしげに発表する治療成功例というのをよく見てみると、その患者の症状が改善したのは、精神分析のおかげなんかじゃなくて、じつはそんなのとはまったく別の要素が作用した結果じゃないのかと疑えるケースが、きわめて多い。しかも、患者やその身内が治療の途中で精神分析に疑問をもって、どこかよその医者のもとへ移っていった事例のことは、報告からきれいさっぱり省《はぶ》かれている。精神分析医はそれを自分の失敗例には含めない。途中で去っていったのは、患者が悪いからで、自分のせいじゃないわけだ。そのまま続けていれば治ったかもしれないんだから、失敗例に含める理由などないというわけだ。――くどいようだが、精神分析なんてのはね、きみたち、文学であって医療ではないんだ」

当時の榊は、その講師のあまりにも一方的で遠慮会釈のない批判を、まるごと鵜呑《うの》みにしたわけではない。精神分析療法への見方がいささか偏狭《へんきょう》すぎるように感じ、すこし距離をおいてその話を聞いていた。

が、やがて自分自身が精神科を選択し、ひとりの医師となって臨床経験や医療現場での見聞をふやしてゆくにつれ、しだいに納得がいきはじめた。あのときの講師の言葉がひとつひとつ腑《ふ》に落ちるようになった。あの痛烈きわまる批判は、ただの誹謗《ひぼう》や難癖《なんくせ》づけではなく、やはり精神分析療法がその根っこに抱え持つ〈いかがわしさ〉を的確に指摘していたのだ、と考えるようになった。

だから、広瀬由起の専門が他ならぬ精神分析だと知って、榊は落胆した。

信頼できる臨床心理士だという印象を持った直後だけに、なにか裏切られたような気分だった。

「あなたはさっき――」

と榊は皮肉な口調でいった。「心理テストでは、検証不可能な解釈はすべきじゃないとおっしゃったはずだが、だとしたら、精神分析をするのはその言葉と矛盾しませんか」

広瀬由起は即座に言いかえした。

「テストと治療とは別です。心理テストは、診断の資料にするための検査ですから、憶測とか主観のまじった解釈は厳密に排除しなきゃなりません。でも、じっさいの治療の段階では、検証可能かどうかとか、そんなことばかりに窮屈にこだわる必要はないと思うんです。だって治療というのは一種の勝負ですもの」

「勝負？」

「ええ、病気や症状との勝負です。だから、理詰めで考えるだけでなくて、ひらめきも大事ですわ。たとえ検証不可能な解釈でも、それが核心を突いていると信じたら、治療に役立ててもいいと思います」

「しかし、精神分析が治療に役立っているという証拠はないです。むしろ否定的な見方のほうが、だんぜん多い」

「それは、初めから精神分析に敵意をもっている方々の偏見《へんけん》ですわ」

どこまでも平行線の会話だった。

広瀬由起は顔を横に向けた。彼女の視線はスポーツ室のがらんとした空間を横切って反対側にあるドアのほうを見た。ドアの外の廊下で人声や物音がする。病院の朝が始まろうとしていた。

榊は訊いた。

「で、院長はどう答えたんです、あの少女に精神分析をしたいというあなたの申し出に対して」

「返事を保留なさってます」榊に向きなおりながら言った。「新任の担当医と相談してみる必要があるとおっしゃって」

「ぼくのことですね？」

「ええ」

そっけなくうなずいて、彼女はふいに手荒く窓を閉めた。雨脚がつよくなり、土留めコンクリートの縁《へり》にあたったしぶきが、窓の中まで飛んできはじめたからだ。

窓はひだり側にあと二つ、みぎ側に一つ残っている。広瀬由起がひだりへ向かったので、榊はみぎ端の窓へゆき、それを閉めた。閉めてから言明した。

「ぼくが担当しているかぎり、どの患者にも精神分析なんか受けさせるつもりはありません」

広瀬由起はひだり端の窓を閉じおえて、十数メートル離れたその位置から榊をみた。ひだりてに模擬刀をもってすらりと立つ袴姿の彼女は、視覚的には、なにか颯爽《さっそう》とした魅力があった。しかし、だからといって、医者としての反感が榊の中から消えたわけではない。

「わかりました」

と彼女は、抑制のきいた平静な声でひとこと答えると、そのまま隅の用具部屋へ歩いていった。そこで着替えをするのだろう。

榊もドアへ向かった。当直明けの睡眠不足もあって、あまり爽快な朝ではなかった。

6

展示品に添える解説パネル。

江馬遥子はそれを本館一階の第五特別陳列室へはこんだ。

きょうは月曜日だ。――休館日なので、観覧客の姿はない。

あすから、特別展『ルーヴル美術館所蔵古代オリエント秘宝展』が幕をあける。その解説パネルの一つに誤りがあった。まぎわになってそれが判り、急いで訂正をたのんだものが、さっきディスプレイ業者から企画課に届いた。遥子は訂正原稿のひかえを見ながらパネルの文章を校正し、きちんと直っていたので、それを持って一階の陳列フロアにあがったのだ。

展示品の陳列はすっかりととのっている。

ルーヴルから貸し出された古代オリエントの壺、彫像、浮き彫りが、展示台のガラスのなかに粛然と並んでいる。

陳列室のほぼ中央に、大きな石碑《せきひ》が据《す》えられている。石碑には、山岳地で戦う王と兵士たちの姿が浮き彫りにされている。誤りがあったのは、その石碑のための解説パネルだった。

遥子を出迎えるようにして小肥《こぶと》りの男があゆみ寄ってきた。東洋課の学芸員、末永《すえなが》だ。

「ありがとう。直し、オーケーだった?」

「ええ、チェックは済ませたけど、いちおう目を通してくれる?」遥子はパネルを手渡した。

今回の特別展の解説文づくりは、東洋課の西アジア・エジプト室が担当した。

末永は眼鏡をおしあげて、A2判のパネルの文章を入念に読む。上着はぬいでいる。ワイシャツの袖をまくっている。男っぽく筋《すじ》が浮き出たりすることのない、ぽっちゃりとした腕だ。

『ナラム・シンの戦勝碑《せんしょうひ》』

と題されたその石碑の解説文には、こう書かれている。

紀元前二二四〇年頃の作　材質／砂岩　高さ二〇〇×幅一〇五㌢《センチ》

メソポタミア美術のなかでも傑作といわれるこの石碑は、アッカド王朝第四代の王ナラム・シンが敵の族長を破ったことを記念してつくられたものです。

アッカド王朝（前二三五〇年頃〜前二一五〇年頃）は、メソポタミアにおける最初の統一国家です。この石碑に描かれたナラム・シン以降の諸王は、神としてまつられました。浮き彫りの中でナラム・シン王がかぶっている角の生えた王冠は、神の象徴です。

アッカド人は強力な軍事組織によってペルシャ湾から地中海にいたる大帝国を建設しましたが、かれらは、それ以前にメソポタミアに栄えたシュメール文明を後代につたえる役割も果たしました。

もともと国史研究が専門の遥子には、紀元前二千年といわれても、どうも実感が湧《わ》かない。

「でも、あれだね——」

と遥子は、一部に欠損のあるその淡褐色の石碑を見あげて言った。「いまから四千年以上も前のものにしては、あんまり摩滅《まめつ》も風化もしてなくて、浮き彫り《レリーフ》がしっかり残ってるよね」

末永はパネルから顔をあげ、

「うん、発掘されたのは二十世紀の初めだからね。それまで永いこと土のなかに埋もれてたおかげで、風化が少なかったんだ」

と説明した。

「え、これ、二十世紀になって見つかったの？」

「そうだよ」

「大丈夫なの？　まちがいなく本物なの？」

遥子は両手を腰にあてて、疑わしげな表情をしてみせた。

末永は真顔でいった。

「もちろんだよ。きまってるじゃないか。この戦勝碑のことは、ちゃんと古代の歴史の記録にもあるんだ」

「そんなの、証拠にならないじゃない。その記録に合わせて、あとからそれらしく偽物《にせもの》を造ることだってできるんだもの」

「だけど、これは本物だよ。世界中の学者がみとめてる」

末永はむきになった。

遥子より一つ年下。きまじめで、遊び下手の独身男だ。いちど誘われて飲みに行ったことがある。とぎれとぎれのぎこちない会話。女にたいする自信のなさ。迂闊《うかつ》なことをいうと彼を傷つけてしまいそうで、遥子は気をつかい、疲れた。

けれど、都博内で仕事がらみの話をしているかぎりは、遠慮のない気さくな会話のできる相手だった。

「でもさ、ニューヨークのメトロポリタン美術館、あそこに三十年以上も展示してあった古代エジプトの猫のブロンズ像が——」遥子は、以前に金工室長の岸田から聞かされた話を受け売りした。「科学鑑定の結果、近代につくられた偽物だと判明した事件があったじゃない。その猫、それまでメトロポリタンの名物の一つで、ポスターとかパンフレットとか絵葉書とかにも、さんざん使われてたのよ」

「ああ、その話なら知ってる」

「ブロンズの成分分析をしてみて偽物だと判ったらしいけれど、その猫を本物と鑑定して買い入れた学芸員、もし、そのときまだ生きていたのなら、立場なかったわね」

「怖いよな」

「その点、石を扱ってきた人たちは安心よね。成分分析で制作年代が突き止められるわけじゃないから、あとになって鑑定ミスを責められる心配がないものね」

末永は四千年前の石碑を見あげながら、

「そうとも言えないさ」

とつぶやいた。「大英博物館のエジプト王妃像の例だってあるしね。あれは石灰岩の像だった」

「偽物だったの?」

「うん、十九世紀末の贋作《がんさく》だった」

「どうやって判定したの？」

「膝《ひざ》に両手をおいた若い王妃の座像で、高さは四十センチもない小ぶりなものだけど、エジプトのカイロに、それとまったく同じ形をした像があることが判ったんだ。象形文字《ヒエログリフ》で彫られた銘文まで同じなんだ。ところが、違いが一ヵ所だけあった」

「どこ？」

「カイロの像は銘文の一部が欠けてたんだ」

「大英博物館のほうは欠けていなかったの？」

「欠けてなかった。贋作者が本物に似せて偽物をつくったとき、欠けてる部分の銘文を適当におぎなっちゃったんだ。だから、おぎなった部分の銘文だけ、文章として変なんだ。間違ってるんだ。つまり贋作者が馬脚《ばきゃく》をあらわしてたんだけど、本物の存在を知るまでは、専門家もそのことをあんまり気にしなかった。古代人だって書きまちがいはあるだろう、くらいに考えてたんだ。美術史家たちもみんなその像のすばらしさを賞《ほ》めちぎってた。エジプト第十七王朝期を代表する名彫刻だということになってた」

「すっかり騙《だま》されてたのね」

「ま、そういう例もあるからね、油断は禁物だ」

「なるほどね。……ところで、そのパネル、それでいい？」

「うん、完璧《かんぺき》に直ってる。ありがとう」

言ったあと、末永は沈んだ顔でそのパネルをもういちど見た。「ぼくの最初の原稿が間違ってたんだ。ぼくのミスなんだ」

遥子はかれの小肥りの肩をポンと叩《たた》いた。

「こんなの、よくあることじゃない。わたしなんか、しょっちゅうだけど、いちいち気にしないよ」

けれども末永の表情は晴れず、吐息まじりに言った。

「ぼくはやっぱり、ここの勤めは向いてないようだ。大学の研究室にもどって、ずっと発掘をしていたい」

だいぶ疲れているようだ。

「ずいぶん弱気ね。どうしちゃったのよ」

「このパネルだけじゃなくて——」手にした解説パネルをちいさく揺すった。「ミスが多くて叱られた」

「部長に？」

「部長にも課長にも」

「落ち込むことないよ。大きな特別展の直前は、みんな神経が昂《たか》ぶってピリピリしてるのよ。でも、もう準備もととのったし、だいじょうぶよ」

「苦手なんだ、こういう作業は」

「それでも、あなたの力がなかったら、ここまできちんとならなかったと思うよ。こまかい準備作業、ぜんぶあなたが受け持ってたじゃない」

それは遥子の本音だが、末永には慰めとしか聞こえないのだろう。

「きみは、ほんとは優しい人なんだな」しんみりと言う。

女にたいしてだけでなく、すべての対人関係にひ弱なところがあるようだ。他人の言葉や態度に過敏で、かんたんに打ちひしがれる。

そのとき、

「末永」

と呼ぶ太い声が背後からきこえた。「課長が呼んでるぞ」東洋課の同僚だ。「エンテメナ王の壺は、位置を変えるはずじゃなかったのかって」

課長の不機嫌が、この男の声にも乗りうつっている。

「ええ、そうなんですけど、年代構成からいってやっぱりあそこでないと――」

「おれに言わずに課長に言ってくれよ」

「ああ、はい。すぐ行きます」

末永はあたふたと第二特別陳列室のほうへ向かおうとした。

「あ、そのパネル」遥子は手をのばした。「この部屋のでしょ？」

「おっと、そうだっけ」

「貸して。わたしが取り付けとくから」

課長に叱られにゆく末永に、遥子は励《はげ》ましの笑みをうかべてみせた。

「ああ、じゃあ、たのむ」

パネルを遥子にゆだね、ワイシャツの腋《わき》の下に汗をにじませて小走りに出ていった。

パネルを取り付けおえた遥子は、どこか人気《ひとけ》のない場所をさがそうとして館内をうろついた。

大階段のある玄関ホールでは、ディスプレイ業者の男たちが忙しそうに立ち働いていた。特別展のための飾りつけの真っ最中だ。ルーヴル美術館からの貸し出し品の展示ということで、フランス国旗の三色があちこちに使われている。

けれども、展示内容は古代オリエントの品々なのだから、フランス色よりもむしろオリエント色を強く出すべきではないのだろうか。〈オリエント〉より〈ルーヴル〉に比重を置いたほうが来館者がふえると見ての学芸部長の指示なのだろうか。

思いながら玄関を出てみると、外は雨だった。

きょうは北海道と沖縄をのぞいてほぼ全国的に雨模様だ、と朝のテレビが予報していた。

本館の正面玄関前には、広い前庭がある。前庭のまんなかに楕円《だえん》形の洋風池。それをゆったりと囲んでコンクリート路面と植栽《しょくさい》。さらにそれらを挟んでひだりてに東洋館、みぎてに考古館が建っている。

翼棟《よくとう》を張りひろげた考古館の中央部には、緑青《ろくしょう》におおわれたドーム屋根が載っている。ネオ・バロック様式。明治末期に完成して以来、関東大震災にも耐えて生きのび、いまはこの建物自体が重要文化財に指定されている。

降りしきる雨が、前庭のコンクリート路面を黒くひからせ、池の水面を毛羽《けば》だたせ、東洋館の向こう端をすこし霞《かす》ませ、考古館のドーム屋根の緑青《ろくしょう》をいつもより濃い緑色に見せている。

本館玄関前の屋根付きの車寄せに、ディスプレイ業者のトラックとワゴンが駐《と》められている。そのワゴンの中で、男がひとり携帯電話で何か話している。

遥子は外の雨の情景をつかのま眺《なが》めたあと、あともどりして館内に引き返した。玄関ホールの大階段の前を、考古課の橋本直美が通りかかった。女子高生どうしのように、ちいさく手を振り合ってすれちがった。

遥子は階段をのぼって二階へ行ってみることにした。白い大理石の手摺《てす》りがひんやりとして気持ちいいので、ときどきそれに手を置きながらのぼった。

二階には、絵画と書跡《しょせき》と漆工《しっこう》の陳列室がならんでいる。絵画の陳列室をどこまでも通りぬけて、いちばん奥にある漆工陳列室とのあいだの廊下に出ると、人の気配がなくなった。

遥子は麻上着のポケットから携帯電話を取り出した。

「はい、金工室」

「あ、企画課の江馬です。岸田さんですね？」

「おう、おれだ」

「石井さんは？」

「奈良博へ出張してる。石井に用なのか？」

石井は岸田の部下だ。

「ちがいます。例の狛犬《こまいぬ》の件でしらべたことを報告したいので、そばに誰もいないときのほうがいいと思って」

「そうか。こっちは、いま独りだ。きみ、どっからかけてる」

「本館の二階です」

「来るか、こっちへ?」

「いえ、このまま電話で話します。金工室に入りびたってるところを誰かに見られると、変な誤解を受けかねませんから」

　すると岸田がかすかに笑いを漏らした。

「……わかった。じゃあ聞くから話せよ」

　遥子はメモを見ながら報告をはじめた。考古館の裏手にある資料館で、文献資料をあたってみた結果の報告だ。

「あの狛犬一対は、昭和五年、つまり一九三〇年に帝室博物館が買い上げています。売り主は、岡山県高梁《たかはし》市に住んでいた個人の方です。名前は田辺徳太郎。この売り主が狛犬に添えて出した由緒書《ゆいしょがき》が資料館にありました。それによると、江戸時代の万治二年、西暦でいうと一六五九年ですけど、その年の四月に田辺家の祖先が奈良の秋月大社の宮司《ぐうじ》からこの狛犬を贈られた、となっています」

　奈良の秋月大社は、全国の秋月神社の本祠《ほんし》だ。所蔵する古神宝のなかには、国宝や重要文化財に指定されている物もすくなくない。

「ただし、この由緒書は、紙の質から見て、明治以降に書かれたものだと思います。元の由緒書の紙が虫に食われてボロボロになるかどうかして、それで誰かが新しい紙に書き写したのかもしれません」

「紙、新しいのか」

「江戸時代のものじゃありません」

「それじゃ、あやしいもんだな」

「でも、書いてある内容は、辻褄《つじつま》が合うんです」

「辻褄？」

「ええ、この田辺という売り主の祖先は、備中《びっちゅう》松山藩の重臣だったみたいです。備中松山藩五万石のあるじは板倉家です。備中松山、これ、つまりいまの岡山県高梁市《たかはしし》のことですけど、板倉家はここに入封する前は、伊勢亀山の大名でした」

「なあ、ちょっと、きみ」

「はい」

「そういう話、狛犬と何か関係があんのか、深い関係が」

「あるんです」

「あるの？」

「あります」

「……じゃ、先つづけて」

「板倉家は、藩祖板倉勝重《かつしげ》から三代目の重郷《しげさと》のとき、幕府の奏者番《そうしゃばん》兼寺社奉行をつとめています」

「寺社奉行か……」

「そうです。だから、売り主の祖先が板倉重郷の下で、寺社奉行の実務にたずさわった可能性は大いにあるんです。となると、そのとき奈良の秋月大社の宮司と接点をもった可能性も、ありえます。つまり、秋月大社から売り主の祖先へとつながる糸はいちおう認められるんです」

「ふむ、なるほどな。由緒書には信憑性《しんぴょうせい》があるってことだな」

「ええ、辻褄は合うんです」

「しかし、狛犬と秋月大社との関係はどうなんだ。秋月大社がそういう狛犬を持ってたっていう記録か何かは、ねえのか？」

「あります。これは、わたしが見つけたわけじゃなくて、昭和五年に狛犬を買い上げるとき、当時の学芸員がしらべたんだと思います。藤原頼長《よりなが》の日記に書かれている狛犬が、おそらくこれだろう、という所見を記入した紙がありました。売り主の由緒書に、それが添えてありました」

藤原頼長は平安時代後期の人間だ。左大臣にまでのぼったが、保元の乱を起こして敗死した。その日記は『台記《たいき》』と呼ばれている。

「秋月大社は藤原氏の氏神《うじがみ》なんです。保延二年、つまり西暦一一三六年の十一月七日に、藤原頼長が、秋月大社にたいして、蒔絵《まきえ》弓と、水晶鏑《かぶらや》矢と、銀の鶴一対と、それと青銅の狛犬一対を献じたということが、頼長自身の日記に書かれていました。わたしも読んで、それ確認しました」

「そうか」

「ついでに調べてみたんですけど、この献品目録のうち秋月大社で今も保存されているのは、水晶鏑矢の鏃《やじり》と、銀の鶴一対だけで、蒔絵弓と青銅の狛犬一対はなくなっているんです。弓の行方はわかりませんけど、狛犬のほうは由緒書にあるように、江戸時代に宮司から田辺家の祖先に贈られたと考えれば、すじは通ります」

「弓は虫だな」

と岸田がいった。

「は？」

「弓はたぶん虫にやられたんだろう。いまみたいに酸化プロピレンで燻蒸《くんじょう》するなんて方法もねえからな。平安時代はおろか、二百年前の弓だって、めったに残っちゃいねえもの。——ま、それはともかく、あの狛犬、九割五分がたシロに思えてきたな」

「あ、おなじですね。わたしも、九十五パーセントは本物じゃないかって気がしてるんです。でも、まだ残るんですよね、五パーセントの疑いが」

「残るな」

「頼長の日記のことを知っていた人が、行方不明になっている狛犬一対を、適当に想像して造りあげたっていう可能性が残りますよね。で、もっともらしい由緒書をそれに添えて帝室博物館に持ち込んだ、という可能性が」

「その通りだ」

「でも、それ、確かめようがないですね。これ以上は調べようがないですもんね」

「九割五分シロだという感触が持てたら、ふつうならその段階で本物だと判定しちまうところなんだが……しかし、あの五十嵐さんの手紙がなあ」

「気になるんですね？」

「気になる」

「じゃあ判定は、やっぱり灰色のままですか」

「うむ」

「やだなあ……引きずっちゃいますね、もやもやした気分」

「おたがい、骨折り損でしたね」

遥子が嘆息すると、すこし間《ま》があいて、岸田がいった。

「なあ、きみ」

「はい」

「捜してみてくれねえか」

「え」

「五十嵐さんの所在だよ」

「でも……まだご存命なのかしら」

「きみの親父《おやじ》さん、生きていたら何歳だ」

「ええっと、大正十年の生まれでしたから……」

「八十ぐらいだな。五十嵐さんもだいたいそれぐらいだとしたら、生きてる可能性はじゅうぶんあるだろう」

「……そうですね」

「よし、捜してくれ」

「わたしがですか？」

「もともと、きみが持ち込んできた話だろ」

「そうですけど……」

「消息がつかめたら、また連絡くれ。——もし五十嵐さんがもう死んじまってたら、残念なが

「そうだな」

ら、この件はそこで終了だな。……八十前後か。急いだほうがいいな。急いでくれ」

一方的に命令して、岸田は電話を切ってしまった。

携帯電話を麻上着のポケットにしまいながら、遥子はなにか釈然《しゃくぜん》としない気分だったが、話を持ち込んだのはお前だと言われれば、たしかにその通りだとうなずくしかないのだった。

7

その日、榊は午前中に外来の診療を担当した。

辺鄙《へんぴ》な立地であるから、外来患者は大都市圏の病院ほど多くはない。そのぶん時間をかけて診《み》ることができる。

診療を終えて、外来棟を出ようとしたとき、

「榊先生、お電話です」

看護婦に呼び止められた。

「誰から？」

「名前はおっしゃらないんですけど、女の方です」

診療室へ引き返して受話器をとった。

空腹のせいで脳のはたらきが鈍りかけている。昼飯は何を食べようかと思いながら、立った

まで電話に出た。

「はい、榊ですが」

しかし相手の言葉を聞いた瞬間、榊の脳はすばやく活性化し、空腹感も消えた。

「初めまして。わたし、亜左美の姉です。妹がお世話になっております」

「あ、初めまして」榊は受話器を握りなおした。

「あの――」

と相手がつづける。やや低めだが、めりはりのある声だ。「ちょっと事情がありまして、病院へ見舞いにゆくこともできなくて申し訳ありません。でも、妹の状態がとても気になって、で、先生にお電話してみたんですけれど、あの、このことは両親には言わないでおいてくださいますか？」

「ええ、いいですよ。内緒にしておきます」

職業的習慣の、ゆったりとした口調で答えながら、しかし榊はこの思いがけぬ電話を内心ひじょうに喜んでいた。

亜左美の病気をどう見るか、榊はまだ迷っている。はっきりした診断をくだして治療計画を立てるうえで、ぜひ患者の姉とも面談したかったのだが、両親がそれを頑《かたく》なに拒否していると聞いて、しかたなく諦《あきら》めていた。その当人が自分から電話をしてきた。得がたい機会だ。

じっくり会話するつもりで、かれは椅子に腰をおろした。

「先生、妹のこと、どうかよろしくお願いします。あの子、自分の病気を、すごく不安がっているんです。やさしく診てやってください」

診療記録の家族歴によると、彼女は亜左美の三つ年上。二十歳の大学生だ。

「ええ、だいじょうぶです。患者さんは誰でもみんな不安なんです。その気持ちを充分に汲《く》みとりながら診てゆくつもりですから、安心してください」

「あ、いい先生みたいでよかった。担当の先生が新しい人に代わったって聞いたので、ちょっと心配だったんです」

「そうですか」

「やさしそうな先生でよかった。妹もほっとしてるんじゃないかしら」

「亜左美さんとの面接はまだ一回だけなんです。じつは、きょうの午後に二回目をする予定です。お姉さんから電話があったことを伝えれば喜ぶかもしれない。伝えてもいいですか？」

「ええ、かまいません。でも、両親には黙っていてくださいね」

その言葉をまた繰り返した。親の束縛《そくばく》の強さは、かなりのものと思われる。亜左美の病理にも、そのことが何らかのかたちで影響しているのかもしれない。

「先生」

「はい」

「あの子、やっぱり精神分裂病なんでしょうか」

沢村医師はそう診断をくだしていたが……。

「わたしは亜左美さんを担当してまだ日が浅いので、もう少しくわしく様子を見てから判断しようと思っています」

「分裂病じゃない可能性もあるんですか？」

「精神の不調にはいろんな原因があって、ちがう病気なのに、似たようなまぎらわしい症状が出る場合もあるんです。だから、そのあたりをじっくり見きわめようとしているところです」

「……あの子、よくなるんでしょうか」

「よくなってくれるように、一生懸命やってみるつもりです」

「妹を助けてやってくださいね、先生」

真剣な声だった。

「とても妹さん思いですね」

「だって、ふたりきりのきょうだいですもの」

「姉妹《しまい》仲は、昔からよかったんですか？」

「ええ、ずっと仲良しです。小さい頃からいつも一緒に遊んでいました」

「それにしても、ずいぶんご両親に気兼《きが》ねなさっているようだけど……」

「父も母も、病気のことはお医者さんに任せとけばいいって言って、わたしが病院に近づくのを許さないんです。妹の不安があんまり判っていないんです。優しさが足りないんです」

まったくその通りだと榊も思ったが、肉親への批判に医師が同調の言葉を口にするのはいいことではない。聞き手に徹して、質問をつづけた。

「子供のころの躾《しつけ》は、かなり厳《きび》しかったんですか？」

「どうかしら。厳しいって言えば厳しいですけど、顔を合わせる時間が少なかったので……」

「お父さんは非常にお忙しい方のようですね」

「ええ。それに母もお花の教室で教えているので、わたしたち、ふたりだけでいることが多かったんです」

「なるほど」

　そういう家庭環境が姉妹関係をひときわ濃密にしていったのかもしれない。そしてそれが例の妄想を生む土台になった可能性も考えられる。

「亜左美さんは、お姉さんにテレパシーで操《あやつ》られるという妄想を持っていたようだけど、そのことは知っていますか？」

「はい。母から聞きました。前の先生にそんなことを話したらしいですね」

「それについて、お姉さんとしては、どう思いました？」

「ちょっとびっくりしました。わたしのことを嫌ってるのかしらと思いました。でも、病気のせいだもの、しかたがないと思いました。――ていうか、ひとりぼっちで淋《さみ》しくってそんな妄想が出たのかもしれません。あの子、わたしが居てやらないと何もできない子ですから」

　妹の庇護者《ひごしゃ》として自分を位置づけているようだが、しかし〈支配者〉である気配をも榊は感じた。この二つは容易に混同されるし、容易に入れ替わる。

「先生」

「何ですか」

「妹は病気の前はすごくいい子だったんです。それを判ってやってくださいね」

「ええ、もちろん判っています」

「いい子に戻してくださいね」

「できるかぎりやってみます」

「……ほんとによかった。いい先生でよかった。わたし、安心しました」

彼女はしきりにそれを言うが、よい医者かどうかは、むろん、こんなわずかな会話だけで知ることはできない。彼女は好意と好評価を前払いして、榊の熱意を引き出そうとしているのだろう。一種の対人操作《そうさ》だが、無意識にそういうことをする癖があるのかもしれない。

「ところで、せっかく電話をくださったので、もうすこし話を聞かせてくれますか？」

訊《き》きたいことは、まだいろいろあった。たとえば、姉の目から見た亜左美の異常行動や奇妙な発言。そして、亜左美が夜の雨音を怖がる理由について、何か心当たりがあるかどうか。

――しかし、それらを訊こうとする前に、

「あ、ごめんなさい、もう切らないと……また、お電話します。さよなら先生。妹のことよろしくお願いします」

そう言って姉は早々に電話を切ってしまった。


亜左美との面接は、前回とおなじく午後二時からだった。

そして前回とおなじく、彼女は時間きっかりに面接室にあらわれた。きょうは青いTシャツにベージュのチノパンツという姿だ。髪のうしろを左右ふたつに分けて結んでいる。

「こんにちは、先生」

と愛想《あいそ》よく挨拶《あいさつ》しながら入ってきた。

「こんにちは。……おや、きょうはここでいいのかい？」

椅子に腰をおろした亜左美に榊は訊いた。前回は、外での面接を求められ、梅林公園へ行った。

「うん、ここでいい。でも、先生が外へ行きたいなら、外でもいいよ」

笑顔で言って、膝《ひざ》に両手をおき、上半身をすこし榊のほうに傾けながら甘えて小首をかしげるようにした。

榊は目をそらして横のデスクの診療簿を見るふりをした。

先週、第一回目の面接のとき、亜左美ははじめ榊にたいして敵意と警戒心をあらわにしていた。しかし、終わりのころにはいくらか気を許したらしく、むしろ馴《な》れ馴れしい態度すらみせた。そしてきょうは、小首をかしげて見つめるようなことをする。

少女の媚《こ》び。

恋人へのしぐさなら別にかまわないが、医師にたいする態度としては、やや当惑させられるものがある。もともと美少女であるだけに、あどけなさを装ったその媚びには、馬鹿にできない効力が宿っている。

そばに立つ看護婦をちらりと見ると、露骨に眉をひそめていた。前回の面接のときとは別の若い看護婦だ。

榊は気を引きしめて亜左美に向きなおり、

「じゃあ、きょうは中でやろう」

できるだけ淡々とした口調でいった。

「うん、いいよ」

亜左美は笑みを浮かべつづけている。

「なんだか気分がよさそうだね」

「そう見える？」

「うむ、明るい顔をしている」

「でも、ほんとはそうでもないの」

「気分はよくないのかい？」

「気分はいつだってよくないけど、先生にはあんまりそういう顔を見せないことにしたの」

椅子のうえで軽く体を前後に揺すりながら言い、ふふ、という茶目っ気のある笑いを付け加えた。

「しかし、無理にあかるく振るまわなくたっていいよ。自然にしてくれていいんだ。気分がよくなければ、遠慮なくそういう顔をしてくれていいんだ。でないと、まちがった診断をしてしまうかもしれない。そうだろう？」

「そうね。じゃ、こういう感じかな」

亜左美は脚をくみ、その膝に頬杖《ほおづえ》をついて背をまるめ、物憂《ものう》げに目を伏せた。

「あ、でも、やっぱこういうほうがいいかな」

両手で頬をはさみ、口を縦にひらいてムンクの『叫び』をまねてみせた。

榊は苦笑した。

……医者と遊ぼうとしている。

気分はやはりいいようだ。

「さっきね」

と榊はいった。「きみのお姉さんから電話があったよ」

亜左美は頰から手をはなして、真顔《まがお》になった。

「ほんと？」

「うん」

「何て言ってた？　先生に何を言ったの？」

「きみのことをとても気にかけていた。しっかり治してやってほしいと頼まれた」

「それだけ？」

「きみにやさしくするように言われたよ。仲のいい姉妹なんだね」

だが、亜左美の表情はすっかり曇ってしまい、不機嫌に眉をよせ、黙って自分の指の爪を見つめた。

榊はその様子を注意深く観察しながら尋ねた。

「どうしたんだい。お姉さんからの電話が気に入らないのかい？」

「……余計なことして」

吐き捨てるように言った。

「きみのことを案じてくれているんだよ」

「先生」

「なんだい」

「ほかの話にして」

「え」

「ちがうこと話そ」

「お姉さんの話は厭《いや》なのかい？」

「先生、きょうはネクタイしてないね」

強引に話題を変えようとした。姉にたいするこの拒否反応は、例の被害妄想とも深く関係していることは間違いなさそうだ。しかし、根拠のない病的な反応なのか、それとも何か相応の原因があるのか、それはまだ判らない。面接を重ねるなかで解明してゆかねばならない課題ではあるが、今ここで無理に突き止めようとしても、うまくゆくとは思えなかった。亜左美が身を躱《かわ》して入り込んだ脇道へ榊もついてゆくことにした。

「ネクタイなんかしないほうがいいって、このまえ、きみが言ったからさ」

「わたしが言ったからやめたの？」

「それもあるし、すこし汗ばむ季節になって鬱陶《うっとう》しくもあったしね」

「でも、どっちが強かったの？」

「ん？」

「どっちの理由が強かったの？　わたしに言われたから？　暑くてうっとうしかったから？」

「……半々だな」

「そんなのだめよ。どっちか決めてよ」

榊は亜左美の目をみた。冗談まじりではなく、まじめに訊いているようだ。

「きみのアドバイスのほうが強く効《き》いたかもしれないな」

「ほんとに？」

「うむ」

「ふふ」

満足げに肩をすくめて笑った。

そして首を右に傾け、ふたつに分けて結んだ髪の、右側の房《ふさ》をもてあそびながら、斜めに榊を見つめて、

「ねえ、先生」しんみりした口調でつぶやいた。「先生はさあ、孤独な気分て、感じたことある？」

榊はすこし笑いながら答えた。

「もちろんあるさ。誰でもみんなあるさ。孤独を感じたことのない人なんていないと思うよ」

「じゃあ、なんでみんな元気にしてるの？」

「他《ほか》のことを思ったり考えたりするのに忙しくて、孤独な気分にばかり浸《ひた》っていられないからだよ」

「わたし、うす暗い倉庫みたいなものかな」

「倉庫？」

「うす暗くて窓もなくて。……隅っこで兎《うさぎ》がガサゴソしてるだけ」

「倉庫に兎はいないだろう」

「わたしの中には、いるのよ。とくに夜になるとガサゴソうるさいの」

「音が聞こえるのかい？」

「そう、幻聴」

「……幻聴だと自分で思うの?」

「だって、頭の中で聞こえるんだから幻聴でしょう?」

榊はデスクのメモ用紙に、

〈うさぎ、幻聴〉

とボールペンで記した。

亜左美は前回の面接でも、ペンギンの声が話しかけてくる、と言っていた。

ペンギン。兎。――動物がしきりに登場する。

「その音はしょっちゅう聞こえるのかい?」

「夜中にときどき」

「なぜその音を兎だと思うの? 兎の姿が見えたの?」

「見えないけど、わかる。あの兎が出てくると、わたし、ベッドにじっとしてられなくて、廊下へ出ちゃうの」

「廊下へ出てどうするの?」

「どうしていいか判らなくて、サロンまで行くこともある」

病棟の各階に、談話用のサロンが設けられている。

「きのうの夜は?」

「兎が出た」

「それでサロンへ行ったんだね?」

「うん」

「そのとき、サロンの鉢植えをぜんぶ薙《な》ぎ倒したそうだね。憶えているかい？」

面接前に目を通した看護記録に、そのことが報告されていた。

「……はい」

「なぜそんなことをしたくなったの？」

「兎の音を消したくて」

「ん？」

「何か大きな音を立てて、兎の音を消したかったの。けど、看護婦さんに叱られた」

……兎の音。

これは、やはり分裂病の幻聴だろうか。

「その音は、いつごろから聞こえるようになったのかな。最近になってから？　それとも何年も前から？」

「去年くらいから」

「そういう話を家族の人にしたことはある？」

「ないです」

「なぜ」

「みんなも頭の中でこんな音がするんだろうって思ってたから。人間はみんなそうだと思ってたの。でも違うって判って、びっくりした」

「違うと判ったのは、いつ？」

「ここに入院してからよ。ある日、面接のとき、兎がうるさくて眠れないって沢村先生に言ったら、それは幻聴だって教えてくれたの」

しかし、亜左美の二回目の入院はすでに三カ月を超えており、その間、抗精神病薬を毎日飲みつづけているにも拘《かか》わらず、いまだに幻聴が続いていることになる。——投薬量が少なすぎるのか、あるいはこの幻聴は分裂病とは無関係のものなのか。

考えていると、不意に亜左美が、坐ったまま椅子のキャスターをすべらせて、互いの膝がくっつきそうなほど榊に近づき、ひだりの二の腕を彼の目の前に持ちあげた。

「先生、ここ痛い」

甘えた口調でいう。

「え」

Tシャツから出た若々しい腕が、榊の鼻先にある。その肌のかすかな産毛《うぶげ》。ちいさなほくろが一つ。思春期の少女の体臭。

「きのうの夜、看護婦さんにここ摑《つか》まれたの。わたし患者なのに、あの看護婦さん、すごく乱暴なのよ。ねえ先生、あの人に注意して。宮田って名札《なふだ》の人」

榊はその腕をそっとおろさせ、かたわらに立つ看護婦に、

「あとで湿布薬でも貼《は》ってあげてください」

と事務的な口調で告げた。

同僚の悪口をいう亜左美の横顔を、看護婦は不快そうな目で黙って見おろしている。

「ぜったい注意してね、先生。あんなひどい看護婦、ゆるせないもの」

亜左美は言いつのったが、むろん榊は取り合わず、むしろ窘《たしな》めた。

「それはきみが悪いことをしたからだろう。サロンの鉢植えを薙ぎ倒したりするからじゃないか」

「だって、わたしは病気なんだもん。病気だから入院してるんでしょう？　もっと患者にやさしくしてくれなきゃ。患者は犬や猫じゃないのよ。そうでしょ？」

「その通りだが、患者さんは王様でもない。患者さんが乱暴なことをしたら、看護婦さんはそれを止めなきゃならない。そのさい、すこしばかり手荒くなってしまうことがあるかもしれないが、別にきみを苛《いじ》めようとしているわけじゃない」

　榊の冷淡な態度をみて、亜左美はますます腹立ちをつのらせ、

「もうっ、そうやって、すぐに身内をかばうんだから」

　椅子のキャスターをすべらせて、こんどは榊から遠ざかり、壁ざわで横を向いたまま、ふてくされてしまった。

　榊が何か言っても返事をしない。

〈あの子、沢村先生がすっかり甘やかしちゃったもんだから、図に乗ってるんです〉

　前回、初めての面接のとき、中年の看護婦がそう言って榊に注意をうながした。

　なるほど、と思いながら、榊は腕組みをして、しばらく沈黙ごっこを続けた。

　やがて亜左美はいきなり立ちあがって榊の横のデスクにあゆみ寄り、ボールペンをつかんでメモ用紙に文字を書きつけた。

先生とはもう口をききたくありません

やや幼さの残る、丸みをおびた文字。腹立ちのせいで筆圧が高くなっており、おそらく下の頁にも跡がついていることだろう。

榊は椅子にすわったまま横目でそれを読み、

「なぜだい」

と訊いた。

亜左美はまたデスクに上体をかがめてメモ用紙にボールペンを走らせる。ふたつに分けた髪の房が頰の横で揺れた。

先生は私のつらさを
何もわかろうとしてくれないから

書きおえると壁ぎわの椅子へもどり、再びそっぽを向いて黙り込んだ。

看護婦が首をのばしてデスクのメモ用紙を読み、榊をみて、ね、困った子でしょう、という顔をしてみせた。

看護記録の記述内容からも感じていたことだが、亜左美は看護婦たちのあいだで、あまり評判がよくないようだ。ささいなことで拗《す》ねたりふくれたりするため、みんな手を焼いている様子だった。

そんな亜左美の片鱗《へんりん》を、いま榊も目にしていた。

……やはり違うのかもしれない。

この子の病気は、分裂病ではないのかもしれない。むしろ、〈境界例《きょうかいれい》〉である気配が濃くなってきた。

頑固にそっぽを向いたままでいる亜左美を見ながら、榊はそう思いはじめていた。

境界例。

むかしは神経症と精神分裂病との境界にある病気として、この診断名が使われていた。しかし、いまでは分裂病とはまったく別個の、人格障害の一種として区分けされている。DSMでは、だから、境界性人格障害と呼ばれる。榊もこれまでに何人かの境界例患者を診た経験がある。

境界例は、若い女性に多い。

慢性の空虚感と退屈感を抱えており、気分の変動がはげしく、揺れる小舟のうえに立っているように、感情がきわめて不安定なのが特徴である。

とりわけ、対人関係でそれが出る。とにかく好き嫌いが極端なのだ。しかも同じひとりの人間にたいして手のひらを返すように評価を変えてしまう。すこし気に入ると過剰な理想化をするのだが、ちょっとした何かがきっかけでそれが根こそぎひっくりかえり、悪《あ》しざまに貶《けな》したり罵《ののし》ったりする。

怒りの引火性が高く、すぐにヒステリックな癇癪《かんしゃく》をおこし、その怒りをコントロールすることができない。

寄る辺《べ》のない不安感、孤立無援の思いを抱えていて、ささいなことに怯《おび》える。そのせいか、つねに自分に注意を惹《ひ》こうとし、無理難題をいう。

一方で、相手の心理を読み取ることにはおそるべき洞察力をもっており、言葉や態度で人を操作《そうさ》し、手玉にとるのが巧《たく》みだ。

みずからが語る生育歴、哀しい打ち明け話、どれもこれも信憑性《しんぴょうせい》に乏しく、平気で仮病《けびょう》もつかう。


〈沢村先生は妄想だろうという見方をなさいましたけど、わたしは意識的な虚言ではないかという疑いを、いつも捨てきれずにいました〉


臨床心理士の広瀬由起の言葉を、榊はあらためて思い出す。

しかし、たとえ亜左美の語ることが虚言ではなく、じっさいに妄想であったとしても、境界例の可能性が消えるわけではない。分裂病に似た妄想的体験は、短期間なら境界例にもあらわれる場合があるからだ。

亜左美は境界例かもしれない。その考えが榊のなかで強まった。

境界例は、分裂病にくらべれば、さほど重い病気とは見なされない。だが、医師や看護スタッフにとっては、そうではない。むしろ、ほかのどんな病気よりも厄介《やっかい》だ。榊だけでなく、過去に境界例患者を担当したことのある者なら誰でも、その病名を聞いただけで思わず逃げ腰になるはずだ。

患者に絶え間なく振りまわされ、巧みな対人操作にまどわされ、スタッフ間に深刻な対立が生じ、みんな疲れ果て、感情的になり、混乱におちいってしまう。

亜左美にたいする看護婦たちの様子をみると、すでにその徴候があらわれているようにも思える。亜左美への反感、嫌悪、あるいは怒りのようなものが、彼女らの中でふくらみはじめている気配が感じられる。

しかし、それでもなお榊は断定を保留した。どこまでも慎重さを失うまいと、自分に言い聞かせた。

軽率《けいそつ》に境界例と断定することで分裂病の可能性を排除してしまうと、もしもそれが誤診であった場合、医師として、にがい悔恨《かいこん》に苦しむことになる。分裂病を見のがして、その治療を怠《おこた》れば、病態は進行し、回復がより難しくなるからだ。——及川氏のケースがいい例だ。

断定を保留した理由はもう一つある。それは、亜左美の腕がとてもきれいであることだった。

境界例患者の手首や腕の内側には、たいてい何本もの切り傷の痕《あと》がついている。自傷《じしよう》行為をひんぱんに繰り返すせいだ。自殺のまねごとだが、本気で死のうとすることは稀《まれ》で、ほとんどの場合、まわりの者への脅《おど》しや厭がらせ、あるいは気まぐれでそんなことをする。——そのために、医師や看護スタッフからますます疎《うと》ましがられるわけだが。

しかし亜左美の腕には、そんな傷痕《きずあと》はない。

診療記録にも、看護記録にも、これまでのところ、自傷行為や自殺企図の記録はなかった。

亜左美が不意にあくびを始めた。

何の恥じらいもなく、野放図《のほうず》に口をひらいて犬のようにあくびをした。そしてぼうっと曇った目を手の甲でこすり、腕時計をみた。

榊もデスクの上の置き時計に目をやった。二時四十五分だった。

きょうの面接は五十分間の予定だ。あと五分である。

その五分間、亜左美は榊が何を話しかけても応答せず、幾度も腕時計に目をやり、面接終了時間がくると、さよならも言わずに部屋を出ていってしまった。

8

「はい、岸田です」少女の声が電話に出た。

「夜分にすみません。江馬といいます。お父さん、いらっしゃる?」

「失礼ですが、どちらのエマさんでしょうか?」

「え、あ、都博の——首都国立博物館の江馬遥子といいます。お父さんの仕事仲間です」

「わかりました。少々お待ちください」

岸田は妻を亡くしてから小学六年生の娘とふたり暮らしだという。いま出た少女がその子なのだろう。べらんめえな喋《しゃべ》り方の父親とちがって、受け答えの口調がずいぶんきちんとしている。

いつだったか寒い季節に、定年退職する学芸部員の送別会があり、そのことを当日まで忘れていたらしい岸田が携帯電話で自宅にかけているのを、遥子は耳にしたことがある。みんなで上野駅近くの店へむかう道すがらだった。

「ええと、おれだ、父さんだ。ちょっと遅くなることになった。当番なのにすまん。ええと、冷蔵庫にきのうの豚汁《とんじる》の残りが鍋《なべ》ごと入ってるから、それを温《あ》っためて食べといてくれ。塾の月謝は忘れずに持ってったか？　ええと、父さんが帰るまで戸締まりに気をつけてな。こたつで居眠りして風邪《かぜ》ひくなよ。それじゃ、そういうことなので、すまん」

相手の言葉をきく間合いがなく、岸田が一方的にしゃべって電話を切った。留守番電話に録音したのだろう。塾から帰宅してその録音メッセージをひとりで聞く女の子の姿を遥子は想像しながら、コートのポケットに携帯電話をしまう岸田の背中をみていた。

いまの少女の声を聞いて、そんなことをふと思い出した。

まもなく、岸田が出た。

「おう、おれだ。何だ」

「お休みの日なのにごめんなさい。五十嵐《いがらし》潤吉さんの件で、ちょっと報告をと思って。あした出勤してからでもよかったんですけど、これ、本来の仕事から外れてることですし、勤務中にこそこそ話し合うより、このほうが気兼ねがいらないので」

「そうだな。……で、生死は判ったのか、五十嵐さんの」

「判りました」

「まだ生きてるのか？　それとも死んじまってるのか？」

「ご存命のようです」

「……ようです?」

「とにかく、手掛かりは例の、わたしの父宛《あて》の手紙しかないので、あれに書かれていた差出人の住所へ、とりあえず行ってみたんです。三鷹市の下連雀《しもれんじゃく》です。古くて小さな家が何軒か並んでいて、その一軒だったんですけど、表札は違う名前になっていて……」

「おいおい、ちょっと待て」

「はい?」

「簡潔にたのむぜ。きみの話はディテイルが細かすぎる」

「そうかしら」

「この前だってそうだ。備中松山藩から話が始まったもんな。資料部出身者の習性かね」

「でも、ああいうことをきっちり辿《たど》らないと、検証にならないでしょう?」

「ま、そうだが、べつに論文で出すわけじゃねえから、適当に端折《はしょ》ってくれていいんだ」

「でしたら、今回はなるべく短く報告します」

「そうしてくれ」

遥子は思いきり端折って、こう言った。

「五十嵐さんは気がふれて精神病院に入院したそうです」

「……え」

「入院です、精神病院に」

「いつ」

「十年ほど前だとおっしゃってました」

「……誰が」

「隣に住んでる方です」

「……精神病院か。――それ、もうちょっと詳しく聞かせてくれ」

「端折らなくていいんですか？」

「ああ、いいよ」

「じゃあ、お隣のご夫婦から聞いたことを全部話します」

「うむ」

「そのご夫婦もかなりのご年配で、五十嵐さんとは四十年間ずっとお隣同士で暮らしていたそうです。五十嵐さんがむかし都博に勤めていたこともご存じでした。資料館にある職員録で確かめたところ、五十嵐さんが都博にいたのは一九五六年までなんです。で、そのあとの五十嵐さんは美術工芸作家をめざしていたらしいです」


隣の老夫婦からこの話を聞いたとき、遥子は例の手紙の一節を思い出した。

……館での出世なんぞ糞食らへだ。僕の天職は學藝員なんかじやあ無い。僕はアルチストとして生れて來たのだと今も思ふてゐる。いづれ時期を見て制作に専念する暮しを始めるつもりだが……

「けれども作品がいっこうに世に認められなくて、だんだん自暴自棄《じぼうじき》の生活になって、とうとう奥さんが家出してしまったそうです、小学生の息子さんを置いて」

「子供がいたのか」

「ええ、ひとり。でも、五十嵐さんの生活が荒れる一方だったので、知り合いの人が見かねてその子を養子として引き取ったということでした。それからの五十嵐さんは、あんまり外へも出なくなって、たまに顔を合わせてお隣と会話することがあっても、言うことが少しずつ変になってきたらしいです」

「で、ついには精神病院へ、というわけか」

「ええ」

「何ていう病院だ」

「十年前に入院したのは神奈川にあるK病院だったそうですけれど、毎年、お隣のご夫婦に年賀状がきていて、四年ほど前の年賀状から、病院名が変わったんですって。去年の年賀状を探して見せてくださったんですが、それによると、D県のS病院という所でした」

「そうか」

「で、どうしましょうか」

「どうしたもんかな」

「いくらご存命でも、精神病院の中ではね」

「しかし、精神病ったって、いろいろあるからな。とにかく面会してみねえことにはな」

「面会に行くんですか?」

「うむ」

「……誰がですか?」

「判りきったことを訊《き》くなよ」

9

ソフトボール用グラウンドに万国旗がひらめいている。

S病院では毎年五月の終わりに野外パーティーを開くことになっているという。ついでに運動会風のゲームもするらしく、グラウンドに白線で楕円《だえん》のトラックが描かれている。

ホームベースのあたりに白い大型テントがふたつ張られ、その下に並べられた折り畳みテーブルに、サンドイッチ、おにぎり、麦茶、緑茶、紅茶、ジュースなどがふんだんに用意されている。

万国旗や白線は前日から患者たちが手分けして準備をしていたが、それもつまりは〈作業療法〉の一環であり、当日のパーティーと運動会は〈レクリエーション療法〉の一つということだろう。

二百人あまりの入院患者のうち、病状のよくない三十余人と、参加をいやがる二十人ほどをのぞいて、百五十人近い患者がグラウンドに集まっていた。トレーニングウェア姿の者もいれば、Tシャツにふだんのズボンという者もいる。

この日の主役はむろん患者たちだが、看護スタッフや医師もなるべく参加するようにという手描きポスターが医局に貼ってあったので、榊も白衣をぬいでやってきたのだった。

日射しは強めだが、空気が乾いていて蒸《む》し暑さはなく、運動会日和《びより》ではある。テントのわきに立ってワイシャツの袖をまくっていると、

「榊先生は青組でおねがいします」

事務の女職員から青い鉢巻《はちま》きを手渡された。

赤、白、青、の三組にわかれて玉入れゲームをするのだという。

籠《かご》のついた棒が三本立てられ、トレーニングウェア姿の看護婦がひとりずつ支え持っている。それを取り囲む青組の患者たちの輪のなかに榊も加わった。

ふつうならピストルの音でゲームを始めるものだが、ここでの合図は「よーい、スタート」という少し間延《まの》びした女声のアナウンスだった。音響に過敏に反応する患者もいるので、その者たちへの配慮だろう。スピーカーからながれる運動会定番の威勢《いせい》のいい音楽も、ボリュームはやや控えめにおさえられている。

ゲームの開始とともに、皆の投げあげる玉が乱雑に宙を飛び交《か》ったが、そのほとんどは籠をかすめることもなしに空《むな》しく地面に落ちてきた。俊敏さや器用さを発揮できる患者はやはり少ない。一つの玉を投げるにも、足を踏み出したり引っ込めたりを何度も繰り返し、その常動行為からぬけだせなくなってしまう分裂病患者もいた。

いっこうに籠のなかの玉が増《ふ》えないことを見かねた榊は、助《すけ》っ人《と》の役目を果たすべく少し本気になって籠を狙《ねら》いはじめた。

手持ちを投げつくして地面に落ちた玉を拾っていると、

「はい」

と横からさしだす者がいた。

亜左美だった。彼女も青い鉢巻きをしている。白いTシャツに、下は紺のジャージーという姿だ。

亜左美は前回の面接で怒って黙秘宣言をしたはずだが、その彼女が自分から声をかけてきた。先日の振る舞いを反省して、仲直りしたがっているのかもしれない。

「ああ、ありがとう」

さしだされた玉をひとまず受け取ったうえで、「だけど、きみもしっかり投げなきゃだめだぜ」と榊は自分が拾った玉を代わりに彼女にあたえた。

その無意味な交換を亜左美はおもしろがった。投げ終えたあと、地面から拾った玉をまた榊にさしだして、代わりの玉を榊から受け取ろうとした。亜左美は玉入れゲームになど興味はなく、その輪のなかでこっそり榊とふたりだけの遊びをしたがっているように思えた。

榊はふと、例の〈対人操作〉を警戒したが、しかし亜左美の表情がとても無邪気なものに見えたので、まあいいだろうと思い、その小さな遊びにつきあった。

ふたりがそんな無駄《むだ》なやりとりをしたせいか、ゲームの結果は青組が最下位だった。

「つぎは大玉転がしのリレーをおこないます」

というアナウンスがあった。大きな張りぼての玉を押し転がしながら走るそのゲームには、榊は出なかったが、亜左美は青組の三番手として出場した。

榊はテントのそばで冷たい麦茶を飲みながら見ていた。

亜左美はそのゲームにも真面目《まじめ》に取り組む気はないようだった。あきらかに手をぬいているのが判った。ほかの者たちは、不器用なりにも急ごうとつとめ、その焦《あせ》りのせいでかえって右へ左へ走路を外れる失敗を犯していたが、亜左美にはそんな熱心さはまるでなく、つまらなそうに、めんどくさそうに、片手で大玉を押して歩き、けれどもその不精《ぶしょう》なやりかたが結果的には幸《さいわ》いして、アンカーの患者に大玉を引き継《つ》いだときには、わずかながらトップに立っていた。

それを見ていた榊のなかで、例の考えがまた一段と強まった。

……亜左美は分裂病ではないのではないか。

という、あの考えだ。

分裂病患者にはあんな器用な手ぬきはできないはずだ。分裂病患者は、ものごとを適当にやりすごしたり、適当に愉《たの》しんだりということが苦手《にがて》だ。何につけても必要以上に真面目になりすぎてしまう。過緊張におちいってしまう。

亜左美はやはり分裂病ではなく、境界例と診断すべきだろうか。そう断定したほうがいいのだろうか。

考えていると、不意に斜め後ろから声をかけられた。

「きれいだから、目立ちますね、あの子」

臨床心理士の広瀬由起だった。

黄色い半袖のポロシャツに白いトレーニングズボン。汗止めに黄色いリストバンドをはめている。頭には白い鉢巻《はちま》きを巻いており、ということは、さっきの玉入れでは白組の輪のなかに居たわけだ。

「先生との面接で、あの子、ふてくされてしまったんですって?」

「ええ」大玉転がしの出番を終えて気怠《けだる》げに歩いている亜左美を目で追いながら榊は言った。「ですが、さっき自分から声をかけてきました」

「早い休戦ですね」

「気分変動のはげしい少女です」

「でもわたしは、どこか演技的性格のようなものを、感じるんですけれど」

遠慮がちに言う広瀬由起を見返って、榊はうなずいた。

「それはぼくも多少感じています」

「安心しましたわ」

「は？」

「あ、ごめんなさい、失礼な言い方をして」白い鉢巻きをほどき、後ろで束ねた髪のほつれを撫《な》でつけた。その鉢巻きを首にかけて胸元でゆるく結びながら、言った。「――男性の先生方は、往々にして少女患者を無垢《むく》に見過ぎる傾向があるような気がしていたものですから」

榊はわずかに苦笑し、

「そういう傾向は、あるかもしれませんね。気をつけようとは思っていますが」

あえて反論はしなかった。

大玉転がしリレーへの患者たちの声援がひときわ盛りあがったので、榊と広瀬由起も視線を向けた。ゴール前で青組と白組の接戦が演じられており、結局白組の逆転勝利でゲームが終わった。

歓声と溜《た》め息がおさまったところで、榊は話した。

「じつは、このあいだの面接の前に、彼女の姉から電話がありました」

広瀬由起はしかし横顔を見せたまま、

「……そうですか」

と低く言っただけでほとんど表情を変えなかった。

「両親には内緒でかけてきたらしいです。黙っているように念を押されました。妹の新しい担当医がどんな医者なのか気になって、すこし話をしてみたかったようです。……姉からの電話のこと、ちっとも驚かないんですね」

榊がいぶかしげに言うと、

「前にも、あったんです」

目を合わさずに打ち明けた。

「え」

「沢村先生も、ときどきあの子のお姉さんからの電話を受けてらっしゃったんです」

「……そうだったんですか。しかし診療記録には一言も……」

「院長先生に知れると親に伝わるかもしれないし、そうなると貴重なコンタクトの機会をうしなうことになる虞《おそれ》があるので、記録には一切お残しにならなかったんです」

「なるほど、そういうことですか。——しかし、そのこと、なぜぼくに話してくれなかったんです」

先日、早朝のスポーツ室で榊が精神分析を貶《けな》したのが気に入らなかったからか。それで腹癒《はらい》せに黙っていたのだろうか。

「すみませんでした。沢村先生が院長に隠し事をなさっていたことを言いづらくて。……もし榊先生にもあの子のお姉さんから電話がかかってくることがあれば、立場が同じになられるわけですから、その時点でお話ししようと思っていたんです」

　榊の目をみて釈明した。

　いちおう納得できる理由だった。

「わかりました。しかし、以後はわれわれの間での情報交換に、そういう選《え》り分けは無しにねがいます」

　表情をやわらげて、そう申し入れた。

「心がけます」

　答える広瀬由起の声は硬くきまじめで、榊に頬笑み返してはこなかった。

　そこへ、

「ただいまから昼食タイムに入ります」

　というアナウンスがながれてきた。「サンドイッチとおにぎりを用意していますので、ゆっくり食べてくつろいでください」

　患者たちがぞろぞろとテントのまわりに集まってくる。

　若い女性患者が小走りに近づいてきて、

「広瀬先生、いっしょに食べましょうよ」

　と彼女の腕をとるようにして連れ去った。

　残された榊は、群れつどう者たちに場所をゆずってテントのそばを離れながら、自分が担当している患者たちの顔をさがした。集団の中での彼らの様子を、脇のほうからさりげなく観察しようと思った。

分裂病慢性期の及川氏はいるだろうかと見回してみたが、姿はなかった。かれを参加させるかどうかをきのう看護婦から尋ねられたとき、本人にまかせようと榊は返事した。たとえ見学のみにせよ、無理に引っぱり出すと、かえって悪い作用をおよぼすかもしれない。ただし、本人にまかせるといっても、及川氏が自分からはっきりした意志表示をすることは期待できないので、日ごろ世話をしている看護婦が根気よく話しかけて、そのさいの反応を読み取るしかない。——及川氏はけっきょく不参加組として病棟に居残っているようだ。

不意に男の高笑いがした。

顔を向けると、グラウンドのフェンスにもたれるようにして一組の男女が話をしているのが見えた。

みょうに声に張りのあるその男は、躁病《そうびょう》の治療のために通院してきている患者で、榊が担当している。きょうは彼の通院予定日ではないのだが、野外パーティー兼運動会があると知ってやってきたのだろう。女のほうは別の医師が担当するアルコール依存症の入院患者だ。ふたりとも三十代で、男は独身だが、女には夫と子供がいるはずだった。

鴨山《かもやま》という名のその躁病患者については、看護婦たちのあいだで良からぬ評判がひろまっており、榊もそれを耳にしていた。鴨山は通院のたびに、女の患者をつぎつぎに誘惑して回っているというのだ。

が、これは鴨山という人物の性癖というよりも、病気の症状のひとつと見るべきだった。性的逸脱の傾向は、躁病患者にはよく見られる。

かれは三年前に発病し、沢村医師の治療をうけて半年でほぼ治ったものの、ことしの初めに再発して、ふたたび週一回の通院をしていた。

躁病はふつう、躁と鬱《うつ》とが交互にあらわれる〈躁鬱病〉の片方の状態であることが多いのだが、まれには躁の症状だけしかあらわれない〈単相性躁病〉というものもある。沢村医師の診療記録を三年前の分までさかのぼって目を通しても、鴨山の症状が〈鬱〉に転じた報告は一度もないので、かれは単相性躁病であると思われる。

躁病はしかし、なかなか気づかれにくい病気だ。本人も気づかず、まわりも気づかない。症状がすこしも〈病人〉らしくないからだ。

自覚症状は、爽快感、多幸感、高揚感だ。毎日が楽しく、意気揚々《ようよう》として、やる気と自信に満ちている。そんな人間を病気だと思う者はめったにいない。

榊の診療をうけにあらわれた鴨山も、上機嫌で初対面のあいさつをした。

「沢村先生が亡くなったって聞いて、ええ？　って感じだったけど、まあそれも運命、まわりが落ち込んだってしょうがないし、逆にいえば、こうやって新しい先生との出会いもあるわけだし、榊先生、でしたっけ、まあひとつよろしくお願いしますよ。歳《とし》、おれと同じぐらいですか？　なんか話がしやすそうで気に入っちゃったな。まずは握手といきましょう。あははは」

スポーツ用品会社の営業マンだという彼は、あかるい茶色のスーツに赤と黄を基調にした派手な縞柄《しまがら》のネクタイをしめ、手首にロレックス、小指に太い金の指輪が光っていた。

声も身振りも大きく、エネルギッシュだったが、くどいほどはっきりとした二重の目が、油を塗ったようにギラついて見えたのは、おそらく不眠傾向がまだ続いていたからだろう。躁病患者は眠くならないのだ。眠らなくても疲れない。疲れを自覚できない。疲れ知らずの精力的な男。まわりはみんなそう思ってしまう。

よく笑い、よく食べ、よく話し、よく動く。

症状がさほどひどくなければ、少々傍《はた》迷惑なところもあるが元気で陽気なやつだということで済んでしまう。だが、重症になると、まわりはしだいに困惑する。

あたりかまわず歌を歌う。他人にむやみに話しかけ、知人には時間も考えずに電話をかけ、あるいは押しかける。しゃべり始めると止まらなくなる。考えが次から次に浮かんできて、際限なくしゃべり続ける。その内容にも一貫性はない。あの話からこの話へと、跳《と》びはねるようにして話題が移ってゆく。

そういう時期が鴨山にもあったようで、

——思考が飛躍し、観念奔逸がみられる。

と三カ月前の沢村医師の診療記録に書かれていた。

こういう躁状態は、分裂病にもあらわれることがあるのだが、その場合、患者の口から出る言葉はサラダを掻《か》きまわしたように支離滅裂で、どんなに懸命に聞き取ろうとしても理解は不可能だ。しかし躁病患者の〈観念奔逸《ほんいつ》〉は、めまぐるしくはあるものの、それぞれの話の意味を一応つかまえることはできる。沢村医師もそれを確認したうえで鴨山の診療記録に〈滅裂思考〉ではなく〈観念奔逸〉と記したのだろう。

　そんな時期からくらべると鴨山の状態はかなり落ち着いてきてはいるのだが、それでも性欲の異常亢進《こうしん》はおさまりきっていない様子であるし、女にたいする自信過剰な接近態度にも変化はないようだ。

　かれの症状を抑制するために沢村医師が処方していたのは炭酸リチウム600ミリグラムだった。榊は鴨山の今の状態を診て、それを400ミリグラムに減らしたのだが――。

　……やはり、もどすべきかな。

　と、人妻患者の肩に腕をまわす鴨山を見ながら思った。


　榊が前にいた病院では、患者どうしの男女交際をきびしく制限していた。しかしこのS病院では、交際は原則として自由、ということになっているようだ。病棟は階ごとに男女の患者をわけてはいるが、行き来は自由だ。症状さえ落ちついていれば外出の制限もない。バスで一緒に町へ出かけるカップルもいる。通院患者が入院病棟をおとずれることもかまわない。

「よほど乱脈なことでもしないかぎり、あまりうるさく口出ししないように、と職員たちに伝えてあります」久賀院長がそう言っていた。「むしろ、応援するような気持ちで見守ろう、ということです。なにしろ患者のほとんどは男女交際に不器用ですからね、外の世界ではなかなか伴侶《はんりょ》を見つけられない」

　しかし鴨山の場合は、病気のせいとはいえ、どう見ても〈乱脈〉の部類に入るようだ。

鴨山に肩を抱かれた人妻患者は、おそらくまわりの視線を気にしたのだろう、かれの腕をそっと外し、あからさまな誘惑を笑顔でいなして、うまく離れていった。

鴨山は、浅緑のゴルフシャツの胸元にのぞく金鎖をいじりながら、次の標的を物色《ぶっしょく》しはじめる。そしてすぐに見つけたようだ。かれの視線が止まった先に、榊も目を向けた。

パイプ椅子にすわってサンドイッチをほおばっている亜左美の姿があった。

鴨山がそっちへ歩きはじめるのを見て、榊も思わず足を踏み出していた。亜左美はまだ十七歳の少女だ。鴨山が彼女に手を出そうと思っているのであれば、やはり見過ごすわけにはいかない。亜左美に対してみょうな誘惑行為をしようとしたら、すかさず割って入り、きびしく窘《たしな》めるつもりだった。

鴨山に声をかけられて顔をあげた亜左美は、口をもぐもぐさせながら、

「オッス」

と親しげに応じている。

鴨山は彼女のそばに立ち、

「うめえか、そのサンドイッチ」

と屈《かが》みこむようにして顔を近づけた。「そんなもん食ってたら舌が肥《こ》えねえぞ。こんどおれが何かうまいもん食いに連れてってやるよ。いいとこ知ってんだ。行くだろ？　しかしおまえ、あいかわらずいい匂《にお》いしてんなあ」

髪をさわろうとしたので、榊は制止しようと前へ出た。

が、その瞬間、亜左美が鴨山にいった。

「ねえねえ、ジュースのおかわり取ってきて」

「え、おれがか？」

「おねがい、取ってきて」

「召使《めしつか》いみてえだな。まあいいや。ちょうどおれも喉《のど》が渇《かわ》いてたんだ。ついでに持ってきてやる。そのあとでちょっと抜け出さねえか。おれ、きょう車で来てるんだ。行きたいとこへ乗せてってやるよ。いい天気だし、こんなとこに居るより気持ちいいぞ。な、きまりだ」

勝手に決めて、鴨山は、たむろしている患者たちを掻きわけるようにしてテントへ歩いてゆく。

その背中を見送ったあと、亜左美は榊を向いて頰笑みかけてきた。かれがそばへ来ていることに気づいていたようだ。鴨山の背中にもういちど目をやってから立ちあがり、榊に寄り添って囁《ささや》いた。

「あいつ、しつこくて困るの。前にもわたしにまとわりついてきて、沢村先生にすごく叱られてたのよ」

「……そうか」

同じ状況が過去にもあったのか。

亜左美は甘えるような上目づかいで榊をみた。

「先生もいま叱ってくれようとしたんでしょ？」

「……うむ、ちょっと注意しようと思った」

反復。踏襲《とうしゅう》。榊のゆく場所には、必ず沢村医師の足跡が先についている。亜左美の姉から秘密の電話を受けたこともそうであるし、鴨山の手から亜左美を守ることも、沢村医師がすでにおこなっていたわけだ。

「あいつが戻ってくる前に消えちゃおっと」

「それがいいな」

「先生も一緒に消えようよ。ふたりで梅林公園へ行こ」

榊の手をとって引っぱろうとした。

かれはその手をおだやかに外した。

「ぼくはまだ何も食べてないんだ。テントのまわりがすいたら、おにぎりを貰《もら》って食べようと思ってるんだ」

「じゃあ、おにぎり持ってくればいいよ。わたし、先に行って待ってるから」

「いや、きょうはみんなで一緒に愉《たの》しもうという日だから、ここに居るつもりだ」

「こんなのがたのしい？」

「これは病院の行事だし、ふだんは見られない患者さんたちの様子をこうやって眺めているのも、医者にとっては大事なことなんだ」

言い聞かせても、亜左美はあきらめない。

「わたし、先生におもしろい話、してあげるよ。ね、だから行こうよ」

「どんな話」

「病院の中のおもしろい話。看護婦さんのいるところでは話せない話」

思わせぶりな微笑で榊を斜めに見あげた。

榊は拒否するつもりだった。こういう〈操作〉を簡単に受け入れる医者だと思わせてはならない。

しかし彼が口をひらく前に、

「先行ってるから、ぜったい来てね。待ってるからね」

言い残して、亜左美はその場から小走りに去ってしまった。

そこへ鴨山がジュースの缶をふたつ手にして戻ってきた。亜左美の姿をさがしてキョロキョロしている。

「あれ、どこ行っちまったんだ。トイレかな。それならそうと言ってけっつうんだ」

ぶつぶつ独り言をいいながら、ふたつの缶ジュースをつぎつぎに自分で飲み干した。異様な速さの飲みっぷりだった。喉が渇きやすいのは抗躁薬の副作用だ。

榊はグラウンドの出口に目をやり、亜左美のことについて考えた。

……対人操作。

ほんとうにそうだろうか。

自分は警戒心が強すぎるのかもしれない。亜左美のわがままな甘えは、家族から切り離された淋《さみ》しさを誰かに埋《う》めてもらいたがっているだけなのかもしれない。それを境界例患者特有の〈対人操作〉だときめつけてしまうのは、医師として少し酷薄《こくはく》すぎるかもしれない。

境界例患者のことでは、榊には苦《にが》い経験がある。

その記憶が、かれをいささか臆病にしているのは事実だ。臆病になりすぎて、草むらから覗《のぞ》く縄の切れ端までが蛇に見えてしまうのかもしれない。

ふだんの面接の場ではうまく言えない何かを、亜左美がいま話したい気持ちになっているのだとしたら、それを聞いてやるのが榊の務《つと》めだ。患者に〈操作〉されることを警戒しすぎてガードを張っていたのでは、やはり本当の診断はできないだろう。

榊は亜左美の待つ梅林公園へ向かうことにした。

おにぎりと缶入り緑茶をさげて小道をくだってゆくと、例のあずま屋のベンチに亜左美がいた。

榊の姿をみとめた亜左美は、立ちあがって跳《と》びはねながら手を振った。喜び方がおおげさだった。榊を迎えに歩み寄り、

「来ないかと思った。先生つめたい人だから、来ないかと思ってたよ」

両腕を榊の左腕にからめてきた。

榊はできるだけおだやかに言った。

「ねえきみ、こういう接触はよくないんだ」

「何のこと？」

腕をからめたまま顔を寄せて、上目づかいに榊をみた。

「こうやって、腕を組んだりすることだよ」

「先生と仲よくしたらだめなの？」

取るのを忘れているのか、それともあえてそうしているのか、青い鉢巻きをしたままだ。なめらかな頰が日射しの下でわずかにピンク色の血色をおびてかがやいている。

「精神科の医者は、理由もなく患者さんと体を触れ合ってはいけないんだ。それがルールなん

だ」

「でも、いまは面接時間じゃないよ」

「面接以外のときでも、よくないんだ」

「なんか、きゅうくつだね」

言いながらも素直に腕を引っ込め、「おにぎり持ってきた?」と榊の右手をのぞきこんだ。

「うむ、ここで食べながら、きみの話を聞くよ」

「一個ちょうだい」

「きみはさっきサンドイッチを食べてたじゃないか」

「だって、おにぎりも食べたいんだもん」

榊はベンチに腰をおろし、ラップフィルムに包まれた二つの海苔《のり》巻きおにぎりのうち、一つを亜左美に分けあたえた。亜左美は馬に跨《また》がるようにベンチをまたいで、榊を向いてすわっている。

「中身なに?」

「たらこだそうだ」

「たらこが好きなの?」

「ほかのは残ってなかったんだ」

榊が緑茶の缶をあけてひとくち飲んだあと、それを横取りして亜左美も飲んだ。

「はは、間接キッスになっちゃった」

榊は無視し、つまらぬ反応をしてみせぬように気をつけた。

海からの風で、梅の葉先がふるえている。

「こんなふうに外でおにぎりを食べるのは久しぶりだ。ピクニックみたいで気持ちがいいね」

「先生、食べかた下手《へた》」

「ん？」

「ごはんつぶ落とした」

「蟻《あり》にもおすそわけだ」

「じゃ、わたしも」

亜左美はベンチをおりてしゃがみ、二、三粒の米を地面に落とした。

しゃがんだまま、白いTシャツの背中をまるめて紺のジャージーの膝《ひざ》を抱え込み、じっと俯《うつむ》いておにぎりを食べている。蟻が寄ってくるのを待っているようだ。

青い鉢巻き。後ろでふたつに分けて結んだ髪。まんなかに分け目の入った頭頂部が榊のほうを向いている。そんな姿がみょうに幼く感じられる。

見おろしながら、かれはふと亜左美に詫《わ》びたい気持ちになった。まわりの人間を〈操作〉しようとする傾向を強く感じて、その狡智《こうち》さばかりをチェックしていたことに、すまなさを感じた。

「ところで、どんな話を聞かせてくれるのかな」

榊がうながすと、亜左美は顔をあげ、例の小首をかしげるポーズをして笑みをみせた。

「聞きたい？」

「そのために来たんじゃないか」

「じゃあ話すけど――」亜左美はおにぎりを食べ終えたあとのラップフィルムを丸めながら、榊の横にすわりなおした。「心理の広瀬先生って、知ってるでしょ？」

「知ってるよ、もちろん」

「あの人ね、院長先生の愛人じゃないかって思うの」

「……え」

「きっとそうだよ。わたしの勘《かん》だけど」

「勘で言ってるのか」

「でも、すごく当たるんだよ、わたしの勘」

榊は嘆息し、亜左美をたしなめた。

「よくないぞ、想像でそんなことを言うのは。本人たちに失礼だろう」

「だって、みんなに言いふらしてるわけじゃないもん。先生だけに教えたげてるんだもん」

「ぼくに話したいことというのは、そんなことだったのか」

もっと亜左美自身にとって切実な何かを聞かされるものと思っていた。榊は落胆し、それを隠さずに表情でしめした。

かれのその反応が亜左美には不満のようだ。

「先生だって、ほんとは興味あるくせに」

見透《みす》かしたような、ひねた目つきで榊を横睨《にら》みした。

「ほかに話すことがないのなら、ぼくはグラウンドにもどるよ」

立ちあがろうとすると、

「まだ全部話してないのに」

子供が駄々《だだ》をこねるように、ふくれっ面《つら》でいやいやをした。

「ほかの話があるのかい？」

「あるよ」

「なら、それを言いなさい」

少しきつい口調になってしまった。苛立《いらだ》ちが、つい声に出た。面接の場では決して犯さないミスだが、予定外の面談ということでやや油断があった。精神科医が感情的になったのでは仕事にならない。

「先生、怒ってるの？」

「怒ってるわけじゃない。そんなふうに感じたのなら謝《あやま》るよ」

しかし亜左美は逃げるように榊の横から立ちあがり、五、六歩離れたところまで行って彼を指さした。

「ほんとは怒ってるんでしょ。なんで怒ったか知ってるよ。広瀬先生のこと聞いて腹が立ったんでしょ。広瀬先生のこと好きなんでしょ。だからおもしろくなかったんでしょ」

榊は無言で亜左美をみた。

彼女の指摘はむろん誤解であり、榊は広瀬由起に特別の感情を抱いてなどいない。少なくともそんな自覚はない。——けれども、ある種の好感は持っていた。仕事上の立場や考え方の違いはあるものの、それはそれとして何となく好感をおぼえてはいた。その好感が、〈院長の愛人〉という亜左美の言葉のせいで、わずかに翳《かげ》りをおびたのは否定できない。亜左美の〈勘〉を軽率《けいそつ》に信じたわけではないし、また仮にそれが事実だとしても榊には関係のないことであるが、にもかかわらず微妙な翳りが一瞬よぎったのはまちがいなかった。

榊の中のそのかすかな感情のうごきを、亜左美は敏感に読み取ったのだろうか。

亜左美は、そばの梅の木の後ろをまわりこみ、榊から距離をとって半円を描くように歩きながら、

「広瀬先生はね――」

と底意地のわるそうな嗤《わら》いをうかべて言った。「沢村先生のことも好きだったんだよ。ふたりはできてたかもしれないよ」

おそらく、榊が広瀬由起に対してなにがしかの好意を持っているというそのこと自体が亜左美は気に入らないのだろう。その好意を過大に増幅して解釈し、嫉妬《しっと》し、広瀬由起を憎み、榊に怒りをおぼえ、こうして挑発しているのだろう。

……境界例。

榊の考えはまたそこへ戻ってしまう。

反応を返さない榊にいらだったのか、亜左美はなおも言う。

「それだけじゃないよ。まだあるんだよ。広瀬先生はね、大窪《おおくぼ》とも怪しいんだ。知ってるでしょ、大窪って看護士。あいつ、ゴリって綽名《あだな》なんだよ」

ゴリはゴリラの意味だろうか。主任看護士の大窪。四十に近いようだが屈強な体格をしており、暴れる患者を取り押さえるのはもっぱら彼の役目になっているらしい。看護スタッフにも恐れられているふうで、野太《のぶと》い声で叱りつけられて竦《すく》んでいる若い看護婦の姿を榊も目にしたことがある。頭髪はやや後退しているが濃い眉のせまった色黒の風貌はいかにも体力に自信ありげで、さっきのグラウンドでも、横縞のTシャツに暗緑色のショートパンツをはき、逞《たくま》しい

毛脛《けずね》を出していた。

「先生、ショック受けた？　ガックりきた？　……いい気味だ」

亜左美は、榊のそばには再び近寄ることなく、ひとりで小道をのぼって帰りはじめた。午後の陽を背中にうけながら両手を腰にあてて俯《うつむ》きがちに歩き、その姿勢のままときどき振り返ったが、日射しに細めた目が、なにやらひどく虚無的なものに見えた。

榊はベンチから腰をあげずに、しばらくそこで考えていた。

〈とにかく、わかりにくい子なんです〉

と広瀬由起も先日言っていた。〈虚言なのか、それとも妄想なのか、ちょっと見きわめにくくて困ることが多いんです。——あの子の言葉を聞くときは、そのあたりを慎重によりわける作業が必要だと思います〉

亜左美がいま口にしたことは、たぶん虚言だろう。つまり広瀬由起への中傷《ちゆうしよう》だ。意識的な虚言でないとすれば、悪意に根ざした勘ぐりだろう。妄想、という言葉をあてはめるのはこの場合やや大袈裟《おおげさ》だが、頭のなかで紡《つむ》ぎあげた空想だろう。

いずれにせよ、真《ま》に受けるのは愚かだ。

思いつつも、榊は一方で別のことも考えていた。

境界例患者が持っている不気味な洞察力のことだ。かれらは病院内での医師や看護婦たちの人間関係を、きわめて微妙なところまで鋭く読み取ってしまう。表《おもて》に出ない不和や対立、あるいは絡《から》みあった情念の部分まで、気味がわるくなるほど正確に見抜いてしまう。

亜左美がもしも境界例患者ならば、平気で嘘をつく一面と、正確な洞察をしてみせる一面の、両方を同時に持っていることが考えられる。

さっきの言葉は、そのどちらなのだろうか。

……いや、ちがう。

と榊は思考の方向を微修正した。

広瀬由起について亜左美の言ったことが嘘なのか真実なのか、それは脇へ置いておけばいいことだ。その真偽は、榊がこだわるべきことではない。かれがいま検討しなければならないのは、亜左美を境界例と判定することが適切か否《いな》か、という点である。

二回の面接と、きょうのグラウンドでの様子、そして今しがたの彼女の言動。榊が自分で直接に得た判断材料は、これだけだ。

これらの材料から、榊は亜左美に〈境界例臭《くさ》さ〉を感じている。それらしき臭《にお》いがじわじわと濃くなってきている。

それでもなお、断定をためらっているのは、本物の境界例患者はこんな生易《なまやさ》しいものではない、という思いが榊の胸にあるからだ。

本物の境界例患者。

榊はこれまでに何人かを診《み》てきた。

なかでも、最後に担当した患者のことは、いまも苦《にが》い思い出となっている。――じつは、その患者にたいする〈不適切な処置〉が問題となって、榊は前の病院を辞めるはめになったのだった。

蘇《よみがえ》りそうになる記憶を振り払うように、かれはベンチから腰をあげた。

10

S病院の前でタクシーをおりた江馬遥子は、おそるおそるの足取りで門の中へ入っていった。門は無頓着《むとんちゃく》に開け放たれており、守衛の姿もない。白く塗られたコンクリート塀も外から覗《のぞ》けるほど低く、外部との仕切りという意味では何やら心もとない。

精神病院というのは、出入りがもっと厳重に規制されているものと思い込んでいた遥子は、やや拍子《ひょうし》抜けの気分で足を踏み入れたが、それでもやはりちょっと緊張していた。精神病院はなにか不気味な〈異界〉というイメージが、遥子の中にはある。むかし観《み》たサイコ・ホラー映画の影響だろうか。

遥子はこの日、ノースリーブのシャツにタイトスカートという格好でやってきたが、もっと肌の露出の少ない服装にすべきだったかな、と心配になった。若い女の訪問者に男の患者が鉄格子の中から精液をひっかけるサスペンス映画もあったことを、ふと思い出したからだ。

けれど、いまさら遅い。東京から三時間以上もかかるこの病院へあらためて出直してくるのはめんどうだし、それに、あまり気の進まないこの面会を、なるべく先送りせずに早く済ませてしまいたい気持ちが強かった。

そんなわけで、ともかくも中へ入り込んだのだが、構内は広々としており、人影が見えない。

奥へむかって左へゆるくカーヴする道のみぎてに駐車場がある。ひだりての斜面にはつつじが植栽され、茶色地に白く
「事務棟・外来棟」

と書かれた矢印付きのパネルが突き立っていた。

パネルが示す方向には、広葉樹の木立がところどころに涼しげな木蔭をつくっており、その木立のあいだから、焦げ茶色の屋根をかぶった平屋の建物がのぞいている。

そこへ向かって歩く遥子の耳に、音楽が聞こえてきた。

どこか奥のほうから風にのって流れてくる。——フォークダンスの音楽だ。

その長閑《のどか》なひびきに遥子の緊張がすこし解《と》け、ほっとした気分になった。そして音楽に誘われるように、事務棟の前を素通りして、そのまま奥へと足を向けた。

みぎての駐車場の隣は菜園のようだ。菜園の先にテニスコート。音楽はさらにその先から聞こえてくる。

木立や植栽のあいだを抜けてゆくと、金網フェンスをめぐらせたグラウンドがあらわれ、万国旗がにぎやかにひらめく下でフォークダンスがおこなわれていた。

ずいぶん大勢の男女が踊っている。

病院中の人間がそこに集まっているのではないかと思えるほどの人数だった。遥子はフェンスの外側から、五十嵐潤吉らしき老人の姿をさがしてダンスの輪を見回してみた。けれど、ちらほらまじる年配者はせいぜい六十代までであり、八十前後とおぼしき高齢者は一人もいないようだ。

とにかく職員に声をかけて面会の希望を伝えたかったが、誰が職員で誰が患者なのかもよく判らない。やはりさっきの事務棟まで引き返したほうがいいだろうか。

思いながら周囲に目をやったとき、ひとりの男がフェンスの外側の道をこちらへ歩いてくるのが見えた。灰色のズボンをはき、ノーネクタイのワイシャツを袖捲《そでまく》りして、手に何か持っているようだったが、その何かを道のかたわらの屑籠《くずかご》へ歩きながら放り投げた。けれども狙《ねら》いが外れ、そばの木立の幹に当たって地面に落ちたそれは、空き缶のようだ。几帳面《きちょうめん》に拾いなおして屑籠に入れたあと、男のほうも遥子にふと気づいて、遠くから視線を向けてきた。遥子がかるく会釈《えしゃく》すると、むこうも会釈を返した。

患者のひとりだろうか。それとも職員かしら。

仮に患者だとしても、凶暴そうな気配はない。

遥子は近づいてゆくことにした。

男は道を折れてグラウンドへ入ってゆこうとしていたようだが、遥子が歩み寄るのを見て立ち止まり、日射しにやや細めた目をこちらに向けて待っている。

三十代半ばだろうか、中途半端に短い髪がすこし野暮《やぼ》ったく見え、何十年も前の古い映画に出てくる青年のような雰囲気だ。けれどもそれは遥子にとっては決して悪い印象ではなく、最近ではほとんど見かけることのない、さっぱりとした清潔感のある風貌が、むしろ好ましくさえ思えた。

「あの、すみません」

あらためて会釈する遥子に、

「はい、何でしょう」

男もまた会釈を返す。

「患者さんに面会に来たんですけれど、どなたに声をかけたらいいのか判らないものですから……」

グラウンドのほうをちらりと見返りながら言うと、

「じゃあ、ちょっと待っていてください。総婦長を呼んできます」

耳に快いおだやかな響きの声をのこして、急ぎ足にグラウンドへ入ってゆき、まもなく白いサンバイザーをかぶった小柄な中年の女をつれて戻ってきた。

「どなたにご面会？」

「五十嵐潤吉さんです」

遥子が答えると、総婦長の表情に戸惑いがあらわれた。

「失礼ですが、ご親族の方ですか？」

「いえ、ちがいます」

「でしたら、申し訳ありませんけど、面会はできないことになってるんです」

恐縮の微笑をうかべてみせる総婦長に、

「あの……」遥子はショルダーバッグから名刺をとりだし、「親族じゃありませんけど、五十嵐さんの昔の勤務先の者なんです」

言いながら、やや強引に手渡した。

総婦長は受けとって一応それを見ることは見たものの、

「でもね、不許可ということになってますのでね」

返事は変わらなかった。

さっきの男も横から名刺を覗きこみ、総婦長に訊《き》いた。

「その患者さんの担当医は誰ですか？」

「院長先生ご自身です」

「院長自身？」

「ええ、そうです」

「面会禁止の理由は？」

「さあ、それはわたしには判りませんけど、とにかく院長先生のご命令ですので」

「だったら、この方を院長のところにお連れして、直接に許可を得てもらえばいいわけですね」

「院長先生は、さきほどお出かけになりました。きょうはお戻りにならないそうです」

「……ふむ」男は詫《わ》びるような顔を遥子に向けた。「わざわざ東京からおいでになったんだから、きっと大事なご用件だろうとは思いますが……」

「ええ、でも、あらかじめ電話でお願いもせずにやってきたわたしの手ぬかりです」

「しかし、患者さんとの面会にはできるかぎり制約をもうけないのが、この病院の方針であるはずなんですが……」男は総婦長の横顔をちらりと見やり、「ま、その患者さんの場合は、なにか特殊な事情があるようです。融通のきかない応対でがっかりなさったでしょうけれど」

「いえ」遥子は首をふってみせ、総婦長を向いて言った。「その名刺、おあずけしておきますので院長先生にお渡し願えますか。わたし、あしたにでも院長先生にお電話してみます」

「承知しました」

うなずく総婦長の横で、男も一緒にうなずいていた。


門の方向へ引き返しながら、遥子はショルダーバッグからカードをとりだした。さっき乗ってきたタクシーの中でもらったものだ。裏にJR線S駅の時刻表が印刷されており、表にタクシー会社の電話番号が出ている。

それを見ながら携帯電話をかけようとしていると、

「タクシー呼ぶんですか？」

という女の声がすぐ後ろで聞こえ、遥子はびっくりして振り向いた。

青い鉢巻きをした少女が薄い微笑をうかべて立っていた。そんな年齢の職員がいるはずはないので、きっと患者のひとりに違いない。

「あ、ええ」

笑顔をつくってうなずく遥子に、

「でも、もうじきバスが来ますよ」

と少女が言った。

「あ、そうなの？」

S駅とこの病院とのあいだをバスが往復していることは、駅前の停留所を見て遥子も気がついていた。けれども時刻表によると一日わずか七便しかなく、さっきS駅に降り立ったときには、病院行きのバスを一時間近くも待たなければならなかったのでタクシーを使ったのだった。

「じゃ、帰りはバスにしようかな。ありがとう」

言って携帯電話をしまい、少女にかるく手を振って歩きはじめたのだが、なぜか少女も一緒についてくる。両手を後ろに回し、白いTシャツの胸のふくらみを突き出すような姿勢で歩きながら、

「五十嵐さんに何のご用で来たの？」

と尋ねてきた。

いましがたのやりとりをどこかで聞いていたようだ。植え込みか木立の陰にでも居たのだろうか。

「ちょっとお話ししたいことがあって来たんだけれど、面会を許可してもらえなかったの」

「どんな話をしにきたの？」

「あの、仕事の関係のことでちょっと……」

「何のお仕事？」

見ず知らずの少女、しかも精神病院の患者である少女の問いに、いちいち生真面目《きまじめ》に応じることはないと思いつつも、適当にはぐらかすのは何か気がひけて、

「博物館に勤めてるの」

正直に答えていた。

「五十嵐さんがいたのと同じ博物館？」

「ええ、そうよ。――あなた、五十嵐さんが博物館にいたこと知ってるの？」

「うん、自分で言ってたもの」

「話をしたことがあるの？」

「ありますよ。最近はないけど、隔離《かくり》される前はよく話をしたわ」

「五十嵐さん、隔離されてるの？」

「うん、ふた月ほど前からね」

「なぜ隔離されてるの？　暴れたり、何か怖いことをしたりするの？」

「そんなことしないよ。だって、もう八十一歳だよ。すごくおとなしい人だよ」

「なのに、どうして隔離されてるの？」

「さあね」両手を上にあげ、後ろでふたつに分けて結んだ髪の、その両方の房をひとつずつ摑《つか》んで羽ばたくように揺すりながら、「なんでかしらねえ」と物憂げな口調で言った。

　そして不意に、

「ねえねえ」

　と馴《な》れ馴れしく遥子の肩に手をおいて、奇妙なことを言い出した。「あの博物館にはさ、すごい秘密があるんですって？　世間が知ったら、ひっくりかえるような秘密」

　遥子にはその意味が判らず、

「え、どんな秘密？」

　と訊き返した。

「わかんないけど、五十嵐さんがそう言ってたよ。その秘密のこと知らないの？」

　遥子はやわらかく笑って受け流した。

「残念ながら聞いたことないわね」

「若いから知らないのよ。いまの館員はほとんど知らないんだってさ、古い話だから」

なにか見くだすような口調で言った。

遥子は思った。

……ひょっとして、狛犬《こまいぬ》のことだろうか。

都博が重要文化財として収蔵してきたあの狛犬がじつは偽物《にせもの》なのだという、古くからの自分の主張、それを五十嵐潤吉は〈秘密〉と呼んでいるのだろうか。

けれども、贋作《がんさく》問題はどこの博物館や美術館にも付きものだ。贋作を収蔵していたことが判明すれば、館としては失態だが、それを世間が知ったからといって別に〈ひっくりかえる〉ほど驚きはしないだろう。

考えている遥子に、

「あ、ほら、バスがもう来てるよ」

と少女が門の外を指さした。「あの運転手、時間をきっちり守らないで早めに出ちゃったりするから急いだほうがいいよ。じゃあね、バイバイ」

踊るように身をひるがえして、少女は引き返していった。

11

「この病院に隔離患者がいるということを、きのう初めて知りました」

釈然としない表情でいう榊に、

「べつに隠していたわけじゃないんだが——」久賀院長はデスクを立ってソファのほうへ来ながら弁明した。「一例だけ、そういうかたちで治療をしている患者がいるのは事実です。あなたの担当外でもあるし、わざわざ話すこともなかろうと思っていただけです」

展望ラウンジのように窓の広い院長室。晴天の日は明るすぎて眩《まぶ》しいくらいなので、ブラインドの隙間《すきま》が半分に絞《しぼ》られている。

「それに、隔離といっても、保護室に押し込めているわけじゃない。専用の個室をあてがっているんです」

「きのう、その患者に面会したいと言って名刺を置いていった人がいましたが、その人から電話がありましたか？」

「うむ、さっき、ありました」白髪まじりの長髪を後ろへなでつけ、しずかな目で榊をみた。

「しかし面会は治療に差し障《さわ》りがあることを伝えて、あきらめてもらいました。もちろん丁《てい》重《ちょう》に詫《わ》びておきましたが」

「その患者の病名は何ですか？」

「妄想型の分裂病です。——当人はかなり高齢なんだが、人格荒廃の様相はさほどひどくなくて、一定のところで止まっている」

「加害歴は？」

「ない」

「女性に抱きついたりとかは？」

「しない」

「性器露出のようなことは？」

「しない」

「糞便《ふんべん》を――」

「それもない」

「だったら、なぜ隔離なさってるんですか？」

問いつめるような口吻《くちぶり》の榊に、院長は黒いメタル・フレームの眼鏡を太い指で押しあげながら、

「症例検討《ケース・カンファレンス》みたいだね」

と低く苦笑した。

「すみません。院長の治療方法に口出しをするつもりはありません。ただ、隔離の理由は何なのかというのが、どうしても気になりますので……」

このS病院とちがって、榊が前にいた病院には閉鎖病棟もあった。そこに長く入れられているる分裂病患者は、ずるずると狂気の深みに沈みこんでゆき、ふたたび浮かびあがってこられなくなることが多かった。開放病棟にいるときには、妄想と現実とをあてがい自分で使い分けながら暮らすことができていたのに、外の世界との接触を断《た》たれた閉鎖病棟の中ではその使い

分けができなくなり、しだいに自分の全体を狂気の中へ塗《ぬ》り込めていってしまう傾向がみられた。患者を閉じ込めることに対して榊が否定的な考えを持つのは、そういう悪例をさんざん見てきたからだ。

「あの患者を隔離した理由は――」

と院長がまじめな口調で答えた。「自分の妄想に、まわりの者を引きずり込んでしまう力があるからです」

「……は？」

「いや、いささか奇妙に思われるだろうが、事実です。担当医までが引きずり込まれそうになった。――じつを言うと、以前は沢村君に担当してもらっていたんです。あなたの前任者です。ところが、かれの様子が少しおかしくなってしまって」

「どんなふうにですか？」

「言動の一部に、患者の妄想と似たものがまじるようになったんです」

「被害妄想のようなものですか？」

「そうではなく、あの患者のは、突飛《とっぴ》な空想物語というか、作話性のつよい妄想でね。しかし話の作られ方がひじょうに緻密《ちみつ》に体系化されていて、聞いていると、ついこちらも興味をおぼえてしまうくらいよく出来ている。沢村君も、最初は単なる好奇心で患者の話を聞いていたんだろうけれど、やはりそこが若さというか、いつのまにか患者の妄想世界に引きずり込まれてしまったようで、その気配《けはい》に気づいた私が、すぐに彼を担当から外して、自分で直接診《み》ることにしたわけです。あの患者を隔離することにしたのも、ほかの患者や看護スタッフへの悪影響を心配したからです」

　妄想の伝染。

　そんな例が稀《まれ》にはあることを榊も知っている。

「沢村さんは――」

　と榊はためらいがちに訊いた。「ここの屋上から墜死《ついし》されたそうですね。そのことと、いまのお話とは関連があると考えるべきなんでしょうか」

　院長は眼鏡の奥の細い目を伏せ、やや間《ま》をおいてから、おもむろに言った。

「妄想との関連は特にない、と思います。むしろ、それ以前からの鬱《うつ》症状が、かれの死に関係している可能性が高い。たぶん、もうあなたの耳にも入っているだろうけど、沢村君はフルボキサミンを自分で処方して飲んでいたんです」

　フルボキサミンは抗鬱薬である。SSRIと呼ばれる、副作用のすくない新薬の一つだ。

「ええ、聞いています」

　臨床心理士の広瀬由起からそれを聞いた。

〈……すると、自殺ですか〉

　言った榊に、

〈そう思っているスタッフは多いみたいです〉

　広瀬由起はあのとき答えたが、鬱症状との深い関係を示唆《しさ》する院長も、やはり沢村医師の死を自殺と見ている模様《もよう》だ。

「話を戻すけれど――」

院長がいった。「隔離の件、たとえ一例だけとはいえ、この病院の基本方針から外れていることは認めます。しかし、わたしも熟慮のうえで、やむをえず下《くだ》した判断です。決して安易な考えでやっているわけじゃない。その点は、どうか理解していただきたい」

榊は完全に納得できたわけではなかったが、久賀院長の誠実さを疑うことまではしたくなかった。

「わかりました。担当医としてのご判断を尊重します」

昼食後、榊は本館の屋上にのぼった。

灰色の給水塔や換気塔。あとは何本かの太い配管が這《は》っているだけの殺風景な場所だ。前任の沢村医師が、ここから飛び降りた。当直中の深夜だったという。

いや、飛び降りたかどうかは定かでなく、判っているのは墜死したという事実のみのようだが、病院の者はみんな自殺だと見なしているらしい。

屋上には胸までの高さのフェンスがめぐらされている。たとえ雨の夜でも、うっかり足を踏み外して墜《お》ちるということはなさそうだから、誰かが担《かつ》ぎあげて放り投げでもしないかぎり、やはり飛び降り自殺ということになるのだろう。鬱の症状があったとなれば、なおさらだ。

精神科医の自殺は、ほかの分野の医者や一般の者にくらべて人口比率でみるとあきらかに多い、というアメリカでの報告を榊は以前に読んだことがある。だが、その意味はどういうことなのだろう。――精神科医という職業が自殺者をふやすのか、それとも、もともと自殺に向かいやすいタイプの人間が精神科医をめざすのか。

そんなことを考えながら、給水塔の向こうへ回りこんだとき、独りでフェンスにもたれて海のほうを眺めている女の後ろ姿が目に入った。

白衣のすそが風に揺れている。細くはないが、どこかすっきりとした印象をあたえるその背すじの伸びた立ち姿は、臨床心理士の広瀬由起だ。いつものように髪を後ろで一つに結んでいる。

〈あの人ね、院長先生の愛人じゃないかって思うの〉

きのうの亜左美の言葉がふと頭をかすめた。

勘だけが根拠の中傷。

榊は足元の配管の列を右へ迂回《うかい》して、広瀬由起のいるフェンスのほうへ歩み寄ろうとした。

〈広瀬先生はね、沢村先生のことも好きだったんだよ。ふたりはできてたかもしれないよ〉

斜め後ろの位置から、彼女の右頰がすこし見える。

海の眺めや風の心地よさを愉《たの》しんでいるというふうではなく、フェンスに両手を置いて硬直したようにじっと身じろぎもせずにいるその孤独な姿は、少々異様にも感じられた。

途中で靴音が聞こえたのか、彼女がふりかえった。

視線が合ったので、榊は口の形だけで「やあ」と頰笑みかけたが、広瀬由起はきわめて無表情に、ほんの小さくうなずき返しただけで、またすぐに海のほうへ顔をもどしてしまった。

〈それだけじゃないよ。まだあるんだよ。広瀬先生はね、大窪とも怪しいんだ。知ってるでしょ、大窪って看護士。あいつ、ゴリって綽名《あだな》なんだよ〉

殺風景な屋上。

自分だけの世界にひたっているらしい広瀬由起。

そばへ寄るか、このまま引き返すか、榊はつかのま迷ったが、

「場所、ご覧になる？」

と、そのとき唐突《とうとつ》に彼女が問いかけたので、

「は、何ですか？」

訊《き》き返しながら歩み寄った。

広瀬由起はようやく体ごと向きなおり、

「沢村先生が落ちられた場所」

浅い二重《ふたえ》の目で榊をみた。

落ちられた場所、という言い方も、その口調も、はなはだ即物的で、感傷の湿りけをほとんど感じさせなかった。それゆえ榊もさほど不謹慎《ふきんしん》な気分におちいることなく、

「ええ、いちおう見ておこうかな」

と軽く答えることができた。

「こっちです」

広瀬由起はいままで眺めていた海側とは反対の、山側のフェンスへ榊を案内した。

「ここから落ちられたみたいです」

しかしフェンスの外側にはすこし出っぱりがあるので、せいいっぱい身を乗り出しても真下の地面を覗くことはできない。

「一階のリネン室の裏手で遺体が見つかったんです」

「ああ、あの部屋の裏になるんですか」

「花束を供《そな》えようとした看護婦がいたんですけれど、入院中のクライアントがそれを見て変に触発されて飛び降りをまねするといけないので、お花も何もなしでした。血の痕《あと》も、新しい土できれいに隠されています」

淡々と話す広瀬由起に、榊は神妙にうなずいた。

日射しに温められた鉄のフェンス。ちょうど榊がいま触れているあたりに沢村医師が手を置き、ひょいと体を持ちあげて乗り越えたのかもしれない。

「かれが抗鬱薬を飲んでいたこと、さっき院長からも聞きましたが、鬱の様子は、まわりの者が見ても判るくらいだったんですか？」

「さあ……わたしの印象では、そんなに深刻なご様子には見えませんでしたけど、でも鬱病っていうのは、軽いから安心とは言いきれないところがありますでしょう？」

「うむ」

「たいしたことないと思っていても、死んじゃう人はパッと死んじゃいますし」白衣の襟をいじりながら言った。

「そうですね」

目をあげると、裏山の木々が陽光をふんだんに受けて、沸《わ》き返るように蒼々《あおあお》と生い茂っている。

広瀬由起がフェンスを離れたので、榊も随《つ》いて歩きながら、

「患者の妄想がかれに伝染しそうになった、と院長は言っておられたけれど、その話は知っていますか？」

と訊いてみた。

「ああ、五十嵐さんの妄想のことですね？」

「その患者を、院長が隔離してしまったそうですね」

「ええ、院長先生らしくないご処置なので、あのケースについては、わたしもちょっと驚きました」

「……パラフレニー、ということかな、その患者」

妄想を主症状とするパラフレニーという病気。これを、妄想型の分裂病のなかに含めて考える医師もいるが、すこし違うという医師もいる。

〈話の作られ方がひじょうに緻密《ちみつ》に体系化されていて……〉

と院長が言ったが、それがパラフレニーの特徴だ。

一方で、情意障害は分裂病にくらべて少なく、人格荒廃には至らない。

〈人格荒廃の様相はさほどひどくなくて、一定のところで止まっている〉

という院長のもうひとつの言葉も、これに合致《がっち》している。

院長は分裂病の概念を広く捉《とら》えるタイプの医師なのかもしれない。

「回想録を書いてるんですって」

広瀬由起がいった。

「え」

「五十嵐さんです。なにか奇妙な回想録を書いてるんですって」

「……回想録」

「沢村先生がそうおっしゃっていました。面接のときに読ませてくれたんですって」

「ほう」

「なかなか面白い内容なんだけれど、どこまでが事実でどこからが妄想追想なのか、それがよく判らないんだ、ともおっしゃっていました」

妄想追想。

分裂病患者によくこれが見られる。

いわば虚構の追想だ。患者が語る追想の中身は、事実とは違ったかたちに脚色され、意味づけされ、あるいは創作される。しかし当人にはその意識はない。ありのままを追想しているつもりでいる。

これをしかし、妄想とみなすべきなのか、記憶の障害とみなすべきなのか。

「どこからどこまでが本当かっていう区分けは――」歩きながら広瀬由起が物静かに言う。

「ふつうの人間の思い出の場合だって、ちょっと曖昧《あいまい》なところがありますよね」

「ま、その通りです」

あらゆる人間は妄想的となりうる素質をもっている、と断じた医師もいる。

パラフレニーほど病的ではなくても、軽度の妄想症《パラノイア》ならそこらじゅうにあふれていると言ってもいい。

「五十嵐さんの回想録、わたしも読んでみたいって興味本位に言ったら、院長先生にたしなめられてしまいました」

「……そうですか」

ふたたび海側のフェンスへもどって、並んで眼下の風景をながめた。

目の前の一段ひくい場所に南棟の屋上がある。南棟の向こうに洋風庭園。そこからさらに一段下がった右手に、きのう野外パーティー兼運動会がおこなわれたソフトボール用グラウンドが見える。グラウンドへ向かわずに左手の坂をおりると、例の梅林公園へと至る。

不意に携帯電話が鳴った。榊の白衣のポケットだ。いちいち構内アナウンスで呼び出さなくてもいいように、医師全員が持たされている。心臓にペースメーカーを取り付けた患者は入院していないので、携帯電話の制限はされていなかった。

「はい、榊です」

「外からお電話がかかってますけど」と事務員の声がつげた。

「誰から？」

「知り合いだとおっしゃるだけで、お名前を言ってくださらないんです」

「男？」

「女の方です」

……榊はピンときた。

「じゃあ、この携帯の番号を教えて、かけなおすように言ってくれますか？」

「承知しました」

いったん切って待つ榊の顔を、広瀬由起がちらりと見返った。

間もなく、着信音が鳴った。

「榊ですが」

「こんにちは、先生。亜左美の姉です」

榊は送話口をおさえて、広瀬由起にいった。

「……思った通りだった。

「例の電話です」

それだけで彼女にも判ったようだ。じっと榊の目を見て小さくうなずき返した。

榊は手をはずし、

「やあ、こんにちは」

と応じた。

「先生、妹の具合、どうでしょうか。あれから少しはよくなっていますでしょうか」

一語一語を明確に発音して話すので、とてもきっちりした性格、という印象をうける。亜左美の、どこか物憂げで甘ったれた喋《しゃべ》り方とは正反対だ。けれども、前回の電話からわずか一週間ほどしかたっていないにも拘《かか》わらず、こんな問いかけをしてくるのは、かなりせっかちで気みじかな性格でもあるように思われる。

「よくなっているかどうかは、もうすこし時間をかけて様子を見てからでないと、何とも言えません」

「あの子、先生にご迷惑をかけていませんか？」

「ま、少々手こずってはいます」

榊は笑いに包んで正直に答えた。すると、

「先生、あの子を嫌ってらっしゃるんですか？」

と真剣な声で尋ねてきた。

「いや、そんな意味で言ったんじゃありません」

「ほんとうですか？」

「ええ、嘘じゃありません」

「あの子の味方はわたししかいないんです。先生も味方になってやってくださいね」

「医者はいつだって患者さんの味方ですよ。つねにそういう気持ちで治療にあたっています」

すぐ横で広瀬由起が、風景を眺める様子をしながら、榊の応答に耳を傾けている。

「……それなら安心しました。先生にとっては困った患者かもしれませんが、見捨てないでやってくださいね」

「もちろんです」

「あの子の病気については、わたしも責任を感じているんです」

その言葉に榊は注意をはらった。

妹にたいする過干渉《かかんしょう》、あるいは威圧的な接し方があったことを認める発言かと思ったのだ。もしそうであれば、亜左美の例の被害妄想、姉にテレパシーで操られるというあの妄想には、それを引き起こす原因があったことになる。つまり、分裂病の妄想ではなく神経症的な反応として捉《とら》えるべきだということになる。

「それは、妹さんの世話を焼きすぎたとか、いろいろうるさく言いすぎたとかいうことですか？」

そう訊いた榊に、しかし姉は、まったく反対の答えをした。

「いいえ、そうじゃなくて、もっとしっかり面倒を見てやればよかったと反省しているんです。まだまだ心くばりが足りなかったんです。あの子は、ひとりじゃ何もできない子ですから、わたしがもっと強く引っ張っていってやるべきだったんです」

庇護者《ひごしゃ》、そして支配者。

榊は聞きながら、この姉自身にも、何か普通でない気配を感じはじめた。

「あの——」

と彼は慎重にいった。「このあいだの電話で訊きそびれたことがあるので、二、三、質問してもいいですか？」

「え、でも、もう時間がないんです」

「しかし——」

「すみません。もう切ります。どうか妹をお願いします。それではまた」

前回同様、急にそそくさと電話を切ってしまった。

携帯電話をポケットにしまいながら思わず嘆息すると、広瀬由起が首だけでふりむき、黙って榊の顔をみた。

榊はフェンスに肘《ひじ》をのせて、病院の敷地の向こうで白くきらめいている海に目をやり、「電話じゃだめだな」とつぶやいた。「深く訊こうとするとすぐに切ってしまう」

「過保護の母親のような話し方をするって沢村先生がおっしゃってましたけれど、やっぱりそんな感じですか？」

「ええ、その通りです。……姉のほうにも、ひょっとしたら何らかの精神疾患があるのかもしれない。どうもそんな感触なんです。沢村先生はそういうこと何も言っていなかったですか？」

「おっしゃってました。ちょっと変なんだ、って」

「やはりね」

「姉妹のあいだで感応精神病が発生したんじゃないだろうか、ともおっしゃいました」

そう話す広瀬由起に榊は視線をもどした。

「ぼくも今、同じことを考えていました」

感応精神病。

つまり、精神病の伝染だ。ほんらい伝染などしないはずの精神病が、ひとりの人間から別の人間にうつってしまう。

患者の妄想に引きずり込まれそうになった沢村医師自身のケースも、一種の感応精神病だといえるが、亜左美と姉との間にもこの気配が色濃く漂《ただよ》っているように思われる。

感応精神病が発生するには、いくつかの条件がいる。

たとえば、ふたりの人間が長いあいだ同じ環境の中にいること。その環境は外からの影響の少ない、閉鎖性のつよいものであること。ふたりは同じような感情を持ち、同じものに関心を持っていること。ふたりのうち、強い立場にいて、知的にも優れている者がまず発症し、妄想を抱くこと。その妄想を、よわい立場、受け身の立場にいる者にも押しつけようとすること。

つまりは、合宿生活をする小さな宗教団体のようなものがこれらの条件をいちばん満たしているわけだが、もうひとつ当てはまるものとして〈家族〉がある。

データ上では、男よりも女に多く発生する。

亜左美と姉との関係、ふたりが暮らしていた環境、これは感応精神病を引き起こす条件をたっぷり備えていたのではないかと推定できそうだ。——姉自身が二回の電話で語った内容から、そう推定できそうだ。

ただし、あくまでも推定にすぎない。

広瀬由起が冷静な口調でそれを言った。

「でも、わたしとしては、電話で話をしただけで簡単にそんな推断をなさるのは、ちょっとどうかなという気がしますけれど」

もっともな戒《いまし》めに、榊は反論できず、

「……その通りです」

と、うなずくしかなかった。

検証不可能な恣《し》意的解釈をふりまわす精神分析。以前にそれを批判した榊へのしっぺ返しかもしれなかったが、仮にそうであったとしても、いまの彼女の言い分は正しかった。

12

梅雨に入ったようだ。

学芸員の誰もが厭《いや》がる季節だ。収蔵庫も陳列室もしっかり空調管理がなされているが、それでもかすかな湿気がどこからともなく忍び込んでくる。たぶん出入りする人間たちのせいだろう。衣服や髪や皮膚にまとって持ち込む湿気が馬鹿にならないのだ、と金工室長の岸田は神経質に言うけれど、都博が抱える古美術品はどれも空調設備なんかない時代から何百年も生き延びてきているわけだし、そんなに過保護にしなくてもいいんじゃないかしら、と国史畑出身の江馬遥子は思ってしまう。

雨に濡《ぬ》れて黒くひかる広い前庭の舗装路面。小止《こや》みになっていたので、遥子は本館から傘もささずに斜めに横切り、ドーム屋根の考古館へと歩いた。

二頭のライオン像にはさまれた石段をのぼって、玄関から中央ホールに入る。ホールは吹き抜けで、はるかな高みにドーム屋根の内側がそのまま見える。

みぎ側の翼棟は縄文・弥生時代の陳列室。ひだり側は歴史時代。二階には古墳時代の遺物が並べられている。観覧客の姿はまばらだ。入館者はみんな本館の『ルーヴル美術館所蔵古代オリエント秘宝展』が目当てなので、考古館はむしろ閑散《かんさん》としている。

翼棟の端の円形階段をのぼって二階の陳列室へゆくと、橋本直美が銅鏡の模造品《レプリカ》を布で磨《みが》いていた。

「直美さん、埴輪《はにわ》が返送されてきたよ」

知らせに来た遥子に、

「あ、ほんと」

とうなずいただけで、鏡をゆっくり磨きつづけている。

「梱包《こんぽう》、解《と》かなくていいの？　解くんなら手伝おうと思ってたんだけど」

「ありがとう。でも、あとで開けるからいいわ」

「壊《こわ》れてないか心配じゃないの？」

「だいじょうぶよ、たぶん」

呑気《のんき》に答えた。

神経質な岸田とちがって、橋本直美は何事にものんびりしている。化粧っけのない童顔。これで夫を持っており、しかも自分と同年齢というのが、遥子にはどうも不思議でならない。けれども、研究面ではそれなりの評価をうけているらしく、ときどき館外に招かれて講演に行ったりもしている。学芸員は全員がおのおの研究テーマを持っているが、橋本直美のそれは〈古墳出土遺物の基礎的研究〉だ。

床にぺったりと腰をおろして銅鏡磨きに余念のない彼女のそばに、遥子もしゃがみこんだ。

「それで顔を映すと、なんとなく美人に見えちゃうよね、ちょっとソフトフォーカスみたいな感じになって」

遥子がいったので、橋本直美は直径三十センチたらずのその銅鏡に自分の顔を映してまじまじと見つめ、

「……そうかしら。そうは思えないけど」

とまじめに答えた。

陳列ケースの中の本物は青黴《あおかび》がついたような色をしているが、それを摸《も》して造られたレプリカは金色をしている。素材は白銅で、青銅よりも錫《すず》が多くまぜられている。

この陳列室には銅剣のレプリカも本物と並べて展示されており、そちらは青銅なので、やや赤みを帯びた金色にかがやいている。けれどそれが青銅の本来の色なのだ。本物が青黴のような色をしているのは、錆《さ》びと風化のせいである。

ということは、例の金工室収蔵の狛犬《こまいぬ》も、つくられた当初はきんきらきんに輝いていたのかしら、と遥子は少々興《きょう》ざめの気分で想像した。

……あの狛犬。

遥子は、自分の徒労を思い出して心の中で嘆息した。

せっかく五十嵐潤吉の生存と所在を突き止めたのに、かれの口から狛犬のことについて話を聞くことはできなかった。精神病院に隔離されていたのではどうにもならない。あの訪問の翌日、院長に電話をしてみたが、やはりだめだった。面会の許可はもらえなかった。

それを岸田に報告すると、

「だったらしょうがねえな。これにて終了だな」

真贋《しんがん》の探究をとうとう諦《あきら》めてしまった。

……けれど、あの言葉。

〈ねえねえ、あの博物館にはさ、すごい秘密があるんですって？　世間が知ったら、ひっくりかえるような秘密。――五十嵐さんがそう言ってたよ〉

病院からの帰りぎわに、患者らしき少女が口にした奇妙な言葉。――世間がおどろくような秘密っていったい何だろう、と遥子はあれからずっと気になっている。

例の狛犬が贋作だということを意味しているのかとも考えたが、そんなことで世間はひっくくりかえりはしない。何かもっと他のことだろう。

〈いまの館員はほとんど知らないんだってさ、古い話だから〉

……何だろう。

しかしそれは、精神障害者である五十嵐潤吉の妄想かもしれない。

あるいは、あの少女自身の妄想なのかもしれない。

思いつつ、遥子は橋本直美に訊《き》いてみた。——自分と同い歳の彼女がそんな〈古い秘密〉を知っているはずはないのだけれど。

「ねえ直美さん、あなたこの都博に、何かすごい秘密が隠されてるっていう話、耳にしたことある？」

「秘密？　どんな？」

鏡磨きの手を止めて遥子をみた。

「具体的には判らないんだけど、世間が知ったら、びっくりするような秘密」

そんなの聞いたことない、という答えを予想していた遥子に、

「……それって、ひょっとして地下室のこと？」

と白手袋をした手の甲で小ぢんまりした鼻をこすりながら橋本直美はいった。

「地下室？　何なのそれ」

「え、聞いたことない？　秘密の地下室の話」

「うん、初耳」

「資料部ではそんな話はしてなかったのね？　すると学芸部だけの言い伝えなのかな」

「秘密の地下室があるの？」

「かなり眉唾《まゆつば》の言い伝えだけどね」

「くわしく話して」

「うん、つまり――」橋本直美は童話でも読むようなゆっくりしたテンポでいう。「ここの敷地内には古い地下室があって、それはいま封印されていて、誰も出入りできないようになってるって話。出入口も塞《ふさ》いで隠してあるから、場所を知ってる人以外は、見つけようと思っても見つからないんですって」

「へえ……」遥子は視線を宙におよがせて、その謎の地下室を想像した。「で、そこにはいったい何が納められてるの？」

「それも判らない。場所も中身も不明」

「ふうん」

「でも、こういう言い伝えってさ、よくありそうなパターンでしょ？」橋本直美はその話をすこしも信じていないようだ。口調がさめている。「みんな面白がって口にしたりするけど、じつは何の根拠もなくて」

「施設課の人たちは何て言ってるの。そういうことは施設課がいちばん詳しいんじゃないの？」――施設課は総務部に属している。――「誰か訊いてみた人はいないの？」

「どうかな。仮にそんな地下室が実在するとしても、施設課の人がみんな知ってるとは限らないし」

「上層部だけが知ってる秘密なのかしら。館長とか、次長とか」

「さあね。知ってた人はみんな亡くなっちゃって、今いる人は館長まで含めて誰ひとり知らないんだっていう話もある。どっちにしても、けっきょく本当のことを確かめるすべはないのよ」

「……そうね」

「確かめられない話だからこそ、もっともらしい言い伝えとして、いつまでも囁《ささや》かれ続けるわけよ。ほら、古い学校とか病院で奇怪な噂が蔓延《まんえん》したりする、あれと同じよ」

鏡の曇りを点検しながら、のどかに語る橋本直美だった。

13

ガラス窓を幾すじもの雨が伝い落ち、外の街路をゆく人や車の輪郭をゆがめている。

「盛大な披露宴だったたな」

とつぶやく中辻《なかつじ》に視線をもどして、

「そうだな」

榊も低くうなずいた。中辻の吸う煙草がすこし煙い。

医学生時代からの友人だ。顔を合わせるのは久しぶりだが、指先でテーブルを小きざみに打つ神経質そうな癖は、むかしからいっこうに変わっていない。患者との面接のさいも、これをやっているのだろうか。

銀盆にコーヒーカップをふたつ載せたウェイトレスがそばを通りぬけ、その後ろ姿をほんのつかのま見送ったあと、中辻はいった。

「美人というほどじゃないが、容姿もまずまずってところだし、宇野のやつ、神妙な顔の下で万歳してるんだろうな。まったく、インターン時代の言葉なんて当てにならんよな。おれたちの中で、あいつがいちばん青臭い理想主義を口にしていたはずなのにな」

仲のよかった学友として、宇野は自分の結婚披露宴に榊と中辻を招待してくれたのだが、かれの結婚相手は、神奈川県にある大きな精神病院のオーナー院長の娘だった。宇野はそこへ婿《むこ》養子として迎えられたようだ。そしてその病院は、医者たちのあいだでは〈経営上手〉で知られている。

経営上手。

要するに、良心の麻痺《まひ》した病院ということだ。

榊が前にいた病院にも、そういう面が少なからずあった。担当患者の退院を榊が報告すると、院長は露骨に眉をよせ、ときには横を向いて小さく舌打ちすることさえあった。なぜなら病院の〈財産〉が減るからだ。

精神病院にとって入院患者は――とくに慢性患者は――だいじな財産なのだ。患者の貧富はあまり関係がない。健康保険収入と生活保護法収入が病院経営をささえる柱であるから、長期入院の慢性患者をおおぜい抱え込んでおけば、収入が保証され、利益があがる。しかも、病院での暮らしになじみきった慢性患者は、薬の作用もあって、たいていおとなしい。手がかからず、収益率のよい、ありがたい存在である。それゆえ、そんな慢性患者を〈固定資産〉と陰で呼んで手放したがらないのだ。

経営上手な病院は、こうして収入を確保する一方で、支出を切りつめる。削《けず》れるだけ削ろうとする。

一般の病院にくらべて、もともと精神病院では医師や看護スタッフの数が少ない。少なくてよいことになっている。その少ない数を、さらにどこまで減らせるか、経営上手な病院はつねにそのことを考えている。いちばん効率のいい方法は、患者の自由をうばって収容所のように管理することだ。なおかつ、患者を職員の下働きとして使えばスタッフをさらに少なくすることができ、人件費が浮く。

利潤を追求するのは経営者として当然のことだ、という見方もある。けれども、ここで扱われているものは、製品でも商品でもなく、生きた人間なのだ。しかも脳の機能や神経を病んでいるために自分の意思をうまく表明できなかったり、あるいは表明することを病院側によって制限されている人間たちだ。ふつうの企業経営と同列に論じられるものではない。

むかし、精神病院は牧畜業者だと言った医師会長がいる。——その言葉に、当時まだ研修医だった榊も中辻も宇野もショックをうけ、そしてその言葉を否定しきれない現状に義憤をおぼえ、自分たちだけはそんな経営を容認するものかと、正義感の青白い炎を胸にともしたものだった。

その宇野が、十年後のいま、あまり良心的とは言いがたい経営で知られる大病院の婿養子におさまるという。

「しかし、あいつの婿入りで少しは経営方針が変わるかもしれないな」

願望をまじえて言う榊に、

「ありえんね」中辻は断言した。「あの院長はそんなに甘くはないぜ。おれ、以前から面識があるんで知ってるけど」

「無理だろうか」

榊自身、前の病院の方針に疑問をもち、何度も院長に改善を提言したことがある。しかし、糠《ぬか》に釘《くぎ》だった。しだいに疎《うと》ましがられ、やがて、榊が担当していたひとりの境界例患者にたいする〈はなはだ不適切な処置〉を理由に、箒《ほうき》で掃《は》くようにして追い出されてしまった。

「それに——」

と中辻がいう。「おまえはしばらくあいつと直接の付き合いがなかったから知らんだろうが、最近の宇野は、むかしとはだいぶ変わったぜ」

「どう変わったんだ」

「たとえば、おれにこんなことを言っていた。長期入院の是非《ぜひ》についてだ。慢性患者を長いこと抱え込むと、すぐにその病院を悪くいう連中がいるが、それは間違ってる、とあいつは主張した。責《せ》めるんならまず患者の家族を責めろ、というわけだ。ま、一理はある、と実はおれも思う。おまえだってしょっちゅう経験してるだろ、家族の引き取り拒否」

……たしかに経験している。

症状が寛解した患者を退院させようとすると、身寄りの者が引き取りを渋る場合がしばしばある。もっと入院させておいてくれと逆に頼み込んでくる。

「榊、おまえどうしてる、そういうとき」

「いつも悩む。悩むが、とにかく家族と話し合う。ケースワーカーを入れて、じっくり話し合うことにしている。家族に頼まれたからといって、居なくてもいい患者まで病院に置きつづけることはしない」

家族の求めを理由にして〈抱え込み〉を正当化することだけはすまい、と榊は自分に言い聞かせている。

きまじめな答えをする榊を、中辻は煙草のけむり越しにやや醒《さ》めた目で窺《うかが》い見ていたが、

「変わってないのはおまえだけかもしれんな。正直な話、このおれ自身もあんまり宇野をどうこう言える立場じゃないからな」

自嘲《じちょう》の笑みを漏らした。

中辻は、指導教授に気に入られて、大学の医局に籍を置いている。しかし医局の報酬は高くはない。それゆえ誰もがそうしているように、民間病院でパート勤務をしている。

「いま行ってるところな、ひでえ病院なんだ。教授の口ききだから、なんにも言わずにおとなしく勤務してるんだが、あれもじゅうぶん悪徳病院の部類に入るな」

「先生は、そのことご存じなのか？」

「知ってるさ、もちろん。医局の患者をだいぶ回して紹介料とってるはずだから、持ちつ持たれつというやつだ。おれも余計なこと言って教授の不興《ふきょう》を買いたくはないし、黙ってありがたく生活費を稼《かせ》がせてもらってる。はは、むかしの気骨《きこつ》はどこへ行っちまったんだろうな。……それとも、そんなもの初めから無かったのかもな」

順応。迎合。麻痺。

かつての学友たちが、すっかり現実の泥に足をとられ、そしてそのまま居直ったように身を

浸《ひた》してしまっているらしいことに、榊は何か言いようのない淋《さみ》しさをおぼえた。

しかし、いまだに無くならぬそうした悪徳病院のことを考えると、榊の新しい勤務先であるS病院は、あらゆる意味できわだった優良病院であると言っていいだろう。――それだけに、例の年老いた隔離患者のことが、明るい日向《ひなた》のなかの唯一《ゆいいつ》の翳《かげ》りとして、いささか残念に思える。

「さて、そろそろ暮れてきたな」中辻が窓の外へ目をやった。「久しぶりに、どこかで飲むか」

榊はすこし迷ったが、

「あしたは朝から外来診療があるんだ。きょうのうちに帰らなきゃならない」

誘いを断わった。

「そうか」中辻もあっさりとうなずき、「時計見ながら飲んだって落ち着かんしな、じゃあ、またの機会にってことにしよう」

その表情に、むしろホッとしている気配が見てとれた。もはやお互いに、ともに飲んで愉快になれる相手ではなくなっていた。

喫茶店を出て別れるまぎわ、

「おまえ、再婚の予定はないのか？」

と中辻が訊いた。

「うむ、今のところは全くない」

折り畳み傘を開きながら、榊は低く答えた。

夜を走る列車の窓を、いくつもの雨滴がふるえながら横に這《は》ってゆく。

榊は座席に頭をあずけて眠ろうとしたが、しかしそれほど眠くもなかった。目を閉じて、かすかな震動に身をゆだね、きょうの披露宴の情景をなんとなく反芻《はんすう》するうちに、四年前の自分自身の結婚式の情景が取って代わり、だがそれもすぐに、四カ月前、固い意志で離婚届けに署名する妻の、テーブルに俯《うつむ》いた頭髪の分けめの、その青白い皮膚の記憶へと移り変わった。

離婚の原因も、前の病院を追われた原因も、おなじものだった。

榊が境界例と診断し、治療していたひとりの女性患者。その女が、両方の原因をつくったのだった。

……苗村伽奈《なえむらかな》。

二十六歳の元広告デザイナーだった。

東京近郊にあるその病院に彼女が初めてあらわれたのは、おととしの晩秋、十一月半ばのことだ。街路の落ち葉が急にふえた肌寒い日で、彼女は黒いコートを手にして榊の診療室に入ってきた。芥子《からし》色のタートルネックのセーターと濃い灰色のプリーツスカートを身につけ、足もとは黒いブーツだった。

壁ぎわの予備の椅子にコートを置き、小さく一礼して榊の前の椅子におずおずと坐《すわ》った苗村伽奈は、怯《おび》えた子猫のような印象だった。顔をあげて榊をまっすぐ見ることができないらしく、うつむいた顔がすこし蒼《あお》ざめていた。髪は肩に届かぬ長さにそろえられていたが、やや乱れて見えたのは外を歩いてきたときの風のせいだろうか。室内はほどよく暖房が入っているにもかかわらず、寒そうに両腕を抱いて縮《ちぢ》こまっていた。

榊の問いかけに答えて、聞き取りにくい小声で、自分の症状を話した。

いちばん困っているのは過呼吸発作《ほっさ》だという。時と場所に関係なく、突然に、しかも頻繁《ひんぱん》に起きるのだという。

ほかに、手指のしびれ感や、頭痛、嘔吐《おうと》、食欲不振、睡眠障害をうったえた。

「お仕事は何を？」

「ずっとグラフィック・デザイナーを、していました」

「グラフィック……」

「広告関係のデザイナーです。高校を出てグラフィックの勉強をして、ずっとその仕事をやってました」

「いまは、していないんですか？」

「発作が出るようになって、それで、半年前にやめてしまいました」

「いまは何を？」

「デザインとは関係ないアルバイトを、時々しています」

「デザインの仕事と発作とは、何か関連があるかもしれないと、ご自分で思いますか？」

「わかりません。でも、あの仕事をやめてからも発作は出ますし、しかも最近だんだんひどくなるみたいなんです」

榊は、彼女の家族歴、生育歴の聞き取りをした。

それによると、三歳のときに両親が離婚し、彼女は母親に引き取られた。母親は美容院をひらいており、翌年再婚したが、二年足らずでふたたび離婚した。七歳のとき、母親の再々婚によって現在の義父が家に入り、弟と妹がひとりずつ生まれた。

「ご家族との関係は、うまくいっていますか？」

「……ええ、まあ」

迷いながらの返答に思えたので、

「何か、言いづらいようなことが……？」

そう訊《き》いてみたが、

「いえ、べつに」

とかぶりを振った。

「ほんとにうまくいってるんですか？」

「ええ、いってます」

「恋人はいますか？」

「別れました」

「それはいつ頃のことですか？」

「デザイン会社をやめて、しばらくしてからです」

「別れた理由は言えますか？」

「わたしが会社をやめて、それで、会う機会も減ってしまって」

「ということは、かれも――」

「デザイナー仲間です」

「じゃあ、会う機会が減って、自然消滅のような感じですか？」

「もともと、あんまり心が通じ合ってる間柄《あいだがら》でもなかったんです」

「親しいお友達はいますか？」

「いまは、とくにいません」

初診のときの彼女は、あまり心をひらかず、防御的で、話し方も畏《かしこま》っていた。

しばらく外来で診《み》ることにして帰宅させたが、翌週の予約を彼女はすっぽかし、そのまま来なくなった。

治療を受けようという気がなくなったのか、それとも他の病院へ行くことにしたのか、あるいは家族や知人に吹き込まれて何かの民間療法にでも頼ることにしたのか、いずれにせよ初診だけで来なくなってしまう患者はさほど珍しくないので、榊のほうも彼女のことはすぐに忘れ去った。

しかし三ヵ月後、つまり翌年の二月半ばになって、苗村伽奈は憔悴《しょうすい》しきった顔であらわれ、

「おねがいします、入院させてください」

と榊の膝《ひざ》にすがりつくようにして訴えた。

来る途中、雪融《ゆきど》けのぬかるみで転んだのか、コートが汚れており、ブーツも泥まみれだった。錯乱というほどではないが、感情に安定を欠き、初診のときのおとなしい印象とはずいぶん違っていた。この一週間、ろくに眠っていないのだという。

まずゆっくり睡眠をとらせ、こまかな検査や診断はそれからにしようと考えた榊は、彼女に睡眠導入剤を飲ませて個室に寝かせた。

二日後、体調がやや回復したところで、面接をした。

青白かった頬にいくらか血色がもどり、表情にも落ちつきが出ていた。

「気分はよくなりましたか？　おとといは、まるで遭難者みたいでしたね」

冗談をいって微笑してみせると、彼女も、はにかむように頬笑み返してきた。

榊という人間のもつ雰囲気にすこし慣れはじめたのか、初診のときよりもリラックスしている様子だった。防御的な姿勢が薄れ、問いかけに答えて、自分の心情をすなおに吐露《とろ》した。

「わたし、ふつうに生活するっていう、ただそれだけのことが、なんだかつらいんです。人に見られたり、話しかけられたりするのも怖いんです。逃げたくなります。でも逃げ場がないんです。そういうのが、あの過呼吸発作とも関係してるのかもしれません。わたし、自分の感情がよく判らないときがあります。悲しいのか楽しいのか、好きなのか嫌いなのか、本心なのか嘘なのか……。わかってるのは、人間は汚いってこと。わたしも含めて人間はみんな汚くて、おぞましいってこと。人間は怖い。自分自身も、怖い。友達も怖い。母さんも怖い。先生も……怖い」

この面接のさなか、彼女の母親が病院に押しかけてきて、娘を連れて帰りたいと要求した。連絡をうけた榊は面接を中断し、伽奈の意思を訊いた。彼女は椅子から立って壁に背を貼《は》りつけ、子供のようにいやいやをした。

「いやです。帰りません。わたし、入院して治療を受けたいんです。先生、母にそう言って、追い返してください」

自分でそれを伝えるようにうながしたが、彼女は頑《かたく》なに厭《いや》がり、しかたなく榊が別室で母親と会った。

伽奈からの聞き取りでは五十一歳だというが、若づくりの、化粧の派手な女だった。押し問答の末に、母親は憤然として帰っていった。

診療室へもどって伽奈との面接を再開した榊は、当然、彼女と母親との関係に焦点をあてて質問をしたが、伽奈の口は重く、

「子供のころから母が苦手なんです」

と下を向いてつぶやくだけで、このときは、具体的な説明やエピソードは何も語らなかった。

しかし、〈母さんを追い返してくれた〉榊にたいして、伽奈はその後、面接のたびに甘えかかるような形で好意をあらわすようになり、医師として、そして男として、榊を理想化する様子を見せはじめた。

「わたし、ここへ来てほんとによかった。先生と出会えてよかった。あのね、先生。笑わないで聞いてくださいね。笑ったらだめですよ。――わたしね、こう見えてもけっこう男の人に好かれること多いんですよ。でもね、好かれるのは嬉《うれ》しいんだけれど、あんまりグイグイ迫ってこられると、逃げたくなるの。自分が丸ごと飲み込まれそうで、恐怖感が先に立つの。それにね、抱かれるときも、相手の鼻息が荒かったりすると、なんか訳もなく警戒してしまって、緊張して、気持ちよくなれないの。イクこともないの。男と長続きしないのは、それもあるの。……こんなこと、誰にも話したことないんですけど、やだなあ、とうとう話しちゃいました。先生にならん話せてしまう。先生って、不思議な人ですね」

そして、自分の面接予定がない日に廊下で待ち伏せをして、通りかかった榊に手紙を押しつけて逃げたりと、まるで中学生か高校生のような振る舞いもした。

榊先生 いつも温かく面接治療をしてくださってありがとうございます。
同封の銀紙の中身は何だかおわかりでしょうか? 子猫の歯のように見えるかもしれませんが 実はこれ 沖縄の砂浜の砂です。病院をぬけだして ちょっと沖縄まで行ってきました。なんていうのは嘘。ぬけだしたのは本当ですが 行ったのは日比谷の近くの展覧会場です。沖縄出身の版画家の個展をやっていました。わたしはべつに沖縄とは何の縁もないのですが ちょっと立ち寄ってみたら 会場にこの砂粒がしきつめられていたのです。じっさいに沖縄から運んできて 個展がおわったら またもどすのだそうです。その砂を見ていたら わたしはなんだかうれしくなって おもわずブーツをぬいで ザックザックと砂の上を歩き回ってしまいました。そうしたら誰もいないと思っていたのに 突然 係員の人があらわれて わたしを見るなり驚いて ふつうならたいていの係員が 「ごゆっくりご覧ください」 と言うところをにっこり笑って 「ごゆっくり お楽しみください」と言って 奥へひっこんでしまいました。さすがに少しはずかしかったのですが まあいいや と思って 気がすむまで歩き回りました。
じつをいうと 久しぶりに街へ出てみて 例の発作がいつ出るだろうかと心配だったのですが 砂の上を歩いているうちに そんなことは忘れてしまい これはやっぱり榊先生のおかげかな と先生のことをしばらく思いうかべました。先生のことを思いうかべてい

る時は　他のいやなことを思いうかべずに済むので　なんだか気持ちも体も軽やかに透きとおっていく感じで　そうだ　この調子で生きていけば何もつらくなることはないんだと自信がわきます。
　ところで　さっきから気になっていることがあります。この手紙　カレーくさくないですか？　じつは急にカレーを食べたくなって　カレー専門のレストランでこれを書いているのです。お店じゅうカレーのにおいが立ちこめて　きっとこの手紙にもすっかりそのにおいが染みついてしまったんじゃないかと思うのです。先生　カレーがおきらいだったらごめんなさい。
　ねえ　先生。どうか　わたしを救ってください。わたしは先生を信頼しています。

K・N

榊はその手紙を鼻に近づけて嗅《か》いでみた。

そういえば、かすかにカレーの匂いがするような気がした。

もういちど読み返し、ブーツをぬいで砂の上を歩きまわる苗村伽奈の姿を脳裏に描きながら、つい頬笑んでいる自分に気づいた。

不意に同僚医師に声をかけられたので、手紙を上着のポケットにしまい、そしてそのまま忘れて帰宅し、妻の目にふれることになった。

妻は、手紙を榊に返しながら、

「これって、患者さんからなのか、信者の人からなのか、わからないわね。でも、精神科医って、ちょっとぐらい神がかりのオーラがあるほうがいいかもね」

そう言って榊の肩にもたれかかり、へんに気を揉《も》むようなこともなく、むろん怒ったりなどはしなかった。

夫婦のあいだに深刻な亀裂が入るようになるのは、そんなしおらしい手紙のせいではなく、もっと別のことが始まってからだ。

14

「秘密の地下室？」

と金工室長の岸田が怪訝《けげん》な顔をした。

「ええ。封印して、誰にも判らないように隠された地下室。そんな言い伝えがあるそうですけど、ご存じじゃなかったですか？」

学芸部の廊下を歩きながら小声で訊《き》く遥子に、

「防空壕《ごう》のことか？」

岸田はトイレの前で立ち止まって、そう尋ね返した。

「防空壕があるんですか、この下に？」

「うむ、太平洋戦争のとき、館の収蔵品を空襲から守るために計画されたらしい。しかし、計画だけで、実際には造られなかったって言うぜ」

「ほんとうに造られなかったんですか？」

「そう聞いてるけどな」

関心うすげに言って、岸田はそのままトイレに消えた。

……防空壕。

計画だけで終わった、というのは事実だろうか。それとも、表向きそういうことにしてあるが、ほんとうはちゃんと造られて、そしてそれが秘密の地下室として何かの理由で封印されている、ということはないのだろうか。

都博の敷地は一〇ヘクタール以上ある。一辺が三〇〇メートル余りの正方形に近いかたちをしている。そのなかに、本館、別館、考古館、東洋館、資料館、そして首都国立文化財研究所（都文研）の建物が配置されている。本館の背後には広い裏庭もあり、江戸時代の書院や茶室が、池の周囲に移築されている。

これだけ広い敷地なら、地下室でも防空壕でも、いくらだって造れそうな気がする。館の敷地図や建築図面にじっくり目を通してみれば、何かそれらしき気配《けはい》を読み取れるかもしれない。

遥子は踵《きびす》をめぐらせて、別館への連絡通路へと向かった。

別館は、都博を運営する事務棟だ。本館や考古館とおなじく、これも戦前からの古い建物である。しかし豪壮巨大な本館とは対照的に、そのわきに、ひっそりと地味に建っている。

館長室、次長室、管理課、会計課が二階にあり、一階には衛士の控室や宿直室、中央監視室、そして施設課が並んでいる。

その施設課に、遥子はそっと入っていった。

「失礼します。学芸部の江馬ですが」

「はい、何でしょう」出入口にいちばん近い席にいた若い女事務員が、机から顔をあげてふりむいた。

「あの、図面をお借りできますか？」

「図面、といいますと？」

「都博の敷地の図面と、各建物の詳細な図面です」

「……ちょっとお待ちください」

女事務員は奥へゆき、窓を背にした席にいる中年男にとりついだ。〈営繕係長〉のプレートがその机に置かれている。

営繕《えいぜん》係長は、部屋の出入口に立つ遥子をじろりと見すえ、おいで、という身ぶりで自分のほうへ招いた。

前の廊下はいつも通っているが、中に入るのは初めてだ。遥子は、灰色のスティールデスクの並ぶ部屋のなかを奥へ歩いた。課の職務柄、席にいない者が多い。

「図面が要《い》るの？」

営繕係長は着席したままで遥子を見あげた。

「ええ、お借りできます？」

「いいけど、資料部長から借用申請書をもらってきてくれる？」

「資料部長？」

「あんた、資料部の人じゃなかったっけ？」

硬そうな髪をみじかく刈っている。ずんぐりとした体軀《たいく》。かれの背後の窓の外に植え込みがある。剪定《せんてい》された植え込みの斜め向こうに、資料館の玄関がみえる。去年まで遥子は毎日あそこを出入りしていた。その姿を、営繕係長はこの窓から何度か目にしたのだろう。

「いまは学芸部にいます。企画課です」

「そう。じゃあ学芸部長からの申請書、もらってきて」

遥子はやわらかく頬笑んでみせた。

「あの、べつに学芸部まで持って帰らなくてもいいんです。ここで拝見させてもらうことにします」

「それでいいの？」

「ええ、かまいません」

「コピーはとるの？」

「ええ、場合によっては」

「だったら、やっぱり申請書もらってきてよ」

「なぜですか？」

「防犯上のことがあるから」

「防犯？」

「建築図面がもしも外へ出回ったりしたら、防犯上まずいからね。そういう場合の責任の所在をちゃんとしとかないと」

「あ、でしたらコピーは結構です。コピー、とりません」

「いいの？」

「ええ、見るだけにします」

申請書の提出をいやがって譲歩する遥子を、営繕係長はいぶかしげな目でみた。そして少し考える顔をし、

「ちょっとここで待ってて」

と言って立ちあがった。

隣の部屋とのあいだのドア。開けっぱなしになっている。そこへ入っていった。施設課の課長室だ。

遥子はさりげなく動いて、課長室のなかを見通せる位置に立った。

課長のデスクに屈《かが》みこむようにして営繕係長が小声でお伺《うかが》いを立てている。その太めの体の向こうから、課長の痩《や》せた顔がのぞき、むっつりとした表情で遥子をみた。遥子は愛想よく会《え》釈《しゃく》を送った。

やがて営繕係長がふりむいた。

「ちょっと、こっちへ」

と遥子を課長室に呼び入れた。

施設課長のデスクの前に立って、遥子はもういちど頭をさげた。まるで面接試験だ。

「どこの図面が見たいって？」課長の口調はそっけない。

「敷地の全体図と、それから全部の建物の、です」

「全部の建物？」

「どうしても必要なので……」また愛想わらいをした。

「しかし、何のために学芸部さんがそんな図面を見るわけ？」

「わたし、都博そのものを研究テーマの一つにしていますので、その資料として」

「なるほど。しかし、いずれにしても申請書を出してもらわないと」

「あ、でも、こちらの事務所で拝見するだけです、さっき係長にも申しましたけれど」

遥子は、横に立つ営繕係長を見返った。

「それでも申請書は要る。閲覧申請書だ」

課長がきっぱりと言い、営繕係長も急いでうなずく。

「そうですか」

「学芸部長の印鑑をもらうのを忘れないように」

「……わかりました」

あきらめて、いったん引きあげるしかなかった。

それにしても、このガードの固さは何なのだろう。単に都博の役所的体質のせいだけなのだろうか。あるいは、やはり何か〈マル秘〉事項が隠されているのだろうか。

考えながら、遥子は本館地下の学芸部へと帰っていった。

15

いつものように浅い眠りを小きざみに啄《ついば》んで、当直明けの朝を迎えた。

S病院へきて五十日。五度目の宿直だった。

うぐいす色のカーテンがほのかに明るんでいるが、枕元の腕時計をみると、それでもまだ五時半だ。

最初の当直の朝も、目が覚めたのは五時半だった。あのとき、缶コーヒーを買って飲むために職員食堂の前の廊下へおりてゆき、そしてその背後にあるスポーツ室で物音がして、中を覗《のぞ》くと、広瀬由起が居合《いあい》の稽古《けいこ》をしていたのだった。

早朝のひとり稽古。

けさもやっているのだろうか。

榊は覗きに行ってみることにした。

静まりかえった廊下。半地下にあるスポーツ室の、明るいクリーム色の両びらきドア。ちいさな覗き窓。——この前と同様、ドアの内側二メートルほどのところにホワイトボードが衝立《ついたて》のようにして置かれている。

中へ入ってボードを回りこむと、案の定、袴《はかま》姿の広瀬由起がそこにいた。しかし、きょうは床に坐っている。なにか妙な坐り方だ。ひだり足は正坐しているが、みぎ足は趺坐《あぐら》のような立て膝《ひざ》のような、半端《はんぱ》な格好をしている。

その坐り方に気をとられて声をかけそびれた榊に、

「おはようございます」

浮きあがるように、ふわっと立って、広瀬由起があいさつした。

榊もあいさつを返したあと、

「いま、変な坐り方してましたね」

そう言うと、

「ええ、居合独特の坐り方なんです」

と微笑し、もういちど坐ってみせた。例の模擬刀《もぎとう》をひだり腰に差している。

「はんぶん正坐で、はんぶん趺坐《あぐら》ですか」

「座構《ざがま》え、というんです」

「坐りにくくないんですか？」

「だって、らくな坐り方をしていたら、相手の動きにすぐ反応できなくて、斬《き》られてしまうでしょ？」言いながら榊を見あげて薄くわらった。「居合っていうのは、要するに、片時も油断しないでいるっていう武術なんです」

「坐ってるときも息が抜けないんですか」

「坐っているときこそが、正念場《しょうねんば》なんです」

「気の詰まる武術ですね」

「だから、精神統一に向いているんです」

広瀬由起はまたふわっと立ちあがり、襟元《えりもと》をかるく整えた。

早朝からすでに蒸し暑さを感じる季節だ。そのせいだろう、彼女の肌ににじむ汗はこの前よりも多く、そばにいると、女の体臭が匂った。

「ぼくはいつも油断ばかりだから、居合を習って気を引き締めようかな。手ほどきをしてくれますか？」

冗談のつもりで言ったのだが、

「手ほどきなんておこがましいですけれど、初歩的な助言くらいなら、できるかもしれません」

広瀬由起はまじめに受け取ってしまったようだ。

腰の刀を鞘《さや》ごとぬいて榊にゆだね、袴の上から締めていた自分の細帯を手早く解いて、

「ちょっと両手をあげていてください」

かいがいしい所作で榊のズボンの腰に二重巻きにして結び、刀を差しこんだ。

榊は黙ってされるがままになっていた。

「袴《はかま》をつけたら、きっとお似合いになるわ」

お世辞に苦笑しつつ、余計なことを言うべきではなかったと榊は後悔した。これからたびたび早朝稽古に付き合わされるはめになってはかなわない。

「やっぱり、ぼくには向かないみたいだな」

「なぜ？」

「刀なんか持つと、やたらに人を斬りたくなりそうで」

「模擬刀です」

「わかってますが、気分はすっかり人斬り以蔵《いぞう》だ」

榊はふざけて、目つきを険《けわ》しくしてみせた。

「でも、斬ることより、刀を抜くことのほうが難しいんです」

「抜くことがどうして難しいんですか」

「抜いてごらんになると判ります」

言いながら三歩さがった。

榊は抜いてみた。左手を鞘に添え、右手で柄《つか》をにぎって刀を抜いた。わけなく抜けた。いったい何が難しいのか。

腰に両手をあてて見ていた広瀬由起が、

「だめです」

といった。

「だめって、どこがです」

「いまのでは先に相手に斬られてしまいます」

「じゃあ、もっとすばやく抜けばいいんですか？」

「そうではなくて、右手で抜くからだめなんです」

「は？」

「柄《つか》をにぎった右手を前に押し出すようにして抜いたでしょう？」

「ええ……」

そうしなければ抜けないではないか。

「抜くときに、刀の重みを感じたでしょう？　刀の重みを前へ運びながら抜いたでしょう？」

「ええ……」

あたりまえではないか。

「それでは速く抜くことはできません。刀の重みを感じないですむような抜き方をするんです」

「意味がよく判らない」

「刀そのものをほとんど動かさずに抜くんです。つまり、体捌《たいさば》きで抜くんです。全身をつかって抜くんです」

「全身で？」

「抜く気配を見せずに一瞬に抜きつけるには、右手を前に送り出すような抜き方ではだめなんです」

「……やってみせてください」

求めに応じて、広瀬由起は榊から取り戻した帯と刀をふたたび腰につけた。

距離をあけるために後ろへさがろうとする榊を、

「あ、ここにいらしてください」

と引き止める。「わたしの目の前に立っていてくださって結構です」

「危なくないですか？」

「どんなふうに抜くかが、よくお判りになると思います」

言って榊とにらめっこでもするように接近して立った。腰に差した刀の柄頭《つかがしら》が榊の腹に触れそうだ。抜こうとすれば腹にぶつかるではないか。

そのことを注意しようとした瞬間、広瀬由起がうごいた。

気合いの掛け声も何もなく、無言のままだった。うごいたと思ったときには、すでに刀が抜きはなたれていた。

「もういちど、ゆっくりやってみます」

鞘におさめながら言った。

スローモーションでの抜刀《ばっとう》が榊の目と鼻の先で再演され、それを見ると、広瀬由起は腰を引くような捻《ひね》るようなうごきをしており、同時に左手でにぎった鞘を前後にすべらせている。

――だがそんなことよりも、うっすらと汗をうかべた彼女の頬や首すじが、この場にそぐわぬ奇妙な官能をそそり、刀さえなければ引き寄せて抱きしめたいような衝動に榊は駆られた。彼女の表情がきまじめなだけに、その不謹慎な衝動は榊を戸惑わせ、謝りたい気持ちになったが、

「どう、おわかりになったかしら」

と、しずかに訊《き》かれて、

「ええ、なんとなく」

唾《つば》を飲みながら、うなずき返した。

亜左美の例の中傷が頭の隅にあるからだろうか。いまの衝動はそのせいだろうか。無視したつもりでも、知らず知らず亜左美の言葉の毒がまわり、性的にだらしのない女という目で広瀬由起のことを見はじめているのだろうか。

「やってごらんになる？」

「え」

「いまお見せした抜き方」

「……いや、やめときます。また右手で抜いてしまって叱《しか》られそうだ。それより、あなたの技《わざ》を見ているほうがいい。ほかに何かすごい技はありませんか？」

「すごい技、というんじゃありませんけど、じゃあ、四方《しほう》斬りをお見せしましょうか」

「どんな技ですか？」

「文字通り、前後左右を取り囲んだ四方の敵を斬り伏せるんです」

「そりゃすごい」

「奥居合《おくいあい》、といって、古くから伝えられている居合の型の一つです」

「拝見します」

「こんどは危ないですから、少し離れていてください」

榊を遠ざけて、床にすわった。

例の、おかしな坐り方。ひだりは正坐、みぎは趺坐《あぐら》。

そして予告もなくふわっと中腰になった瞬間、刀身がひかり、あ、抜いたな、と思ったときには、後ろの敵を突いていた。そのまま振りかぶった刀で腰をひねりながら右側の敵を斬り、別の敵が斬り込む刀を撥《は》ねあげるような手捌《てさば》きでもういちど振りかぶると、こんどは左の敵に斬りつけ、最後に正面の敵を真っ向から斬りおろした。

その間、何秒とかかってはいないが、終始中腰のままで、足音をたてず、声も出さなかった。

四人の敵を斬り終えてからようやくまっすぐに立ちあがり、雨傘のしずくを切るように刀をひと振りしてすばやく鞘に入れ、しかし最後の二十センチほどは、しずかに息を吐ききりながらゆっくりと納めた。

「迫力ありますね」

榊がいうと、やや照れくさそうに微笑した。

「単なる型です。踊りのようなものです」

「しかし、どうして中腰のまま斬るんです。立ったほうが斬りやすくはないですか?」

そんな疑問に、

「だって、座敷の天井に刀が当たってしまうでしょう?」

という答えが返った。

「……そうか、座敷での斬り合いですか」

「地面に坐っていたのかとお思いになった?」

「座敷に坐っていたところを襲われた、という設定ですね?」

「ええ」

「やけにリアルだなあ」

「剣道とちがって、むかしの実生活の細部をそのまま引きずってるんです。なにしろちぶりまでするんですもの」

ちぶり? ああ、血振りか。傘のしずくを切るようなあの動作が、刀についた血を振り落としているのだということは、見ているだけで判った。

「斬り方だって剣道とは違うんです」

「どう違うんですか」

「剣道は竹刀《しない》で打ちますでしょう？　つまり叩《たた》き切るという感じでしょう？　居合は撫《な》で切るんです。刀というのは、本来そうやって斬るものですから」

斬る、という行為について、どこまでもリアリティを固守する、ということか。

自分が居合をする理由を、精神統一のため、と広瀬由起は語ったが、榊が見るところ、どうもそれだけではなく、斬ること、あるいはそのイメージにたいしての、強いこだわりが感じられる。

「刀を振りおろすとき——」

と榊は訊いてみた。「いったいどんな敵を頭に描いて斬っているんですか？」

広瀬由起はちょっと警戒するような目で榊を見たが、

「精神分析はお嫌いじゃなかったの？」揶揄《やゆ》しつつも、しかし真顔で答えた。「わたしは、自分を斬ってるんです」

武道家を気取る者がよく口にしたがる陳腐《ちんぷ》な台詞《せりふ》。——榊はそう感じ、揶揄のお返しをした。

「すると、さっきのは、自分を取り囲んでる自分を斬りまくったんですか？」

彼女は視線をそらしながら、

「……ええ、そうです」

にこりともせずにうなずいた。

その日の午後だった。

本館の医局にいた榊に、南棟のナース・ステーションから電話が入った。

「先生、ちょっと来てください。亜左美ちゃんが喧嘩《けんか》して暴れたんです」

若い看護婦の声だ。

「喧嘩？　誰と」

「土井寛子さんです」

「アルコール依存症の？」

野外パーティーの日、躁病患者の鴨山に肩を抱かれていた既婚の女性患者だ。榊の担当ではないが、顔と名前は知っている。

「亜左美ちゃんが土井さんの子供を叩《たた》いたらしいんです」

「子供さんが来てるの？」

「おばあちゃんに連れられて面会に来てたんです。五歳の女の子です」

「その子を叩いたんだね？」

「でも、亜左美ちゃんはそれを認めないんです。それで土井さんが頭にきて怒鳴《どな》ったら、亜左美ちゃんもキレちゃって、奥のサロンでつかみ合いの喧嘩になったんです」

「喧嘩はまだ続いてるの？」

「いえ、みんなで引き離したんですけど、亜左美ちゃんの興奮がおさまらなくて……」

「暴れてるのかい？」

「大窪主任がおさえつけてます」

ゴリ、という綽名《あだな》の主任看護士。屈強な体格なので、患者が暴れるといちばんに呼ばれる。

「わかった。すぐ行きます」

空中の渡り廊下を通って南棟に駆けつけると、待っていた看護婦が先導しながら、

「鎮静剤を打って、保護室に入れますか？」

と訊いた。

「診《み》てから判断する」

短く答えて、榊は階段をくだった。

一階奥のサロンの前に、患者や看護婦が群がっていた。掻《か》きわけて中に入ると、ソファの一つがひっくりかえっており、その横で亜左美が大窪に羽交《はがい》締《じ》めにされていた。半袖の看護衣から出た毛深い大窪の腕に締《し》めあげられて、亜左美は息を荒らげ、顔にかかった乱れ髪のあいだから周囲を睨《にら》みつけている。

榊は近づいて大窪に声をかけた。

「もういいです。あとはぼくが」

「いいんですか、放すと暴れますよ」

大窪は言ったが、

「だいじょうぶです」

髪の隙間《すきま》からのぞく亜左美の目をみて答えた。興奮よりも、苦痛の色が勝《まさ》っているように見えた。

大窪が腕を外すと、亜左美はくずおれるように床に突っ伏して泣きだした。

榊は看護婦に言って野次馬の患者たちを遠ざけ、亜左美のそばに片膝をついて屈みこんだ。

「きみ、女の子を叩いたのかい？」

おだやかに問うと、亜左美は突っ伏したまま首を横にふった。

「叩いてない。そんなことしてない。なんで、みんな信じてくれないのよ」

涙声でうったえた。

すると、榊の肩を中年の看護婦がつっつき、数歩しりぞいて手招きした。立ちあがって歩み寄ると、耳元で囁《ささや》いた。

「叩いたのを見てた人が三人もいるんです」

……泣きながら嘘を言い張っているわけか。

嘆息してふと横をみると、広瀬由起も来ていた。大窪看護士の隣に立って、亜左美をじっと見おろしている。

〈広瀬先生はね、大窪とも怪しいんだ〉

例の言葉がよぎったが、すぐに頭から追い払い、亜左美のそばへもどった。

「だいじょうぶか？　立てるかい？」

亜左美はのろのろと顔をあげ、指先で髪を掻きのけて榊をみた。

「保護室に入れるの？」

涙で濡《ぬ》れた目が赤い。洟水《はなみず》も垂れている。

保護室。壁にゴムを貼りめぐらせた、一種の独房のような部屋だ。興奮や錯乱のはげしい患者は、鎮静するまでそこに入れて、施錠《せじよう》する。

「いや、入れない。そのかわり、もう暴れないと約束してくれないか」

亜左美は洟水をすすりあげ、

「……約束する」

と少ししゃがれた声で答えた。

……あの苗村伽奈も、ときおりむきになって嘘を言い張ることがあり、他の患者とのトラブルが絶えなかった。

ある若い女性患者が大事にしていた熊の縫《ぬ》いぐるみを黙ってゴミ箱に捨て、それを見ていた者がいるにもかかわらず、自分のしたことを意固地《いこじ》に認めなかった。

「どうしてそんなことをしたんです」

面接のときに榊が訊いても、

「わたし、してません。みんながわたしに濡れ衣《ぎぬ》を着せて、いじめようとしてるんです。ほんとです。わたしが先生に気に入られてるのを知って、嫉妬《しっと》してるんです」

そう言い張った。

榊が特別な目で自分を見てくれている、という思い込みは日を追って強くなってゆき、やがて、ある日の面接中に、とつぜん榊の手をとって自分の頬におしあてることをした。――その病院では、患者が若い女の場合でも看護婦をそばに置くことはなく、一対一での面接がふつうだった。

「先生、わたし、先生のことが好きです。先生としてじゃなくて……ひとりの男の人として、とても好きになってしまったんです。この気持ちは、先生にも伝わってると思います。先生、知ってらっしゃったでしょう？　わたしも、先生が温かい愛情でわたしのことを考えてくださってるのを知っています。わたし、先生となら幸福になれそうな気がします。ぜったいなれます。先生の腕のなかで生きたい。先生にじっと見守られて、わたしも先生のことだけを考えて、幸せに暮らしたい。先生おねがい、わたしを先生のものにしてください」

切々《せつせつ》とうったえる伽奈に、榊は狼狽《ろうばい》をおさえながら、

「ちょっと待ちなさい」手を引きぬいて、しずかに言った。「ぼくは妻帯者ですよ。妻がいます。あなたの気持ちはうれしいが、その気持ちを受けとめられる立場じゃないんです」

「奥さんがいらっしゃるのは知ってます。でも、かまいません。そんなこと気にしません」

伽奈は引きさがらなかった。

榊は表情も声も硬くして、彼女を諭《さと》した。

「ぼくとあなたとの関係は、あくまでも医者と患者さんの関係であって、男と女の関係ではないし、そんな関係になってはいけないんです」

「なぜいけないんですか？」

「患者さんはね、よく錯覚するんです。医者を頼る気持ちを、恋愛感情のように錯覚してしまうんです」

「わたしは違うわ。ほんとの恋愛感情です」

「いや、違わない」

「どうしてそんなことが言いきれるの？　先生、わたしの心の中が見えるの？」

「ぼくは精神科医ですよ」

「精神科医だってまちがうことあるでしょう？　……先生は、わたしのこと嫌いなの？　ほんとは嫌ってたんですか？」

「そうじゃない」

「だったら、なぜそんな逃げ口上《こうじょう》を言うの？」

「逃げ口上じゃない。医者として当たり前のことを言ってるんです」

「医者としてじゃなくて、男としての気持ちを聞かせてください」

「ぼくはこの白衣を着ているかぎり、医者以外の立場では物を言いません」

窓を閉じるようにぴしゃりと言明すると、伽奈は黙りこみ、Vネックの黒いサマーセーターの胸に手をおいて、傷ついた目で榊を見つめた。

榊はおだやかに言葉をおぎなった。

「ぼくは男としてはあなたの気持ちに応《こた》えられないが、医者としては、これからもあなたを見守りつづけます。あなたの苦しみが軽くなるように、精いっぱい力を尽くします。それを約束します」

伽奈は視線を床に落とし、初めて榊の前にあらわれたときと同じように、寒そうに両腕を抱いた。

彼女が最初の自殺未遂をしたのは、その夜だった。

病院をぬけだして最寄り駅まで歩き、駅前の店でマニキュア除去剤を三本買った。近くの小公園のベンチに腰をおろしてそれを飲み干そうとしたが、途中で嘔吐《おうと》しながら苦しんでいるところを通行人に発見され、救急病院へ運ばれた。

二日後、救急病院を退院して戻ってきた伽奈は、榊にわびた。

「先生、ごめんなさい。もうしません。だから、わたしのこと見捨てないでくださいね。わたし、先生しか頼る人がいないんです。これからは、ちゃんとします」

しかし、その言葉は守られなかった。

ほかの患者と揉《も》めごとを繰り返し、依怙贔屓《えこひいき》をするといってベテラン看護婦を罵《ののし》り、別の若い看護婦には自分の〈哀しい生い立ち〉を語って同情をさそい、さらには看護婦どうしの反目をあおるようなこともした。言い分が通らなければ人に当たり、物を壊した。怒りの抑制ができずにヒステリックに暴力をふるった。それを榊がたしなめると、過呼吸発作を起こして、そのあとまた病院を抜けだした。

伽奈が居なくなったという報告をうけたとき榊は勤務を終えて帰り支度《じたく》をしていたが、彼女には自殺未遂の前科があるため、そのまま放置して帰るわけにもいかず、看護婦ふたりの手も借りて付近を捜しに出た。

榊は駅への道を走った。前回マニキュア除去剤を飲んだ小公園に、まずは行ってみた。だが、居なかった。駅のプラットフォームにも上がってみたが姿はなかった。改札口へ戻って駅員に尋ねていると、携帯電話が鳴った。看護婦のひとりからだった。

「いました。見つけました。病院の裏の神社です。ナイフ持ってます。先生、すぐ来てください」

榊は息を切らしながら引き返した。

ちいさな神社だった。夕闇の境内に、伽奈の影がぽつんと立っていた。

「近づこうとするとナイフを振り回すんです」

看護婦たちは鳥居の下で途方にくれていた。

仄暗《ほのぐら》いので見づらかったが、右手の先でかすかに刃が光っている。どうやら果物ナイフのようだった。駅前の商店街で買ってから、ここへやってきたのだろう。

看護婦のひとりが小声で言った。

「ときどき手首にあてがって、そっと切ったりしてるんです。でも浅く切ってるだけみたいです」

榊はひたいの汗を腕でぬぐった。日が落ちても暑い季節だった。走りまわったせいで、シャツが貼りつくほど背中が濡れていた。息をしずめて、おだやかに声をかけた。

「そんなものを持つのはやめなさい。さあ、それをぼくに渡して」

言いながら歩み寄ろうとすると、

「うるせえっ」

伽奈はするどく怒鳴って、ひだりの手首にナイフをあてがい、力をこめて引き切った。したたり落ちる血が灰色っぽく見えた。その手をぐるぐる振り回すので、血の飛沫《ひまつ》が榊の顔にまで飛んできた。

静脈の出血にしては勢いがよすぎた。——刃が動脈に届いてしまったようだ。

自分の出血に本人が気をとられている隙《すき》に、榊がナイフを奪い取って右手をおさえ、看護婦たちが左手をつかんで手で止血した。その格好のまま、引きずるようにして病院へ連れもどし、鎮静剤を打ってから外科医のいる近くの病院へ車ではこび、傷口の縫合《ほうごう》をした。動脈は傷ついていたものの、切断されてはいなかったため、なんとか大事には至らなかった。

その騒ぎのあと、榊は院長の訓戒を受けた。

「あの患者は典型的な境界例だろう。きみが甘やかしたのが、そもそもの失敗だ。境界例患者は最初からもっと突き放して相手をしなきゃだめだ。それをしなかったから、こんなことになるんだ」

榊は何も言い返せなかった。


約束を守らなかったことを理由に、榊は伽奈にたいして治療の中止を告げようとした。

「これでは治療を続けられない。治療というのは、医者と患者がお互いを信頼し合わなければ、できないんです」

伽奈は蒼《あお》ざめて震えはじめた。

俯《うつむ》いた目から涙がこぼれ落ちた。榊は視線をそらして、胸に湧《わ》く苦味に耐えようとした。

「でも、先生……」

と伽奈が涙声でいった。「わたしが良くないことをしてしまうのは、病気のせいなんでしょう？　だったら、その病気を治してくれるのが先生の務めじゃないんですか？　なのに、苦しんでるわたしを放り出すんですか？　そんなの、ひどいじゃないですか」

その通りだ。

しかし境界性人格障害は、薬を飲めばよくなるというものでもなく、精神療法もなかなか効果を生まない。少しのあいだ落ちつきを取り戻したように見えても、長くは続かず、またトラブルを引き起こす。——そういう厄介《やっかい》さが、榊にとって重荷になっていた。

「先生はわたしのことを責めるばっかりで、わたしを救ってやろうという気がないんですね。先生を頼ってるわたしを、そんなに冷たく見捨てるなんて……」

伽奈はずるずると椅子からすべり落ち、榊の足もとの床にうずくまった。

「わたし、どうしたら救われるのかしら。どうしたら、幸せな気持ちになれるのかしら。わたしは一生このままなのかしら。暗がりの中をうろうろするだけで、何もできないで、誰からも好かれないで……。わたし、いったい何が欲しいんだろう。何があればいいんだろう。考えても判らない。わたしはもう完全に狂っちゃってる。わたしだけじゃない。みんな狂ってる。友達も、母さんも、先生も狂ってる。みんなでわたしを突き落とす。でも先生がいちばん悪い。行き場所のないわたしを、冷酷に蹴《け》り出そうとしてる」

泣き濡れた顔をあげて、榊の膝に手をおき、そして右頰をのせた。

「……先生、わたしの手紙、もう捨てましたか？　あの手紙に書いたこと、ほんとうです。先生のことを考えたり、先生がわたしにやさしくしてくださるとき、わたしは明るい気持ちになれるんです。生きてることを、つらく感じないでいられるんです。銀紙に包んだ沖縄の砂、先生まだ持っていてくれてますか？　わたしも銀紙のなかに入って、じっと眠っていたい。そしたら先生に迷惑をかけないでいられるし。……先生、おねがいです。わたしを放り出さないでください。わたしが変なことしないように見ていてください。わたしをしっかりつかまえていてください——」

閉じた睫毛《まつげ》が数本ずつ涙でくっついている。

榊は、伽奈の肩をつかんで自分の膝から引き離そうと思ったが、しかし、それができずに、彼女の髪をしずかに撫《な》でてしまった。


伽奈が榊の私生活までを侵《おか》しはじめたのは、それからだった。

榊の自宅マンションに頻繁《ひんぱん》に電話してくるようになった。

やがて榊の留守にも電話がかかり、妻に離婚を迫るようなことをした。

初めは苦笑していた妻も、しだいに苛立《いらだ》ちを見せ、感情の安定をうしないはじめた。

ある夜、帰宅した榊がおそい夕食をとっているとドアチャイムが鳴り、妻がインターフォンに出たが、応答がなかった。ドアスコープを覗きにいった妻は顔をこわばらせて戻ってきた。

「女だわ。若い女が外に立ってる。——あの人じゃないの？」

榊は箸《はし》をおいて玄関へ向かった。

「開けるの？」

と妻が後ろから訊いた。

「うむ、ほっとくわけにもいかない」

「追い返してね」

「……うむ」

榊がドアをひらくと、伽奈が蒼白《そうはく》の顔で佇《たたず》んでいた。すでに季節はひと巡《めぐ》りして、秋の終わりになっていた。病院の中の服装でそのまま来たらしく、コートも羽織《はお》っていない。

「どうしたんです」

問いかけても答えず、榊の胸に飛び込んで力いっぱい抱きついてきた。その手を引き剝《は》がそうとする榊に、

「先生」伽奈が低くいった。「わたしを連れて帰って。病院に連れて帰って。でないと、わたしまた……」

榊がふりむくと、妻が茫然《ぼうぜん》と立ちすくんでいた。

「……ちょっと送り届けてくる」

そうしなければ何をするか判らないのだ、と目顔で伝えたつもりだったが、妻の目は凍りついたように見ひらかれたままだった。

榊の生活に際限なく踏みこんでくる苗村伽奈。この境界例患者からこうむるストレスに、かれは耐えきれなくなっていた。

翌日、榊は彼女に宣告した。

「入院治療は、かえってあなたの状態を悪くしているようだ。今年いっぱいで、あなたを退院させます。以後は週一回の外来に切り替えます。そのほうがいいと判断しました」

例によって涙をうかべながら考え直しをうったえる伽奈に、榊は、こんどは譲歩しなかった。

「外来で三ヵ月間、様子を見ます。そのあとのことは、また考えましょう」

「……三ヵ月もですか？」

「あなたは生まれてから二十六年間、病院の外で暮らしてきたんです。三ヵ月なんて、すぐです。病院の生活は、あんまりいい作用をあなたに及ぼさなかった。しばらく外の空気を吸って、自分を見つめなおす期間にしてください。それと、電話はいっさいだめです。決められた面接

日にだけ話をするようにしましょう。この取り決めは、ぜったいに守ってください」

退院後の伽奈は、榊の予想に反して、それを守った。

懸命に守ろうとしたようだ。

しかし、ほっと安堵《あんど》しかけた矢先、自宅近くのビルから飛び降りたという知らせが病院に入った。榊はショックを受け、自責の念にさいなまれた。

かれの虚脱と沈黙が伽奈の死のせいだと知った妻は、夫と彼女との間には医師と患者との関係以上のものがあったのだという妄想に捉《とら》えられ、どうしてもその妄想から抜け出すことができずに、離婚を求めてきた。

16

都博をかこむ上野の森に蟬《せみ》の声が湧《わ》きはじめたころ、江馬遥子は故郷の仙台に出張した。

出張の用件は、仙台市博物館の収蔵品を借り出すにあたって実務的な打ち合わせをすることだった。伊達家寄贈の文化財のなかから数点を、都博の秋の特別展『室町時代の美術名品展』のために借り受けることになっている。

打ち合わせは一時間あまりで済んだ。

先方の学芸員ふたりに見送られ、エントランスホールで辞去のあいさつをして、外へ出た。

この博物館の正面玄関は一面のガラス張りである。出てからもういちど振り向いて、ガラス越しに会釈《えしゃく》を送ろうとした。けれど外面はミラーガラスになっており、麻のサマースーツの肩にバッグをかけた遥子自身の姿がうつっていた。見送りの者たちは中からこっちを見ているのだろうか。それとも、もう奥へ歩み去ったのだろうか。目を凝《こ》らしても判らないので、向きなおって、停車中のタクシーへと歩いた。

曇り空から陽がもれて、まわりの木々の緑を明るませているが、こちらでは蟬はまだのようだ。

ひさしぶりの帰郷。

この出張に合わせて、あす一日有給休暇をもらってある。今夜は実家で一泊するつもりだった。

仙台の北郊、七北田《ななきた》川の蛇行《だこう》を見おろす丘の中腹に、遥子の実家の安麓寺《あんろくじ》がある。最近はだいぶ住宅も増えたけれど、遥子が暮らしていたころは、のどかな田園風景の広がる田舎《いなか》だった。

数えてみると、遥子がその寺を出て、すでに十一年になる。高校を卒業して浪人を一年。仙台にいたのはそこまでだ。大学に入って東京暮らしを始めてからは、めったに帰省しなくなってしまった。

寺を継《つ》いだ兄の結婚式のとき。そして甥《おい》と姪《めい》の誕生祝いを持ってきたとき。あとは母の葬儀と一周忌、三回忌のときくらいか。お盆のさなかは法事が重なって忙しいので遠慮して帰らなかったし、正月にはたいてい女友達と旅行に行ってしまう。

そんな遥子が出張のついでに実家に泊まることにしたのは、ひさしぶりに兄の顔を見たくなったこともあるが、別の理由が主《おも》だった。——五十嵐潤吉から父へきた手紙がまだ他《ほか》にもどこかに蔵《しま》われたままになっているのではないか。仙台出張のついでに、それを捜してみよう、と思ったのだ。精神病院にいる五十嵐潤吉本人には会えなかったけれど、かれがむかし父によこした手紙が他にもあるなら、その手紙にも、例の狛犬《こまいぬ》のことが何か書かれているかもしれない。

……だが正直にいえば、狛犬の真贋《しんがん》なんか、遥子にはもうどうでもよくなっていた。そんなことよりももっと心に引っ掛かっているのは〈都博の秘密〉だ。世間が知ったら驚く秘密。

——それは何なのか。そんなものがほんとうに存在するのか。

ばかばかしい、という思いもある一方で、やはり気になるのだ。

狛犬についての手掛かりを捜すために実家へゆく、というのは自分の中の醒《さ》めた理性にたいする言い訳で、じつのところ、遥子が期待しているのは〈都博の秘密〉についての手掛かりのほうだった。

何か疑問をもつと、納得できるまでとことん調べるというのが遥子の性格だが、本来の仕事でそれをするならともかく、こんなことに気を取られすぎるのは、やはりいいことではない。そんな自省《じせい》も一応はある。あるけれども、いったん宿ってしまった好奇心をどうしても捨て去れないのだった。

都博の図面。

あれも早く見てみたい。しかし、そのためには閲覧申請書に学芸部長の印鑑が要るという。印鑑をもらうには、理由を言わなければならない。学芸部長の了解を得られるような尤《もっと》もらしい理由を、まだ思いつけないでいた。

安麓寺の門は、二本の主柱の上に切妻屋根《きりづま》がのっているだけの簡素なものだ。けれど、建てられたのは明治の半ばで、寺の建物のなかではこの門がいちばん古い。

タクシーをおりてその門をくぐった遥子は、境内のどこからか大勢の子供たちのさざめく声を耳にした。

裏庭へまわってみると、以前は雑草の生えていた空き地に、カラフルな建物がつくられており、壁に動物の絵が描かれている。庭にはいろいろな遊具が設けられ、水色のスモックを着た幼稚園児たちが、にぎやかに遊んでいる。

……そういえば、幼稚園をつくる計画を、兄から聞かされた憶《おぼ》えがある。母の三回忌に帰ってきたときだ。あの計画がもう実現していたわけだ。兄は何をさせても手際《てぎわ》がよい。

園児たちの中にいる若い保母たち。彼女らの顔も、遥子にはむろん馴染《なじ》みがない。

遥子が暮らしたころの安麓寺の境内は、いつも物悲しいくらいに静かだったが、いまのこの騒がしさはどうだろう。舌足らずの子供たちのやりとり。聞いていると思わず笑ってしまう。落ちつきのない動きは、動物園の猿山を見るようだ。

思いながら佇《たたず》んでいると、

「ああ、遥子さん、お帰り」

うしろから兄嫁に声をかけられた。

兄は外出中だった。檀家《だんか》の息子の婚礼によばれたのだという。

「子供たちは学校？」

甥と姪。それぞれの名前を遥子はすぐには思い出せなかった。

「うん、もうじき戻ると思うけど」

「何年生になった？」

「四年と二年」

「わたしの顔、憶えてるかしら」

「どうかしらねえ、三年ぶりだもんねえ」

兄嫁は、見た目も性格もおっとりしている。何かと気働きの要るお寺の嫁として、はたして勤まるだろうか、馴染《なじ》めるだろうか、と最初はまわりが心もとなげに見ていたが、人当たりの柔らかさが好感を引き寄せて、檀家との付き合いもそつなくこなしているようだ。

「遥子さん、おなかすいてない？」

「そうね、何か簡単に食べられるものある？」

急に空腹を感じた。夕飯まではまだしばらく時間がある。

「見てくる」

「わたしも行く」

いっしょに台所へ移動した。

冷蔵庫が一台増えて、四台になっている。どれも大型のものだ。

そのうちの一つのドアをそっと開く。パック容器が隙間なくぎっしり詰まっている。ほかの冷蔵庫も同じだった。――遥子がいた頃とくらべて、この寺にも少しずつ変化のきざしが見えるが、冷蔵庫の中だけはあいかわらずだった。

かつて遥子がこの家でたべていた食事は、ほとんど法事のお膳料理ばかりだった。食べても食べても無くならなかった。

一回の法事で必ず三人分のお膳が寺に献じられる。御本尊の分、法要をうける仏様の分、そして住職である兄の分だ。さらにそこに大量の果物と菓子が付く。法事は一日に一回とは限らない。二回目の法事でも、ほぼ似たようなものが用意される。それらが遥子たちの日々の食事となり、法事が週に何回もあったときは、連日、天ぷらや茶碗《ちゃわん》蒸しや訳のわからない精進料理が食卓にひしめくことになる。そして、余ったものはパック容器に詰められて冷蔵庫におさめられる。法事はつぎつぎにやってくる。前回のお膳の残りを食べきる間もなく、あらたなお膳が押し寄せてくるのだった。そのせいで、遥子は天ぷらも茶碗蒸しも大嫌いになった。

上段の冷凍庫をあけようとして、遥子はふとためらった。

「冷凍庫あけるとき怖いよね」

遥子がいうと、

「そうね」

兄嫁もわらった。

お膳料理以外に、檀家から進物《しんもつ》として届けられる魚介類もある。それらは冷凍庫に詰め込まれる。物理的限界を無視して押し込まれるので、うっかり油断してその扉を開こうものなら、石のように凍ったまぐろの切り身や、にぎりこぶしよりも大きな殻つきのホタテ貝が足のうえに落ちてくるのだった。

北側の廊下に兵隊のようにずらりと並べられているパイナップル。これも法事のさいに供えられたフルーツだ。結局その一つを切って兄嫁といっしょに居間で食べていると、兄が檀家の婚礼から帰ってきた。

お酒が入って顔がすこし赤い。細面《ほそおもて》だが首すじはしっかりと張り、亡くなった父の顔によく似てきた。四十三歳。遥子とは十三も離れている。

「ごぶさたしてます」

遥子がいうと、

「まったくだ」兄はダブルの略礼服のまま腰をおろし、上着のボタンを外しながら、機嫌のよい表情で皮肉をいった。「おれは自分にきょうだいがいることを、ときどき忘れそうになっとや」

「ごめんなさい」

「いや、まあいいっちゃ、謝らねぐたって。おめも忙しいんだろうし」

仙台の若い女たちは方言をあまり使わず、遥子も地元の高校にいた当時から標準語に近い話し方をしていたが、男たちはむしろこれみよがしに方言を使うようなところがあり、兄も若い頃からそうだった。

「幼稚園、つくったのね」

遥子は裏の方角に親指を向けた。

「んだ。ずっと前からの希望だった」

「何か雰囲気がにぎやかになって、昔とはすっかり変わっちゃったね」

「んでも、これでバランスとれっがら」

「バランス?」

「葬式と法事だけの寺では、おれは厭なんだ」

兄は手をのばして、兄嫁がいれたお茶をひとくち飲んだ。

その言葉のつづきを、兄はその夜、遥子とふたりだけで酒をくみかわしながら語った。

「……いわゆる万物の無常っつうごとを、おれは学んできた。頭で学んだだげでねぐて、親父の手伝いしてたころがら、数えきれねぇ死人ば見できた。つくづく妙な職業だと思った。もっと他の仕事についてみだいと、初めのころは何度も考えた。んでも、親父が死んでその葬式ばしたとぎ、おれは経ば読んでる最中に思ったんだ。おれが僧侶になったのは、この日のためだったんでねえがなあ、ってな」

遥子は冷酒をいれたグラスを少しずつ嘗《な》めながら、それを聞いていた。

「葬式にはもうすっかり慣れてたおれだげど、肉親の死を経験したのはあんとぎが初めてだ。あんとぎおれは、死んだ親父のいちばん近ぐに自分がいるみてに感じた。いや、近ぐつうんでねぐて、親父の死ばこの懐《ふところ》に抱いてる感じした。そして思ったんだ。なるほど、これが僧侶の仕事か、ってな」

兄は自分のグラスに酒をつぎ足した。

「おれがこの仕事さ本気で身ィ入れようと思ったのは、それがらだ。んだけど、もう一方で、この仕事がよげいに厭にもなった。辻褄《つじつま》合わねえべ。んでも正直な気持ちだ。あんとぎ、つまり親父の葬式の最中、親戚の小せえ子供がさっぱりじっとしてねぐて、うるせえ声出したりしてたっちゃ。親が叱って黙らせようと苦労してた。んでも、おれはその子のやんちゃな声聞いて、ホッとしたんだ。あの声が、おれの心ば親父の死がら引き戻して、微妙なバランスばとってくれてるような気した。んで、つよぐ思ったんだ。おれはこの寺で僧侶の仕事ば続けていぐ代わりに、死のことなんぞ何も知らねえゴムマリみてえな連中の声ばいづも身近に聞いてたい、てな」

兄はしかしその真面目な独白に照れを感じたようだ。自分で茶化《ちゃか》してしまった。

「……なんて言ってはみても、実のところ幼稚園は寺の収入ば増やしてくれる。それが一番の理由っつうべぎだっちゃな」

それから口調を変えて、こう訊《き》いた。

「ところで、おめ、スキーの男とはどうなったんだ」

スキー場で知り合った男のことだ。三年前、母の三回忌に帰ってきたとき、付き合っている男はいるのか、と兄に問われて、ぽろりと漏らしてしまった。

「とっくに別れた」

一年あまり恋人付き合いをしたが、どこかしっくりこない感じが消えず、けっきょく別れてしまった。以来これといった出会いもなくなり——出会いを求めてキョロキョロすることも何かめんどうになり——いまは誰とも付き合っていない。

「結婚の相手っつうのは、まだいねえのか？」

「いない」

「べつに急《せ》がす気はねえけども……」

「ありがと」

「仕事で忙しいんか？」

「まあね」

「……そういえば、こないだのあの手紙な、あそごさ書いてあったこどは本当のこどか？　重要文化財の狛犬ば偽物呼ばわりしてたっちゃ」

「調べてみたけど――」遥子はコップのふちを指で撫でながら言った。「よく判らなかったの。だから、ここへ来たついでに、同じ人からの手紙が他《ほか》にもないかどうか、あした捜してみようと思うんだけど、いいかしら」

「そりゃかまわねさ」

「さて、わたしそろそろ寝ようかな」

両手を上に伸ばしてあくびをすると、

「なあ、遥子」

と兄がいった。「あしたの朝、早起きでぎっか？」

「え、なぜ？」

「ひさしぶりに、一緒に弓引がねえか？」

「だって、わたし、もう十年以上も引いてないのよ」

「おれはいまでも三日に一度は引いてんだ。朝の空気のながで黙って的《まと》さ向がってっと、腹の芯《しん》まで澄みぎってぐ感じする。おめも、東京で吸ってる濁った空気ばきれいに吐ぎ出していげ」

父が永く弓道をつづけていた。その父から兄は弓をならい、父の死後、こんどは兄が遥子に弓を教えた。

「おめの弓も矢も、ちゃんと大事にしまってあっと」

「でも、引けるかしら。的《まと》にだって、きっと全然あたらないと思うけど」

「的にあてんのが弓道でねえべ」

「それはそうだけど……」

「六時に起きてこい。おれは五時からお勤めして、そのあと道場に行っがら」

「六時なんて早すぎるよ」

「最近さっぱり寄りづがなかった罰だ」

「ひどいなあ」

ぼやきながらも遥子けしかし翌朝、言われた通りに起き、むかしの胴着と袴《はかま》と胸当てをつけて道場に出た。

その道場は、生前の父が裏の雑木林の一角に建てたもので、正規のものではない。寺の中だから神棚なども もちろんない。

的までの距離は一応しっかり二十八メートルがとられているが、幅はとても狭かった。二人《に にん》立《だ》ち、つまり二人並ぶのがやっとの幅だ。けれどその狭さも、個人的な稽古《けいこ》だけを目的とするなら、これで不足はないのだった。

そういえば、高校生の頃にも、ときどき兄に早起きを命じられ、早朝の道場でいっしょに弓を引いたことがあった。とくに思い出すのは冬の朝だ。冷えきった板敷き。足袋《たび》裏から冷たさが足にしみとおり、的とのあいだの地面には苔《こけ》が冷えびえと枯れていた。

あれにくらべれば、今朝はまだましだ。

むしろ気持ちがいい。東北の初夏の朝には、岩清水《いわしみず》に手をひたすような爽《さわ》やかさがある。

遥子は弓をしならせて弦《つる》を掛けた。むかしは毎日のように引いていたこの弓なのに、今朝は思いがけぬしぶとい反発力で、遥子の弦掛けを手こずらせた。

兄はまだ来ていない。

遥子は的に向かう前に、巻藁《まきわら》の前に立ち、二本の矢を射てみた。右手《めて》にはめた弽《ゆがけ》が指になじまず、だれか他人の手が矢をつがえているようだ。弓を引き分けるときの左手《ゆんで》のふるえ。弓道をはじめたばかりのときですら、これほどふるえたかどうか。——そうか、最初はもっと弱い弓を使っていたからだ。高校の三年間で、女にしてはかなり強い弓を引けるようになった。その弓がこれだ。

あのころの力が、いまはすっかり退化している。こんな調子で、まともに的を射ることができるだろうか。

思っていると、兄が僧衣に袴をつけてあらわれた。

「おはよう」

遥子はあいさつしたが、

「うむ」

兄はうなずいただけで、目を見交わそうともしない。言葉もかけてこない。

早くも〈無心〉になろうとしているようだ。

衣のひだり肩をぬぎ、しばらく呼吸をととのえてから射行《しゃこう》に入った。足踏みから胴造りへと、折り目正しい身ごなしで姿勢をつくり、弓構《ゆがま》えで的を見るときも、まるで関心がないかのように無表情だ。

打ち起こして引き分けから会《かい》に入る動きも流れるようになめらかで、大きくしなった弓の弧は、まるでその状態が本来の自然のかたちであるかのように、微動もせずに止まっている。矢を放ったあとの残身《ざんしん》もゆらぎがなく、ほんとうに無心の境地にいるようだと、遥子は感心しながら見ていた。

遥子は的をながめた。まんなかではないが、矢が突き立っている。つづいて射た三本の矢も、みんな的から外れなかった。

射終えたあと、弓を腰に引きつけて遥子を見返り、ようやく少しわらった。

「お見事ね」

遥子がいうと、

「今朝はとくに矢がすなおだ」自分でも気持ちがよさそうだ。「んでも、ほがのこどさ気ィ行ってっときは、結構よれよれになっと」

弓は妄念を払うのに一番いい、と父が兄に言っていたそうだ。払わなければならない妄念が父にもあったのだろうか。

「さ、おめだ」

遥子の射行をうながした。

遥子は兄をみならって呼吸をととのえ、むかしの作法を思い出しながら、構えに入った。けれど、足の開きがぴたりと決まらない。足踏みを二度やりなおした。胴造りでも、意識が手足に散って、納得のゆく姿勢がつくれない。気にするから余計にそうなのだと考え、そのまま打ち起こしに入った。引き分けるとき、やはり左手《ゆんで》がふるえる。腕の外側の筋肉がひ弱にわななく。右手《めて》を引き絞《しぼ》ると、左右の肩がつまって、うまく伸合《のびあ》いができず、とても萎縮《いしゅく》した会《かい》だった。

もう矢を放たなくとも結果はみえていた。

しかし、いったん元に戻すことさえも面倒になり、そのまま放ってしまった。その瞬間、弦《つる》が顔のみぎ側の髪を鋭くはじき、電気がスパークしたような音をたてた。

残身がどうのといえる次元ではなかった。呆然《ぼうぜん》として矢の行くえをながめた。矢は的の五メートル手前の苔を斜めに削《そ》いで、地面に転がった。

二本目の矢をつがえようとすると、

「もういいっちゃ。やめどげ」

兄が止めた。

遥子はふりむいて、溜《た》め息をついた。

「やっぱりだめだわ。全然だめ」

「うむ。ひさしぶりにしたって、ひどすぎるっちゃ。崩れすぎだ」

遥子は弓を置き、みぎ側の髪をしらべた。

弦に打たれた毛先がすさまじい枝毛になっている。思わず舌打ちが出た。射る前に髪を結ぶのを忘れていた。というより、結ぶには短かすぎる〈アスタイルなのだ。鉢巻《はちま》きでもすればよかった。——思った瞬間、ふいに青い鉢巻きが脳裏をよぎった。例の精神病院。あそこで出会った少女の、青い鉢巻き。

〈ねえねえ、あの博物館にはさ、すごい秘密があるんですって？　世間が知ったら、ひっくりかえるような秘密。——五十嵐さんがそう言ってたよ〉

ただの妄想かもしれないあの少女の言葉に、遥子はすっかり囚《とら》われてしまっている。

けれど、もしもそんな秘密が本当にあったとして、五十嵐潤吉の同僚だった父も、そのことを知っていたのだろうか。

父が死んだのは、遥子が十一歳のときだ。

享年《きようねん》五十九。宗門《しゆうもん》の集まりで本山に滞在中、急死したと聞かされている。

とにかく、父についての思い出が、遥子にはとても乏しい。法事や檀家づきあいで忙しかったからだろうか、あまり父にかまってもらった記憶がない。

「兄さん」

「何だ」

「兄さんは、お父さんから、博物館づとめの頃の話を聞かされたことあるの?」

「んだな。そう言えば、ねえっちゃな」

父が都博を辞めたのは、昭和二十三年、一九四八年だ。五十嵐潤吉のことを調べるために資料館で古い職員録を繰《く》ったとき、ついでにそれを確かめた。生まれは大正十年、一九二一年なので、退職当時は二十七歳ということになる。

辞めてすぐ実家の寺にもどり、もともと得度《とくど》を受けて僧籍も持っていたので、祖父の下で副住職になった。

拝復　久方振りの音信、實に懷しく讀ませて貰つた。どうやらすつかり坊さん暮しが板に付て來たやうす、まづは結構な事だと安心した。そのぶんならば神經衰弱も全快だらう。館を辭める前の君は全く生ける屍のやうで、正直な話、このまま自殺してしまひやせぬかと氣を揉んだぞ。

五十嵐潤吉からの手紙の冒頭に、そう書かれていた。あの手紙が出されたのは、昭和二十六年だった。

〈神經衰弱〉

父はそれが理由で辞めたように読み取れる。

〈このまま自殺してしまひやせぬかと氣を揉んだぞ〉

何が父をそんな状態に追いやったのだろう。単に個人的な問題で神経を弱らせていたのだろうか。それとも都博のなかで何かあったのだろうか。

巻藁《まきわら》にもたれかかり、足もとの床をぼんやり見ながら遥子は言った。

「ねえ兄さん。お父さんは本山で急死したっていうけど、どんな様子だったの？　考えてみるとわたし、そのときのことあんまりきちんと聞かせてもらった記憶がないんだけど」

しばらく兄の返事がなかった。どう答えようかとためらっているようだった。やがて物静かな口調でこう言った。

「おめもう三十だがらほんとのこど教えるが、本山へ行ってだっつのは檀家への取り繕《つくろ》いだった。親父が行ってだのは病院だ。精神病院」

「……」

「鬱《うつ》病で入院中に首吊《つ》ったんだ」

そして浅く吐息をつき、裸だった左腕を僧衣の袖《そで》におさめ、弓の弦をはずしはじめた。

17

榊はなにげなく顎《あご》の横を掻《か》いた。

すると、向かい合って坐っていた患者も、同じように顎を掻いた。

それを見た榊が、ためしに立ちあがってみると、その患者も椅子から立ちあがろうとした。

「つられて動いてしまうの？」

榊は坐りなおして訊《き》いた。

「ああ、ええ、つられちゃって……」

困った顔で答える。

女子大の一年生だというその娘は、精神分裂病の疑いがあって、先週入院させたばかりの新しい患者だ。

目の前の相手につられて同じ動きをしてしまうことを〈反響動作〉というが、これは緊張型の精神分裂病によくあらわれる症状だ。動作だけでなく、相手の言葉を鸚鵡《おうむ》返しに言う場合もあり、表情をまねる場合もある。

この春、ミッション系の女子大に入ったこの患者は、入学式で講堂に響きわたったパイプオルガンの音に吃驚《きつきよう》し、耳をおさえてうずくまってしまったという。受講が始まってからも、校門の前で呆然《ぼうぜん》と立ちつくしていたり、通学途中の駅の階段がおりられなくなって竦《すく》んでいるところを駅員が見つけて家族に連絡したり、そんなことが重なって、母親がS病院に連れてきた。

「電車に乗るのが怖いんです」

とその患者は榊にうったえた。

「なぜ怖いの？」

「わたしに話しかける声がして、それに返事をすると、まわりの人がみんな変な顔でわたしを見るんです」

「その声はどこから聞こえてくるの？」

「電車の天井」

「天井から？」

「天井の外からだと思います」

「聞こえるのは、電車に乗っているときだけ？」

「そうじゃないですけど、電車で返事をすると、みんなが見るから怖いんです」

「ほかの場所でも聞こえるの？」

「はい」

「家にいても聞こえるの？」

「はい。でも、家には誰かがいるんです」

「誰か、とは？」

「黒い影みたいな人」

「影？」

「わたしの部屋の隅っこに、じっと居るんです。わたしがベッドに入って眠ろうとすると、上に乗ってきて息が苦しくなるんです。わたしは――」

話している途中で、唐突に、

「はい」

と、あらぬほうを向いて返事をした。

榊も看護婦も何も言っていない。ただ、窓をあけて面接していたので、外の物音がときどき入ってきていた。

榊が耳をすますと、窓の外で庭作業をしている患者たちの話し声が、切れぎれに聞こえてくる。彼女はその声にたいして返事をしたようだ。

いま面接室で医師と向かい合っているこの患者にとって、外の庭作業の声は無関係なものであり、注意を向ける必要のない雑音である。にもかかわらず、彼女は肩でも叩《たた》かれたようにその声に反応してしまう。――〈フィルター機能〉が働いていないのだ。

ふつう、人間の脳には、ある種のフィルターのようなものが備わっている。そのフィルターが、無関係な音や声は雑音として処理し、意識から排除する。そうやって情報の入力過剰をふせいでいる。だからこそ騒々しい雑踏の中や大勢のパーティーの場でも特定の相手と会話ができるのだ。

しかし、分裂病患者のほとんどはこのフィルター機能に障害がある。とくに病気の急性期には、まわりの物音や話し声に、いちいち反応してしまう。

……まちがいない。

と榊はおもった。

この患者が見せる症状のどれもが分裂病を指し示していた。

亜左美の場合のような紛《まぎ》らわしさは、この娘にはなかった。

面接を終えて病室へ帰ってゆくその患者を、榊はドアから半身を出して見送った。

歩き方が何かぎこちない。そして、曲がり角で立ち止まり、そのまま動かなくなってしまった。

看護婦はつぎの面接患者を呼びに行っているため、榊がその娘を病室まで送ってゆくことにした。

支えるように彼女の腕をとって廊下を歩いてゆくと、不意に亜左美があらわれて、榊と娘の前に立ちはだかった。

「よう」

と榊が笑顔で声をかけても返事をせず、仁王《におうだ》立ちになって彼と娘とを交互に見すえていたが、やがて、

「患者に触《さわ》っていいの？」

と押し殺したような声でいった。

例の野外パーティーの日、梅林公園で腕をからめてきた亜左美に、榊は、患者とは体を触れ合わないのが精神科医のルールだと話した。あの言葉との矛盾を指摘しているのだろう。

「この人は、ちょっと具合が――」

説明しようとするのを遮《さえぎ》って、

「なんで看護婦にやらせないの？」

と食い下がった。

そんな亜左美の険悪な目つきに、娘が怯《おび》えはじめた。

「怖い」

つぶやいて榊の腕にしがみついた。その瞬間、亜左美は彼女に飛びかかろうとする気配をみせた。榊はとっさに娘をかばって前に立ち、

「やめなさい」

と叱った。

亜左美は憎々しげに榊を睨《にら》みあげ、かれの向こう脛《ずね》をひと蹴《け》りして逃げていった。


その日の夕方、榊は院長室に呼ばれた。

ノックして入ると、久賀院長は窓から外を眺めて立っていた。ブラインドが巻き上げられた広い窓の向こうに、茜色《あかねいろ》の空をうつした海が見える。

ふりむいた院長は、少しよそよそしさの感じられる口調で、

「どうぞ、坐ってください」

榊にソファをすすめ、自分は立ったままで、白髪まじりの長髪をなでつけながら、しずかに話しはじめた。

「あなたに担当してもらっている亜左美という患者ですが……」

「彼女が何か……？」

「さっき手鏡を割って、その破片で自分の手首を傷つけました」

「え」

「それを見た看護婦が止めようとすると、妙なことを言い出しました」

「みょうなこと？」

「つまり……あなたに——榊先生に、からだを触られた、と」

「は？」

「看護婦がそんなことをわたしに報告してきたので、亜左美本人をここに連れてこさせました。わたしの前でも、やはり同じことを言いました。いつ、どこでかと訊くと、運動会の日にあなたとふたりだけで梅林公園に行ったとき、ベンチのところで触られた、と。胸もアソコも触られた、という言い方をしました——」

榊は言葉をうしない、背骨が歪《ゆが》むような脱力感におそわれた。

ほかの患者、しかも若い女の患者に手をふれていた榊の、ただそれだけの行為を、亜左美はゆるさなかったのだろう。かれの向こう脛《ずね》を蹴ったくらいでは気がすまず、医師としての彼を破滅させようとしているのだろう。

顔をあげて院長を見ると、デスクにかるく倚《よ》りかかり、榊の表情を慎重に観察している様子だった。

いずれにせよ、はっきり否定しなければならない。

「梅林公園で話をしたことは事実です。ですが——」

「ええ、もちろんです」院長が片手で制した。「もちろん、信じちゃいませんよ。嘘だと思ってます。もしくは、妄想でしょう。分裂病患者の妄想としては、それほど珍しいものでもない」院長は、前任の沢村医師の診断を信頼して、亜左美を分裂病と見ているようだ。

分裂病患者には、たしかに性的な妄想や幻覚を持つ者が多い。願望から生まれる幻覚もあれば、恐怖が引き起こす幻覚もある。そうした幻覚は、なまなましい触覚を伴っており、〈性器をいたずらされる〉とうったえる患者は、そのとき本当に誰かの指の感触を感じているらしい。

榊はしかし、亜左美の言葉を、分裂病患者の妄想や幻覚であるとは思わなかった。亜左美は境界例だ。境界性人格障害だ。これでいよいよそう確信したのだった。

「ま、しかし、妄想であるとしても――」院長がいった。「患者がそんな心理状態では、今後、円滑《えんかつ》な治療関係というのは望めないでしょう。で、あなたとしては不本意な面もおありになるかもしれないが、ここはやはり、誰か別の医師に担当替えというかたちにしようと思います。――榊先生、了解してくれますか」

「……わかりました。異存はありません」

答える榊の胸のなかでは、厄介な患者から解放される安堵《あんど》と、そして何とも言いようのない索漠《さくばく》とした思いとが、複雑に絡《から》みあっていた。

あたらしい担当医がどんな診断をくだすかは判らないが、亜左美は境界性人格障害にちがいない。そう考えている榊は、この出来事によって、ふたたび痛感した。――境界例患者を相手にするのはむずかしい。むずかしすぎる。

……それとも、こうしたことが起きるのは自分のほうにも問題があるのだろうか。おれは精神科医として資質的に何かが欠けているのだろうか。不適格なのだろうか。

そのせいで苗村伽奈を自殺させてしまったのだろうか。

亜左美の行動を悪化させているのも、おれが医師として無能だからだろうか。

責任は、すべておれにあるのだろうか。

……そうかもしれない。

しかも、責任を感じなければならないのは、患者たちに対してだけではない。妻を動揺させ、怯《おび》えさせ、疑心暗鬼の妄想におちいらせてしまったことの責任も、やはりこのおれにある。あいう結果を招いたのは、苗村伽奈という境界例患者に適切な処置をとることができなかったおれのせいだ。妻への配慮や気づかいに欠けていたおれが悪いのだ。幸せにすると誓って結婚したはずの妻の精神を不安定にし、離婚を決意するまでに至らせたのは、おれの責任だ。

何もかも、おれの無能と、無神経と、不手際《ふてぎわ》に起因しているのだ。

……すべてそうだ。


「フルボキサミン、ですか？」

中年の女性薬剤師が処方箋《しょほうせん》から目をあげて、胡乱《うろん》げに榊をみた。

「ええ」

「先生ご自身がお飲みになるんですか？」

「そうです」

「あの……」

「何です」

「いえ、わかりました」


罪責妄想。

自分はそれに陥《おちい》りかけているのではないか、と榊はおもった。罪業感、悔恨、悲哀、虚無、そうした気分の中へどこまでも沈みこんでゆく自分に、ふと危機感をおぼえた。

鬱《うつ》病が発症しつつあるのかもしれない。

もしもそうなら、ひどくならぬうちに抑《おさ》えねばならない。そう考えて、抗鬱薬を自分で処方したのだった。

前任の沢村医師もおなじことをしていたという。あげくに病院の屋上から墜死した。そのことが頭をかすめたが、しかし、薬も飲まずにこのまま自分をほうっておくことのほうが怖かった。


亜左美の担当を外されてから三日後、榊は勤務を終えたあと、初夏の、まだ明るい夕空の下を駐車場へと歩いた。

ひだり側に無人のテニスコート。その前を通り、きゅうりがふんだんに実った菜園を過ぎると、その向こう隣が駐車場である。

昼間の暑熱のなごりがあたりに満ちており、榊は車のドアをあけて乗り込むと同時に助手席側のドアもあけ、車内にこもった熱気を追い出しながらエンジンをかけた。エンジンの始動とともに、スイッチが入りっぱなしのエアコンがはたらきはじめたので、運転席のドアを閉じ、そして助手席側のドアにも体ごと腕を伸ばそうとした。

その瞬間、すべりこむようにして助手席に乗ってきた者がいた。

亜左美だった。

ドアをしめて榊に顔をむけ、

「もう帰るの？」

と、何のこだわりもないような口調で訊いた。

榊は湧《わ》きあがろうとする怒りをおさえて、しずかに言った。

「降りなさい」

亜左美はそれを無視し、カーキ色のキュロットスカートから出た膝《ひざ》のまるみを両手で撫《な》でながら、

「この車、もっとまめに洗車したほうがいいよ。汚れてるよ。中は、まあまあだけど」

言ってダッシュボードや足元の床を見まわした。

「降りなさい」

「……先生、ごめんね」

媚《こ》びた声で言った。

「早く降りなさい」

「ごめんて謝ってるのに」

「謝って済むことじゃない」

亜左美はうなだれ、

「やだなあ、担当の先生が替わっちゃうなんて」

と低くつぶやいた。

「きみ自身のせいじゃないか」

突き放した言い方をすると、

「わたし、院長先生にほんとのこと話す。そんで、また先生を担当にもどしてもらう」

体を榊にむけて宣言した。無意識にだろうが、片手が変速レバーに置かれている。

その手を取りのけながら、榊は冷ややかに言った。

「そんなわがままは通らない。何でも自分の言いなりになると思ったら大まちがいだ」

「そんなことないもん。院長先生は、わたしの頼みならぜったいに聞いてくれるもん」

「聞きはしない」

「聞くもん」

言い張るようすは、聞き分けのない幼児のようだ。境界例患者は、馴《な》れきった相手にはこういう態度をとるのだ。——しかし、

「ねえ、先生」不意に態度と口調が変わり、冷静になった。「わたしが本当に反省してる証拠に、先生にだけ内緒《ないしょ》の話を教えてあげる」

榊はうんざりだった。亜左美のいう内緒の話など、もう聞きたくはない。梅林公園に呼び出されて聞かされたのは、臨床心理士の広瀬由起への、憶測だらけの中傷だった。

亜左美は下をむいて、また自分の膝を撫でた。撫でながら、その膝小僧にむかって語りかけ

るように、こう言った。

「……わたしはね、じつをいうとね、この病院の理事長の孫なの。ほんとだよ。院長先生と事務長さんだけがそれを知ってるの」

そして顔をあげて横目で榊をみた。

「そういうわけだからね、わたしの頼みなら、院長先生はたいていのことは聞いてくれるのよ」

有名人や資産家を自分の血縁者であると思い込むのは、分裂病患者によく見られる妄想だが、境界例患者の中にも妄想を口にする者がいる。

亜左美のこの言葉も、たぶん妄想ではないかと榊は思った。

「でもこれ、内緒だよ。わたしが打ち明けちゃったこと、院長先生にも言わないでよ。——じゃあね先生。またあしたね」

亜左美は車を降りてドアを閉め、顔を寄せて窓ガラス越しに手をふった。

まさか、と思っていた榊だが、翌日、院長に呼ばれて亜左美をもういちど担当するように請《こ》われたとき、いささかの当惑とともに、彼女の言葉を信じたのだった。

亜左美の担当に復帰するにあたり、榊は、看護スタッフと、そして心理担当の広瀬由起を会議室にあつめ、こう告げた。

「あの患者については、今後、境界例シフトを敷いて対応します。そのシフトを全員が厳守してください」

「あのー、境界例シフトって何ですか？」

看護婦の質問に、

「いまから、ここに書きます」

榊は黒のマーカーを手にしてホワイトボードの前に立った。

かれは、まずこう書いた。

①　患者に親切にしてはいけない。

そして、長いテーブルのまわりに坐るスタッフに向きなおり、言葉で補足した。

「とくに若い看護婦さんに言っておきますが、あの患者にたいしては、ほかの患者とおなじような気持ちで接しないようにしてください。患者さんに親切にするのが本来のわれわれの務めだけれど、境界例患者の世話をするときだけは、その考えを捨ててください。親切のつもりで一つ何かをしてあげると、それだけでは済まなくなってしまう。かならず次の親切を要求される。その要求に応えると、さらに次の、もっと濃い親切を求めてくる。際限がなくなります。途中でこちらが応じきれなくなって拒絶すると、見捨てられたと思って大荒れに荒れる。自傷や自殺未遂でわれわれを振り回そうとするだろうし、へたをすれば、ほんとうに死なせてしまうことになる」

榊は、ホワイトボードに次を書いた。

② 患者の身の上話に同情しない。

「同情すると、つい親切にしたくなってしまう。だから、気をつけてください。しかも、境界例の患者は同情をさそうのが巧みです。たとえ哀しい身の上話を聞かされることがあっても、それに乗せられないようにしてください」

③ 予定外の面接要求は取り次がない。

「あの患者は、担当医であるわたしに、早くもちょっと過剰な依存の気配を見せはじめています。わたしがその依存に応えないと、この前のようなかたちで仕返しをしたりする。精神分析ではこれを――」榊は、ひだり奥の席にいる広瀬由起のほうをちらりと見て言った。「〈陰性転移〉とか呼んでいるようですが」

広瀬由起は、ひらいたノートの上でボールペンを弄《もてあそ》びながら、無言で榊を見返していた。テーブルを挟んで彼女と向かい合う位置に、主任看護士の大窪が腕組みをして坐っている。

榊はつづけた。

「もしも今後、予定外の時間にわたしとの面接を要求するようなことがあったとしても、だめだと言ってください。わたしに問い合わせることもしないでください」

④ 他のスタッフの悪口を真に受けない。

「境界例患者は、要求を拒《こば》まれると恨《うら》みます。必ずといっていいぐらい根に持ちます。――現に、わたしは先日それを経験している。看護のみなさんも、ときには彼女に憎まれて、あることないことを他のスタッフに言い付けられ、冷酷な悪者に仕立てられてしまうようなことがあるかもしれない。しかし、そのことにいちいち腹を立てないようにお願いします。むずかしいかもしれないが、我慢《がまん》してください。まわりの諸君も、他人の悪口は聞きながしてください。うかつに信じ込まないように。でないと、スタッフどうしで啀《いが》み合いが起きてしまう。彼女がわたしへの批判を口にしても、無視してください。わたしも、みなさんについての非難や告げ口を軽率に信じることはしません」

⑤　自傷、自殺未遂をしても、けっして騒ぎ立てない。

「みなさんも知っているとおり、あの患者は、すでにちょっとした自傷行為をしています。手鏡を割った破片で手首を傷つけている。こういう行為は、これからも繰り返されるおそれがあります。それを覚悟しておく必要があります。そういう場合――これも、とくに若い看護婦さんに言っておきますが――過剰反応をしないように気をつけてください。うろたえたり騒いだりしないこと。自傷の目的のひとつは、つまりは、自分に関心を惹《ひ》くことにあるんです。まわりが慌《あわ》てたり、心配しておろおろしたりするのが見たいんです。こちらがそういう反応を見せてしまうと、味をしめます。それで、また繰り返す。だから、できるだけ冷静に、事務的に対処するようにしてください。自傷では済まずに、自殺未遂《みすい》になってしまった場合でもおなじです。けっして大騒ぎをしないように。——わたしもそれを心がけます」

榊がボードに書いた五項目の意図は、要するに、亜左美による対人操作を封じ込めることにある。榊自身もふくめたスタッフ全員が、心に防護服を着けて亜左美と接してゆこう、ということなのだ。

あの苗村伽奈の場合、榊はそれをするのが遅すぎた。最後にようやくその姿勢をとったときには、すでに手後れだった。榊への依存から脱け出せなくなっていた伽奈は、かれに背を向けられて絶望し、ビルから飛び降りてしまった。未遂ではすまない手段によって本当の死を選んでしまった。

だが亜左美になら、まだ間《ま》に合うかもしれない。

とにかく、おなじ失敗だけは犯したくない。

ボードの五項目の横に、榊は、

〈我慢〉

と書いて円《まる》く囲んだ。

「あの患者については、我慢を学習させるということを治療の第一目標にします。欲求や衝動を我慢する自制力を身につけさせる必要があります。——幼児を相手にするような言い方ですが、境界例患者は一種の幼児と見なしていいと思います。知能がどれほどよくても、感情面では幼児です。みなさんも、そういう認識で彼女を見守るようにしてください」

いちおうノートをとっている看護婦たちの横で、広瀬由起は、ボールペンを横たえたまま、じっと榊を見つづけていた。

解散を告げたあとも、彼女だけは立ちあがらなかった。

部屋から退出する看護婦たちの後尾についていた大窪が、ドアのところでそんな広瀬由起をちらりと見返ったが、何も言わずに出ていった。

ドアはあけたままだった。

そのドアを、広瀬由起がおもむろに立って閉めにゆき、そのあと、さっきよりも榊に近い席に腰をおろした。

榊はボード消しをつかんで自分が書いた文字を拭《ぬぐ》い消しながら、背中で訊《き》いた。

「何か、おっしゃりたいことが……?」

消し終えて向きなおると、

「ええ」と彼女はうなずいた。

榊も椅子に掛けて聞くことにした。テーブルを挟んで――ただし真ん前ではなく、斜め前の席に――すわった。

「何でしょうか」

問う榊の顔を見ずに、広瀬由起はテーブルのうえで両手の指を組んだり離したりしている。自分の考えを遠慮なく述べる女だと思っていたが、今はめずらしく躊躇《ちゅうちょ》しているようだ。

「……何か言いにくいことですか?」

「いえ、じつは、あの……」

と言っただけで、また途切れる。

「ぼくの方針に何か疑問がおありですか？　それとも異議ですか？」

「あの……」指をうごかすのをやめて榊をみた。「さっきのお話のなさり方、なんだか、あの子のことを敵のように思ってらっしゃるみたいでした」

「そんなふうに聞こえましたか？」

「ええ、治療方針を語るというより、なにか戦いの心構えを訓令《くんれい》してらっしゃるみたいに感じました」

榊は苦笑し、

「ま、戦いのようなものです」

と応じた。「境界例患者を相手にするときは、それくらいの気持ちでやらなきゃならない。——あなただって、前に言っていたじゃないですか、〈治療というのは一種の勝負〉だと」

「すこし意味がちがうように思いますけど」

「いずれにしろ、あの方針で行きます。患者に振り回されないようにするには、それしかないですから」

「でも、クライアントを敵に見立てるようなやり方で、ほんとうに治療ができるんでしょうか」

榊の目をまっすぐに見た。

かれも負けずに見返した。

「それをおっしゃりたかったんですか？」

すると、彼女の視線がすっと逃げた。

「いえ、そのことじゃなくて……」

視線はテーブルの上をさまよい、ふと壁の時計に向けられたが、すぐにそこからも離れて、けっきょく自分の手にもどった。うつむいたまま、広瀬由起は言った。

「じつは……あの子は、境界性人格障害とは違うんじゃないかな、とわたしは思ってるんです」

榊は深くひと呼吸し、ムッとしそうになる自分をおさえて、声だけは穏《おだ》やかに反問した。

「やはり分裂病だというんですか？　沢村先生がそう診断したからですか？　ぼくの診断は信用できませんか？」

広瀬由起は目をあげ、いつもの彼女に似合わぬ弱々しい微笑をうかべた。

「そうじゃありません。分裂病だとも思っていません」

「じゃあ、何なんです」

「DIDです」

遠慮がちに、そう言った。

「……は？」

「解離性《かいりせい》――」

「わかってます」

DID――解離性同一性障害、いわゆる〈多重人格〉のことだ。

榊は失笑した。

「……なぜ、そんなことを思ったんです」

失礼だとは感じつつも、嘲笑《ちょうしょう》の口調になってしまった。

話す気持ちが萎《な》えたのか、広瀬由起は唇を引きむすんで自分の手を見ていたが、やがて気を取り直したように顔をあげた。

「このあいだ、あの子、土井寛子さんの子供を叩《たた》きましたでしょう？　叩いたところを人に見られていたのに、あくまでも認めようとしないで、泣いて否定していましたでしょう？　あれは、あの子が嘘を言い張ったのではなくて、本当にそんな憶《おぼ》えが無かったんじゃないでしょうか。つまり、女の子を叩いたのは、あの子の中にいる別の人格の誰かであって、あの子自身にはその記憶がぜんぜん無かったんじゃないでしょうか」

榊が呆《あき》れた顔で口を挟もうとするのを押し切って、彼女はつづけた。

「なぜそう思ったかと言いますと、以前に、分裂病の女性が入院していて、初めはあの子とよく一緒にいることが多かったんですけれど、そのうちに、あの子のことを〈替《か》え玉〉だと言ったりするようになったんです。担当医はその女性の発言を、カプグラ症状と見なしました」

身近な人間が、瓜《うり》ふたつの偽者《にせもの》と入れ替わってしまった、と信じる症状のことだ。顔はそっくりだが、表情がちがう、動き方がちがう、雰囲気がちがう、と患者は言い張る。カプグラ症状、あるいは〈替え玉妄想〉と呼ばれている。

「でも、いま振り返ってみると、あれはそうじゃなくて、あの子が別の人格と入れ替わった状態のところを、その女性は見たんじゃないかしら。カプグラ症状の妄想ではなくて、あの子がほんとうに別人に入れ替わっちゃったのを見たんじゃないかしら」

榊の口出しをゆるさず、彼女はなおもつづける。

「あの子の診療記録の最初に、病前性格は、内気で、すなおで、礼儀正しい子、って書かれていましたでしょう？　でも、いまのあの子は、とてもそんな感じじゃありませんでしょう？　性格、まるで変わっちゃってますでしょう？　この性格の変化が分裂病のせいじゃないとしたら、やっぱりDIDを疑ってみてもいいんじゃないでしょうか。去年までの主人格が何かの理由で奥へ引っ込んでしまって、交代人格の一つがそれに取って替わって新しい主人格になったんじゃないかしら。だから親の目にも性格が一変してしまったように映《うつ》ったんじゃないかしら。それに――」

口調がしだいに熱をおびた。

「あの子の気分変動のはげしさは榊先生もたっぷり観察してらっしゃるでしょうけれど、あれもDIDを疑う根拠の一つになると思うんです。気分が急に変わってしまったように見える瞬間、あの子の中で人格交代が起きている可能性があります。――あ、先生のおっしゃりたいことは判っています。ええ、わたしの話は、いまはまだ推量の段階です。すべて推量です。確証をつかんだわけじゃありません。ですから……ですからセラピーで、あの子の交代人格を呼び出してみたいんです。それをすることを許可していただきたいんです。いえ、榊先生と一緒にそれをしたいんです」

上体をテーブルに乗り出すようにして語った。

榊は逆に、椅子の上でやや身を後ろに反《そ》り、醒《さ》めきった目で彼女を見ていた。いったい何を言い出すのかと、呆《あき》れていた。ついで腹立ちが込みあげてきた。

……多重人格。

いまやすっかりブームだ。

心理学者がこぞって取りあげ、哲学の分野でも熱っぽく語られ、そして、尤《もっと》もらしく作られたサイコ映画やTVドラマや小説がつぎつぎに世に送り出されている。

だが、多重人格を語ったり、論じたり、描いたりしている者たちのうちで、じっさいに多重人格者と接したことのある者がいったい何人いるのか。——精神科医として十年間さまざまな患者を診《み》てきた榊ですら、多重人格者に出会った経験は一度もない。かれだけでなく、日本の精神科医のほとんどが、そんな経験を持っていない。

一方、分裂病患者には、医師にかぎらず、たいていの者がどこかで接している。鬱病患者についてもそれが言える。境界例と思われる人間にも——その診断名までは知らぬとしても——何らかのかたちで出会っている者は少なくないはずだ。神経症に至っては、知人のなかに一人もいないという者を探すほうが難しいだろう。

だが、多重人格者については別だ。ほとんどの者は出会っていない。じかには接していない。接したこともないものについて、なぜそれほどまでに饒舌《じょうぜつ》になれるのかと、榊は最近の多重人格ブームを、ひじょうに苦々《にがにが》しい思いで眺めていた。

そのブームに、広瀬由起までが毒されているのかと、情けない気持ちになった。

そもそも、このブームの火元は北アメリカだ。アメリカ合衆国とカナダである。ほんの十五年前は、それまでの全世界の報告数をぜんぶ掻き集めて累計《るいけい》してもわずか二百例程度にしかすぎなかったものが、その後数年のうちに北アメリカで〈発見〉が相次ぎ、やがて爆発的に数をふくらませて、いまではアメリカでもカナダでも、一つの街ごとに、それぞれ何百人もの人間が多重人格の治療を受けているという事態が起きている。

医学誌を通じて知らされるその症例数の、まさに異様としか言いようのない厖大《ぼうだい》さを、榊は驚き呆れて見ていたが、おそらく日本の精神科医の大多数がおなじような思いでいるに違いない。

風土病でもあるまいに、なぜアメリカとカナダにだけ多重人格が〈大量発生〉するのか。

――いぶかりながら自分のまわりを見回してみても、そんな患者にはいっこうに出会わないのだ。

首をひねったのは日本の医師だけではない。ドイツでもイギリスでも、おかしい、変だ、という声が湧《わ》いている。地元アメリカの医師の中にも、疑問と批判を口にする者が少なくない。

疑問と批判。

つまり、症例数の爆発的増加は、誤診のせいではないのか、という見方だ。ブームにのせられた診断者の〈思い込み〉による誤診が原因ではないのか。あるいは、催眠や、洗脳まがいの暗示によって、診断者が多重人格的症状を人為的に作り出してしまっているのではないか。多重人格は、医療者によって引き起こされる〈医原性《いげんせい》の障害〉なのではないか。

しかし、そんな疑問や批判をよそに、ブームは飛び火してきた。

アメリカやカナダほどではないが、このところ日本でも症例報告が増えはじめた。

榊はそのブームにたいして自分は距離を置こうと考えていた。流行《はやり》ものをいちはやく手に入れたがる子供のように多重人格さがしに血道《ちみち》をあげることはすまい、と自らを律《りつ》していた。

「交代人格を呼び出す？」

と、かれは不快な気持ちで広瀬由起に問い返した。

「ええ。本来なら解離性体験スケールで解離度をテストするのが第一ステップでしょうけれど、あの子の場合は正直な解答を期待できないように思うので、それは省《はぶ》いて、最初から交代人格を呼び出すセラピーをしてみたいんです」

「催眠術を使うんですか？」

「ええ。そのほうが呼び出しやすいと思いますので」

「賛成できません」きっぱりと言った。「その方法で仮に別の人格らしきものが出てきたとしても、それが催眠暗示によって生まれたものではないという保証がない」

「あ、それじゃ、初めは催眠を使わずにやってみます。催眠なしで呼び出すように頑張ってみます」

それでも榊は承諾しなかった。

「いずれにしても〈呼び出す〉という考え方じたいに、ぼくは抵抗があります。こちらからの操作によって引っ張り出すというかたちじゃなく、自然に出てくるものを観察するという姿勢でなければ納得できない」

すると、広瀬由起が首を横にふった。

「そんなの無理です」

「どうして無理なんです。あの少女が本当に多重人格者で、しかも他の患者がすでにそれに気づいていたというのなら、そのうちわれわれだって厭でも気がつくことになるはずでしょう」

榊が言うと、広瀬由起はじれったそうに嘆息した。

「セラピーの最中に自然に人格交代してくれるのを待つなんて、それはきっと無理です。五年も十年もかかるかもしれません」

「無理ならやめましょう。——あの少女をいじりまわして人為的に妄想を引き出すようなまねは、ぼくはとうてい承服できない」

言明して、腕組みをした。

広瀬由起は目をそらして黙り込んでしまった。髪を後ろで結んだ横顔が、つねよりも尖《とが》って見えた。腹の中で榊を罵《ののし》っているのかもしれなかった。

榊は腰をあげた。

「とにかく、それが結論です」

そしてテーブルを回ってドアへと歩いた。ドアは広瀬由起の斜め後ろにあった。ドアレバーに手をかけて開けようとしたとき、広瀬由起が言った。

「どうしてもだめでしょうか」

榊は黙ってドアを開け、廊下へ出た。

臨床心理士としての広瀬由起に、かれはつよい不信の念を抱きはじめた。

18

セピア色に褪《あ》せた一枚のモノクロ写真。

石段がうつっている。何十段もありそうな細長い石段。

そのなかほどに、若い男がふたり並んで立って、こちらを見おろしている。ふたりとも白っぽいズボンにランニングシャツという姿だ。

両側には木が生い茂っている。張り出した枝葉のすきまから木洩《こも》れ陽《び》が落ちて、石段に、そしてふたりの男たちの体に、まだら模様《もよう》を描いている。

写真を裏返すと、

永□寺にて
五十嵐潤吉君と
昭和廿年八月三日

という文字があり、そのインクもすっかり褪色《たいしょく》している。

遥子は実家の寺からこの写真一枚だけを東京に持ち帰ってきた。

父の遺品を探してみても、五十嵐潤吉からの手紙類をあらたに見つけることはできなかった。

あきらめて古いアルバムを繰《く》っていたら、この写真が目に入り、何となく気になってそっと剝《は》がし取ってみると、裏に〈五十嵐潤吉〉の名前が書かれていたのだった。

遥子はていねいに剝がしたのだけれど、かつては何か別のものに貼《は》られていたらしく、糊《のり》を剝がした古い痕跡《こんせき》があった。そのせいで紙の一部が剝離《はくり》してしまっており、読めない文字がある。

〈永□寺〉

この二番目の文字が不明だ。

頭に〈永〉のつく寺は日本中に何百とあるはずだし、石段のある寺だって数えきれないだろう。——だから、これがどこの寺なのか、遥子には見当がつかない。

向かってひだり側の青年は、右目が左目よりも細い。失明しているからだ。こちらが遥子の父親である。

ということは、みぎ側にいる円い黒縁《くろぶち》眼鏡の青年が、五十嵐潤吉ということになる。

写真の中のふたりは、とても若い。ともに髪は五分《ごぶ》刈りで、首や顎《あご》のあたりも、いかにも青年らしいすっきりとした輪郭だ。

〈昭和廿年八月三日〉

終戦の日はその年の八月十五日だから、そのわずか十二日前に撮《と》られた写真ということになる。

大正十年生まれの父は、このとき二十四歳。五十嵐潤吉もほぼ同年代だろう。

父は〈休め〉の姿勢をとってひだり足に体重をのせているが、五十嵐潤吉のほうは両手を腰にあて、胸を張るようにして立っている。おとなしい風貌の父の横で、五十嵐潤吉の顔はなにか昂然《こうぜん》として、鋭く尖っている印象をあたえる。

どこの寺で撮ったのだろう。誰に撮ってもらったのだろう。

都博が帝室博物館と呼ばれていた時代の同僚どうし。——五十嵐潤吉が書いた例の手紙の文面からは、ふたりはとても親しい同僚だったことが想像できる。

けれど、ひとりはすでに世を去り、ひとりはいま精神病院の中だ。


父が博物館を辞めたのは昭和二十三年。五十嵐潤吉の退職は昭和三十一年。

そのことは、遥子はすでに調べ済みだ。

しかし、ふたりがいつから勤務しはじめたのか、それについては知らなかった。そこで、資料館に立ち寄ったついでに、古い職員録を一年ずつ遡《さかのぼ》って見ていった。

すると、父の名前が出ているのは昭和十八年の職員録からで、五十嵐潤吉は昭和十六年からだった。五十嵐潤吉のほうが二年早く雇われていたことが判った。

昭和十六年。——太平洋戦争が始まった年だ。五十嵐潤吉はその年から十五年間在籍している。

その間に都博で起きた出来事を、遥子は一つ一つ調べてみたくなった。

……都博の秘密。

遥子はまだそれにこだわっている。

仕事の合間をみて資料館へ足をはこび、『当博物館関係文書』の納められた大型スティール・キャビネットのなかから、昭和十六年以降の文献資料を順々に引っぱり出して、目を通していった。

外部に知られて困るような秘密がそのまま記録に残されているわけはないだろうけれど、こまかく見てゆけばその行間《ぎょうかん》から何かが嗅《か》ぎ取れるかもしれない。そういう調べは、資料部出身の遥子にとってはお手のものだ。

図面より、こっちのほうが遥子には向いている。

仮に施設課の図面を閲覧できたとしても、素人《しろうと》の遥子がそこから何かを読み取れるかどうかはまるっきり疑問だが、文献資料なら任せて、という気持ちだった。

黄ばんだ書類からただよう黴《かび》のにおい。そんなのは慣れっこだ。厖大《ぼうだい》な文書に一つ一つ目を通してゆく根気のいる作業も、資料部時代には毎日やっていたことだ。

調べを始めて三日目、

〈地下室〉

という文字が登場する文書に遭遇した。

真珠湾攻撃の八ヵ月前、昭和十六年四月五日付の『東京帝室博物館防空計画』と題された宮《く》内《ない》大臣への上申書。その中に、こう書かれていた。

館蔵品約八万點中、最貴重品約八千點ニツキ、有事ノ際ノ安全ヲ圖ルタメ、東京帝室博物館構内ニ深サ約五十尺、面積約三百坪、數室ニ分ケタル防空地下室ヲ至急建設スルコト

館の収蔵品を空襲から守るために防空壕《ごう》が計画されたらしい、と金工室長の岸田が言っていたのは、きっとこのことだろう。

〈しかし、計画だけで、実際には造られなかったたって言うぜ〉

かれはそうも語っていた。

その言葉通り、〈防空地下室〉の着工を告げる文書はさっぱり見当たらなかった。代わりに遥子が見つけ出したのは、宮内省の警衛局長あてに帝室博物館総長が送った照会文書の写しだった。それには、こうあった。

万一有事ノ際、空襲等ニヨル危険ニ備フルタメ、安全地帯ニ倉庫（六十坪）ヲ建設致シタク、ソノ建設候補地トシテ東京府南多摩郡横山村ノ武蔵陵墓地内ヲ選定致シタク候

これに対して、警衛局長から帝室博物館総長へ、九月二十七日付の通知書が届いている。倉庫新設をみとめる大臣決裁があった、という通知書。

市外の安全地帯である南多摩郡の武蔵陵墓。そこに倉庫をつくって最重要美術品を移すというこの計画は、翌昭和十七年七月に、どうやら実現したようだ。

武蔵陵墓地内倉庫、コノホド落成ニツキ、當館舘蔵品中ヨリ選擇セル別紙目錄ノ品六六三點ヲ同倉庫ニ格納ノタメ移送致シタク候

帝室博物館総長の提出したこの伺《うかが》いに対して、七月十八日に宮内大臣の認可決裁がおりている。

このころは、すでに日米開戦後七カ月余りがたっている。

遥子の専門は国史だが、近代史については詳《くわ》しくないので、太平洋戦争の経過のあらましを俄《にわ》か勉強した。――昭和十七年七月というと、すでにミッドウェー沖海戦も終わったあとだった。つまり、戦争初期の日本軍のめざましい攻勢がストップして、連合軍の反撃がはじまろうとするころだった。

遥子は文献のなかの〈武蔵陵墓地内倉庫〉という文字をじっと見つめた。

武蔵陵墓というのは、いまの多摩御陵のことだろう。大正天皇の墓だ。その域内につくった倉庫に、帝室博物館の最重要美術品を移送したわけだ。

……美術品の移送。

何か匂うな、と遥子は疲れた目を閉じて休めながら、漠然と思った。

19

境界例シフトで亜左美に対応する。

それを看護スタッフたちに告げてから数日後の土曜日、ひとりで廊下を歩いていた榊は、広瀬由起に呼び止められた。

「あした、何かご予定がおありですか？」

小声でそう訊《き》かれて、

「いえ、特にありませんが」

答えながら、いましがた薬剤師から受け取ったばかりの抗鬱《うつ》薬を白衣のポケットにしまった。その手の動きを広瀬由起の視線がとらえていた。榊としては何気ない行為だったが、急いで隠したように思われたかもしれない。

「それでしたら――」

と彼女は目をあげて言った。「あした一日、わたしに付き合ってくださいませんか?」

榊は相手の目を見返した。

……デートの誘いだろうか。

思った瞬間、例の亜左美の言葉がまたよみがえった。

〈あの人ね、院長先生の愛人じゃないかって思うの〉

憶測による中傷。――むろん信じてはいないのだが、石の裏にこびりついた菌苔《きんたい》類のように頭の隅にしつこく残っている。

〈沢村先生のことも好きだったんだよ。ふたりはできてたかもしれないよ。それだけじゃないよ。まだあるんだよ。大窪とも怪しいんだ。知ってるでしょ、大窪って看護士〉

そんな言葉がよみがえるたびに、榊は自分自身に腹が立った。信じる気などないし、信じれば亜左美の思う壺《つぼ》だと判っているにもかかわらず、ついそういう目で広瀬由起を見てしまいそうになる自分が腹立たしかった。

「ええ、それは別にかまわないですが……」

語尾をにごし、相手の真意をさぐるような返答をした。

広瀬由起は、小声のまま、

「一緒に東京へ行っていただきたいんです」

と言った。しかし、男を誘う女の媚《こ》びは、その声にはない。

「東京へ？」

「向こうで、ぜひ会っていただきたい方がいるんです」

「ほう、どんな方ですか？」

「精神分析医です」

それを聞いた榊が眉をよせるのを見て、彼女はすぐに付け加えた。「あ、でも、その先生は、榊先生が思い描いていらっしゃるような古くさい精神分析医とは、ちょっと違うんです。新しいタイプの精神分析をなさる方です。〈エディプス・コンプレックス〉だの〈肛門期〉だの、あいう妙な空想理論をいまだに信奉《しんぽう》しているような方じゃありませんし、ラカン派みたいに抽象概念を弄《もてあそ》んだりもなさいません。ですから、どうか厭がらずに会っていただきたいんです」

榊は、広瀬由起の意図を誤解した。いましがたポケットにしまった抗鬱薬。そのことに関連づけて彼女の言葉を受け取ってしまった。榊が抗鬱薬を飲んでいることを薬剤師から耳に入れ、それでこんなことを言い出したのかと思ったのだ。

「ぼくに精神分析を受けさせたいんですか？　お気づかいはありがたいですが、ぼくの鬱はたいしたことないんです。ひどくならないうちにと思って薬を飲みはじめただけです。それに、新しいタイプでも古いタイプでも、精神分析なんかで鬱は治せないでしょう」

榊の誤解に気づいた広瀬由起は、薄い微笑で打ち消した。

「そんなつもりで言ったんじゃありません。そうじゃなくて……つまり、その先生は、DIDについてお詳しいんです。DIDの人を実際に治療した経験がおありなんです。で、ぜひいちど、その先生のお話を聞いていただきたいんです」

白衣の下に着ているギンガムチェックのコットンシャツ。その襟《えり》をせわしなくいじりながら、そう囁《ささや》いた。

「なるほど、その件ですか」

榊はうんざりした。

……多重人格。

広瀬由起はまだ諦《あきら》めていないようだ。

何が何でも亜左美の〈交代人格〉を呼び出そうと考えているようだ。それを榊に承諾させようと躍起《やっき》になっているようだ。

「その件については、先日はっきり言ったはずです。人為的操作で別の人格を呼び出すようなセラピーには賛成できない。誰の話を聞こうと、ぼくの考え方は変わりません」

「そうおっしゃらずに、とにかく会うだけでも……」

「申し訳ないが、その気はありません」

話を打ち切って歩きだそうとする榊の白衣の袖を、広瀬由起がつかんだ。

ふりむく彼の目をするどく見すえて、

「お願いします」

と切迫した口調でうったえた。「もしも、その先生のお話を聞かれたあとも榊先生のお考えが変わらなければ、以後はいっさいDIDについては口にしないことを約束します。ですから……ですから、お願いします」


翌日、東京へ向かう列車の中で、広瀬由起はその精神分析医と自分との関係を榊に語った。岐戸《きど》、という名のその医師は、いわば彼女の〈師匠〉なのだという。

「いまでも定期的に岐戸先生からスーパーヴィジョンを受けているんです」

スーパーヴィジョン。――要するに個人指導だ。〈弟子〉が自分のセラピー内容を事細かく報告して〈師匠〉の批判や助言をあおぐ。

とくに精神分析の分野では、これが重視される。

なにやら古武術の〈奥義の伝授〉に似ている。

榊としては、そこがまた気に入らない。医学というのは、できるかぎり科学的な合理性を追求すべきはずであるのに、精神分析家たちの世界では、それは二の次なのだ。かれらにとって大事なのは患者をあつかうさいの作法や呼吸であり、その腕前のよしあしは師匠が個人的に、主観的に判定する。

しかし、それよりも何よりも、榊がどうしても受け入れられないのは、精神分析＝解釈、という点だ。

あらゆる人間の言葉、感情、行動は、すべてがどこか変形して歪《ゆが》み、被膜《ひまく》がかかっている。

本人も気づかない色々なものの作用をうけて、本来のかたちが判らないほど変形してしまっている。――というのが精神分析家たちの考え方だ。そう見なすことが、かれらにとっての大前提なのだ。そこで、表面にあらわれた言葉や感情や行動を手掛かりとして、分析家がそれに〈解釈〉をほどこし、歪みや被膜を取り去った本来のかたちを明らかにしてみせる。……精神分析とは、噛《か》み砕《くだ》けばそういうことだ。

しかし――

その〈解釈〉のしかたは、精神分析の流派によって異なる。

おなじ流派でも、分析家によって違いが出る。

ある分析家がくだした一つの〈解釈〉が、ほんとうに正しいのかどうか、それを客観的に検証する手だては、ない。

……そんなものが果たして医療と呼べるのか。――と榊はつねづね思っているし、以前、そのことを広瀬由起に言ってもいる。

彼女の属する流派が新しいタイプであろうと古いタイプであろうと、〈解釈〉を治療の根幹《こんかん》に据《す》えるかぎりは、榊から見ればすべて同類である。

「岐戸先生は――」

と広瀬由起がつづけた。「十年以上も前からDIDの治療に取り組んでらっしゃるんです。とても誠実にクライアントと向き合おうとなさる先生なんです。――治療手法はすこし違っていても、そういう点に関しては、榊先生とよく似ていると思います」

ふたりを引き合わせるにあたって、榊の気持ちを丸くしておこうということか。だが、そんな美辞で簡単に懐柔《かいじゅう》されるようなおれではない、と榊はかえって反発をおぼえた。

ひだり隣の、窓側の座席に彼女はいる。窓の外には真夏の光が散乱している。散乱しながら風景が流れてゆく。

夏休みの時期なので、どこかの座席から子供の声がにぎやかに聞こえてくる。

榊は隣の広瀬由起にだけ聞こえる程度の低声で言った。

「いずれにしても精神分析は、ぼくには文学的なお遊びとしか思えない。治療行為の一つとして許されていること自体が不思議です」

かれの無遠慮な批判にはもう慣れてしまったのか、広瀬由起は気色《けしき》ばむこともなく、きわめておだやかに反論した。

「古いタイプの精神分析とちがって、わたしたちは教条的な解釈をクライアントに押し付けるようなことはしません。むしろ、そういうことはよくないと考える立場なんです。古いタイプの精神分析は、クライアントの言葉をそのまま受け取らずに、その裏に潜んでいる意味を読み解こうとしますけれど、わたしたちは、なるべくそういうことを控《ひか》えるようにしています。過剰な深読みは、先生のおっしゃる通り、文学的なお遊びのようになってしまう虞《おそれ》があるので、そうならないようにと気をつけています。わたしたちは神様じゃありませんから、クライアントの頭の上から偉そうにご託宣《たくせん》をくだすのはおかしいんです。それよりも、もっとクライアントに寄り添って、クライアント自身の考えや感情をしっかり聞き取るほうが大事だと思っているんです。つまり、共感です。まず共感するというところから始めれば、自然に正しい解釈に行き着くはずです。——解釈、という言葉がお嫌いなら、理解、と言い換えてもいいです。ニュアンスが微妙にちがいますでしょ？」

「言葉を言い換えたって——」榊は妥協しなかった。「客観的な検証が不可能だということには変わりがない」

広瀬由起はちいさく吐息をついて俯《うつむ》いた。

「そんなふうに突っ込まれちゃうと困りますけど、すくなくともクライアントと向き合う姿勢は全然ちがうんです。それを判っていただきたいんです。古いタイプの精神分析にたいして抱いてらっしゃるイメージでわたしたちを見ないようにしていただきたいんです」

膝《ひざ》を覆う砂色のプリーツスカート。その襞《ひだ》を、折り紙でもするような手つきで整えながら、しずかにそう言った。

「じゃあ、古いタイプとやらの精神分析は、もう絶滅したんですか？」

「いえ、そういうわけじゃありませんけど、ほかの分析家はどうであれ、とにかく岐戸先生とわたしは、そんなふうに考えているんです」

せっかく整えた襞を、パン屑《くず》でも払うように、また無造作《むぞうさ》に乱した。

広瀬由起が案内したのは、東京郊外の、ちいさな診療所だった。

建てた当時は、おそらく畑や雑木林がまだ周《まわ》りにひろがっていたことだろう。——というのは、比較的あたらしい住宅が並ぶ中に、その診療所の建物だけが、時を二十年ほど遡《さかのぼ》ったような、やや古びた構えをしているからだ。

敷地はゆったりしているものの、宏壮《こうそう》というのではなく、その反対に、はなはだ質素な造りだった。

日曜日であるから、玄関はひっそりと閉じている。

その前で立ち止まろうとする榊に、

「こちらです」

と言って広瀬由起は歩きつづけ、角を曲がったところにある通用口の扉をひらいて中へ入った。通用口につながる簡素な和風の玄関は、医師とその家族が私的に出入りするためのものだろうけれど、彼女はベルも鳴らさず訪《おとな》いの声もかけず、さっさと引き戸をあけて榊を中へ通した。まるで自分の家に帰ってきたように勝手を知りつくしている様子だ。

家の中はしんと静まりかえり、人の気配がない。

「どうぞ、お上がりになって」

広瀬由起は靴をぬいで先にあがり、榊のためにスリッパをそろえた。

板敷きの廊下を彼女のあとについてゆくと、ひだり側に、がらんとして何もない板の間が見えた。その横を素通《すどお》りしながら、広瀬由起が言った。

「わたし、ここで居合《いあい》を習ったんです。岐戸先生は、わたしの居合の師匠でもあるんです」

居合も教える精神分析医。あまり聞いたことのないケースだ。

板の間の隣が応接室になっていた。患者の待合室とは別の、私的な応接室のようだ。

「ちょっとここで待っていてくださいますか」

部屋の明かりとエアコンをつけて榊をソファにすわらせ、彼女はそのままドアを閉じて消えた。

その応接室も簡素で、ベージュ色のクロスを張った壁に、横長の風景画が一点だけ掛かっている。なだらかな緑の山と麓《ふもと》の樹林が描かれた油絵だが、ひじょうに印象のうすい絵だ。もともとは患者の待合室にでも掛けてあったのではないだろうか。見る者の神経を刺激する要素がまったくない。だから一分も眺めていると倦《あ》きてしまう。

しかし一分どころか、十分以上たっても誰もあらわれず、広瀬由起も戻ってこない。人声もしない。

ひとり放置されて苛立《いらだ》ちはじめたころ、ようやくドアがそっと開かれ、それに応じて立ちあがった榊の前に飄然《ひょうぜん》と入ってきたのは、五十代半ばくらいの、痩《や》せた男だった。その痩せ方は病的で、喉仏《のどぼとけ》の輪郭が手で摑《つか》みとれそうなほど浮き出ている。眼窩《がんか》や頬も窪んでいる。黒いポロシャツにグレーのズボンという格好だが、いままで寝ていたのか、白髪まじりの頭の一部に逆毛《さかげ》が立っている。病気で臥《ふ》せっていたのではないだろうか、と榊は思った。それほど顔色が悪かった。

「はじめまして、岐戸《きど》です」

声もすこしかすれている。

「榊と申します」

会釈《えしゃく》し合ったあと、岐戸医師はしかしそれ以上の挨拶《あいさつ》は交わそうとせず、

「どうぞこちらへ」

と骨ばった背中を向けた。

廊下を折れ曲がって導かれた部屋は、診療室のようだった。

ひだり奥に木製のデスクとアームチェア。その横に骨董品《こっとうひん》のように木肌《きはだ》のくすんだ書棚がひとつ。部屋ぜんたいに淡灰色のカーペットが敷かれ、みぎ側に淡い色調の布張りソファとスツール。

……部屋のまんなかで、広瀬由起がひだり横を向いてカーペットの上にじかに坐り込んでいる。プリーツスカートが花弁のようにひろがっている。

白のノースリーブシャツから出た腕に茶色い子犬の縫《ぬ》いぐるみを抱いて、何かしきりにつぶやきながらその頭を撫《な》でている。さっきまで羽織《はお》っていたサマージャケットはソファの隅に脱ぎ捨てられており、片方の袖が裏返ったままになっている。

岐戸医師は歩き疲れた人のように大儀《たいぎ》そうにアームチェアに腰をおろした。

そして榊に、

「どこかそのへんに掛けてください」

とソファを示したが、榊は縫いぐるみで遊ぶ広瀬由起の姿を横から見おろして、無言で突っ立っていた。

ぺたりと尻をおろしたその坐り方も、小首をかしげて子犬の縫いぐるみを撫でたり抱きしめたりするそのしぐさも、まるで幼い少女のようだ。

「ミクちゃん」

と岐戸医師が広瀬由起に話しかけた。「ミクちゃん、お客さんだよ。お客さんが来てるよ」

縫いぐるみとのひそひそ話に夢中になっていた広瀬由起は、顔をあげて岐戸医師をみた。

「なあに、せんせえ。なにかいった?」

舌たらずの、子供っぽい喋《しゃべ》り方。その間も、手は縫いぐるみの頭を撫でつづけている。

「きょうはお客さんが来てるんだ。ミクちゃん、ご挨拶できるかい？」

「おきゃくさん？」

「そうだよ。ほら、そこにいる人だよ」

岐戸医師が指さしたので、広瀬由起はあどけない動作で首をめぐらせ、榊をまじまじと見あげた。初めて会う相手をじっと見つめる子供のまなざしだ。好奇心と警戒心がいりまじっている。

「だれ、このおじちゃん」

と岐戸医師に訊いた。

「由起ねえさんの病院でいっしょに働いているお医者さんだよ。由起ねえさんが連れてきたんだ。榊先生ていうんだ」

「ふうん」

「ミクちゃんは初めてだろう？　ご挨拶できるかな」

「できるよ。——こんにちは」

と榊にほほえみかけた。

榊も思わず「やあ」と応じたが、それがほとんど声にならぬほど、はげしい当惑のなかにいた。

広瀬由起は子犬の縫いぐるみを大事そうに抱いたまま膝歩きしてソファに近づき、はずむようにひょいと腰かけ、スカートであることを気にする様子もなく——プリーツスカートだから支障はないといえばないのだが——あぐら坐りをして、股《また》のあいだに縫いぐるみを置いた。

岐戸医師がもういちど榊に言った。

「あなたも、お掛けになってください」

榊は、ソファの手前のスツールに腰をおろした。広瀬由起は幼い手つきでたえまなく縫いぐるみを撫でながら、横目でちらちらと榊を見ている。

岐戸医師が彼女に語りかける。

「由起ねえさんはね、榊先生にミクちゃんを会わせたかったんだってさ」

「なんで？」

「ミクちゃんのことを、知ってほしかったみたいだ」

「ミクがいつもさみしがってるから？」

「ミクちゃんは、いまでもさみしいのかい？」

「うん、このごろユキねえさんはぜんぜんかまってくれないし、せんせえとあそびたいからつれてってっていっても、せんせえはびょうきだからダメだっていうの」

「そうか」

「ユキねえさん、このごろまたおこりっぽくなってきて、すきじゃない。もっとミクにやさしくしてくれるように、せんせえ、ユキねえさんにいってよ」

「わかった。よく言っとくよ。でも、由起ねえさんは、ミクちゃんのことをとても気にかけているんだ。その気持ちをわかってあげなくちゃいけないよ」

「うん」

「由起ねえさんの言うとおり、先生は病気になっちゃったから、前みたいにミクちゃんと遊んであげられなくなったんだ」

「あ、そっか。だから、あたらしいせんせえにあわせてくれたの？　せんせえのかわりにサカキせんせえがミクとあそんでくれるの？」

そう言って榊のほうを見やり、にっ、とはにかむように頰笑んだ。

榊は気分が悪くなってきた。

岐戸医師と広瀬由起とのやりとりをそばで見守りながら、なんともいえぬ不快感がこみあげてきた。

……多重人格。

広瀬由起は、自分自身がまさにそれなのだということを、榊に見せようとしているのだろう。

岐戸医師に〈ミク〉とかいう子供の人格を呼び出してもらい、それを榊に見せつけているのだろう。

だがしかし、こんなものは多重人格者であることを示す証拠になどなりはしない。

こういう幼児退行は、誰にだって起きうる。催眠暗示をかければ、十年でも二十年でも三十年でも、年齢を退行させることができる。

三十代半ばの広瀬由起が五、六歳の幼女のようになってしまっているのは、単に年齢退行をしたということであって、それは多重人格とは無関係である。

幼児退行した広瀬由起を、岐戸医師は別人格としてあつかい、別の名前を呼んで話しかけている。そんな働きかけをすれば、催眠暗示下にある者は、無意識にそのように振る舞ってしまう。

榊は、不快感を通りこして怒りすらおぼえ、それを隠さぬ目つきで岐戸医師をみた。

岐戸医師は榊のその目を黙って見返したあと、また広瀬由起に話しかけた。

「ミクちゃん、ちょっと悪いけどね」

「なあに」

「悪いけど、ちょっとだけマユミさんと代わってくれるかな」

するとと広瀬由起は唇をとがらせ、

「だって、ミクまだせんせえとあそびたいもん。きょうはまだおえかきもしてないよ」

と体ごといやいやをした。

「うん、じゃあこうしよう。あとでまたミクちゃんと遊ぶことにするよ。だから、少しのあいだマユミさんと代わってくれないかな」

「あとであそんでくれるの？」

「遊ぶよ」

「ほんとに？」

「ほんとだよ」

「うそついたらダメだよ」

「嘘なんかつかないよ」

「いちごアイスもくれる？」

「あげるよ」

「……じゃあ、いいよ」

広瀬由起はしぶしぶという様子でうなずくと、あぐら坐りのまま、両手をだらりとさげて、ゆっくりと眠りにおちるように目を閉じながら下を向いた。病院ではいつも髪を後ろで結んでいたが、きょうはS駅で榊と待ち合わせをしたときから自然のままに垂らしており、その髪が、うつむいた横顔を隠している。

榊は岐戸医師の顔をうかがった。岐戸医師は榊の視線を無視して、広瀬由起のほうを黙って見つづけている。

二十秒ほどたっても変化はなかった。

岐戸医師がしずかに呼びかけた。

「マユミさん……マユミさん、出ておいで。……出てこられないかい？　だいじょうぶだよ。ここには危険な人は誰もいないよ。榊先生とわたしがいるだけだよ。榊先生のことは由起さんから聞いてるだろう？　榊先生に会うことを、きみ、了解したんだろう？　心配いらないよ。……マユミさん、出てこられるかい？　出ておいで。……それとも催眠をかけようか？　催眠をかけたほうが出やすいかい？……もうすこし待つから、自分で出ておいで。出られるだろう？」

広瀬由起の頭がゆっくりと動いた。

顔をあげて髪を両手でそっと掻き分け、あぐらをかいた自分の姿勢におどろいたように急いで坐りなおし、縫いぐるみは横に置いて、両足を床におろして膝をそろえた。

「あ、マユミさんだね？」

「先生、こんにちは。お体、いかがですか？」

消え入るような小声で挨拶した。

「うむ、ありがとう。もうしばらくは大丈夫だろう。――こちらが榊先生だ」

岐戸医師があらためて榊を紹介した。

広瀬由起は両手を膝のうえに重ねて、まぶしそうな微笑をうかべ、

「はじめまして、マユミです」

と丁寧《ていねい》に頭をさげた。

内気で、恥ずかしがり屋で、しとやかで、といった雰囲気を漂わせている。声も、広瀬由起のどこか凛《りん》としたひびきとは異なり、ひっそりとしてやわらかい。

榊もいちおう会釈を返しはしたが、しかしこの時点でもまだ、〈マユミ〉や〈ミク〉を、広瀬由起とは別個に存在する人格であると認めたわけではなかった。演技だとまでは思わないが、岐戸医師の暗示によってつくりだされた、もしくは、自分でつくりだした、幻想としての他人になりきっているだけだという可能性もある、と考えていた。

内気な性格となった広瀬由起は、榊に見つめられてモジモジし、その居心地《いごこち》のわるさをまぎらせようとしてか、ソファの隅に脱ぎ捨てられていたサマージャケットを手にとって、裏返しの袖をきれいに戻したあと、ふたつに折って膝のうえに置いた。

岐戸医師が彼女に問いかけた。

「最近はどうしてるの？　ひとりで本を読んだりしてるの？」

「はい、お部屋で本を読んでいます。外へ出て人に会ったりすると疲れるから、なるべくお部屋にいるようにしています」

「由起さんとは、どう？」

「由起さんとはときどきお話をします。本も由起さんに買ってきてもらうんです。でも由起さ

んはお忙しいから、あんまり邪魔をしないようにと思っています」

膝のうえのサマージャケット、そのボタンの一つを指先でいじりながら、物静かに答える。

「ミクちゃんがさみしがってるよ」

「でも、わたし、小さい子は苦手だから、ミクちゃんに話しかけられても、どうしていいか困っちゃうんです。遊び相手になれなくてごめんなさいって、ミクちゃんに謝っといてください」

岐戸医師はやさしくうなずき、榊のほうをちらりと見てから彼女に訊いた。

「榊先生と話をしてみるかい？　榊先生がきみに何か質問してもいいかい？」

広瀬由起はすこしおどおどした目になって榊を見たが、

「……はい」

と岐戸医師に小声で答えた。

岐戸医師が痩せこけた顔を榊に向けて「どうぞ」とうながした。椅子の肘《ひじ》掛けに両肘をのせて体を支え、疲れを我慢している様子だ。

こういう場での語りかけや質問は暗示を助長することになりかねないので、榊はあまり気が進まなかったが、しかし病《やまい》をおして広瀬由起とのセラピーを〈披露〉してくれている岐戸医師への義理として、すこしだけ彼女に問いかけてみることにした。

「あなたのお歳《とし》は？」

まず、それを訊いた。自己認識のゆがみ具合をしらべたかった。

「二十三です」

と広瀬由起は小さく答えた。

岐戸医師のデスクの背後に窓があり、レースのカーテン越しに外のひかりが室内をあかるませている。そのひかりを受けた広瀬由起の顔の肌は、やはり三十代のものだ。

「あなたが、自分というものを意識するようになったのは、いつごろからですか？」

その問いに、彼女は戸惑いの表情をみせた。

質問の意味が判りにくかったのかと思い、榊は言い換えた。

「つまり、由起さんのなかに、由起さんとは別の自分がいると思うようになったのは、いつごろからですか？」

「あの……」岐戸医師の顔をちらりと見てから、彼女はおずおずと言った。「わたしが最初に居たみたいなんです」

「え？」

と訊き返す榊に、岐戸医師がそっと口を挟《はさ》んだ。

「この人がもともとの基本人格なんです。──由起のほうが、あとからあらわれたようです。由起自身がそう言っていました」

「ほう……すると、あなたが本来の人格なんですか？」

じかに彼女に確認してみた。

「……だと思います」ひっそりとうなずく。

「じゃあ、どうして別名を名乗ってるんですか？」

「あの……本名、なんです、わたしの名前が」

「マユミさんという名前が、広瀬さんの本名なんですか？」

「でも、変えたんです。……由起さんと相談のうえで、外での名前を、由起さんの名前に改名したんです」

「それはなぜ？」

「……だって、もう長いあいだ、ずっと由起さんがわたしの代わりに頑張ってきてくれましたし、外でお仕事してるのも由起さんですし……」

「由起という人格があなたの体を乗っ取ったというわけですか？」

「乗っ取ったとか、そういうんじゃありませんけど……」

助けを求めるように岐戸医師を見たが、かれはあえて口出しを控え、彼女自身に語らせようとしているふうだった。

気弱な口調で彼女がつづけた。

「みんなで相談して決めたんです。……ほかのみんなも、結局それでいいって言って由起さんの中に入っていったし、わたしも、いずれは由起さんと一緒になろうと思うんですけど、由起さんが、無理に急がなくていいって言ってくれてるんです。ほかの人たちと違って、わたしは元から居たわけだから、由起さんも気をつかってくれてるんです。わたしとミクちゃんだけ、もうすこし待ってもらってるんです。ミクちゃんは、もっと大きくなってからじゃないと無理ですし……」

榊は、こういう問答にふと疲れをおぼえ、首のうしろを軽く揉《も》んだ。

分裂病患者の支離滅裂の言辞《げんじ》。あれとは違って言葉の意味はいちおう理解できるし、会話としても成立しているが、しかし榊の日常感覚から逸脱《いつだつ》しているという意味では、分裂病患者の話を聞くときと近似《きんじ》の疲れを感じた。

岐戸医師のかすれ声が言った。

「彼女たちのこれまでの経過については、あとでわたしから詳《くわ》しくお話しします。——さてと、じゃあマユミさん、またミクちゃんに代わってくれるかな。あの子と約束したんだ」

「わかりました。先生、お体おだいじに。じゃ、ミクちゃんと代わります」

こんどの〈交代〉は速かった。

内気な広瀬由起が下を向くか向かないうちに、さっとまた顔があがって、うれしそうな笑顔になっていた。

「せんせえ、もうすんだ？　マユミさんとのおはなし、もうすんだ？」

「済んだよ」

「じゃあああそぼ」

ソファのうえで体を弾《はず》ませた。そして膝に載っていたサマージャケットを無造作にわきへ放り、「あれっ」とつぶやいてキョロキョロ見まわしたのは、手に子犬の縫いぐるみがないことに気づいたからだろう。

横に置かれているのを見つけて拾いあげ、大事そうに胸に抱いたが、すぐに床へ跳《は》ねおりて縫いぐるみと一緒にカーペットのうえを転げまわった。はしゃいで転がりながら榊の足元までくると、上体を起こしてぺたりと坐り込み、縫いぐるみに頬ずりして榊を見あげた。

「ピッキーっていうの、この犬」

と名前をおしえた。

その縫いぐるみを、スツールに坐っている榊のズボンの膝にそっとのせ、みぎの膝とひだりの膝を、ぴょんぴょんと往復させはじめた。何か子供っぽい単純なメロディーを口ずさみながら、それをつづける。ときどき目をあげて榊に笑いかけた。

その笑顔の、あまりのあどけなさに——ふだんの理知的な広瀬由起を知る榊としては——むしろ、ぞっとした。

「サカキせんせえ、ピッキーすき？　ピッキーはサカキせんせえきにいったみたいだよ。ピッキー、ピッキー、つぎはなにしてあそぶ？　おえかきしたい？　じゃ、おえかきしよう。でもピッキーはみてるだけよ。ミクがかいたげるからね」

縫いぐるみに言い聞かせて、岐戸医師をふりかえった。「せんせえ、ミク、おえかきしたいなあ」

彼女の髪が、榊の目の下にある。後頭部に白髪がひとすじだけ光っている。

「お絵描《か》きか、いいよ。いっぱい描いていいよ」

岐戸医師は椅子を回転させ、デスクのうえから、あらかじめ用意していたらしい画帳とクレヨン箱を手にとった。

広瀬由起は膝歩きしてそれを受けとりに行った。床を転がったり膝で歩いたりするのは、自分のほんとうの身長を意識したくないからかもしれない。

「ねえミクちゃん——」画帳とクレヨンを手渡しながら、岐戸医師がいった。「ちょっとすまないけどね、しばらくのあいだ、お絵描きはピッキーとふたりでやっていてくれるかな。先生はあっちのお部屋で榊先生とお話をしなきゃならないんだ」

「ミクさみしいよ」

広瀬由起はしょんぼりとうなだれた。

「ピッキーがいるからいいじゃないか。たくさんお絵描きして、あとで榊先生に見てもらおうよ」

「うん」榊を見返ってうれしそうに笑った。「サカキせんせえ、ミクのえみてね。おはなしおわったら、みにきてね」

榊は、ぎこちない微笑でうなずいてみせた。


「……真由美《まゆみ》を初めて診《み》たのは、十一年前です。彼女の実年齢が二十五のときです」と応接室で岐戸医師は語った。「入院していた病院を追い出された、といって、わたしのところへ来たんです。うちはよそからの紹介で来る患者が多いんですが、彼女はそうではなくて、駅の看板を見てやってきた、と言いました。近くの駅にうちの看板が出ているんです。電車の窓からそれを見たようです。

どうして病院を追い出されたのかと訊いたら、なにかモジモジして言い淀《よど》むので、正直に話すようにうながすと、〈すこし暴れてしまったんです〉と答えました。ほかの患者と喧嘩《けんか》をして、けがをさせてしまったんだと、しょげきった様子で言いました。

とにかく、声が小さくてね、初対面のわたしに怯《おび》えているみたいに、おどおどした感じでした。で、受診の理由を訊くと、漠然とした空虚感、というのをまず口にしました。まわりの世界がよそよそしく感じられるとか、生きている実感がないとか、要するに離人症《りじん》です。それが主訴でした。身体症状としては、睡眠障害があるようでした。それと、頭痛です。頭痛がしょっちゅう起きて困っているとこぼしました。

わたしとしては、当然、くわしい脳検査をする必要があると思って、そういう設備のある病院を紹介することにしたんですが、そうしたら、シクシク泣きはじめるんです。〈ろくに診《み》もしないでわたしを追い払うんですか？　なぜみんなわたしを追い払おうとするんですか？〉といって泣くんです。

そうじゃない、と説明しました。脳検査の結果を見てからでないと、何もできないんだということを説明すると、そういう検査は、前の病院でも、その前の病院でも、いっぱいしたけれども、ぜんぶ異常なしだった、と言いました。

その前の病院、という言葉がひっかかったので、それについて訊くと、これまでに三つの病院を転々としたことが判りました。最初の病院に行ったのは二年ほど前で、そこでは躁鬱《そううつ》病と診断されたそうです。一年ちかく通って、薬を飲みつづけたけれども、ちっともよくならない。で、別の病院を受診した。すると、こんどは分裂病という診断をうけたそうです。

それを聞いて、えっ、と思いました。睡眠障害や頭痛や離人症がみられるくらいでは、そう簡単に分裂病とは診断しないでしょう。何か隠しているな、と思って、いろいろ問いかけてみると、幻聴があることを告白しました。幻聴は何年も前からあったようです。

真由美は〈精神分裂病〉という診断名を怖がっていました。そんな病名を告げられてショックだったと言いました。しかし、よくなりたい一心で主治医の言いつけを守って、薬を欠かさず飲んだそうです。そのころに貰《もら》っていた薬の残りを後日持ってこさせましたが、セレネースでした」

セレネースは、抗精神病薬ハロペリドールの商品名だ。

「ところが、何カ月たっても幻聴はなくならない。睡眠障害もよくならない。頭痛も消えない。主治医は、服薬の指示を彼女がまもっていないんじゃないかと疑って、入院治療に切りかえたそうです。しかし入院後、彼女はいろいろトラブルを起こしはじめた。ほかの患者と揉《も》め、看護婦と揉め、主治医とも諍《いさか》いを起こした。あげくに自傷行為もした。それをみて主治医は診断名を変えたそうです。——境界例だと診断したそうです。

その医者は、境界例は扱いたくなかったんでしょうな、彼女に紹介状を持たせて別の病院へ回してしまった。そこが三つめの病院です。で、その病院でも、ささいなことから喧嘩騒ぎを起こした。ほかの患者の悪口を言った言わないで摑《つか》み合いの喧嘩になって、陶器の花瓶《かびん》で相手を殴ってしまった。花瓶が派手《はで》に割れて、しかも相手の肩の骨にひびが入ったとかで、もう来ないでくれと病院から言われたそうです。

そんな話を、うなだれて、小さい声で、わたしに打ち明けるんです。

どうも自分は、気分の揺れが人一倍激しいようだ、と言いました。そういう自覚があるようでした。その性格のせいで、友達との付き合いもうまくいかずに、たいてい嫌われてしまう。カッとなると自分でも何が何だか判らなくなって無茶苦茶なことをしてしまうらしくて、いつもあとで落ち込む。そんな自分が厭なんだが、どうにもならない、と話しました。

まさに典型的な境界例患者だ。そう思いましたよ、わたしも。

正直いって、気が重くなりました。境界例患者はそれまでにも何人か診た経験がありましたが、いつも振り回されてヘトヘトになりましたからね。しかし、追い払うことまではしたくなかった。それをしたら、医者の看板を出す資格はないでしょう。覚悟をきめて、真由美の治療を引き受けることにしました。

生育歴の聞き取りをすると、少々複雑な家庭環境であることが判りました。

父親は税理士で、母親はスナックを経営していました。父親は実父なんですが、母親のほうは継母《けいぼ》です。実母は真由美が四歳のときに病死して、それから四年間、彼女は父方の祖父母のもとに預けられていたそうです。

父親はもともと、継母のスナックの客でもあり、顧問税理士でもあり、という関係だったようで、真由美が八歳のときに再婚して、祖父母のもとから彼女を引き取ったんです。翌年に弟が生まれています。つまり、弟は腹違いで、真由美の九つ下、ということになります。当時の家族はこの四人でした。弟が生まれてからも、継母はずっとスナックをつづけていて、まあ、経済的には、多少余裕のある家庭だったようです。

わたしのところへ来たころの真由美は、いまでいうフリーターでした。大学を出て会社に入ったものの、職場になじめなくて、一年たらずで辞めてしまったと言いました。そのあとは、アルバイトをしたりやめたりという暮らしで、家族からも厄介者《やっかいもの》あつかいされていると言って、涙ぐみました。

週二回の通院、というかたちで彼女の診療をはじめました。

ひと月ほどたったころ、ある日、ひだりの手首に包帯をしてきたんです。〈またやっちゃいました〉と小声で言って、悲しげな顔をしていました。死のうと思ったわけじゃないが、なにかむしゃくしゃした精神状態になって、気がついたらカッターナイフで切ってしまっていたそうです。

こういう自傷は、その後も何回かありました。

当時の傷痕《きずあと》は、いまではあんまり目立たなくなっていますが、それでもよく見ると何本か薄く残っているのが判ります。気がつきませんでしたか？

彼女はなるべく腕を出さないようにしているようだから、気づかれずにいるのかな。夏でも必ず長袖のシャツか、もしくは上着を着ているでしょう？　半袖を着るときはリストバンドをはめたりしているようですが」

それを聞いて榊は思い出した。

S病院での野外パーティー兼運動会の日、広瀬由起は黄色い半袖のポロシャツを着ていたが、手首に同じ色のリストバンドをしていた。単に汗止めのためにはめているのだとばかり思っていたが……。

岐戸医師は、疲れを怺《こら》える様子をしながらも、話をつづけた。

「週二回の面接を重ねるうちに、彼女には〈させられ体験〉もあることが判りました。自分の感情も行動も、何者かに操《あやつ》られているような気がする、と言い出したんです。自分の意思で動いているんじゃないように感じることがある、と言うので、わたしはまたちょっと考え込んでしまいました。境界例という診断に自信が持てなくなってきました。これはやっぱり分裂病かな。二番めの病院の診断が正しかったのかな、と考えたりもしました。わたしのもとへ来るようになってからも、あいかわらず幻聴はつづいていたし、そのことから見ても、分裂病の可能性は消しきれないと思ったんです。

いずれにせよ、結論を急ぐのはやめて、もうしばらく観察することにしました。で、面接のたびに、彼女に報告させました。前回の面接のあとの毎日の行動と身のまわりの出来事を、くわしく語らせるようにして、その様子を観察しました。

しかし、慎重に観察をつづけても、滅裂思考の気配は見られないし、感情鈍麻の傾向もなしです。

ただ、ひとつ気になることがありました。

彼女の話には、ときどき時間の飛躍《ひやく》があるんです。時間がところどころ抜け落ちているんです。話の順序は一応なんとか繋《つな》がっているんですが、時間が繋がらない。

たとえば、こうです。――朝起きて、朝食をとって、着替えをして、近くの本屋へ行った。本屋で求人情報誌を買って、公園のベンチでそれを読んだ。よさそうなアルバイトの募集があったので、その会社に電話した。面接を受けに来なさいと言われて、すぐに電車に乗ってそこへ向かった。最寄《もよ》り駅でおりて、その会社をさがした。しかし途中で道に迷ってしまい、電車に乗って帰宅した。夕飯をたべて、入浴して、眠った。

彼女がアルバイトの面接を受けにゆこうとして道に迷ったのは、午前中のことです。ところが、そのあと帰宅すると、もう夜になっている。

ということは、何時間ものあいだ道に迷っていたことになる。けれども、本人にはそんなに長い時間を費《つい》やした感覚はない。昼食はどうしたのか、と訊いても、へさあ、食べなかったかもしれません〉と曖昧《あいまい》な返事をするんです。

　わたしが不思議だったのは、そういう時間の欠落を、本人はさほど気にしていないという点です。彼女にとっては、よくあることだったようです。

　さらにいろいろ訊いてゆくと、こんなことも言い出しました。――ある日、髪をカットしてもらおうと思って美容院へ向かった。ところが、つぎの瞬間、洋菓子店の喫茶室でケーキ類を食べている自分に気がついた。テーブルの伝票をみると、三つも四つも注文して食べていたことが判った。美容院へゆくはずだった自分がなぜそんな所にいるのか、いつ洋菓子店に入ったのか、どうしても思い出せなかった。

　似たようなことが、ときどきあるのだと告白しました。

　時間が飛んで、その間の記憶も飛んでいる。

　意識をうしなって倒れていたわけではないのに、記憶に空白がある。――一種の健忘ではあるけれども、通常はこんな健忘は起きませんから、わたしはかなり気になりました。

　そこで、〈記憶の欠落〉ということに焦点をしぼって、真由美から話を聞き出すことにしました。

　すると、いろいろ出てきました。

　書いた憶《おぼ》えのないメモが自分の手帳に書かれていたりとか、買った憶えのない服が自分のワードローブに入っていたりとか、銀行預金からおろしたばかりの金が、ふと気がついたら半分に減っていたりとか、自分のバッグの中に、入れた憶えのない心理学の学術誌がときどき入っていたりとか……そういう話がいくらでも出てくるんです。

学校時代にも、自分がした約束を憶えていないことが何度もあって、友達から嘘つき呼ばわりされたそうです。〈物忘れがひどくて……〉と本人は言いましたが、物忘れ、なんていう次元を越えている。アルツハイマーでもないのに、これは明らかにおかしい。

多重人格かな、ということをわたしが思いはじめたのは、じつはそのあたりからです。彼女がうちへ通うようになって五ヵ月ほどたった頃からです。それまでは、そんなこと考えもしなかった。

もちろん、すぐに断定したわけじゃありません。そういう疑いを持ちはじめた、というだけです。ひとつの可能性として考えただけです。

なにしろ、わたしはそれまで多重人格の患者を診《み》たことなんて一度もなかったし、友人の医者からも、そんな患者をあつかったという話は聞いたことがありませんでした。

ただ、以前にフランク・パトナムの論文を読んでいて、その内容が頭の隅にかすかに残っていましてね。『多重人格障害の一〇〇症例の臨床現象』という八六年の論文です。あの論文に、〈時間の喪失、健忘が、多重人格診断の重要な手掛かりになる〉というふうなことが書かれていたのを、ふと思い出したんです。真由美との面接をくりかえすうちに、その論文のことが頭をよぎって、ひょっとしたら、と思いました。真由美の〈記憶の欠落〉は、多重人格のせいかもしれないと、そう疑いはじめたわけです。

で、書斎をひっくりかえして、パトナムの論文を捜しました。あの論文以外に、頼るものがなかったんです。単一の症例報告やノンフィクション読み物はさておき、客観性のある医学的資料として頼れそうなものは、他になかったですから。

多重人格の診断について教えを受けられそうな専門家も、当時の日本にはまだいませんでした。個人的に研究している医者はいたかもしれないが、そんなことをおおっぴらに話すと、医者仲間や先輩たちから冷笑されたり叱られたりすることが目に見えていたので、たぶん、陰でこそこそとやっていたんでしょう。多重人格なんてのは、その存在自体が眉唾《まゆつば》だということで、日本の精神医学界じゃ正式には認められていなかったし、そんなものに関心を持つのは、アメリカかぶれの軽薄な医者のすることだという見方がありましたからね。――ま、いまでも、そういう見方、なくなっちゃいないようですが」

榊は、自分への皮肉であることを察したが、黙って先を聞くことにした。

「そんなわけで、わたしは、とりあえずパトナムの論文を参考書にして、真由美を診てゆくことにしました。

あの論文によれば、患者の記憶に空白部分があるのは、その間《かん》、交代人格と入れ替わっているからだ、ということになります。本人はそれを知らないので、その部分の時間がすっぽり抜け落ちたように感じてしまうのだと。

人から嘘つき呼ばわりされる原因も、それで説明がつくわけです。言った言わない、やったやらないで人と揉《も》めるのは、交代人格の言動を本人が知らないからだ、と考えれば納得がいきます。

記憶の欠落は、ほんの短い時間ということもあれば、かなり長い場合もある。数カ月間、あるいは数年間、という例もある、とパトナムの論文にあったので、わたしは、真由美の生活史を、あらためて細《こま》かく訊き出してみようと思いました。物心がついてから現在までのことを、一年ずつ、ゆっくり訊いていったんです。学校の、学年ごとの担任教師の名前とか、友達の名前とか、印象にのこっているエピソードとか。

そうしたら、小学校時代の記憶がかなり曖昧《あいまい》で、中学のことに至っては、ほとんど何も憶えていないことが判りました。高校から後のことは、比較的よく憶えていて、まあ近い過去だからということもあるでしょうが、それでも、高校二年の夏休みの記憶がまるごと抜け落ちていたりしました。

面接を重ねれば重ねるほど、わたしは、ますます思うようになりました。これは、本物かもしれんなあ、と。

いままで文献でしか知らなかった多重人格者の本物を、いま自分は相手にしているのかもしれない。どうも、そんな気がして仕方がなかったんです。

が、まだ断定はできませんでした。断定するには、交代人格の存在を確かめなきゃならない。それをしないことには、推測の域を出ないわけです。

けれども、交代人格と出会うのは、そう簡単ではないということが、パトナムの論文にも書かれていました。患者が多重人格の徴候をみせているとしても、だからといって、すぐに交代人格が医者の前にあらわれるわけではないんだ、と。

そこで、わたしはパトナムの勧めるやり方に従って、こちらから積極的に交代人格を呼び出す努力をすることにしました。

まず、こういう質問から始めました。〈きみは、自分が一人だけじゃなくて、二人以上いる

ように感じることはあるかい？〉

するとと真由美は戸惑ったような顔で、〈さあ、よくわかりません〉と曖昧な返事をしました。ほんとうに判らないのか、それともごまかしているのか、見きわめがつきませんでした。

つぎにこう質問しました。〈ときどき、自分のなかの別の部分があらわれて、何かをしたり、しゃべったりする、そんなふうに感じたことはないかい？〉

真由美は下を向いて、首をかしげていました。

で、さらにこう訊きました。〈ひとりでいるとき、ほかに誰かいるみたいに感じたり、誰かに見られているように感じたりすることってないかい？〉

真由美はわたしのほうを上目づかいにおずおず見て、小さい声で、〈ちょっとだけ、あります〉と答えました。

〈誰かいると感じることがあるんだね？〉と念を押すと、黙ってうなずいたので、〈その誰かは、自分のなかの別の部分という感じかい？〉と訊くと、ためらいがちにですが、やっぱりうなずきました。

〈じゃあ、きみのなかの、その別の部分は、いまここへ出てきて、わたしと話をすることができそうかい？〉そう尋ねると、真由美は眉をよせて不愉快そうな顔をしました。

わたしは、漠然とした問いをやめて、具体的に相手を特定して話しかけることにしました。〈きみのなかに、以前、洋菓子店の喫茶室に入ってケーキを何個も注文した人がいるよね。その人と話をしたいんだけど、いま出てきてくれるかな〉

すると、真由美は急に落ち着きをなくして、そして、頭に両手をやって、〈先生、頭痛がするから、きょうはもう帰っていいですか?〉と言いました。その日はそのまま帰しましたが、以後、面接のたびに、こういう呼びかけを繰り返したんです。しかし、あらわれない。人格交代が起きない。

そこで、催眠をつかうことにしました。ただし、彼女の同意を得るのに、ひと月かかりました。催眠というものに対して、不安というか、警戒というか、とにかくいかがわしいイメージを持っていたようで、それを取り除くのに時間がかかりました。

催眠をかけられることに同意してからも、やはり心理的抵抗があるようでしたので、最初の日だけ、睡眠導入剤を少量飲んでもらうことにしました。

ソファに横にならせて、じゅうぶんに催眠下に入ったと思えたところで、呼びかけを始めました。〈さあ、誰か出ておいで。出てきて話をしたい人はいないかい?〉

しかし反応なし。

で、また具体的に特定して呼びかけることにしました。以前の聞き取りで、知らない間に心理学の学術誌がバッグの中に入っていることがときどきある、と真由美が言っていたのを思い出して、〈心理学の雑誌を読んでいる人、出てきてくれるかなあ〉と呼びかけてみました。雑誌の名前も彼女から聞いていたので、それも出しました。〈『心理臨床学研究』という雑誌を買って読んでいる人、出てきてわたしと話をしてくれるかなあ〉……」

岐戸医師はそこでいったん言葉を切って、坐ったままズボンのポケットからウィスキーのミニボトルを取り出し、蓋《ふた》をあけて、ゆっくりとひとくち飲んだ。

「中身は蜂蜜を薄めたものです」

と榊に言い、その小瓶《こびん》をまたポケットにしまった。「胃をほとんど取られちまって、飯があんまり食べられないので、小きざみに栄養補給しないと、ふらふらになるもんですから」

そしてふたたび、話のつづきを語った。

「〈『心理臨床学研究』を読んでる人、出てきてくれるかなあ〉と呼びかけると、彼女の目が不意にひらいて、ソファのうえで身を起こしました。

髪をさっと後ろにさばいて、脚を組んで、背すじをのばして、わたしのほうを見ました。いつもの、俯きがちのおどおどした感じの目つきではなくて、反対に、つんと反りかえったような、気の強そうな顔をしていました。

〈ええと、きみは誰かな。真由美さんじゃないようだな〉とわたしが言うと、〈ユキです〉と名乗りました。

交代人格が、現われたんです。

わたしは、じっさいのところ、少々興奮しました。なにしろ、そんなことを経験するのは初めてでしたので。

相手はみょうに落ち着きはらっていましたが、わたしのほうがむしろ当惑しているような具合でした。

彼女は、なにか値踏《ねぶ》みするような目で部屋の中を見まわしました。初めての場所を見ている、という感じでした。

〈ユキさんか……。どんな字を書くの？〉と訊くと、〈真由美の出に起きると書きます〉と答えました。

声も凜《りん》として……いまの由起の声もまあそんな感じですが、それでも、多少の丸み、というか、優しさみたいなものが備わってきているけれども、あの当時の由起は、もっと冷たい声をしていました。冷たくて、はっきりしていて、理知的な声でした。とにかく、ふだんの真由美の気弱な声とはまるで違っていました。

交代人格は、年齢も本人とは異なっている場合が多い、とパトナムの論文にあったので、〈歳はいくつ?〉と訊いてみたんですが、〈二十五です〉と答えました。実年齢そのままでした。〈じゃあ、真由美さんと同じだね〉と言うと、〈真由美は二十三です〉と訂正するので、あれっ、と思いました。保険証の生年月日から数えると真由美は二十五なんですが、本人は自分は二十三だと思っていることを、由起によって初めて教えられました。

〈きみは真由美さんのことをよく知っているみたいだが、真由美さんはきみの存在を知らないようだね〉と言ったら、〈たまに話しかけてみることがあるんですけれど、あの子、にぶいですから、幻聴だと思ってるんです〉と、にこりともせずに、無表情に、淡々と話すんです。なぜもっと早くわたしの前に出てこなかったのかと問うと、自分は精神科医をあまり信用していないんだと言いました。真由美があちこちの病院を訪れるのを苦々《にがにが》しく思っていたそうです。

医者が信用できないから、かわりに臨床心理学の雑誌を読んでいたのか、と訊くと、あれはただ面白いから読んでいるだけだ、と答えました。ときおり図書館に行って、精神病理学の本も読む、と言いました。〈真由美が精神分裂病と診断されて怯《おび》えていましたので、分裂病のことを調べたんですけれど、わたしの見るところでは、あの診断は誤りです〉と言って、その理由をいくつか並べましたが、独学にしてはなかなか正確な知識を持っていたので驚かされました。

とにかく、しゃべり方も、しゃべる内容も、非常にしっかりしていて、冷静で、理路整然とした感じでした。そのぶん、感情のうごきは乏《とぼ》しい印象をうけました。

〈そんなに勉強したのなら、多重人格についても詳しいのかい？〉と尋ねたところ、そっけない口調で、〈興味がありません〉と答えました。〈しかし、真由美さんときみは一つの体の中にいるんだから、多重人格ということになるだろう？　それについてはどんなふうに考えているの？〉と突っ込んだ質問をしてみたんですが、〈とくに考えたりはしません〉と目をそらすんです。〈治療が必要だとは思わないのかい？〉と訊くと、〈いままで、わたしたちはわたしたちなりにやってきていますので、干渉してほしくありません〉と鬱陶《うっとう》しげな表情をしました。

〈そうは言っても、真由美さんはこんな状態で生きることに苦痛を感じているよ。時間が抜け落ちたり、人から嘘つきだと思われたりして、ひじょうに困っているよ〉と諭《さと》しはじめると、不意に嘆息《たんそく》のような息をのこして由起の人格が消えてしまい、まもなく真由美がもどってきました。

真由美は、半催眠下のうつろな状態でした。催眠を完全に解く前にも、解いた後にも、彼女に質問してみたんですが、由起があらわれてわたしと会話したことは、まったく知らないようでした。

いずれにせよ、交代人格と出会えたことで、わたしは気持ちが昂《なかぶ》りました。

しかし、昂りと同時に不安もおぼえました。未経験の分野に手を出す不安です。多重人格をどうあつかうのか、どう治療するのか、それについての自分の考えがまだ何もできていない状態でしたので、まったく不安でした。

とにかく、その後の面接では、毎回催眠をかけて由起を呼び出しました。由起は、はじめのうちはわたしに不信感を抱いているようでしたが、何度も話をするあいだに、少しずつ軟化してきて、そのうち、催眠をかけなくても、呼びかけると出てきてくれるようになりました」

岐戸医師がまたズボンのポケットから例の小瓶を取り出した。

これまで口を挟《はさ》まずに聞いていた榊だが、胸にわだかまる懐疑《かいぎ》を、ここでとうとう言葉に出した。

「交代人格と出会えた、とおっしゃったけれども、あなたがなさった一連の働きかけは、ひじょうに強力な催眠暗示のように思えてしかたがありません。ほんとうに存在していたものが出てきたのか、それともあなたの暗示が別の人格を彼女のなかに造ったのか、その点がどこまでも不明確です。あなたの暗示に誘導されて、彼女が日頃からそうありたいと望んでいた、自分とは正反対の強い性格と理性を持った人格を、催眠下であらたに創造したとも考えられます。そうではない、という確実な証拠は、いまのお話からは見出《みいだ》せないように思うんですが」

蜂蜜水をひとくち飲んだ岐戸医師は、骨ばった指で小瓶の蓋《ふた》をていねいに締め、ポケットにしまってから、しずかにうなずいた。

「その通りです。たしかに、ご指摘の通りです。よく言われる〈医原性〉の問題ですね。わたしも、それをまったく考えなかったわけじゃありません。一抹《いちまつ》の懐疑は、やはり持っていました。由起という人格は、わたしと真由美が共同でつくりあげたイリュージョンかもしれない。そうではない、という充分な証《あか》しは、おっしゃる通り、ありませんでした。そういう懐疑は、そのあとも長いあいだ、わたしの頭の片隅に残りつづけました。

その懐疑を無理に追い払うことはしませんでしたが、しかし、懐疑にひたりこんでしまうということも、わたしはしませんでした。とにかく先に進んでみることにしました。

つまり、真由美が多重人格者なら、交代人格はまだほかにもいるはずだ、と考えました。パトナムの論文を見ても、交代人格が一つだけという例は皆無《かいむ》にひとしかったので、由起以外にも、おそらく幾つかの人格が潜《ひそ》んでいるに違いないと睨《にら》んだんです。

真由美本人に訊いても無駄でしたが、由起なら何か知っているかもしれない。そう思って、ある日、彼女にそれとなく鎌《かま》をかけてみました。〈真由美さんが表《おもて》に出ているとき、きみは〝中〟で何をしているの?〉と訊くと、〈真由美のしていることを見たり、ひとりで考えごとをしたり、眠ったりしています〉と言うので、〈ほかの人が出ているときも、それを〝中〟から見ていることがあるのかい?〉と尋ねました。

しかし、わたしの意図は由起に見すかされてしまい、急に冷ややかな目になって、〈わたしと真由美のほかにも誰かがいるのかどうか、それをお知りになりたいんですか?〉とはっきり訊き返されました。引っ掛けるような質問のしかたをされたことが気にさわったようでした。

わたしはすぐに詫《わ》びて、あらためて、〈真由美さんの知らない存在が、きみのほかにもいるのかい?〉と単刀直入に問いなおしました。

由起は答えるかどうか少し迷っているようでしたが、わたしの目をじっと見て、意を決めたように、〈ええ、いますよ〉とうなずきました。

〈何人ぐらい、いるんだい?〉と尋ねると、〈四人です〉と言いました。きみ以外に四人かと念を押すと、そうだと答えました。〈きみには、どうしてそれが判るの?〉と訊くと、〈ときどき話をしますから〉と言いました。

〈わたしもそのなかの誰かと話をしてみたいので、ここへ出てくるように言ってくれないだろうか〉と求めると、〈そういうことは、させたくないんです〉と拒《こば》みました。その言葉から判断すると、由起がほかの人格の出入りを取り仕切っているようにも聞こえましたが、単にほかの人格が出るのを彼女自身が好んでいない、ということかもしれず、まあ、どちらにしても由起の警戒心の強さをあらためて感じました。

その警戒心をやわらげるのに、またひと月ほどかかりました。

わたしが一向にあきらめないので、とうとう根負《こんま》けしたらしく、ある日、〈じゃあ、ちょっと話し合ってみます〉と由起が言いました。で、斜め下に視線をおろして、しばらくのあいだ考えごとをするような様子を見せましたが、やがてわたしに目をもどして、〈ナツコが、出てもいいって言っています〉と教えてくれました。

そのあと、俯いて目を閉じて……さっき、ミクから真由美に交代するときの様子をご覧になったでしょう。あんな感じです。あれと同じようなふうにして、もうひとりの交代人格があらわれました。

このときあらわれた人格は最初からたいへん愛想がよくて、〈こんにちは〉と明るい声で挨拶しました。

〈きみ、ナツコさんていうの?〉と名前を確認すると、〈はい、ナツコです〉とニコニコしながらうなずきました。診療記録に書くために字を尋ねると、ナツは片仮名で、子だけ漢字だと答えました。

〈やあ、はじめまして〉とわたしが挨拶すると、彼女は、〈あたし、先生と会うの初めてじゃないんですよ〉と言って、いたずらっぽく首をすくめるんです。

どういうことかと訊くと、〈前にいちど会ってますよ。先生、気がつかなかったですか？〉と言うんです。

何のことか判らなかったので、さらに訊くと、彼女はふた月ほど前の話をしました。ある日、面接の途中で、わたしの娘がいきなりノックして入ってきたことがあって、もちろん本来そういうことは禁じてあるんですが、そのときは、親戚《しんせき》の者が亡くなったという電話があったのを知らせに来たんです。面接中は内線電話も切ってあるので、それで娘が診療室へ知らせに来たわけですが、当時、娘は十九歳の女子大生で、まあ、その年頃の女の子たちがよく着ているような流行《はやり》の服装をしていました。わたしの耳元でひそひそ話す娘の姿を、あのとき真由美がじっと見ていたことを、わたしも思い出しましたが、あの瞬間に真由美と自分が交代したんだ、とナツ子は明かしました。〈真由美ちゃんは、服装にはちっとも関心がないけど、あたしは流行にすごく敏感なんです〉と言いました。そういえば、真由美に事情を告げて面接を打ち切ったとき、彼女がいつになく妙に明るい表情をしていたことも思い出しました。他人の死の知らせがそんなに嬉《うれ》しいのだろうか、とあのときわたしは彼女の心理的屈折を垣間《かいま》見《み》たように思ったんですが、ナツ子の話を聞いて、なんだそういうことだったのか、と合点《がてん》がゆきました。あの明るい表情は、真由美のものではなくて、ナツ子のものだったんです。

ナツ子に年齢を問うと、十九歳だと答えました。彼女の目には、わたしの娘は、自分と同じ年頃の女の子として映《うつ》っていたわけです。

〈そうすると、真由美さんの知らないうちにお金が減って服が増えていたりするのは、きみのしわざかい?〉と訊いてみると、えへへ、と頭を掻いて屈託《くったく》なく笑うので、こちらもつい苦笑してしまいました。〈だって、真由美ちゃんの服はどれもダサくって、あたしには似合わないんだもの〉とも言いました。

〈しかし、銀行からおろしたばかりのお金が急に減ってしまうので、真由美さんは困っているよ〉と言うと、〈そうかなあ……〉と髪の先をつまんで枝毛を点検したりして、自分の浪費癖のことはあまり気にしていないふうでした。

〈洋菓子店の喫茶室に入ってケーキをいっぱい食べたのも、きみかい?〉そう尋ねると、こんどはかぶりを振って、〈あれはミクよ〉と、別の名前が出てきました。

ミクとは誰かと問うと、小さな子供だと言うので、では、その子供と交代してほしいと頼んだんですが、それはできない、と断わられました。〈ミクはだめ。由起さんが、ぜったいに許さないと思う〉と、すまなそうな顔をしてみせました。

由起はやはり、ほかの交代人格に対して、なんらかの力を持っているようでした。ナツ子も由起に遠慮している気配がありました。

由起は、自分以外に交代人格は四人いる、と言っていましたから、ナツ子とミク以外にあと二人いることになります。で、その二人のことをナツ子に尋ねようとしたんですが、笑顔ではぐらかされてしまいました。しつこく訊こうとすると、〈あんまり余計なことは喋《しゃべ》るなって由起さんに言われてるから〉とか〈これ以上言うと由起さんがうるさいから〉とか、そんな言い訳をしました。

ナツ子は、あまり物事を深く考えるのが好きではなさそうで、いまが楽しければそれでいいという性格に見えましたが、そんな彼女にとって、由起はかなり煙たい存在のようでした。そんな具合にして、とにかく二つの交代人格と出会えたわけです。

真由美本人は、しかし、わたしの話をなかなか信じようとしませんでした。多重人格、という言葉は、当時から彼女も知っていましたが、自分がそうだと言われて、はげしく動揺していました。〈わたしはそんな不気味な怪物じゃありません〉と涙声で否定しました。

おそらく、サイコ・ホラー映画か何かでそういうイメージを植え付けられていたんでしょうな。多重人格者というのは、何か不気味で怪奇的な存在なんだと思い込んでいたようです。〈もちろん怪物なんかじゃないよ〉とわたしは言ってやりました。〈多重人格は、いろいろある精神障害のうちの一つであって、けっして怪物でも何でもないんだ〉と説《と》くことから始めました。

それでもなおわたしの診断を受け入れようとしないので、由起の了解を得て、由起とナツ子がわたしと話をしている様子をビデオに撮《と》り、それを真由美に見せたんです。

彼女は目をまるくして驚いていました。

口に手をあてて、食い入るように画面を見ていました。ビデオを見終わったあと、しばらく茫然《ぼうぜん》としてソファに横になっていました。

その日から、自分が多重人格者だということを、真由美もようやく受け入れました。とは言っても、それ以後もしばらくの間は、やはり動揺と混乱がつづいていたようでしたが。

少し混乱がおさまってくると、まだビデオに撮られていない他《ほか》の交代人格のことを気にしはじめました。由起とナツ子以外の、残りの三人の様子もビデオで見せてほしい、とわたしに求めたんですが、あのころは由起がかたくなに拒否していて、わたしもまだ他の交代人格とは接触できずにいたんです。

〈いずれにしても、あとの三人のうちの一人は小さな子供だそうだ。洋菓子店の喫茶室でケーキをいっぱい注文したのは、その子だそうだよ〉とわたしが教えると、真由美は腑《ふ》に落ちた表情になって、こんなことを言いました。〈スーパーで買い物して、レジでお金を払うとき、籠《かご》の中にチョコレートやガムなんかが、知らないうちに紛《まぎ》れ込んでることが、よくあるんです。あれもその子が入れたんですね、きっと〉

わたしは由起に、ほかの人格とも会わせてくれるように、根気よく頼みつづけました。交代人格の全貌《ぜんぼう》を、まず把握《はあく》したかったんです。それをしないことには、治療の道すじを探《さぐ》ることもできないわけですから。

これは、ナツ子の口を通して徐々に知ったことですが、由起は、自分以外の交代人格をたいへん嫌っていたようです。嫌う理由は、それぞれの人格ごとに違っていて、たとえば幼児的人格のミクの場合は、要するに、恥ずかしい、ということです。ミクが表に出ているところを誰かに見られるのは、由起にとってはたまらなく恥ずかしいことだったようです。由起はナツ子のことだって気に入っていたわけじゃないが、まあ、大目に見ていた。許容範囲だった。しかし、ミクを人目にさらすのは、耐えがたい恥辱《ちじょく》だと思っていたようです。

そこでわたしは由起とじっくり話し合いました。

ミクがわたしの前にあらわれて幼稚なふるまいをしたとしても、けっして奇異な目で見たりはしないと約束しました。ミクにかぎらず、ほかのどんな人格と出会っても、その人格をあざわらったり蔑《さげす》んだりはしないと誓いました。

由起はやっと納得してくれました。

〈じゃあ先生、ちょっとの間《あいだ》、部屋から出ていてください〉と彼女が頼むので、わたしは廊下へ出て、五分ほどしてから戻ったんです。

すると、彼女はソファの上にあぐら坐りをして——さっきご覧になったような格好です——あのときもスカートをはいていましたが、そんなことはおかまいなしに、あぐらをかいて、置物の、陶器の子供の人形を手にして、小声で何か話しかけていました。その人形は、わたしの娘が高校の修学旅行のおみやげに買ってきたもので、診療室の書棚の隅に置いてあったんです。彼女はそれを手に持って、幼い女の子がするように、ひとり遊びをしていました。

幼児の人格があらわれているのだと気づいたわたしが、〈ミクちゃんかい?〉と声をかけると、びっくりしたようにわたしを見あげて、〈そうだよ。おじちゃんはだれ?〉と訊き返しました。舌たらずの言葉も、表情も、しぐさも、何もかもが幼女そのものという感じでした。

わたしはミクの存在をあらかじめ知っていたわけですが、それでも、由起やナツ子があらわれたときより、やはり驚きは大きかったです。

ミクはすぐにわたしに慣れて、いっしょに遊ぼうとせがむんです。初対面のその日、はしゃぐミクの相手をしてソファのクッションを投げっこしたり、絵を描いたり、半時間ほど遊びに付き合ってやりました。

その様子を由起が中から見ていたらしくて、以来、わたしを信用して、いつでも自由にミクに会わせてくれるようになりました。わたしが気味悪がったり、嫌悪感を見せたりしたら、二度と会わせないつもりでいたそうです。

しかしね、いかにも平気な顔でミクの相手をしてみせはしましたが、実際のところ、初めは少なからず違和感を持ちましたよ。精神科医をやっていれば、患者の幼児退行なんて珍しくもないですが、それとはいささか趣《おもむき》が違いますからね。由起のようなしっかりした人格が、ほんのわずかな時間で、見かけの言動だけでなく、知能までも、まるっきり幼児に変貌してしまうのたのを目《ま》のあたりにすると、やはり奇異な感じは持ってしまいます。真由美には、多重人格は単なる精神障害の一つにすぎないんだ、と説いておきながら、わたし自身、慣れるまでは、はっきり言って不気味に思うこともありました。あなたもさっき、ちょっとそういう表情をお見せになったが、これは仕方のないことです。

ただ、自分でも意外だったのは、ミクという幼児の人格を奇異に感じたのは最初の数回だけで、そのあとはむしろ、あの天真爛漫《てんしんらんまん》さを見ていると、こちらの気持ちまでがなごんだりもしました。

そのことを、由起に話したことがあるんです。——いやあ、怒られました。ひどく怒られてしまいました。めったに感情をあらわさない由起が、眉間《みけん》にしわを寄せて、わたしをなじりました。〈呑気《のんき》なことをおっしゃるのはやめてください。先生には、わたしたちの苦労が判らないんですか？　ミクを見られたせいで、アルバイトを馘《くび》になったことだってあるんです。友達にも逃げられたんです。あの子のせいで、わたしたちの生活が何度もおびやかされているんです〉

由起にとって、ミクという幼児人格は、単に、人に見られると恥ずかしいというだけでは済まずに、もっと厄介《やっかい》な存在、自分たちの社会生活を破綻《はたん》させる存在だと思っていたようです。

ミクを見ていると気持ちがなごむなどと、つい能天気なことを口にしたわたしに由起が腹を立てたのも、まあ、当然だと思います。わたしが詫びると、いつものクールな口調にもどって由起は言いました。〈ミクはわたしのことを怖がっていて、自分を閉じ込めている意地悪な大人だと思っているようですけれど、それはやむをえないことなんです。うっかりあの子を外へ出してしまうと、あとでみんなが困ることになるんです〉

したがって、ミクはめったに外に出してもらえない。出してもらえないから、いつもさみしがっている。診療室でわたしと遊ぶひとときが、ミクにとって唯一《ゆいいつ》、のびのびできる自由時間だったわけです。だから、ミクはわたしにとても懐《なつ》きました。面接でわたしに呼び出されるのを愉《たの》しみにしていました。

しかも、おどろいたことに、ときどき外からわたしに電話をかけてきたりもしました。ふだんは由起にきびしく監視されているはずなんですが、その目を盗んで、わたしに電話をしてくるんです。ミクの社会知識は四歳児か五歳児程度でしたが、電話のかけ方は知っていて、〈もしもし、せんせえ、ミクだよ〉と夜更《よふ》けにいきなりかけてくるんです。わたしの妻や娘が受話器をとることもあって、最初は子供のいたずら電話だと思っていたらしいです。いや、それは患者のひとりなんだと説明すると、つぎからはすぐにわたしに回してくれるようになりました。

診療室での面接中は、いつも由起が中から見ているんですが、電話のときは、由起が油断しているのか、あるいは眠っているのか、いずれにしろ、口の堅い由起とちがってミクは、わたしが訊くと、知っていることは何でも話してくれました。

で、わたしはずっと気になっていた他の人格たち、残りの二つの人格のことを尋ねてみたんです。

すると、〈ユキねえさん〉と〈ナッコねえさん〉のほかに、〈すぐにおこってあばれだすこわいおねえさん〉と、セーラー服を着て、何も喋らずに隅のほうでじっと俯いて坐っている〈かなしそうなおねえさん〉がいる、と答えました。ミクはその二人の名前は知りませんでした。

しかし、それだけではなく、まだほかに、ときどきミクに声をかけて頭を撫でてくれる〈おばさん〉と、それから、ミクがチョコレートを食べていると横取りする〈おにいちゃん〉もいる、と言ったので、わたしは電話口でそれをメモしました。

交代人格の数は、由起が言っていたのよりも多いことを、わたしはミクの口から知ったわけです。しかし、これは由起がごまかしていたんではなく、彼女も知らなかったことが、のちに判りました。

セーラー服を着て隅に坐っている〈かなしそうなおねえさん〉の存在を、由起は知りませんでした。ミクの頭を撫でる〈おばさん〉のことも気づいていませんでした。

由起が認識していたのは、とても怒りっぽくて乱暴な人格と、そしてミクのチョコレートを横取りする十六歳の少年の人格でした。

この怒りっぽい人格のほうは〈真緒《まお》〉という名前で、由起が言うには、前の病院でほかの患者を花瓶で殴ったのは彼女だそうです。真緒は何か揉めごとがあるとすぐに表へ出てゆこうとするので、いつも由起がなだめて制止するらしいですが、それでも振りきって出て行ってしまうことがあるので、手を焼いているとこぼしました。

少年のほうは〈周《しゅう》〉という名前でした。周については、由起はあまり触《ふ》れたがらなかったんですが、かわりにナツ子が話してくれました。〈あの子ね、いやらしい雑誌を押し入れの奥に隠してるんですよ〉とか、〈お風呂に入ってる真由美ちゃんの体をじろじろ見ていて由起さんに叱られてました〉とか、〈去年、真由美ちゃんの弟のガールフレンドを好きになっちゃって、真由美ちゃんのお金をくすねて、趣味の悪いペンダントをこっそりプレゼントしてましたよ〉とか。——つまり、周は男としての性欲を持った少年人格のようでした。

わたしは由起の了解を取りつけて、周を呼び出そうとしたんですが、本人がしぶって、なかなか出てきてくれず、で、久しぶりに催眠を使って呼び出しました。

あらわれた周は、髪を手荒く掻きあげ、ソファの上で片膝を立てて坐り、何かふてくされたような顔つきでした。

〈きみが周くんかい？〉と確かめると、〈ああ、そうだよ〉とめんどくさそうに答えました。〈わたしのことは知ってるかい？〉と訊くと、〈真由美の医者だろ。おれに用があるならさっさと言ってくれよ。ああ、うざってえな〉と言って、立て膝の脛《すね》をポリポリと掻いたりしました。男のような声を出そうとして、不自然な発声をしていました。行儀《ぎょうぎ》のわるい態度をとっているのも、男っぽく見せたいためだろうと思えました。

〈きみは男の子なのかい？〉と尋ねると、〈あたりまえじゃねえか。見りゃわかるだろ〉と、むっとした顔をするので、〈しかし、わたしにはどう見ても女性にしか思えないんだがね〉と挑発してみると、〈ばか言ってんじゃねえよ。おれのどこが女なんだよ。いいかげんにしろよ〉と本気で怒りはじめるんです。

慣れ、というか、麻痺《まひ》、というか、わたしもこのころにはもう、どんな交代人格と出会っても、いちいち驚かなくなっていました。例のパトナムの論文にも、多重人格者のうちで異性の交代人格を持つ者は五十三パーセントもいる、と書かれていたし、それどころか、人間以外の交代人格、たとえば猫とか犬といった動物の人格の報告例までがありますからね。

周という人格は、由起にたいして反抗心を持っていました。いつも叱られたり説教されたりするので、そういう圧迫を撥《は》ね返したがっていました。わたしのことも、由起の側にいる人間と見て、容易には打ち解けませんでした。かなり後々までそうでした。わたしに呼び出されることを迷惑がっていました。

ある日、周を呼び出すと、しぶしぶ出てきて、また由起への不満を口にしました。本屋で雑誌を買おうとしたら、由起に邪魔をされた、と言うんです。その雑誌は、どうやら男性向けのエロチックなものだったようです。〈残念だったね〉とわたしが笑いながら同情してみせると、かれは、こんなことを言い出しました。〈まったくうっとうしいよ。おれにばっかり文句垂《た》れるのはやめてほしいよ。たまにはあのスケベ女のことも注意しろって言いたいよ〉

わたしは聞きとがめて、〈スケベ女って、誰のことだい。ナツ子さんのことかい?〉と確かめると、〈ちがうよ。ナツ子はただのファッション馬鹿だよ。そうじゃなくて、どうしようもないドスケベ女がいるんだよ。みんなが寝たあと、男あさりに出ていくんだぜ。そのくせ、その女は、おれのことはガキ扱いして、てんで相手にしねえんだ〉と言いました。

未知の交代人格がまだ他にもいるようでした。

いったい全貌はどうなっているのか。すべての交代人格を漏れなくチェックするにはどうしたらいいのかと、わたしは途方に暮れてしまいました。当時のわたしは、多重人格診断にまったく不慣れだったので、いまから振り返ると、さんざん無駄な回り道をしていたように思います。で、初診から一年近くが経《た》ったある日、由起を前にして、正直に弱音《よわね》を吐いていると、〈そんなに力を落とさないでください。ぼくがお役に立てると思いますから〉という物静かな声がするので、えっ、と思って由起の顔を窺《うかが》うと、どこか超然とした、見慣れない表情になっていましてね、〈きみ、誰？〉と訊いたら、〈サトシです。はじめまして〉と挨拶しました。あとで字を尋ねると、〈聡〉と書いてみせました。

聡《さとし》は周とおなじく男の人格でしたが、性的なものへの関心はまったくないようで、喋り方も、むりに男っぽくしたりもせず、中性的な、淡々とした口調でした。

この聡の出現が、診療の停滞を一気に打開《だかい》してくれました。あたりを覆っていた霧が、たちまちにして晴れたような具合になりました。

聡は、わたしのまだるっこい診療の様子を見ていて痺《しび》れを切らして出てきたのかもしれません。かれは、交代人格全員のことを知っていました。全員の動きを、どこか小高い場所から眺めているらしく、何もかも知っていました。それをわたしに丁寧《ていねい》に教えてくれたし、相談にも乗ってくれました。

北米ではこういう人格を、ＩＳＨ――内部にいる自己助力者《インターナル・セルフ・ヘルパー》、などと呼んでいるようですが、聡はまさしくそれでした。かれは、実生活にはいっさい関与せず、ただ、みんなのことをつねに見守っている、という人格でした。

聡のおかげで、わたしは真由美の交代人格をすべて把握できました。一人ひとりの人格について、きわめて解析《かいせき》的な説明を、かれがしてくれました。

それによると、生来の人格、つまり基本人格は、真由美でした。真由美は気が弱くて傷つきやすいので、そんな真由美を守るために生まれたのが由起だそうです。由起は真由美が十歳のころに現われたと、聡が教えてくれました。かれは、それぞれの人格が現われた時期も、現われた理由も、ほとんど知っていました。

真由美は由起に守られていることなど一切《いっさい》気づいていなかったようですが、由起のほうは初めから真由美の〈保護者〉であることを自分で意識していた様子です。

しかし、聡の話では、由起よりも前に、すでに四つの交代人格が存在していたというんですが、そのうちの一つを除いて——ミクを除いて——あとの三つの人格のことを由起は知りませんでした。

最初の交代人格が現われたのは、真由美が五歳のときで、相前後して二人の女の子が真由美から〈分かれた〉んだそうです。

ひとりは、真由美がうける苦痛——心の苦痛も体の苦痛もです——それを真由美の代わりに引き受けるために生まれた女の子で、以前にミクが言っていた、例の、セーラー服を着て隅のほうでじっと俯《うつむ》いて坐っている〈かなしそうなおねえさん〉というのは、その子が成長した姿なんだそうです。ただし、成長は中学三年で止まっているらしいですが。

聡はその少女のことを〈ブルー〉と呼んでいました。

ブルーとほとんど同じころに現われたのがミクで、このミクは、あなたがご覧になった通りの無邪気な子供です。現われた当時の五歳のまんま、ほとんど成長せずに今に至っているわけです。

そのつぎの人格は、真由美が七歳のときに生まれたそうです。名前は〈ネム〉でした。このネムという人格は、表にあらわれて行動することはないそうです。ただ、七歳の姿のままでじっと眠りつづけているんだそうです。ネムという名前は、ブルーと同様、聡が付けたもので、本人は名前を持っていないかもしれない、ということでした。

ネムのあとに生まれたのが〈レミ〉ですが、この人格はしかし、人格と呼べるのかどうか、声だけの存在だそうです。きれいに澄んだやわらかな声で歌をハミングするんだそうです。人をとても心地《ここち》よくさせる声なんだと、聡は説明しました。そのハミングは全員が聞いているはずなのに、みんな空耳《そらみみ》だと思っているらしくて、〈ぼく以外の誰もレミの存在を知りません〉とも言いました。レミという人格は、何か妖精のようなイメージだな、と話を聞きながら、わたしはそんなことを思いました。

由起が姿を現わしたのは、さっきも言ったように、真由美が十歳のときですが、その直前に真緒《まお》が生まれたそうです。例の、怒りっぽくて乱暴な人格です。わたしが診療を始めた時点での真緒の年齢は十八歳だということでした。〈彼女は怒りと憎悪に凝《こ》り固まっているんです〉と聡は表現しました。かなり冷酷残忍なところもあって、小さな子供を理由もなく叩《たた》いて面白がったり、野良《のら》猫を蹴《け》っとばしたりするらしいんです。

それに、聡によると、真緒は、痛みというものをまったく感じない〈体質〉なんだそうです。痛覚《つうかく》がないそうです。たとえば、転んで膝を擦《す》り剝《む》いても、あざができるほどの打ち身をしても、あるいは火傷《やけど》をしても、本人はケロッとしているそうです。そのかわり、そういう痛みはすべてブルーのほうへ移行してしまうんだそうです。ブルーは、まことに気の毒な人格なわけです。肉体的な痛みだけではなくて、精神的な苦痛についても同じことだそうです。痛みや苦しみは、ぜんぶブルーが背負うことになるらしいです。

真緒は、うじうじした性格の真由美を嫌っていて、何度か真由美を傷つけたことがあるし、殺そうとしたこともあるんだと、聡が教えてくれました。具体的にいうと、十歳の夏にカッターナイフで真由美の手首を切ろうとしたそうです。

そのとき、それを阻止《そし》するために生まれたのが由起だということで、つまり由起は、真緒の出現をきっかけにして誕生したようです。凶暴な真緒の手から真由美を守るために誕生した。その人格がしだいに肥大し、成長して、外の世界の困難からも真由美を守るような存在にまでなった、ということのようです。

その由起がブルーの存在を知ったのは、聡の話をわたしが彼女に伝えてからです。ブルーのことを聞いた由起は〈中〉でその姿を探しはじめ、そして見つけたわけです。

ブルーの存在を知った由起は、それまで怪訝《けげん》に思っていたことの謎が解けたと、わたしに言いました。どういうことかというと、しっかり真緒を見張っていたにも拘《かか》わらず、真由美が手首に切り傷を負《お》っていることがあって、いつのまにやったのかと不思議だったんだそうですが、あれはブルーのしわざだったと気づいたと言うんです。真緒が手首を切るのは真由美にたいする〈加害〉ですが、ブルーの場合は〈自傷〉もしくは〈自殺未遂《みすい》〉ということになるようです。

由起がブルーの存在を知ったのちも、ブルーは何度か自殺をはかろうとしましたが、すべて由起が阻止して、未遂に終わらせています。ブルーが咳止《せきど》め薬を大量に飲んで死のうとしたときは、由起がすぐさまトイレで薬を吐いて、そのあと救急車も呼んだそうです。ブルーが持っていたナイフを由起が取りあげたこともあるようです。

浪費家のナツ子が生まれたのは、高校二年の夏休みだそうです。夏休みのあいだ中、ナツ子が真由美の体をほとんど支配していたらしく、その期間の真由美の記憶がまるごと抜け落ちていたのは、そのせいだと判りました。

ナツ子のあとに現われたのが、少年人格の周で、高二の二学期に通学電車で痴漢に遭《あ》ったとき、〈てめえ、何すんだよ〉と相手をにらみつけたのが、周の誕生の瞬間だそうです。周は、同級生の美少女に恋をしたり、真由美に交際を求めてきた男友達の胸倉《むなぐら》をつかんで追い払おうとしたり、それに、さっきも話したように男性向けのエロチックな雑誌を押し入れに隠したり、まさに思春期の少年そのものの思考と欲望を持つ人格のようです。

その後、真由美が大学に入って三カ月後に生まれたのが、周の言っていた〈ドスケベ女〉で、名前は〈朱実《あけみ》〉だと聡が教えてくれました。みんなが寝たあと男あさりに出てゆく、という周の言葉は本当だと、聡も認めました。街へ出て、行きずりの男を誘うんだそうです。恋とか愛とかではなく、ただセックスだけを愉《たの》しんで帰ってくるそうです。真由美がうったえる睡眠障害の一つは、じゅうぶんに眠っても疲れが取れないというものでしたが、その原因をつくっていたのは朱実だったんです。真由美には夜中に出かけた記憶はなく、ずっと眠っていたはずであるのに、朝起きると、睡眠不足の、けだるい疲労感が残っているわけです。

聡の解説によれば、基本人格の真由美はセックスに対する恐怖心が潜在意識のなかにあって――ま、このことは、わたしもそれまでの診療の過程で気づいていました――その真由美が大学に入ってまもなく、ある男子学生と好意を持ち合い、なりゆきとして彼が彼女の体を求めてきたんですが、真由美はどうしてもそれに応じられない。で、ふたりの仲が気まずくなって彼が離れてゆきかけたとき、とつぜん朱実という人格が生まれたんだそうです。真由美とは正反対の、セックス好きの人格ですから、その男子学生を自分から誘ってホテルに行ったらしいです。ところが、彼のほうは、男に対してウブな、奥ゆかしい雰囲気の真由美が好きだったので、朱実と寝たあと――もちろん彼は真由美と寝たつもりでいたわけですが――その豹変《ひょうへん》ぶりに驚いてしまって、きっと、騙《だま》されていたような気分になったんでしょうな、結局、すぐに彼女を捨ててしまった。

しかし、いったん生まれた朱実の人格は、そのあとも消えずに残って、夜な夜な男あさりを繰り返すようになった、ということだそうです。

その朱実を催眠で呼び出してみましたが、なるほど、みょうに崩《くず》れた色気を発散していました。椅子にすわる姿勢も、目つきも、なにやら妖《あや》しい。

〈夜中によく出かけるんだって?〉と訊くと、まず含み笑いをしてから、〈誰に聞いたんですか? 誰か盗み見してたのね〉と甘ったるい声で言って、医者のわたしに対してさえ媚《こ》びを見せました。

ま、とにかくそんな具合にして、聡の協力のおかげで、交代人格を一つ一つ確認してゆくことができたわけですが、聡にもはっきりとは説明できない人格が、ほかに二つありました。存在は摑《つか》んでいるものの、正体がよく判らない、という人格です。

一つは、ときどきミクに声をかけて頭を撫でてくれる〈おばさん〉の人格。〈もしかすると、あの人は、真由美の実の母親かもしれません〉と聡は言っていましたが、確信はないようでした。真由美が四歳のときに病死した実母――つまり、架空の人格ではなく、外部に実在した他者ですが——それが交代人格の一つになっていたんでしょうか。実在する他者の人格が交代人格のなかに混《ま》じっていた症例もある、ということを後に知って、わたしは、聡の推測が当たっているのかもしれんな、と思いました。

　もう一つ、正体不明の人格がいて、これは聡が〈空洞〉と呼んでいました。眠っているわけではないのに、意識が有るのか無いのかもよく判らない人格で、これが表に出ているときには、外から誰かに話しかけられても、身じろぎもせずにじっとしていて、何の反応も返さないんだそうです。失語症のようだが、ただ声が出せないだけでなく、意識も思考も感情も空洞になっているようだ、というのが聡の説明でした。

　全体を整理すると、基本人格の真由美以外に、合計で十二の交代人格がいたことになります。ただし、ハミングするだけのレミや、ミクの頭を撫でるおばさんや、あるいは何にも反応しない空洞などは、〈人格〉と呼ぶには輪郭がぼやけすぎているので、ま、〈人格断片〉というべきかもしれませんが」

　岐戸医師は、蜂蜜水の入った例の小瓶を三たび取り出し、けれども、それを口に含む前に、

「なにか、得心《とくしん》のいかない顔をして聞いておられましたね」

　と榊をみた。

「ええ、やはり疑問が残るんです。さっきも、ちょっと申しあげたことですが、催眠暗示の問題です。その点がどうしても釈然としません。とりわけ、微妙な局面になると、あなたはきまって催眠に頼ってらっしゃる」

「微妙な局面とは？」

「つまり、目当ての人格がなかなか出てこないときです。そういうとき、必ず催眠で呼び出しておられる。催眠というのは、いわば解離をうながすテクニックですから、あなたのかけた催眠が広瀬さんの人格をどんどん解離させていった可能性も考えられるのではないかと……」

小瓶をポケットにしまいながら、岐戸医師はおだやかにうなずいてみせた。

「その疑いを、長い間わたし自身も持っていたことは、すでに言ったと思います。

むろんご存じでしょうが、催眠には、かかりやすい人とかかりにくい人がいます。真由美は、きわめてかかりやすいタイプです。すなわち、暗示をうけやすいタイプです。それは認めます。海外の症例をみても、多重人格と診断された患者は、一人の例外もなく催眠にかかりやすいことが報告されています。

あなたがおっしゃった通り、催眠には、解離をうながす面がある。だから、催眠にかかりやすい人は、解離しやすい人だということになります。催眠が、潜在していた解離傾向を表に引っ張り出すこともあるかもしれない。その可能性は、たしかに否定できません。けれども、催眠を使わずに呼び出した交代人格もあるわけで、ナツ子やミクや、それに聡といった人格は、催眠なしで出てきてくれました」

「そのご説明は、あまり説得力がないですね」

と榊は、あくまでも厳密な議論を求めようとした。「最初の交代人格を催眠で呼び出したあとは、あなたと広瀬さんとのあいだには、特殊な関係が成立してしまったものと考えるべきです。あらためて催眠をかけなくても、広瀬さんは、あなたの言葉に反応しやすくなっているはずです。催眠なしで呼びかけた場合でも、暗示の力は働くと思います。しかもあなたは、つねに、ある人格を特定して呼び出そうとなさっていますね。こういう呼びかけは、ひじょうに強い暗示効果を持つことになりませんか。きわめて操作的な診断、ということになりませんか。

そのやり方を提唱するパトナムの論文は、わたしも読んだことがあります。かれは、多重人格かどうかがはっきりしない患者に対しては、臨床家のほうから積極的に交代人格への呼びかけをしろ、と言っていますね。〈発見的なアプローチ〉をすべきだと言っています。〈多重人格を探そうとしない臨床家には、多重人格は見つけられないだろう〉などと言っている。そういう考え方に、わたしはどうも抵抗をおぼえるんです。

北米の報告をみると、多重人格という診断をくだされた人の九割が女性でしょう。その理由にはいろいろな解釈があるようですが、一つは、女性のほうが協力的だからだという見方があります。医者やセラピストに対して、女性は協力的にふるまおうとする。男の患者は医者からの暗示に抵抗しようとするが、女性は暗示を受け入れようとする。医者が求めるものを、無意識に差し出そうとしてしまう。交代人格を求める医者にたいして、無意識にそれをつくって差し出してしまう。これが、多重人格者のほとんどが女性であることの理由なのだ、という意見。

――わたしは、なるほど、と思っています」

「それは、つまり、自己催眠ということですね」

と岐戸医師はいった。「多重人格というのは、自然に発生する自己催眠である、という捉《とら》え方。患者は、自覚せずに自己催眠をつかって交代人格をつくりだしている。無意識のうちに自己催眠を乱用しているのだ、という捉え方。――わたしも、基本的にはそういう捉え方に異論はありません。ただし、その自己催眠が、医者やセラピストの暗示によって発生している、といった批判には、やはり同意できない。北米での厖大《ぼうだい》な報告例の中にはそんなケースも、まああるかもしれませんが、多重人格全般にそういう批判を向けるのは、まちがっていると思います。たしかに、パトナムの診断法は、ひじょうに操作的です。その点は、あなたのおっしゃる通りです。医者が積極的に働きかけて交代人格を呼び出そうとするやり方は、へたをすれば、その医者のせいで多重人格が発生してしまう虞《おそれ》があることも、じっさい否定できない。ですから、パトナム自身もその危険性をちゃんと弁《わきま》えていて、いちおう警告しているんです。とかく経験の浅い医者は多重人格にたいして過剰反応しがちだし、それを見た患者も、無意識に医者の期待に応《こた》えようとしてしまうことがあるから、くれぐれも気をつけるべきだと」

「その警告を、あなたは守れたと、ご自分で思われますか?」

榊の問いに、

「ふむ……」

と岐戸医師は痩《や》せた顎《あご》をなでた。「どうですかね。きびしい目で振り返れば、百パーセントの自信はありません。初めのころは、不慣れゆえの過《あやま》ちも、いくつか犯したような気がします。しかし、患者の数が増えるにつれて、それなりに熟練したと思っています」

「患者の数?　多重人格患者の数、ということですか?　広瀬さんのほかにも、そういう診断をくだした患者がいたんですか?」

「ええ。真由美を皮切りにして、わたしはそのあと次々に、四人の多重人格者の治療にたずさわることになりました。全員、女性です。なぜわたしのところに多重人格の患者が集まるようになったかというと、知り合いの編集者の依頼で、ある女性誌に、真由美の症例を——もちろん仮名でですが――エッセー風の文章で紹介したことがあるんです。それを読んだ読者が、この診療所を訪ねてきたんです。書かれている内容が自分にもあてはまるような気がするので診てほしい、と本人が自分でやってきたケースもあるし、家族がその雑誌を読んで連れてきたケースもあります。

家族に連れられてきたのは一例だけなんですが、その患者の場合は、複数の交代人格の出現が、それまでに何度も目撃されていました。つまり、わたしが催眠で呼び出す前から、交代人格の存在が確認されていたわけです」

「どんな交代人格ですか？」

「テレビの幼児番組を熱心に見る子供人格と、それから怒りのコントロールができない凶暴な人格です。基本人格は、真由美に似て、とてもおとなしい、控えめな女性でした」

「しかし――」

と榊は口を挟んだ。「それはほんとうに交代人格なんですか？　境界例患者が持っている幼児性や暴力性ということではないんですか？」

「真由美を診る以前なら、わたしもたぶん境界例と診断していたと思います。しかし、その患者にも、真由美とおなじような記憶の欠落があったんです。子供人格になっているときと、怒りの人格になっているときの記憶が、本人にはまったくなかったんです。ほかにも交代人格がいて、それを呼び出したのはわたしですが、しかしこの患者にたいしては、最初から最後まで、いっさい催眠は使いませんでした。使わなくても、ほかの交代人格を呼び出すことができました。

それに、新しく診ることになった四人の患者全員に言えることですが、生育歴はそれぞれ異なっているのに、現われる交代人格の種類には、真由美と共通した類型《るいけい》が見られました。――たとえば、ブルーのような、苦痛を背負う人格や、自殺願望のつよい人格は、どの患者の中にもいました。ミクのような無邪気な子供人格、これも必ずいました。それから、真緒のような、怒りと憎悪に凝り固まった凶暴な人格、あるいは痛みを感じない人格。由起のような保護者的人格。周のような異性人格。朱実のような性的にだらしのない人格。聡のような協力的な説明人格。……こういう人格たちの類型を、ほとんどの患者の中に見つけることができました。

――この、なにか判で押したような共通性を見て、わたしは確信しました。多重人格は、医者と患者が妄想的につくりだしたイリュージョンではなく、一つのれっきとした症候群であると」

「多重人格などこの世に存在しない、とは、わたしも言っていません。ただ、パトナム流の診断法に疑問を呈しているんです。医学はどこまでも厳密であるべきだというのが、わたしの持論です。そうでないと、オカルトになってしまう。精神科医は、催眠や暗示でむやみに患者を操作すべきではない、と考えています」

「正しいご意見だ。まことに良識のあるご意見です。――しかし、油田を見つけるには掘鑿《ボーリング》が必要だ、という考え方もあります。ボーリングをしなければ、地表に湧《わ》き出ている油だけしか発見できないことになる。ま、地中の油はほうっておいても悪さをしないかもしれないが、多重人格という精神状態は患者本人を苦しめています。交代人格が自然に医者の前にあらわれてくれるまで、その苦しみをただ冷静に観察しつづけるのがいいのか、過剰診断という批判を覚悟のうえで、あるていどの見当をつけて患者の内部に手を突っ込んでゆくのがいいのか、これは意見の分かれるところでしょうが、わたしは、あえて後者を選んだわけです。

けれども、それについての議論をここで延々とつづけても、実《みの》りはないでしょう。話を先に進めてもよろしいですか？」

「……どうぞ」

「診断法の是非《ぜひ》はとりあえず脇に置いて、多重人格のメカニズムのことに、すこし触れたいと思うんです。われわれ医者の最終目的は、診断ではなくて治療ですし、メカニズムをどう見るかで、治療にたいする考え方も変わってきますからね。

じつは、北米で大流行の心的外傷《トラウマ》原因説にたいして、わたしは当初、あまり肯定的な見方をしていなかったんです。近頃はあらゆるものを児童期のトラウマのせいにする。神経症の原因もトラウマ。人格障害もトラウマ。何もかもそこへ持ってゆこうとする風潮に、反発をおぼえていました。

これは、わたしが精神分析医だからということもありました。ご承知だとは思いますが、精神分析には、本来、トラウマという観念はなかったんです。フロイトがトラウマを否定して以来、そんなものは存在しないことになっていたんです。

しかし北米では、多重人格者イコール児童虐待の被害者、という見方が、十年前の時点で、すでに定着していました。真由美を多重人格だと診断してから、わたしは急いでその治療の研究を始めたんですが、参考にできる資料は、ほとんどが北米のものでしたので、来る日も来る日も、児童虐待の報告例ばかりを読まされるはめになりました。

日常的に虐待をうけつづけた子供は、そんな目に遭《あ》っているのは自分じゃない、という自己催眠を無意識に使うようになって、意識も感覚も記憶も、自分から切り離してしまう。解離させてしまう。そして、解離した別の人格が、虐待の苦痛と、その記憶を引き受ける。要するに、多重人格というのは、トラウマをうけた幼い子供の自己防衛本能が生み出したものだ、というのが、当時すでに、あちらの医者やセラピストの共通認識になっていました。異説があったとしても、それはほんの少数派でした。

自己催眠で解離する、というのは、たしかに、子供の場合はありうることだと、わたしも思います。催眠にたいする感受性は五歳くらいからどんどん高くなって、十代の初めに最高値をしめしますからね。催眠感受性が高いということは、解離性も高いということになるわけで、この時期に虐待されたことが引き金となって多重人格になった、という説明は、ですから、理屈には合っています。

虐待に遭った子供のすべてが多重人格になるというわけじゃないが、しかし、こういう解離を一度経験してしまうと、そのあとは、何かストレスがあるたびに、また新しい解離を繰り返してゆくことになって、苦痛で解離し、恐怖で解離し、悲しみで解離し、怒りで解離し、当惑で解離し……際限がなくなって、ついには十も二十も交代人格が生まれてしまうのだ、という説明。これもいちおう筋《すじ》が通っています。

しかし、北米の医者たちがどれほど支持していても、こういう説明はあくまでも一つの仮説にすぎないので、わたしは無批判に受け入れる気はありませんでした。先入観を持たずに、患者と向き合ってゆくつもりでした。

ところが、真由美の診療をつづけるうちに、彼女に異変が起きはじめたんです。

すべての交代人格が判明して、それを真由美本人に伝えたあと、彼女はフラッシュバックに悩まされるようになりました。ふだんの生活のなかで、突然、自分でもよく判らない恐怖感が押し寄せてきて、パニックを起こすようになったんです。

聡に相談すると、かれは、〈ブルーの記憶の一部が真由美に流れ込んだみたいです〉と解説してくれました。ブルーが抱えていた恐怖と苦痛の記憶が、フラッシュバックとなって真由美を襲っている、と言うんです。

それは具体的にはどんな記憶なのか、と聡に尋ねると、〈小さい頃にいじめられた記憶です。でも、くわしいことはブルーしか憶えていません〉と言うので、ブルーを呼び出して語らせることにしました。ブルーはいつも奥に引きこもっている人格ですので、催眠で――また抵抗をお感じになるかもしれませんが、我慢して聞いてください――催眠でブルーを呼び出したんです。

ブルーという人格は、さっきもちょっと話したように、この当時、中学三年で成長が止まったままになっていまして、隅のほうでじっと俯いて坐っている〈かなしそうなおねえさん〉とミクが言い表したとおり、わたしの前に出てきても、ひじょうに暗い表情をしていました。

催眠で年齢退行させて記憶を訊き出す場合、ふつうは少しずつ過去に遡《さかのぼ》ってゆくかたちをとりますが、このときはそれをしませんでした。多重人格者のなかの交代人格については、むしろ解離したときの状況にすべての鍵《かぎ》があると考えて、わたしは、初めからそこに焦点をしぼることにしました。聡の説明では、ブルーは真由美が五歳のときに生まれたということでしたので、そのころの記憶を語るようにうながしました。

初診のときの聞き取りによれば、真由美は四歳で実母を亡くして、そのあと四年間、父方の祖父母のもとに預けられていました。このこと、すでに言いましたね。つまり、ブルーが真由美から解離したのは、祖父母に育てられていたころだったわけです。祖父母の家は、東京近隣の県の、農家だったらしいです。隣近所に家が少なくて、遊び友達もあまりいなかったようです。そこへ、真由美の叔母《おば》が――父親の妹ですが――小学生の娘をひとり連れて帰ってきて、いっしょに暮らすようになったそうです。その母娘《おやこ》もずいぶん永く滞在していた模様なので、夫との別居か、あるいは離婚で、実家に帰ってきたのかもしれません。真由美本人は、そのころの記憶がはなはだ曖昧《あいまい》で、以前に記憶の欠落をチェックしたときも、当時の生活上のエピソードなどは、ほとんど何も憶えていなかったんですが、ブルーは、しっかり記憶していました。膝をそろえてソファに坐り、両手を腹の前で固く握《にぎ》りあわせて、終始うつむいたまま、やや震えのある小声で、祖父母の家での生活をわたしに話しました。

彼女をいじめたのは、従姉《いとこ》だそうです。叔母の娘です。五つ年上だというから、当時十歳くらいでしょう。その子は母親からしょっちゅう叩かれていたそうです。夫との不和が影響していたのか、それとも元々そういう気短かで暴力的な性格だったのか、叔母はすぐに娘を折檻《せっかん》したそうです。わたしは真由美の従姉を診断したわけでも面接したわけでもないので、これはあくまでも推測の域を出ないんですが、母親からうける苦痛の捌《は》け口として、その子は真由美をいじめるようになったのかもしれません。

祖父母は、昼間は農作業や地元づきあいが忙しくて、ずっと孫たちを見ているわけではないし、叔母も外出が多かったようなので、従姉が学校から帰ってくると、子供だけでふたりきりになることが珍しくなかったそうです。つまり、大人たちの目の届かないところで、いじめがおこなわれたわけです。従姉が叔母とともにその家を出てゆくまで、一年以上、それがつづいたそうです。

しかも、ブルーの話を聞くと、そのいじめの内容はきわめて残酷で悪質なものです。納屋《なや》に閉じ込める、木に縛《しば》りつける、といった程度ならまだしも――いや、これでも五歳の幼女には酷《むご》いことですが――そんな生易《なまやさ》しいものではない行為が、手を替え品を替え、執拗《しつよう》に繰り返されたようです。聞いているこちらの気分が悪くなるような話がいろいろ出てきましたが、ま、そんなことを今ここで並べあげる必要はないと思います。

ブルーにとってさらに苦しかったのは、そのいじめからの逃げ道がなかったことです。従姉のした行為を叔母にうったえても、そういうときの叔母はむしろ娘をかばって、強くは叱らないんだそうです。祖父母も、叔母への遠慮からか、あまり真剣には聞いてくれなかったと、ブルーはわたしに話しながら、涙をポロポロこぼしました。

この時期、ミクもほぼ同時に生まれたと聡が言っていましたが、あの無邪気な人格は、いわばブルーの対称像として解離したのだろうと、わたしは思っています。悲しみと苦痛にまみれたブルーとは正反対に、そういうものから切り離された世界で天真爛漫《てんしんらんまん》に遊ぶのがミクで、聡の話によると、従姉が学校に行っている間が、ミクのおもな活動時間だったようです。

その後、真由美は八歳のときに、再婚した父のもとへ戻るんですが、じつは、ブルーはここでも苦しみの記憶を溜《た》めこんでゆくんです。つまり、こんどは義母からの虐待です。こちらのほうは主に精神的な虐待なんですが、ときには暴力もうけたそうです。腹ちがいの弟が生後一年のとき、いっしょに風呂に入った真由美がうっかりして溺《おぼ》れさせかけてしまったのがきっかけで、その虐待が始まったそうです。

それを聞いたわたしはふと気になって、あとで聡に訊きました。弟が溺れかけたのは、真緒のしわざではないのかい、と。しかし、聡は否定しました。真緒はあのときにはまだ居なかった、というんです。真緒が現われるようになったのは、義母の虐待が始まってからなので、風呂場での失敗は、けっして故意にやったことではなく、ほんとうに真由美の不注意のせいだった、と確言しました。

やがて真由美は中学に入ります。暗い顔をして学校へゆくので、たちまちいじめの対象になったようです。中学時代の友達の思い出というのが真由美にはほとんどないんですが、それはこの時期の大部分の記憶をブルーが引き受けていたからでした。

とにかくそんな具合に、ブルーは、つらい記憶ばかりを背負っていました。その記憶の一部が、真由美の意識に流れ込んで、本人には説明のつかないフラッシュバックを生じさせていたわけです。

わたしは、ブルーが打ち明ける話をすべてビデオに録画しました。そして、まず由起に見せました。由起があまり感情をあらわさない人格であることは何度か言ったと思いますが、このビデオを見せたときは、すこし目を赤くしていました。これを真由美に見せたいのだが、かまわないかと訊くと、低い声で、〈ええ、おねがいします。なぜフラッシュバックが起きるのかをあの子がよく理解すれば、もうそういうものに悩まされなくなるかもしれません〉と承諾しました。

ビデオを見た真由美は、ブルーが可哀相《かわいそう》だといって涙を流しました。それは自分自身の経験なのだという実感は、まだ持てないようでしたが、それでも、ブルーの記憶を自分もいっしょに引き受けなければならないという覚悟は固めたようでした。そのせいか、フラッシュバックは一時おさまりました。

ですが、それからふた月ほどしたころ、また別のフラッシュバックが真由美を襲いはじめたんです。恐怖や苦痛のフラッシュバックではなく――ま、それもすこしは混じっていたようですが――何か胸苦《むなぐる》しいような、死んでしまいたいような、どうしていいか判らないような厭《いや》な気分が、突然、全身を襲って、その場にうずくまってしまう、というものでした。

例によって聡に相談しました。するとかれは、〈ネムが目を覚ましたんです〉と言いました。七歳の姿のまま、これまでじっと眠りつづけていたという人格です。その子が目を覚ましたので、真由美にフラッシュバックが起きているのだ、という説明でした。

そこで、また催眠をつかいました。催眠で、ネムを呼び出そうとしました。しかし、これがなかなかうまくいかず、聡と由起にも手伝ってもらいました。ふたりに頼んで、ネムを表に送り出してもらいました。

出てきたネムは、穴から顔を出した小動物のように、不安げに診療室を見まわして、それからわたしに気づくと、ソファからおりて部屋の隅まで逃げ、うずくまって動かなくなりました。わたしが声をかけると、ビクッと体を震わせて、垂れた髪の隙間《すきま》から、怖々《こわごわ》とこちらを見ました。わたしに対してこんなに怯《おび》える人格は初めてでした。話しかけても、何も答えませんでした。そのうち、うずくまったまま目を閉じて、眠るように奥へ引っ込んでしまいました。

最初の日は、だから何もできませんでした。聡は、〈あせらずに、時間をかけてネムに安心感を与えるしかないと思います〉と助言してくれました。

以後、面接のたびに、催眠をつかって短い時間だけネムを呼び出し、ジュースやお菓子をそばに置いてやったり、娘に買ってきてもらったアニメ番組の歌のテープをいっしょに聴《き》いたり、あるいは、〈いま目の前にいるおじさんは、あなたを守ってくれる、いいおじさんだよ〉ということを、由起に、内側から何度も語りかけてもらったり、そんな具合にして少しずつネムの気持ちをほぐしてゆきました。

ひと月ほどすると、ネムはわたしの言葉に返事をするようになりました。〈そのジュース、おいしいかい?〉〈うん、おいしい〉〈きょうは何の歌を聴く?〉〈ハイジの歌がいい〉といったふうな、たわいのないやりとりをしているうちに、あるとき、ネムのほうからこう訊いたんです。〈ヒロシおじちゃんは、きょうはいないの?〉

ヒロシおじちゃん、というのが誰なのかは判りませんでしたが、〈居ないよ〉と答えると、ほっとしたような顔をしました。

〈ヒロシおじちゃんが居ると、いやなのかい?〉と尋ねてみると、〈うん〉と小声でうなずきました。

〈なぜ?〉と訊いたら、〈おじちゃんがなめると、くさくなるから〉と言ったので、わたしは厭《いや》な予感がしましたが、〈おじちゃんが何をなめるの?〉とさらに問うと、うつむいてソファの縁《へり》を撫でながら、〈顔〉と答えました。

〈きみの顔をなめるの?〉〈手も〉〈手もなめるの?〉〈それから、ここも〉と、自分の股に手をやりました。〈おじちゃんに抱っこされると、ここ、痛くなるの。だから、こわいの〉とも言いました。

そのあとで聡を呼び出して、〈ヒロシおじちゃん〉とは誰かと訊くと、真由美が七歳のときの夏休みに、祖父母の家に帰省してきた大学生の叔父《おじ》だと教えてくれました。

その大学生から真由美が性的虐待をうけていたことが、ネムの言葉によって判明したわけです。

わたしは、おぞましさと痛ましさは感じたものの、しかし、驚きはしませんでした。北米の多重人格の症例報告には、児童期に性的虐待をうけた事例が、これでもかというほどあふれていたし、多重人格を引き起こすトラウマの筆頭に、それが挙げられていましたからね。

ネムから聞いたことを由起に話すと、彼女は唇を噛んでしばらく黙り込んでしまいました。

真由美にも話しました。真由美は、ブルーの苦しみを知ったときよりもショックをうけていました。その落ち込み方があまりにひどいので、わたしは聡と由起に、しばらくのあいだ真由美をしっかり見ているように頼みました。もしも様子が変だと思ったら、すぐに電話をくれるようにと念を押しました。

真由美は徐々にショックから立ち直りましたが、しかし鬱症状は、かなり長いこと尾を曳《ひ》きました。

ついでに言いますと、真由美のあとから診療を始めた四人の患者のうち、二人が、やはり子供のころに性的虐待をうけていたことが判りました。うち一人は、実の父親に犯されていました。その記憶を持っている子供人格が、それを打ち明けたんです。

わたしは当初、多重人格の原因を児童期のトラウマのせいにする説に首をひねっていた、と言いましたが、五人の患者を実際に診てゆくうちに、その見方を受け入れるようになりました。受け入れざるを得なくなりました」

ここでまた蜂蜜水を口に含む岐戸医師に、榊は訊いた。

「で、記憶の確認は取れたんですか？　子供人格が話す虐待の記憶はたしかに事実である、という確認は取れたんですか？」

岐戸医師はかぶりを振った。

「確認を取ることは、していません。取りようがないです。虐待をした人間がそれを認めるわけはないし、たいていの虐待、とくに性的虐待は、ふたりきりのときに行なわれるから、証人もいませんしね」

「しかし、確認の取れないことを、そのまま無条件に受け入れてしまっていいんでしょうか。患者の苦しみを理解するのは大切ですが、語られる言葉がすべて事実だとは限らないでしょう。たとえ本人がそう信じ込んでいたとしても」

「……〈偽《にせ》記憶〉のことをおっしゃりたいんですね？」

と岐戸医師は榊の目を見返した。

「ええ、記憶というのは、油断のならない曲者《くせもの》だと、わたしは思っています。とくに、催眠下で思い出した記憶については、簡単に信用する気にはなれません」

これまで多重人格の患者を診たことがなかった榊も、この病気について論じた北米の文献は、折りにふれて目にしてきた。精神科医として、いちおう人並み程度には目を通してきた。解離の原因となった悲惨なトラウマを強調する文献だけでなく、逆に、そのトラウマの記憶というものに対して疑問を唱《とな》える文献も、いくつか読んできた。

後者の文献はみな、患者が偽りの記憶を語った事例を並べていた。

たとえば、ある多重人格の女性は、精神科医から催眠診断をうけるなかで、幼いころに虐待をうけたことを思い出した。母親からのすさまじい身体的虐待と、父や兄からのレイプ。その記憶が、まざまざとよみがえった。彼女は、家族を告訴しようとした。弁護士たちによって、過去の事実調査が綿密におこなわれた。すると、記憶の虚構性がつぎつぎに判明していった。事実に反する空想的な思い出があまりにも多く、彼女が言うような虐待は起こり得なかったことが確認された。記憶はまちがっていたことに、彼女自身もやがて気づいた。その偽りの記憶は、精神科医の催眠診断のせいで作られてしまったとして、彼女は、こんどは精神科医を告訴し、二六〇万ドルの慰謝料を勝ち取った。——似たような事例報告が、いくらでもあった。

なぜそんなことになるのか、という仕組みは、脳科学がほぼ突き止めている。

催眠は、脳の前頭連合野《ぜんとうれんごうや》を眠らせてしまう。前頭連合野は、ふだんは左脳の側頭葉《そくとうよう》を監視して、いいかげんなことを口走らないよう統制している。催眠によって前頭連合野が眠らされると、側頭葉は暴走し、事実かどうかのチェックもなく、勝手に物語をつくってゆく。テレビや映画から無意識に取り込んだイメージ、本で読んだ物語の断片、ショックをうけた新聞記事、人から聞いた話、いつか夢でみたこと……そういうものを、自分の体験と混同して語ってしまう。

つまり、分裂病患者の妄想追想。あれと似たことが起きてしまう。

しかも、催眠をかけたセラピストの質問のしかたに、少しでも暗示性や誘導性があれば、患者はいとも簡単にその誘導に乗ってしまう。結果的には、セラピストが偽りの記憶を植え付けたかたちになってしまう。

榊が催眠診断をきらうのは、そういう危険性があるからなのだ。

「記憶は曲者《くせもの》……」

と岐戸医師は榊の言葉をくりかえした。「たしかに曲者かもしれない。しかし、確認の取れないことは信じるな、という考え方を突きつめると、患者を信用するな、ということになってしまいます。医者に信じてもらえない患者は、いったいどうしたらいいんでしょうか。——由起の話では、あなたは精神分析を毛嫌《けぎら》いなさっているそうですが、古典的な精神分析も、患者の言うことは信用しない、という立場を取っています。その先の治療手法はちがっていても、原点はあなたと同じということになる。患者の言葉をそのまま真《ま》に受けたりせず、深層に隠れた真実をそこから汲《く》み取るために分析家が解釈をほどこす、というのが精神分析ですし、わたしも、むかしはその考え方を取っていました。その考え方こそが、精神分析の基本路線ですからね。

そんな路線を敷いたのは、もちろんフロイトです。——かれが患者の言葉を信用しなくなったのは、たぶん狼狽《ろうばい》のせいだと思いますが」

「狼狽?」

「そうです。トラウマというものの存在を、フロイトは否定しましたが、狼狽がそうさせたんだろう、とわたしは思っています」

「何に狼狽したんですか?」

「沈黙にです。先輩や仲間の沈黙にです。トラウマについての彼の論考を読んで、当時の医者仲間がみんな冷たく黙り込んでしまったことに、かれは狼狽したんだと思います」

女性患者のヒステリー症状の原因は、幼いころの性的虐待という心的外傷《トラウマ》が引き起こしている、という説を初期のフロイトが主張していたことは、榊も知っている。そのフロイトが、まもなくそれを撤回《てっかい》して、まったく逆の、トラウマ否定論者に変貌し、そこから精神分析を創始したことも知っている。

「トラウマ原因説は――」岐戸医師がつづけた。「当時の社会には衝撃が強すぎたんでしょう。ヒステリーは、べつに珍しい病気じゃなかったですし、その原因が、幼児期に近親者から犯されつづけたことにあるのだとしたら、そういうおぞましい行為があっちでもこっちでも行なわれていたことになる。ヒステリーの治療をうけにくる患者には、いわゆる良家の娘や夫人も多かったわけですから、トラウマ原因説など、誰も簡単には認める気になれない。そんな説を認めれば、社会全体に大変な衝撃が走ってしまう。それで、みんな沈黙した。フロイトの論考にたいして沈黙で応えた。

で、フロイトは狼狽したんでしょう、きっと。――何か、とんでもない間違いを犯してしまったような気持ちになったんでしょう。早々に自説を取り下げて、それ以後かれは患者の言葉を信用しないことにしたわけです。女性患者が何を言おうと、額面《がくめん》通りには受け取らないことにしたんです。だいいち証拠がない。患者の言うことが事実かどうかを確認するための客観的な証拠がない。子供のころ何度も父親に犯されたとか、兄に犯されたとか、そんなひどい話を本気にして聞くより、嘘だと考えたほうがすっきりする。そんなのは、女性のなかに潜《ひそ》む無意識の願望と抑圧《よくあつ》がつくりだした偽《いつわ》りの記憶だ。そういう偽りの記憶をつくってしまう患者の精神のあり方をこそ、解明しなきゃならない。――というわけで生まれたのが精神分析ですから、この療法が現実から遊離して、どんどん空想的な学問になっていったのは。まあ、致し方ないと思います。とかく空想的な学問というのは面白いですし、かつてのわたしもそこから出発しました。ただし、わたしの場合は、実際の診療経験を積むにつれて古典的な精神分析からずいぶん離れていったので、もう厳密な意味での精神分析医とは呼べなくなっているかもしれません。

が、それでも、フロイト的な尻尾《しっぽ》はどこかに曳《ひ》きずっていて、トラウマ理論には否定的な見方を、長いあいだ持っていたんです。しかし、多重人格の患者を診るようになって、考えをすこし変えました。こと多重人格にかぎって言えば、その発症原因のほとんどは幼少期のトラウマにある、という説を認める気になりました。

むろん、記憶の歪みや加工はあるでしょう。無意識の創作もまじりこんでいるかもしれない。だがそれは、枝葉《えだは》の部分に関してだと思います。交代人格が語る虐待の記憶は、大筋では事実だと、わたしは信じています。確認が取れなくてもかまわないじゃないですか。現に患者がその記憶に苦しんでいるのなら、こちらもその記憶を〈患者にとっての事実〉として受け止めることが、治療者の役割だと思っています。ただし——」

と岐戸医師はちょっと悩む様子で目を伏せた。「埋もれていた記憶を催眠で思い出させる、ということには、やはり迷いも持っています。思い出させることが果たしていいのかどうか、という迷いです。この迷いは、じつは今でも無くなっていません。

交代人格の一人がしまいこんでいたトラウマの記憶、それを催眠で表に引っ張りだすと、その苦しみを患者に追体験させることになります。患者は当然ショックをうけるし、傷つきます。つまり、外傷体験をもう一度なぞらせることになるわけです。麻酔なしの外科手術にたとえた北米の医者もいます。

とはいえ、治療のプロセスとして、それはどうしても必要な作業なのだ、という意見が定説それをわたしもその方法を取ってきました。つらいトラウマの記憶を直視させ、それを克服《こくふく》させる。そうしなければ、患者はいつまでたっても良くならないのだという立場で、それを実践《じっせん》してきました。

その方法が効《き》いたと思える患者も、たしかに居ました。

ですが、真由美の場合は、あまりうまくは行きませんでした。——ネムの記憶を受け入れたあと彼女の鬱症状が長引いたことはさっき言いましたが、それだけでなく、フラッシュバックが前よりもひどくなってしまったんです。ネムの記憶を知る前は、漠然とした不快感情のみのフラッシュバックだったものが、そのあとは、生々しい情景や体感が強烈に真由美を包み込むようになり、わたしの目の前で呻《うめ》き声をあげて、のたうちまわったこともありました。一時おさまっていたブルーの虐待記憶のフラッシュバックまでが戻ってきて、その両方の記憶にさいなまれる発作から、彼女はなかなか脱け出すことができませんでした。夜、眠ろうとすると、それが襲ってくるので、不眠にも苦しんでいました。そのうえ、人間全般への不信感、嫌悪《けんお》感、そういうものが彼女の中でふくれあがって、わたしに対してすら気を許さなくなった時期がありました。これは、見方によっては、彼女の精神状態をむしろ悪化させてしまったとも言えるわけです。

こんなプロセスは、ほんとうに治療に欠かせないものなのかどうか、わたしはいまだに結論が出せないでいます。

ま、何はともあれ、そのひどいフラッシュバックを克服する方法を、わたしは真由美や由起とともに模索《もさく》しました。いろいろ試してみました。その一つが、居合《いあい》です。居合は、わたしが学生の頃から心身鍛練《たんれん》のためにつづけていたんですが、彼女たちにも——真由美と由起にも、やらせてみることにしたんです。

過去の不快記憶そのものを敵に見立て、それを斬《き》り伏せる、という意味づけをしました。フラッシュバックに襲われそうになったら、それに負けずに、一刀のもとに斬り伏せてしまうのだ、という暗示をあたえながら、ふたりに稽古《けいこ》を指導しました。真由美はあまり運動神経がよくないんですが、由起のほうは機敏で上達も早かったんです。で、ふだん、わたしが居ないときでも、由起が教え役となって自分たちで稽古ができるように、真由美だけでなく由起にも教えておいたわけです。

そんな療法を使った医者は、おそらく他にはいないと思いますが、幸《さいわ》い、真由美にはこれが効果をあげたようです。居合に熟達するにつれて、フラッシュバックは減ってゆきました」

……S病院のスポーツ室。袴《はかま》姿の広瀬由起。

〈刀を振りおろすとき、いったいどんな敵を頭に描いて斬っているんですか?〉

なにげなく尋ねた榊に、そういえば彼女はこう答えたのだった。

〈わたしは、自分を斬ってるんです〉

あのとき榊は、彼女のその言葉を、武道家気取りの陳腐《ちんぷ》な台詞《せりふ》だと誤解したのだったが……。

「しかし、フラッシュバックは減っても、多重人格そのものが治ったわけじゃありませんので、ほんとうの治療を開始したのは、そのあとです。

治療の第一歩として、まず、交代人格たちがお互いのことをきちんと知り合うようにさせました。人格どうしのコミュニケーションです。

しかし、そんなものが必要だなんて、まったく奇妙な話ですよね。ひとりの人間の中にいるにも拘《かか》わらず、人格たちがお互いのことをよく知らないなんてね。

人間の人格というのは、多面体をなしている、という言い方、よくするでしょう。優しい側面。怖い側面。清い側面。下劣《げれつ》な側面。……そういうものすべてをひっくるめて、ひとりの人間ができているんだ、と。そこまではいいんですが、それをさらに敷衍《ふえん》して、〈だから人間はだれもがみな多重人格的な存在なんだ。わたし自身もそうだ〉なんてことを言う者がいる。しかしね、そういうのは文学的な修辞《レトリック》としては許されるかもしれないが、医学的には、はなはだしい認識の錯誤《さくご》ですよ。多重人格者の人格は多面体じゃなくて、優しい人格、怖い人格、清い人格、下劣な人格、その他いろんな人格が、それぞれ別個に、独立して存在しているわけです。そんな途方《とほう》もない状態のことを、多重人格と呼ぶわけですからね。

だからこそ、ひとりの人間の中での、人格どうしのコミュニケーションなどという奇妙なものが必要になってくる。

で、そのコミュニケーションですが、わたしは北米のやり方をまねて、みんなで交換ノートを書くように指導しました。一冊のノートに、人格たちがそれぞれの思いを書いてゆくんです。ある人格が書いたことに対して、同調する意見を書く者もいるし、反論したり罵《ののし》ったりする者もいました。そのノートは、わたしにとってもなかなか便利でして、人格どうしの親密さやら反目やらの状況がよく判るし、それぞれのあいだの力関係も読み取れました。

筆跡も字の大きさも、みんなバラバラで、ミクのように絵と仮名《かな》しか書けない者もいれば、由起のように知的な文章を達筆で書く者もいました。なかでもいちばん目を惹《ひ》いたのは真緒が書いたページです。字も文章も、怒りを叩きつけたように乱暴で、ときどきその筆圧のせいで紙が破れていることもありました。

わたしは、この真緒の怒りや凶暴性をやわらげることを最初の目標にして、面接でも集中的に彼女を呼び出すようにしました。真緒はその目つきからして恐ろしげで、わたしに対しても威嚇《いかく》的な態度をとるので、初めのうちはかなり閉口《へいこう》したんですが、彼女の言い分に忍耐づよく耳を傾けてやっているうちに、徐々にわたしへの敵意が薄れてきて、少しはわたしの話も聞いてくれるようになりました。〈きみが怒りや憎悪を持つ気持ちはよく解《わか》るが、だからといって真由美さんを傷つけようとするのは、よくないことだよ。だいいち、きみと真由美さんとは同じ体を共有しているんだから、真由美さんを傷つけたり殺そうとしたりすれば、きみ自身が傷ついたり死んでしまったりするんだよ。そうだろう?〉というわたしの説得に、最初のころは、〈そんなこと知るか〉と言い返していたんですが、そのうち、しぶしぶうなずいてみせるようになって、やがて、真緒が原因での自傷行為はなくなりました。

つぎの課題は、ブルーの自殺願望を何とかすることでした。これには由起が協力してくれました。ブルーの苦しみを、由起も分かち合って引き受ける、と約束してくれたんです。そのおかげで、ブルーもしだいに自傷行為や自殺未遂をしなくなりました。

ところで、基本人格の真由美ですが、彼女はほかの人格たちの存在を受け入れようと努力していました。しかし、最後まで彼女の戸惑いが消えなかったのが、周という人格の存在です。真由美の中にいる周が、自分は男の外見をしていて、ちゃんとペニスも持っていると思い込んでいることに、彼女としては、どうしても困惑してしまうようでした。それに、真由美の裸を周がときどき覗《のぞ》き見していたことを知って、気持ち悪がってもいました。

ただ、交代人格を意識してからの真由美は、幻聴を怖がらなくなりました。これまで頭の中で聞こえていた声は、分裂病の幻聴ではなく、交代人格の誰かがしゃべっていたんだと判って、安心、というか、納得がいったようです。しばらくすると、誰がしゃべっているのかを声で聞き分けられるようになった、と言いました。

やがて、内部での話し合いに、真由美も加われるようになって、これでいよいよ人格統合への準備がととのったぞ、とわたしが思いはじめたとき、聡が出てきて、がっかりするようなことを言いました。統合どころか、また新しい交代人格が増《ふ》えてしまったことを、聡が報告したんです。よく聞いてみると、ブルーの記憶やネムの記憶に直面して真由美がショックをうけたとき、そのショックから逃げ出そうとして、新たな人格を生み出してしまったようなんです。——つまり、治療のせいで、かえって人格の解離が進んでしまったことになります。これでは何にもならない。

新しい人格は、空洞とよく似ていて、思考や感情を停止するらしいんです。ということは、空洞も、以前に何かのショックから逃避するために生まれたのかもしれないと類推《るいすい》できるわけですが、いずれにせよ、治療過程で何か厭なことを経験するたびに新しい人格を分離していたのでは、どうにもなりません。

わたしは深刻な危機を感じて、聡と由起に相談しました。由起も困惑ぎみでしたが、自分が何とかする、と言ってくれました。真由美やほかのみんなを励《はげ》まして、不快なことがあっても逃げずにいるように頑張らせるので、治療はつづけてほしい、とわたしに頼みました。

人格統合、というのは要するに、記憶の統合、ということですからね。いくつにも分離して別々に働いている記憶系列を一つにまとめることができれば、人格も一つになるわけです。そのためには、人格どうしのコミュニケーションをどんどん深めて、いわゆる〈共在意識〉を育ててゆくしかない。かれら自身が、一つになろうという気を起こさないかぎり、統合なんかできるわけはありません。

ところが、困ったことに、なかなかそういう気持ちになろうとしない人格たちがいまして、たとえば、真緒や朱実、それに周などは、統合ということに、ちっとも関心をしめしませんでした。統合されると自分が消えてしまうと思っていて、それをひじょうに厭がっていました。とりわけ真緒は、反抗的でした。〈あんたらの都合《つごう》で消されてたまるか〉と毒づきました。〈そうじゃないよ。消えてしまうわけじゃないよ。みんなが一つに融《と》け合うだけだ。融け合った姿で全員が残るんだ〉ということを何度も言って聞かせたんですが、容易なことでは納得してくれませんでした。

肝心《かんじん》の真由美自身が、いざとなると消極的でした。自分の解離に困り、苦しんでいたはずなのに、ほかの人格たちと会話ができるようになってからは、むしろ、自分がたった一人に戻ることに不安を持ちはじめたんです。とくに、これまで自分を守ってきてくれた由起が居なくなることを、とても怖《おそ》れていました。

ナツ子は、少々軽薄なところはあるものの、根が楽天的で、すなおな性格なので、わたしの説得を比較的早く受け入れてくれたんですが、それでも膝に頰杖《ほおづえ》をついて、こんなことをつぶやきました。〈一つになっちゃうと、ブルーみたいな暗い気分も感じるようになるんでしょう？　それ、ちょっとやだなあ。ねえ先生、ブルーとか真緒は、どっかへ追っ払うってことできないんですか？〉

ま、そんな調子で、みんな、利己的な考えがどうしても抜けないんです。統合の話を持ち出してから、かえって人格たちそれぞれの自意識が強くなってしまった感じで、ますます勝手な行動が目立つようになりました。

そこで、また聡と相談して、いちど全体会議をひらいてみよう、ということになりました。そういうことができるくらいにまで、お互いどうしの認知だけは進んでいたんです。

わたしが議長になって、みんなにディスカッションさせました。

出欠をとると、正体不明の人格断片たちを除いて、ほとんど全員がその場に来ていました。で、入れ替わり立ち替わり出てきて、それぞれの口調でしゃべりました。みんな初めはわがままなことばかり言い合って収拾《しゅうしゅう》がつかなかったんですが、要所要所で聡が発言すると、なぜか彼の言葉には、どの人格もいちおう耳を傾けるんです。——みんなの言い分を整理して、最後に結論をまとめたのも聡でした。

かれの出した結論は、統合の中心になる人格を、真由美ではなく、由起にしよう、ということでした。

ほんとうなら、もともとの基本人格である真由美を核にして統合すべきなんでしょうが、真由美はみんなを自分のなかに受け入れる自信がないと言いつづけており、みんなもそんな真由美のなかに同化することに不安を持っていて、そのことも、かれらが尻込《しりご》みしていた理由の一つだったようです。

その点、由起はみんなに一目《いちもく》置かれている存在でしたし、なによりも、これまでの生活をなんとか支えて、最悪の破滅からみんなを救ってきた実績もあったので、核になる人格としてふさわしい、と聡が推奨《すいしょう》したわけです。由起と反《そ》りの合わない周だけがしばらくごねていましたが、ほかの全員が聡の提案に賛成したために、かれも従わざるを得なくなり、合意が成立しました。

この会議をひらいたのは、初診から二年ほどたった頃のことですが、たいへん重要な節目《ふしめ》になりました。このあと、少しずつではあるけれども、人格の融合が進みはじめたんです。

まず、ブルーです、彼女の様子が変わってきました。以前ほど暗い顔つきをしなくなって、わたしが冗談を言うと笑ったりもしました。

棘々《とげとげ》しかった真緒も、だいぶやわらいできました。怒りをあるていど抑制《よくせい》できるようになったようでした。

しかしそのぶん由起が、ふと悲しげな表情を見せたり、怒りっぽくなったり、やや感情が不安定になったんですが、それはあきらかに統合へ向かっている兆《きざ》しと考えられるので、わたしとしては、むしろ、いいことだと思っていました。

それまでの由起は、ひじょうに理知的だけれども、クールで乾《かわ》いた神経を持っていて、恋愛ざたともまったく無縁だったんですが、いろんな感情が入り込むようになってから、ま、当然のなりゆきというか、ある男性と恋に落ちました。彼女は当時、週に三日だけ、イタリア料理店でウェイトレスのアルバイトをしていまして、相手は、その店の日本人オーナーです。離婚歴のある三十代の、とても優しい人なのだと、彼女はわたしにのろけました。

わたしもその恋愛を陰ながら応援してはいたんですが、しかし、ある日、由起がいそいそとやってきて、〈かれからプロポーズされたんです。どうしたらいいでしょうか〉と相談してきたときは、ちょっと考え込んでしまいました。で、プロポーズを受諾《じゅだく》するのはかまわないけれども、結婚式を挙《あ》げるのは、人格統合を済ませてからにしたほうがいいのではないか、という答え方をしました。

すると由起は、〈じゃあ、それはいつですか？　わたしたちはいつになったら統合できるんですか？〉と問いつめるんです。〈わたしにもその時期はわからない。統合が早く進むか、長引くか、それはきみたち次第なんだから〉と言うと、彼女は不満な表情をあらわにしました。そこでわたしは、〈統合しないままで結婚に踏み切りたいのなら、きみについてのすべてを相手の人に打ち明けて、理解を得ておくべきだ。わたしからその人に話してあげてもいい〉と持ちかけたところ、〈冗談じゃありません。わたしは多重人格なんです、なんて打ち明けたら、かれはびっくりしてしまって、きっとプロポーズを取り消すに決まってます〉と泣きだしました。ひとしきり泣いて、不機嫌な態度で帰ってゆきました。

だいじょうぶだ、思いきって結婚しなさい、とわたしに激励されることを期待してやってきたんでしょうが、しかし、無責任な後押《あとお》しは、結局はあとで彼女自身を不幸にしてしまうに違いないと思えたので、わたしは、やはりああいう助言しかできませんでした。

心配した通り、由起の恋愛は、まもなく壊れました。これは朱実のせいです。

ある日の深夜、朱実が男あさりをしている現場を、由起の彼氏が見てしまったんです。偶然だったのか、それとも彼女の様子に何か不可解なものを感じた彼が尾行でもしたのか、そのへんは判りませんが、いずれにせよ、ふたりの仲は終わってしまいました。

その後しばらく、由起は統合への努力などすっかり放棄して、ほかの人格たちへの怒りを持ちつづけました。居合の稽古《けいこ》でも、彼女のイメージの中では、ほかの人格たちを斬りまくっているような気配が感じられました。わたしは、いずれは気持ちがおさまって前向きな姿勢に戻ってくれるだろうと思い、あえて何も言わずに眺めていましたが」

〈……じゃあ、四方《しほう》斬りをお見せしましょうか〉

〈どんな技《わざ》ですか？〉

〈文字通り、前後左右を取り囲んだ四方の敵を斬り伏せるんです〉

〈そりゃすごい〉

……四人の敵を斬り終えて、雨傘のしずくを切るように血振《ちぶ》りをした広瀬由起。

〈わたしは、自分を斬ってるんです〉

あの言葉に込められていたのは、過去の記憶を斬り伏せる、という意味だけではなかったのかもしれない。

〈すると、さっきのは、自分を取り囲んでる自分を斬りまくったんですか？〉

〈……ええ、そうです〉

「ほかの人格たちへの由起の怒りがいくらかおさまるにつれて、ようやくまた融合が進みはじめました。

ある日、面接で真緒を呼び出すと、彼女はなにやら元気のない顔をして、〈やばいことになったよ〉と言うんです。どうしたのかと訊いたら、きのう、ちょっとムカつくことがあって、道端《みちばた》のゴミ箱——よく街で見かける黄緑色のスチールのゴミ箱だそうですが——それを蹴飛《けと》ばしたら、爪先《つまさき》がズキンとしびれて、ウッ、といって、うずくまってしまったんだ、と答えました。〈あんな経験、初めてだよ〉と真緒らしくない情けない声を出しました。

つまり、真緒は痛みを感じるようになったわけです。彼女はほんらい痛覚を持たない人格でしたから、こういうときの痛みはすべてブルーのほうへ行っていたんですが、人格どうしの境界が前ほどはっきりしなくなった結果、真緒にも痛みの感覚が芽生《めば》えてきたんです。痛みを知ってからの真緒は、外での乱暴もあまりしなくなり、ほかのみんなもホッとしているようでした。

しかし、そんな中で、いっこうに変わらないのがミクでした。五歳の幼児のまま、ほとんど成長しないんです。

あとから診《み》るようになった患者たちも、それぞれが子供人格を抱えていましたが、彼女らの場合は、セラピーを重ねるなかでしだいに成長して、だいたい半年から一年ほどで、知能も感情も、ほぼ実年齢に近づいていったんですが、真由美のなかのミクは、かたくなに五歳のままで留《とど》まっていました。

ミクだけでなく、真由美本人も、いまひとつ進歩が見られませんでした。真由美は多重人格というものの病理をちゃんと理解はしていたし、統合に向かって努力しなければならないことも判っているようでした。しかし、頭では判っていても、すぐに自分だけ別なところに閉じこもってしまうという傾向が、どうしても改まりませんでした。

ナツ子、ブルー、ネム、真緒、朱実、この五つの人格たちは、二年ほどで徐々に由起に融合して、少年人格の周は自分の意志で消えてゆき、そのほかの、正体不明の人格断片たちも、いつのまにか居なくなっていましたが、真由美とミク、このふたりが、以前のままの状態から、なかなか抜け出ようとしないんです。

わたしは、由起を核にしての統合、という方針がまずかったのだろうか、と悩みました。かれら自身のことを一番よく知っている聡の提案だったので、わたしもそれに賛成してしまったんですが、そのことがいけなかったのだろうか、と考え込みました。やはり定石《じようせき》通り、基本人格の真由美を核にしての統合をめざすべきだったのだろうか、と。

けれども、聡は、いや、これでいいんだ、と主張しました。少なくとも、ほかの人格たちの融合が進んだことは事実なんだから、この方針でよかったんだ、とわたしを力づけてくれました。真由美を核にすることにこだわっていたら、いつまでたっても融合は捗《はかど》らなかっただろう、と言うんです。

聡の意見を尊重して、わたしは、由起を核にする〈変則的統合〉の方針をそのまま続けることにしました。

なにしろ、多重人格の治療は、絶対にこうだという方法論がいまだに確立されていないわけだし、何が何でも基本人格を核にしなければならない、という考え方にも、絶対的な裏付けはないですからね。

それに、由起という人格は、すでに、ひじょうに強固な実体をそなえるようになっていたので、真由美がそれを吸収し、呑《の》みこんでしまうことは、どう見ても無理ではないかという気がしました。むしろ、弱い真由美が強い由起に吸収されるかたちを取るほうが、はるかに現実性がありそうで、聡の意見は、考えれば考えるほど、きわめて合理的に思えました。

ただ、由起自身は、真由美を、ほかのみんなとは別格として見ていたので、自分のほうから融合を急《せ》かすようなことは、まったくしませんでした。やはり基本人格への遠慮があったようです。とにかく、その後も、ふたりは姉妹《しまい》のような感じで併存《へいぞん》をつづけました。しっかり者の姉と、気弱な妹です。そういう状態で、実生活をなんとか上手にこなしてゆけるようになりました。

ふたりの唯一の気がかりはミクだったんですが、年齢はさっぱり成長しないものの、それでも少しは聞き分けがよくなって、前のように、由起の目を盗んで勝手に表に出ることはしなくなりました。とくに、他人のいる場所では、おとなしく中に引っ込んでいてくれるようになったので、由起や真由美を困惑させることもなくなりました。これは、一つには、わたしとの面接の場でゆっくり遊べるし、お菓子ももらえる、ということを知ったからだと思います。その時間を楽しみにして、ふだんは我慢することを憶えたんでしょう。

このころから、由起が、仕事を持ちたいと言い出しました。不安定なアルバイトではなく、この先ずっと続けてゆける仕事に就《つ》きたい――具体的には、臨床心理士をめざしたいのだがどう思うか、とわたしに尋ねました。

わたしは、すぐには賛成しませんでした。

なぜかというと、由起の志望動機にたいして懸念《けねん》を持ったからです。

〈きみは、自分自身の問題を解決したいがために、セラピストになろうと思っているのかい？〉とわたしは訊きました。〈もしもそうなら、わたしは反対だな。臨床心理を学ぶこと自体はかまわないが、自分自身のためにセラピストになるというのはダメだ。そんな人間が他人のセラピーをするなんてのは不謹慎《ふきんしん》だよ〉と説《と》くと、彼女はしばらく考えて、その日はいったん帰ってゆきましたが、数日後に来たとき、やはり臨床心理士をめざす気持ちは変わらない、と言いました。〈いまのわたしはもう自分の問題にそれほど悩んではいません。真由美とミクとの三人で、うまくやっています。完全には統合していなくても、前みたいな混乱はなくなったので、そんなに悩みに思ってはいません。わたしが臨床心理士になりたいのは、自分がその仕事にふさわしいと感じたからです。わたしは、ふつうの人よりも複雑な苦しみを経験したのだから、それが栄養になって、きっといいセラピストになれるように思うんです〉と言って、ひじょうに強い意志をしめしたので、〈なるほど、わかった〉と、わたしもそれを理解し、応援してやることにしました。

　由起は、翌年、大学の編入学試験に合格して心理学科に入りました。さらに修士課程で臨床心理を専攻したあと、わたしのところで一年間、実地の経験を踏んで、三十一歳のとき資格認定を受けました。――そして、今に至った、というわけです」

　岐戸医師は、例の蜂蜜水をまた含み、空《から》になってしまった小瓶をそばのサイドテーブルの上に置きながら、疲労のにじんだ声で言った。

「これで、彼女についての何もかもを、あなたにお話ししたことになります。ぜんぶ話してほしい、と由起に頼まれたからです。

　先日、電話でそれを頼まれたとき、わたしは早とちりして、〈きみは結婚を考えているのかい?〉と訊きました。昔のわたしのアドバイスを守って、結婚の前に、相手にすべてを知っておいてもらおうということなのかと思ったんです。

だが、そうじゃない、と由起は答えました。いま勤務している病院に、多重人格の疑いのある少女が入院しているんだけれども、担当の医師が――つまりあなたが、由起の意見に耳を貸そうとしないのだ、と。

由起は、自分が多重人格だったこと、しかも、いまだに完全には統合されていないことを、これまで誰にも打ち明けずにきました。知っているのは、彼女の治療にたずさわった私だけです。勤務先の院長にも話していないそうです。偏見《へんけん》や誤解のせいで職を失うことを怖れて、隠していたんです。

その由起が、あえて自分の秘密を他人に明かす決意をしたと聞いて、わたしはちょっと驚きました。これはむろん、患者であるその少女のために決意したんでしょうが、それに加えて、榊先生、あなたという人物を、由起がよほど信頼しているからだと、わたしは感じ取りました。意見は対立していても、それでも彼女はあなたという人間に信頼を寄せている。でなければ、こんなことを私に頼むわけがありません。

ところで、問題の少女について、じっさいのところ、由起にもまだ確信はないそうです。多重人格であると百パーセント断定するだけの自信はないそうです。けれども、その気配《けはい》をつよく感じるんだ、と言いました。もしも私が壮健だったなら、なんとかその少女を私のもとへ送り込む方法を考えるんだが、とまで由起は言いました。

わたしの病気は――この姿をみて、たぶん見当はついておられるでしょうが――末期癌《がん》です。

はじめは胃癌だったんですが、それを取ったあとも転移が進んで、あと半年も保《も》たないことを宣告されています。由起にも真由美にもそのことは話してあります。ただし、ミクだけは、単に病気だと思っているだけで、それ以上のことは知らずにいます。知ればショックを受けるにちがいないから言わずにいてやってほしい、と由起に頼まれましたので。

いずれにしても、わたしにはもう新たな患者を診《み》る時間は残されていません。ことに多重人格となると、診断にも治療にも長い月日がかかりますから、まったく無理です。診断を確定するだけで何ヵ月も必要でしょうし、治療となると、三年、五年、場合によってはもっとかかってしまう。

由起にもそれが判っているので、わたしを頼ることは諦《あきら》め、担当医であるあなたと力を合わせて、自分たちでその少女の診断と治療に取り組もうと考えているわけです。

そのためには、何よりもまず、あなたの理解を得なければならない。——ということで、彼女は自分自身の症例を、こうして洗いざらいあなたに明かしてみせる決心をしたわけですが、どうか、その真剣さを汲《く》み取ってやってくれませんか。

ま、あなたとしては、こんなかたちでの説得に、かえって反発をお感じになるかもしれない。じつは、わたしはそれを心配して、もっと時間をかけてあなたと話し合うことを由起に勧めたんです。だが、そんな悠長《ゆうちょう》な方法をとっているうちに私が死んでしまえば、自分の症例を客観的に証言してくれる者がいなくなるので、彼女は焦《あせ》っていたようです。とにかく、どうしてもと頼むもんですから、結局わたしも協力してやることにしました。医師としてすでに充分なキャリアをお持ちのあなたに対して、はなはだ失礼な干渉であることは重々《じゅうじゅう》承知のうえで、由起の求めに応じたしだいです。気を悪くなさったかもしれませんが、ご勘弁《かんべん》ください」

そう言って、逆毛《さかげ》の立った白髪まじりの頭を、浅く下げた。

榊は一つ吐息をつき、

「しかし、彼女は業師《わざし》ですね」

と苦笑してみせた。「多重人格の治療経験談を聞くということで、ここへ連れてこられたわけですが、まさか、いきなり彼女自身の人格交代を見せつけられるとは思ってもいませんでした。わたしを驚かせて、その当惑に乗じて勝負を決めようということだったんでしょうか。不意討《う》ちで相手を倒そうとするのは、居合で身についた習性ですかね」

「ま、それはあるかもしれません」

と岐戸医師も痩せた顔でわらったが、すぐに真面目な表情にもどって、しずかに言った。

「臨床心理士の資格認定をうけてまもなく、彼女は父親を亡くしまして、以来、義母や弟との付き合いを絶《た》ってしまっているんです。親しい友人もいなかったようだし、彼女が心をゆるしていた相手は、これまでは、わたしだけだったと思います。父親代理を気取っているわけじゃありませんが、できれば今後はあなたが彼女のよき相談相手になってやってくださると、安心して死ねるんですが」

「……心得ました。いや、むしろわたしのほうこそ、彼女とは、いい友人になりたいと望んでいます。ただし――」

「ただし？」

「そのことと、例の少女の診断についての問題は、また別です。きょうお聞きした話は、もちろんこれからの参考にさせていただくつもりですし、広瀬さんの言葉を聞くさいの私の意識も当然変わってくるだろうとは思いますが、しかしそれでもまだ、パトナム方式には抵抗があります。こちらから呼びかけて交代人格を引っ張りだすやり方には――しつこいようですが――疑問を捨てきれないんです」

「どうしても受け入れられませんか」

「……迷っているんです」

うつむいて考え込む榊に、岐戸医師が語りかけた。

「問題の少女を、あなたの前任者は、分裂病と診断したそうですね。そして、あなたは、境界例ではないかと見ておられるそうですね。

その少女に会ったこともない私が、担当医の診断を軽率《けいそつ》に論評することなどできませんが、しかし、多重人格患者たちの治療をじっさいに経験した立場から、これだけは言わせてください。分裂病の症状として医学教科書に書かれていることの半分以上は、そのまま多重人格の症状でもあるんです。離人感しかり、幻聴しかり、させられ思考しかり、させられ行動しかり、です。分裂病では、妄想上の他人が患者に話しかけたり、考えを吹き込んだり、行動を操ったりしますが、多重人格では、それと同じようなことを交代人格がするわけです。まったく別の病気であるのに、症状はそっくりに見える。それで誤診してしまうんです。

錯乱《さくらん》にしてもそうです。多重人格者がポップアップを起こすと、分裂病の錯乱状態と見分けがつかなくなります。いろんな人格が次々にめまぐるしく交代するもんだから、まともな会話ができなくなって、まさに錯乱としか言いようのない状態になるんです。現に、わたしが診ていた患者の一人が、面接中にそうなってしまったことがありました。それに境界例。これだって、多重人格の症状と重なるものが、いくつもあります。気分変動のはげしさ、不安定な対人関係、虚言、怒りと暴力、自傷に自殺未遂。——こういうのを見れば、誰だって最初は境界例だと思ってしまいますよ」

……無言で考えつづける榊に、

「その少女、頭痛や睡眠障害はうったえていませんか？」

と岐戸医師が訊いた。

「頭痛は、よくあるようです」

「そうですか。真由美も、それに、後からやってきた四人の患者も、みんな頭痛をうったえていました。脳検査では異常がないので、ほかの医者からは偏頭痛《へんずつう》だと言われていたようですが、こういう頭痛も、多重人格の症状の一つなんです。おそらく、交代人格たちの軋轢《あつれき》が頭痛になってあらわれるんでしょう。その証拠に、人格どうしでうまく話し合いができるようになると頭痛は減りましたし、融合が進むと、まったく無くなってしまいました」

「頭痛が消えたんですか？」

「きれいに消えました。——ですから、多重人格かどうかをさぐる場合、頭痛の有無も重要な手掛かりになると思います。睡眠障害についても同じです。多重人格の患者はたいてい睡眠障害をうったえます」

亜左美のことを考えながらそれを聞いていた榊の脳裏に、そのとき不意に、亜左美を押しのけるようにして苗村伽奈の顔がよみがえってきた。

……頭痛、睡眠障害、気分変動、虚言、暴力、自傷行為、自殺未遂、そして、ほんものの自殺。

「日本ではこれまで――」

と岐戸医師が言った。「多重人格者はほとんどいなかったということになっていますが、わたしはそうは思っていません。分裂病や境界例と診断された症例を片っ端から再チェックすれば、多重人格をうたがってみる必要のあるケースが、いくらでも出てくるに違いないと思っています。わたし自身、真由美と出会う以前の古い診療記録を、じっくり見直してみたことがあるんですが、躁鬱《そううつ》病と診断した患者のうちの二人、分裂病の三人、境界例の一人、あわせて六人について、誤診の可能性を感じました。あらためてその六人に連絡を取ろうとしたところ、二人が転居先不明、一人が事故死、二人が自殺、というわけで、連絡がついたのは、分裂病と診断した一人だけでした。その患者の場合は、わたしが紹介した病院に長期入院していて、そこへ面会に行ってみると、すっかり感情鈍麻が進行してしまっていて、ろくに受け答えもできない状態でしたので、これは分裂病にまちがいなかったんですが、あとの五人、とくに自殺した二人の患者のことが、いまでも気になりつづけています」

……榊は動悸《どうき》がしてきた。

苗村伽奈の、寒そうに両腕を抱いて縮《ちぢ》こまった姿。

「わたし、母が怖いんです。子供のころからずっとです。母は怒ると鬼のようになるんです。小さいとき、よくぶたれたり、縛りつけられたりしたんです。義父は優しい人で、わたしを可愛がってはくれたんですが、母にお仕置きされてる私を助けてくれたことは一度もないんです。

いまでも私、母が怒って目つきが変わると、怖くて体が震えてくるんです」

診療を始めてふた月ほどたったころ、面接の場で、苗村伽奈はそう語った。

境界例患者は、よくそのような類《たぐ》いの告白をする。悲惨な子供時代の打ち明け話を切々《せつせつ》と語ってみせる。――しかし、それを真《ま》に受けるのは医師として未熟であり、患者の思う壺にはまって手玉にとられるはめになる。医者仲間はみんなそう言い、榊自身、経験上からも、そう考えてきた。

それに、たとえ悲惨な思い出話が事実に近いものだったとしても、そのことをいまさらほじくり返したところで仕方がない。患者の意識をいつまでも後ろ向きにさせてしまうだけであり、境界例の治療には何のプラスにもならず、むしろマイナスのほうが大きい、という意見に、榊も賛成してきた。

だから、苗村伽奈がそんな話をしたときも、軽く聞き流した。

伽奈はその後の面接で、こんなことも言った。

「わたしが中学のとき、母は精神病になって入院してたこともあるんです。お医者さんは、分裂病だろうって言ってました。変な妄想を口にしながら、興奮して私を追いかけ回したりしたんです。わたしと義父の仲が怪しいって言い張るんです。そんなことないって言っても、聞く耳を持たないんです。暴れて家の中メチャメチャにしてしまって手がつけられないので、義父が病院に電話したんです。三カ月ほど入院して帰ってきたんですけど、そのあともまだ疑ってたみたいなんです。……でもね、ほんと言うとね、まだ小学生のときにね、ママが美容院でお仕事してて、わたしが家で昼寝してたらね、目がさめたらおとうさんが横に寝てたことがあるんだけど、でも、あれは夢なのかな。はっきりおぼえてないの。わたし、いろんなことよく忘れるから。……とにかく、義父はいい人なんです。いつもニコニコしてて、優しくて。なのに、わたし、高校のころから反抗的になってしまって、ときどきひどい暴言を吐いたりしたんです。〈てめえなんか死んじまえ〉とか。そんなこと母にも言ったことはないのに。なんで義父のことを憎むのか、自分でもよくわからないんです」

この話にも、榊はあえて特別の注意は向けなかった。境界例患者の告白は、額面通りに受け取らないほうがよいと思っていた。

しかし……彼女はほんとうに境界例だったのだろうか。あの診断でよかったのだろうか。

〈わたし、ふつうに生活するっていう、ただそれだけのことが、なんだかつらいんです。わたし、自分の感情がよく判らないときがあります。悲しいのか楽しいのか、好きなのか嫌いなのか、本心なのか嘘なのか……。わかってるのは、人間は汚いってこと。わたしも含めて人間はみんな汚くて、おぞましいってこと。人間は怖い。自分自身も、怖い。友達も怖い。母さんも怖い。先生も……怖い〉

……おれは、彼女を誤診していたのだろうか。

彼女に与えるべき診断名は、境界性人格障害ではなく、解離性同一性障害――多重人格だったのだろうか。

先生のことを思いうかべている時は　他のいやなことを思いうかべずに済むので　なんだか気持ちも体も軽やかに透きとおっていく感じで　そうだ　この調子で生きていけは何もつらくなることはないんだ　と自信がわきます。

……もしもおれが別の診断をし、別の治療をしていれば、彼女をあんなかたちで死なせずに済んだのだろうか。

ねえ　先生。どうか　わたしを救ってください。わたしは先生を信頼しています。

Ｋ・Ｎ

「どうなさいました」

岐戸医師に声をかけられて、榊は、伏せた顔を両手で覆《おお》っている自分に気づいた。

「ご気分が良くないんですか？」

「いや、べつに……」

「いえ、大丈夫です」

「わたしのほうは、すっかりくたびれてしまいました。こんなに長く喋《しゃべ》ったのは、久しぶりです。——しかし、結局あなたのお考えを変えていただくことができず、由起の期待には沿《そ》えなかったわけですが、ま、それでもきちんと話を聞いてくださったことには、礼を申します。……さて、じゃあ、あちらへ戻りますか」

言いながら、椅子の肘掛《ひじか》けに手をついて、ゆっくりと立ちあがりかける岐戸医師に、

「あの……」

と榊は言った。

「はい？」

「広瀬さんの提言、了解しました」

声がくぐもって不明瞭《ふめいりよう》だったのか、

「え？」

と訊き返された。

「わたしが担当している少女に、多重人格診断を試みることにします」

榊が言いなおすと、岐戸医師は浮かせていた腰を再びおろし、落ち窪《くぼ》んだ頬を、じわっとゆるめた。

「そうですか。受け入れていただけますか」

「ええ」

「よかった。由起が感謝すると思います」

「ただ、どこまで彼女の手助けができるかは判りませんが」

榊のその言葉に、岐戸医師は笑みを引っ込めた。

「手助けじゃないですよ。診断も治療も、あなたがなさるんですよ。手助けするのは、由起のほうですよ」

「と言われても、わたしは経験がないですから」

「由起にしたって、他人の多重人格を診断するのは、初めてです」

「だが、患者という立場での経験が彼女にはあるでしょう」

「ですから、その経験を、あなたのために役立てる気でいるわけです。スタッフとして、あなたをサポートするつもりでいるわけです」

「わたしはしかし、医師が上に立って、臨床心理士は下に付く、という妙な身分制度のようなものにこだわる気はありません」

岐戸医師は苦笑をうかべ、

「そういう意味じゃないんです。患者に好かれているかどうかの問題です」

「は？」

「由起の話では、その少女はあなたに懐《なつ》いているそうですね」

「……たしかに、親しげな態度を見せることもありますが、敵意をぶつけてくることもあります。気分変動がはげしいんです」

「しかし、あなたが担当から外されたとき、その少女は院長にねだって、すぐに元に戻してもらったというじゃないですか。あなたへの依存感情が育っている証拠です。ま、そういう関係は精神医療には必ずしも良い結果をもたらさないという見方もあるようですが、多重人格の治療にかぎって言えば——いや、もちろん、その少女が多重人格か否《いな》かは、まだ不明ですけれども——やはり、あるていどは必要なことだと、わたしは思っています。依存感情を持つということは、それだけ信頼を寄せている、ということですからね。

多重人格患者は、たいてい子供のころに虐待されたり、いじめられたりしているので、人に対して恐怖心を持っているんです。不信感もひじょうに強いんです。人間なんて信用しちゃだめだ、うっかり信用したらひどい目に遭《あ》う、と思い込んでいるんです。医者に対してもそうです。ちょっと甘えてみて、邪険《じゃけん》にあしらわれると、ほら、やっぱりこいつもそうだ、と思うし、親切にされると、何か下心《したごころ》があるに違いない、と勘ぐってしまう。そういう人間観が、心の奥深くにまで染《し》みついてしまっているんです。

由起がむかし、わたしに漏《も》らしたことがあります。初診から一年近くもたったころです。〈先生は、わたしたちのことを珍しがって、わたしたちの内部を覗《のぞ》き見して愉《たの》しんでいるんだと思ってました。つい最近まで、ずっとそう思ってました〉――とにかく、簡単には気を許さないんです。

ところが、というか、だから、というべきか、心のどこかで、信頼できる人間との接触に飢《う》えていることも確かなんです。そういう人間との出会いを渇望《かつぼう》しているんです。この点は、境界例患者と似ているかもしれません。テストしようとする。ほんとうに信用していい相手かどうか、試《ため》しにかかる。しかも一回くらいでは納得しない。ハードルをどんどん上げてゆく。駄々《だだ》っ児《こ》みたいな無茶な要求をする。当然ながら、たいていの人間は、ついてゆけずに不合格になる。で、人間への失望がまた深くなる。医者に対しても、これをするわけです。

問題の少女も、あなたに対して、そういうことを幾つかしたそうですね。

その結果、多少の曲折《きょくせつ》はあったものの、あなたは、その少女から一応の信用を得るようになったようだと、由起が言っていました。あなたは無理にその少女に気に入られようとしたわけじゃないんでしょうが、それでも、あなたという人物そのものに、少女はかなり心を開きかけているようだ、というのが由起の観察です。

しかし、由起自身とその少女とのあいだには、そういった感情のつながりは、まったくできていないんだそうです。それどころか、〈わたし、あの子に好かれていないようなんです〉と、自分で言っていました。そんな関係じゃ、有効な診断や治療ができるはずがない」

〈あの人ね、院長先生の愛人じゃないかって思うの。それだけじゃないよ。まだあるんだよ。……〉

「由起が表に立たずに、裏方のスタッフとしてあなたの手助けをする、というのは、ですから、きわめて必然の役割分担なんです」

と岐戸医師は、しっかり言い聞かせるような目で、榊をみた。

「……わかりました。精いっぱい、やってみます」

低く答える榊の顔を、岐戸医師は、尖《とが》った両肩のあいだから首を前に突き出して、患者を観察するような目つきで見ていたが、ふとその姿勢を後ろへ引き、おだやかに微笑した。

「あなたは、非常にまじめなご性格のようですね。精神科医にも、いいかげんな連中がけっこうおりますが、なるほど由起が信頼するだけあって、あなたはまじめで、誠実な方のようだ」

「そうでもありません」

否定するのを無視して、岐戸医師はこうつづけた。

「しかし、そのまじめさが、いささか気がかりでもあります」

「は？」

「もしもその少女がほんとうに多重人格だった場合のことですが、治療に取り組むにあたって、あなた自身が人間不信に陥《おちい》らないように気をつけてください」

「人間不信？」

「つまり、外傷性逆転移です。これを警戒なさったほうがいい。逆転移という精神分析用語がお嫌いなら、代理受傷、と言い換えますが。――じつをいうと、わたしにも、それが起きましてね。真由美の中のブルーやネムが語る話、それから別の患者たちの交代人格が語る話、どれも子供時代の悲惨な体験の記憶ですが、そういうものを繰り返し聞くうちに、わたし自身が毎晩ひどい悪夢を見るようになったんです。

もちろん、そういう話を患者から聞かされたことは、多重人格を診《み》る前にもありました。境界例患者もよくその種《しゅ》の話をしますからね。しかし、きっとあなたもそうだろうと思いますが、境界例患者の告白は、どうしても眉《まゆ》に唾《つば》をつけながら聞いてしまう。たとえ、その話は事実かもしれないと感じても、もう遠い過去のことでもあるし、こっちもあまり感情移入せずに、距離をおいて聞こうとするでしょう。

ところが、多重人格患者の場合は、そのつらい体験を、過ぎ去った思い出として話すんじゃなく、いまだに子供の時間をそのまま生きている交代人格が、怯《おび》えたり、泣いたり、部屋の隅にうずくまったりしながら語るわけです。そんな姿を目にすれば、わたしみたいな少々能天気な人間でさえ、やはり胸をしめつけられる。まして、あなたのような真面目な医師は、患者といっしょになって苦しむんじゃないかと、老婆心《ろうばしん》ながら、そんな心配をしてしまいます。

人間はどうしてこれほどの悪意を持てるのか。実の親が、なぜここまで残酷になれるのか。そんなことを思いながら耳を傾けているうちに、知人の顔がつぎつぎに浮かんでくるんですよ。あの陽気で温厚そうな顔の下で、ひょっとするとあいつも自分の娘に何かしていたんじゃないんだろうか。実直ぶったあいつだってそうだ。何をしてやがるか知れたもんじゃない。ま、何というか、人間全体への不信感が、どんどんつのってゆくんです。

そして、もちろん怒りも湧《わ》いてきます。虐待の張本人への怒りはもちろんのこと、それを知りながら何もしなかった他の家族への怒り。——こういう怒りは、じっさい、抑《おさ》えるのに苦労します。

あなたも、そうした義憤《ぎふん》に駆《か》られやすいタイプのようにお見受けするんですが、しかしね、忘れちゃならないのは、われわれは検察官でもなければ裁判官でもない、ということです。われわれの役目は患者を治すことであって、十数年前の加害者を突き止めたり糾弾《きゅうだん》したりすることじゃありません。

交代人格が語る記憶をほんとうの話として受け入れる、とわたしが言ったのは、あくまでも診療室の中でのことであって、それが確かな事実かどうかは、また別問題です。事の真偽《しんぎ》が、結局わたしにも判らずじまいの場合のほうが、むしろ多かった。

われわれ医者にとっての〈事実〉は、患者が過去の記憶に苦しめられている、という、その一点です。記憶の内容が正しいかどうかは——何度も言うように——二の次なんです。そう自分に言い聞かせるべきなんです。

われわれに必要なのは、患者に寄り添って、患者に共感しようとする姿勢、それだけだと思います」

榊は、苗村伽奈のことを思いながら聞いていた。いわば岐戸医師とは対極的な姿勢で、榊は伽奈を診《み》ようとした。そして、あの結果になった。――にがい反省を噛《か》みしめていると、岐戸医師が言葉を継《つ》いだ。

「ただし、そのさい注意しなきゃならないのは、患者の自己憐憫《れんびん》をあおらぬように、ということです。患者は、自分のことを可哀相な犠牲者だと思いたがります。もちろん、可哀相なのは確かなんですが、だからといって、それを自分のレッテルにしてしまうようなことは、やめさせなきゃならない。外傷体験を自分の人生の核のように思わせてしまっちゃダメです。真由美は幸い、そうはなりませんでしたが、他の患者で、そんなふうになってしまったのが一人いました。自己憐憫の沼にひたりこんでしまって、そこから出てこようとしないんです」

「今でも、そうなんですか？」

「さあね。今はどうしているのかな。治療の途中で来なくなってしまいましてね。こちらから連絡をとろうとしても、応答してきませんでした。――そのケースが、唯一、治療に失敗した例です。もっと上手なやりようはなかったかと、いささか忸怩《じくじ》たる思いがあります」

そう言ったあと、

「ま、あなたのご参考になるかもしれないので、ついでに話しておきますが――」

と、痩せた顔を骨ばった手でゆっくりと撫でおろした。「ほかにも、あやうく失敗しかけたケースがあるんです。たとえば、面接中に、患者の一人が、わたしに性関係を求めてきまして

――」

「応じたんですか？」

「いいえ、応じはしませんでした」

「失礼。愚問でしたね」

「いや、正直に言うと、もう少しで応じてしまうところでした。そういう関係になることでしか彼女を救ってやれないのかもしれない、という錯覚に一瞬おちいりかけたんです。そのときわたしの前にいたのは、その患者の交代人格の一人で、男を誘惑することに非常に長《た》けていて、何というか……」

「つまり、広瀬さんの中にいた朱実《あけみ》のような人格ですか？」

「ええ、まあそうです。朱実のようなタイプです。――ああいうセクシャルな交代人格を相手にするとき、こちらも男ですから、やはりなにがしかの性的刺激はどうしても受けてしまう。これは避けられないことだろうと思います。そして、向こうもそれを敏感に見抜くんです。で、どんなときにどういう迫り方をすれば、こちらの気持ちがぐらつくか、といったことまで、おそろしいくらい知り尽《つ》くしているんです。

　あの誘惑は、わたしに対するテストだったのか、それとも本心からの誘いだったのか、その判別はつきませんでしたが、しかし、いずれにしても、わたしがそれに応じていれば、その瞬間から治療関係が崩壊《ほうかい》したことは間違いない。一匹の雄《おす》でしかない医者に幻滅《げんめつ》して離れてゆくか、あるいは、愛人気取りでまとわりつくか、どちらの場合でも、もう治療関係は成立しなくなってしまったはずです。

まじめな医者はそんな誘惑にのらない、と考えていらっしゃるとしたら、それは甘いと思います。つまり、相手の求めに応じるのは、必ずしもスケベ心のせいばかりとは限らないわけで、この女を救ってやりたい、という思いが高じて、つい腕の中に抱き寄せてしまう場合もあるだろうし、わたしの見るところ、あなたも、そういった感傷にとらわれやすそうな気配を持っていらっしゃる。……しかし余計なお節介でしたね。はは、失敬、失敬」

「いえ、貴重なご忠告として、胸に刻《きざ》んでおきます」

答える榊の脳裏には、このときも苗村伽奈の顔があった。

〈わたし、先生となら幸福になれそうな気がします。ぜったいなれます。先生の腕のなかで生きたい。先生にじっと見守られて、わたしも先生のことだけを考えて、幸せに暮らしたい。先生おねがい、わたしを先生のものにしてください〉

「境界例患者を診《み》るのはじつに厄介《やっかい》ですが――」岐戸医師がしみじみと言った。「しかしね、多重人格の治療は、それ以上に大変です。せっかくその気になってくださったあなたを脅《おど》かすわけじゃないけれども、ほんとに疲労困憊《こんぱい》してしまいます。ほかの患者を診るときのように、四十分なり五十分なりの面接を週に一回か二回おこなってゆけばいいというものじゃありません。二時間、三時間、あるいはもっと長い時間を一回の面接に費《つい》やさなきゃならないことが多いうえに、フラッシュバックがひどい時期には連日の面接が必要になることだってあるんです。精神当然、ほかの患者に手が回らなくなるし、そのことについてのジレンマにも悩まされる。

的にも肉体的にもヘトヘトになります。

　北米の症例報告を読むと、幼児期のトラウマの記憶がよみがえった患者が、苦しみながらそれに直面することで、そのトラウマを克服して劇的な回復をとげた、などという報告が溢《あふ》れ返っていますけれどね、そんな話はいっさい信用しないほうがいいです。わたしの治療経験から言うと、事はそんなに簡単には運ばない。ドラマチックに治るわけでもない。

　思い出したトラウマを、患者はそのあと、いつまでもずるずると曳《ひ》きずりながら生きてゆくんです。長い年月、それを曳きずってゆくうちに、だんだん擦《す》り減ってくる。で、あるときふと気がつくと、曳きずっていたものがすっかり小さくなっている。――治療というのは、そんな具合にしか進まないんです。年月がかかるんです。

　人格の統合、ということについてもそうです。真由美は、いったいいつになったら完全な統合ができるのか、いまだに見当もつきません。ほかの多重人格患者のうち、二人はすでに完全統合を果たしたように見えるんですが、じつのところ、その二人についても、わたしはまだ得《とく》心《しん》しちゃいないんです。交代人格の誰かが、消えたふりをして、実はこっそり残っているんじゃないかと疑っているんです。

　聞き分けのいい交代人格ばかりじゃないですからね。どうしても統合を厭《いや》がる人格が必ず居るもんなんです。そういう人格が、まだ潜《ひそ》んでいるような気がしてしかたがない。

　けれどね、まあ、それでもいい、という考え方に、途中からなりました。何がなんでも完全統合をめざす、という必要はないんじゃないか、とね。そもそも、〈統合〉そのものが治療の目的じゃありません。患者の苦痛を取り除いて、支障なく生活できるようにする、これが目的であって、統合というのは、そのための手段の一つにすぎないと思うんです。完全には統合できていなくても、生きてゆくことに支障を感じなければ、それでいいんじゃないか、と。無理に完全統合を強《し》いることで人格どうしの確執《かくしつ》をあおってしまうと、かえって患者の苦しみをいつまでも長引かせることになる。そんなのは、わたしに言わせれば、本末転倒です。

真由美のケースにしても、彼女やミクがいずれ自分から由起と一つになりたいと望むようになれば自然に統合するでしょうし、その気にならなければ、当分このままでしょう。少なくとも、以前のような苦しみを今は味わっていない様子なので、わたしとしては、もう何年も、治療めいたことは一切《いっさい》していません。ただ、由起が仕事の助言を求めにきた折りに、ついでにミクの遊び相手をしてやっていただけです。

……で、これはわたしからの頼みですが――」

と岐戸医師は、やや改まった口調になった。「わたしがこの世から居なくなったあと、もしもお厭でなければ、わたしの代わりに、ときどきミクの相手をしてやってはもらえないでしょうか」

「は？」

「いや、月に一度か二度のことでいいんです。ミクにそういう時間をつくってやらないと、欲求不満がたまって、昔のように所かまわず勝手に表に出てきてしまう虞《おそれ》があります。そうなると、由起は、場合によっては仕事を失うはめにもなりかねません。由起本人は、たぶん大丈夫だろうと言っていますが、わたしは、そのことだけが少々気になっているんです。――どうでしょうか。お願いできますか？」

「ええ、それは別にかまいませんが……」

「そうですか。安心しました」

「しかし、広瀬さん自身もそれを望んでいるんでしょうか」

「と、わたしは思います。彼女が今回、あなたに自分のすべてをさらけだす決心をした裏には、おそらく無意識のうちに、その願望も潜んでいたんじゃないかと思っています。――おっと、こういう憶測まじりの〈解釈〉を、あなたは何よりも嫌ってらっしゃるんでしたね。――あとで、由起の意向をちゃんと確認しておきます」

「そうしてください」

「さてと、ほかに言い漏らしたことはなかったかな」

つぶやいたあと、岐戸医師は榊の顔をじっと見た。「こうやってゆっくりお話をする機会は、もう二度とないでしょうね」

淡々とした言い方だったが、榊は応答の言葉をうまく見つけられず、いまの自分の気持ちだけを伝えようとした。

「ここへ来ることは、じつのところ、あまり気が進まなかったんですが――」

「由起に引っ張られて、しぶしぶやってこられたんでしょう?」

「ええ。ですが、いまは、伺《うかが》ってよかったと思っています」

「そう言っていただけると、長々と喋《しゃべ》った甲斐《かい》があります。とにかく、多重人格というのは、医者のあいだでも、まだまだ理解が行き渡っていない病気ですからね。いや、病気と呼ぶべきかどうかすら、わたしにはもう判らなくなっています。障害であることは確かですが、しかし病気と呼ぶのは、何かすこし違うような気がしています。まして、狂気なんかではない。にもかかわらず、世間にはびこっているのは、相《あい》も変わらぬ猟奇的《りょうき》な興味ばかりです。馬鹿げたサイコ・ホラー映画や小説の類《たぐ》いが、いまだに後を絶《た》たない。まったく困ったものです」

嘆息とともに、岐戸医師は壊れかけた機械のようなぎこちない動きで、椅子から腰をあげた。

……診療室にもどると、ミクはすでに由起に戻っており、ミクが描いた幼稚な絵を、ソファにすわって物憂《ものう》げに眺めているところだった。

20

資料館での文書しらべを、江馬遥子はその後も、仕事の合間を縫《ぬ》ってつづけている。

太平洋戦争さなかの昭和十七年七月、空襲を避けるために帝室博物館がおこなった〈最重要美術品〉の移送。その記録文書を読んだときに感じた、かすかな胸騒ぎ。——五十嵐潤吉のいう〈都博の秘密〉とは、ひょっとして、このことに関係があるのだろうか。

そう思った遥子は、『当博物館関係文書』の検分作業をこつこつと進めてゆき、やがてこんな書類を見つけた。

『全美術品ヲ山間部ノ安全地帯ヘ疎開セシムル件』

昭和二十年、つまり戦争最後の年の四月十三日付で、帝室博物館総長が宮内大臣あてに提出した伺い書の写しだ。

それを読むと、帝室博物館そのものに被災の危険が迫っていることはもちろんだが、以前に国宝や重要美術品を移送した南多摩郡の〈武蔵陵墓地内倉庫〉さえもが、その付近に軍需工場が設けられたせいで、いまや空襲の危機に瀕《ひん》している、と書かれている。そこで、〈武蔵陵墓地内倉庫〉の格納品と東京帝室博物館に残されている品々、あわせて五八、六〇〇点を、山間部の安全地帯へ疎開《そかい》させたい、という内容だった。

この伺いを認可する大臣決裁は、四月二十一日におりている。

では、その〈山間部ノ安全地帯〉とは、いったいどこなのか。

遥子は、その答えを求めて、書類の束をめくっていった。……

21

岐戸《きど》医師の診療所を出ると、陽が西に傾きかけていたが、外気はなおムッと暑かった。

広瀬由起とならんで駅へと歩く道すがら、榊は彼女にまずどう話しかけようかと、言葉に迷った。

彼女の交代人格を目《ま》のあたりにし、彼女についての何もかもを岐戸医師から聞かされた今、これまでの日々を通じて榊の頭の中にできあがりつつあった彼女の人物像が、いったん御破算《ごはさん》にされてしまったような、落ち着かない気分だった。

榊のそんな思いは、おそらく彼女のほうでも察しているはずであり、だから気をつかったのだろう、自分から先に話しかけてきた。

「わたし、二ヵ月ぶりに来たんですけど、岐戸先生、すっかり痩《や》せてしまわれて……」

ゆっくりした歩調で、爪先《つまさき》を見おろすようにして歩いている。

末期癌《がん》。あと半年も保《も》たないことを宣告されている、と岐戸医師は言っていた。

「ほかに人の気配がしませんでしたが、ご家族はお留守だったんですか？」

「離婚なさったんです、七年前に。いまはお独りです」俯《うつむ》いたまま広瀬由起は答えた。

「え、あの体で独り暮らしを？」

「ぎりぎりまで入院は厭《いや》だとおっしゃって」

「しかし、歩くのもつらそうだったが」

「通いのお手伝いさんが朝と夕方に来て、家事とか食事の世話をしてくれています。それに、結婚した娘さんもときどき様子を見に来ているようです」

郊外の住宅地に人通りは少なく、ちいさな社《やしろ》の木立で蟬《せみ》が鳴いている。

「死期を前にして、淡々としておられた」

「ええ、今はすっかりお気持ちの整理ができてらっしゃるみたいです」

「今は……？」

「手遅れだという宣告をお受けになったあと、しばらくして、ちょっと情緒《じようちよ》不安定になられた時期があったんです。で、先生のご希望で、わたしが毎週ここへ通《かよ》って、お話し相手をしました」

「カウンセリングですか？」

「ご恩返しです」

答えて、榊の顔をちらりと窺《うかが》う目をした。

語り合うべき本来のテーマを迂回《うかい》していた会話が、その一言で、ようやく道がつけられたのだった。

「……しかし、驚きました」

榊がいうと、

「驚かせて、すみませんでした」

広瀬由起は並んで前を向いたまま頭をさげた。

榊は、おおらかな口調をこころがけながら言った。

「あなたの勝ちですね」

広瀬由起も、やわらかく言い返した。

「勝ちとか負けとか、そういうのはなしにしましょうよ」

「とにかく、ぼくの意識が変わったことは確かです。いままでの診療姿勢に自信が持てなくなってしまった」

「わたしのこと、気味悪くなりませんでした？」

笑いを含んだ声での問いだったが、内心の不安が、かすかに感じとれた。

ごまかしのない返事を求められていると理解した榊は、

「ええ、少しね。すこし気味が悪かったです」

と答えた。「知識としてはあっても、なにしろ実際に見るのは初めてでしたのでね。しかし、すぐに慣れました。岐戸先生の話を聞き終えて診療室にもどったら、もう元のあなたになっていたので、拍子抜《ひょうしぬ》けしました」

「ミクが待ちくたびれてしまったんです。久しぶりに表《おもて》に出て、いっぱい絵を描《か》いているうちに疲れたみたいで、自分から中へ引っ込んだんです。いつもなら、待ちきれずに岐戸先生を捜しにいこうとするんですけれど、きょうは、子供心にも、何か大事なことが話し合われていて、邪魔をしちゃいけないと感じたらしくて、おとなしく中へ引っ込んできました」

ごく普通のことのように語られるそんな話に、榊はしかし、まだうまく随《つ》いてゆけない。

「一つ訊《き》いていいですか？」

「何でしょう」

「その——出たり入ったりするときですが……」

「ええ」

「ご本人としては、どんなふうになるんですか？　目が覚めたり、眠ったり、という具合ですか？」

「いいえ……あ、むかしの真由美はそういうふうだったようですけど、わたしはそうじゃなくて——」彼女は歩きながら顎《あご》に手の甲をあてた。「暗い部屋から明るいところに出るような、そんな感じなんです。中へ引っ込むときは、また暗がりへ戻るんです」

「部屋を出たり入ったり、ですか」

榊には曖昧《あいまい》なイメージしか描《えが》けない。

「人によっては、スポットライトが当たる、というふうな表現をすることもあるようですけど、わたしの場合は、あえて言うと、玄関を出入りするみたいな感じなんです」

「で、中にいるときは、どんなふうにしているんですか」

「いろいろです。立っていたり、坐っていたり、寝ころんでいたり」

「ふむ……」

「まだ統合がぜんぜん進んでいなかった頃は、暗い部屋の中にいろんな人格がいて、わたしはたいてい玄関の近くにいたんですけれど、奥のほうはとても暗くて、誰がいるのかよく判らないこともありました」

「玄関を出ずに、中から外を見ることもできるんですか？」

「玄関に近づけば、見えます」

「それがよく判らない」

「マジックミラーに譬《たと》えた人もいます。ちょうどあんな感じなんです。外からは見えなくても、内側からは見えるんです」

「……どうも、うまく理解できない」

榊がいうと、広瀬由起の声が沈んだ。

「誰にも理解してもらえないと思います。理解してもらうのは無理だとあきらめています」

「歯痒《はがゆ》いですか？」

「え？」

「理解してもらえないことに歯痒さを感じますか？」

「歯痒さ、というより、断絶感をおぼえます。自分だけ別の世界に生きているような感じ。ふつうの世界とは別の法則でうごいている異世界。……だから、ときどきとても孤独な気分になります」

……異世界。

確かにそうだ。

多重人格者の脳は、あきらかに通常とは別の法則で働いている。

「統合が進んで人格の数が減っていったとき、なんだか、ますます孤独感がつのりました」

「ふつうの世界に近づいたのに、孤独感が増したんですか？」

「変でしょう？　矛盾してるでしょう？　あんなに邪魔に思っていたのに、でも、部屋の中の人数が減ると、やっぱり心細くなったんです。外側と内側の、両方の孤独に直面するようで」

そういう輻輳《ふくそう》した心理は、理屈としては榊にも判る気がするが、しかし実感は伴わない。

「その孤独感のせいで——」

と広瀬由起は溜《た》め息まじりに言った。「失敗も犯してしまうんです」

「失敗、というと？」

「そばへ来てくれた人に、しがみついてしまうんです。DID患者は、たいていそうらしいです。そういう点でも、境界性人格障害とまちがわれやすいんです。——わたし、一時期、岐戸先生にしがみついてしまったんです。先生が奥様と離婚なさったのは、わたしのせいなんです」

見返った榊と視線を合わせようとせず、横顔を向けたまま、つづけた。

「面接日以外にも、しょっちゅう電話をかけたり、休診日に訪ねていったり、フラッシュバックで錯乱したようなふりをして夜中に外へ呼び出したり、とにかく先生の私生活を引っ掻き回したんです。北米の医者たちの間では、DID患者の過度の依存を突き放すマニュアルができているそうですけれど、当時の岐戸先生は、まだDIDの治療に慣れていらっしゃらなくて、しかも、根があの通りの優しい先生ですから、懸命にわたしをケアしようとなさったんです。そんなふたりの関係が、奥様の目には、あまりにも常軌《じょうき》を逸《いっ》しているように見えたんだと思います。ご夫婦のあいだに何度も諍《いさか》いが持ちあがって、それでも先生はわたしを突き放せなくて、で、とうとう奥様が家を出て行ってしまわれたんです」

〈面接中に、患者の一人が、わたしに性関係を求めてきまして——もう少しで応じてしまうところでした。そういう関係になることでしか彼女を救ってやれないのかもしれない、という錯覚に一瞬おちいりかけたんです〉

さっきの岐戸医師の告白は、広瀬由起のことを言っていたのだろうか。

思いつつ、榊の脳裏に、またもや苗村伽奈の顔がよみがえる。

妻との破局の原因となった伽奈のふるまい。かれがかつて経験したことと、そっくりの話だった。

〈境界例患者を診《み》るのはじつに厄介《やっかい》ですが、しかしね、多重人格の治療は、それ以上に大変です〉

しみじみと漏らした岐戸医師。

〈精神的にも肉体的にもヘトヘトになります〉

「……あのときのこと、わたし、とても反省しているんです」

硬い声で言いながら、広瀬由起はショルダーバッグから財布をとりだした。

駅の券売機がすぐ目の前にあった。

22

いったん〈武蔵陵墓地内倉庫〉に移送された帝室博物館の最重要美術品と、そしてその他の残存美術品、あわせて五万数千点というおびただしい数の品々。それらを疎開《そかい》させた〈山間部ノ安全地帯〉とは、いったいどこなのか。

遥子は、答えを求めて調べをつづけた。

食糧不足をおぎなうために博物館の庭の開墾《かいこん》を検討する文書や、害虫駆除薬の入手困難を訴える文書。そんな日常の細々《こまごま》とした事柄についての文書の束の中から、やがて答えを告げる文書があらわれた。

五万数千点の美術品の疎開先は、つぎの四カ所であることが判った。

京都府北桑田郡山国村　永照寺
同　　弓削村　弓削旅館
岩手県二戸郡浄法寺町　大森邸倉庫　小田島邸倉庫
福島県耶麻郡翁島村　高松宮別邸

四つの疎開先の筆頭に記されている京都府の永照寺。

それを見て、遥子は、例の写真を思い出した。——父と五十嵐潤吉が細長い石段の途中にならんで写っている、あの古びた写真。その裏に書かれていた文字。

永□寺にて
五十嵐潤吉君と
昭和廿年八月二日

紙の表面が剥離《はくり》して読めなくなっていた〈永□寺〉の二番目の文字は〈照〉だったのではないだろうか。

文書の記録によれば、永照寺への美術品移送は、昭和二十年四月末から始まっている。そのための貨車が手配され、〈武蔵陵墓地内倉庫〉の最重要美術品が浅川駅（これはいまのJR高尾駅だ）から京都二条駅に向けて送り出されている。二条駅でトラックに積み替えられて、永照寺へ運び込まれた、と記されている。
永照寺への移送は、大部分は五月いっぱいで終わったようだが、その後も月に一、二回の輸送記録があり、その最後の記録は八月十四日、つまり終戦の前日のものである。
この移送に、父と五十嵐潤吉がかかわったのだろうか。〈永□寺にて〉の写真は、この移送作業の際に撮《と》られたものなのだろうか。
当時の職員録によると、館の組織は今とはだいぶ違っている。今のように、
総務部
学芸部
資料部
という分け方にはなっていない。
帝室博物館総長の下に、
経理課
列品課
学芸課
という区分けがされている。
総勢百名余り。
そして学芸課員二十五名のなかに、父・江馬文範《ふみのり》と五十嵐潤吉の名前が入っている。
しかし、列品課の名簿のなかにも、ふたりの名前が記されており、どうやら両方の課員を兼務していたようだ。

よく見ると、そういう兼務職員がふたりの他にも何人かいる。これはきっと、軍に召集《しょうしゅう》された者たちの欠員をカヴァーするためだったのに違いない。
当時の学芸課をさらに細かく分けると、
図書掛
写真掛
資料掛
の三つの掛《かかり》があり、父はそのなかで図書掛に、五十嵐潤吉は資料掛に所属している。階級は、ふたりとも技手。――鑑査官・鑑査官補・技手・雇員《こいん》という四階級の、下から二番目だ。
列品課のほうは、
列品掛
文書掛
の二つに分かれており、ここでは父も五十嵐潤吉も、ともに列品掛に配属されている。つまり、美術品をその手でじかに取り扱う職務についていたわけだ。移送作業では、たぶんこの列品掛の者たちが中心的な働きをしたのではないだろうか。
大正十年生まれの父は、このとき二十四歳。若い健康な職員を軍隊に取られて中高年者や病弱者ばかりが残っていたはずの当時の帝室博物館では、父のその若さは――片目は失っていたものの――やはり何かと当てにされたことだろう。梱包《こんぽう》、運搬。……移送作業には体力がいる。
例の写真で見るかぎり、五十嵐潤吉も父と同じような若さに思えるが、かれも何か健康上の障害を抱えていて、召集を免《まぬが》れたのかもしれない。

思いながら、文書しらべを続けていると、辞令の写しが出てきた。――美術品の疎開にともなって、その管理のために各疎開先に職員を赴任《ふにん》させる辞令だ。

永照寺への赴任を命じられた者は三人おり、そのうちの二人が、父と五十嵐潤吉だった。つまり、ふたりは移送作業に携《たずさ》わっただけではなく、疎開美術品の管理者として、京都府の永照寺に滞在していたわけだ。〈永□寺〉がやはり永照寺であったことが、これで確認できた。辞令の日付は、昭和二十年五月一日だから、八月三日に撮られたあの写真は、滞在中のスナップということになる。

遥子はその辞令の写しを見て、さらに気づいたことがあった。

父や五十嵐潤吉といっしょに赴任したもうひとりの人物の名前が、

〈真柴公治郎〉

となっている。〈真柴〉というのは、たしか五十嵐潤吉の息子が養子に行った先の姓だった。

――学芸員を辞《や》めて美術工芸作家をめざした五十嵐潤吉は、しかし世に認められずに自暴自棄になり、妻にも家出され、生活が荒れていった。それを見かねた知人が、当時小学生だった一人息子を養子として引き取ったということを、隣家の夫婦から遥子は耳に入れた。養家にはもともと子供がいなかったので、きっと大事に育てられたに違いない、という話だった。その養家の姓をいちおう手帳にメモしてきたが、それが〈真柴〉なのだった。

五十嵐潤吉の息子を養子に迎えた知人というのは、永照寺でともに暮らした、もうひとりの博物館員だったわけだ。

真柴公治郎の辞令には鑑査官という肩書きが付いているので、三人のなかの責任者的な立場であったと思われる。元の部下の荒《すさ》んだ暮らしを見かねて子供を引き取るくらいだから、人情家の上司だったのだろう。

そんな三人が、美術品を守って滞在していた京都の寺。

……永照寺。——どんな所だろう、と遥子は閲覧室の天井をぼんやり見あげた。

23

亜左美が独りでのんびりと自転車をこいでいる。

仕掛けの入った自動人形のように、おなじところを何度も行ったり来たりしている。

南棟二階の面接室の窓から、それが見おろせる。

「何をしてるんだろう」

榊がつぶやくと、

「暑くないのかしら」

横にいる広瀬由起も怪訝《けげん》そうな声でいった。

おなじことを延々《えんえん》と繰り返す分裂病患者の常同行為。あれとはもちろん違う。こんなにゆったりとした動きの常同行為というのはない。

真夏の午後。

病院内の道に沿って植えられた七葉樹《とちのき》と欅《けやき》がところどころに蔭《かげ》をつくっているとはいえ、暑いさかりの時刻だ。

亜左美はヤンキースの野球帽をかぶり、サングラスをかけ、胸に白い英文字の入った紺のTシャツに、グレーのショートパンツという姿で、銀鼠色のフレームのマウンテンバイクをこいでいる。

「きれいな脚」広瀬由起がつぶやいた。

自転車をこぐ亜左美の脚を、榊も見つめた。膝《ひざ》から下はうすく日焼けしているが、太腿《ふともも》は白い。その太腿が月長石《ムーンストーン》のように日射《ひざ》しに照り映《は》え、木蔭を通る瞬間だけ輝きをうしなうものの、ふたたび日射しのなかで照り映える。

いつもは長いズボンをはいていることが多く、まれにキュロットスカートのときもあるが、ふつうのスカート姿を榊は見たことがなく、ショートパンツというのも初めてだった。

そんな亜左美の腿のうごきを見ながら、榊は言った。

「岐戸《きど》先生のもとを訪ねたあと、ぼくはあの子とのこれまでの面接の様子を、あらためて振り返ってみたんです。すると、以前はあまり気に留《と》めずにいたことの中に、これはもっと注意を払うべきだったかな、と思うことが幾つか出てきました。たとえば、初めて彼女を面接したときの話なんですが、そのさいのやりとりの中に、〈記憶の欠落〉を感じさせるような問答があったんです」

「ほんとうに?」広瀬由起が見返った。

「ええ。自分の行動や思考が姉のテレパシーに操られる、と訴えていたことが沢村先生の診療記録に書かれていたので、その点をぼくが訊《き》こうとすると、憶《おぼ》えていない、と彼女は答えたんです」

〈ねえ、きみ。きみはお姉さんに考えが操られる、と感じることがあるそうだね。その感じは、いまでも残ってるの?〉

〈そんなこと言いましたっけ?〉

〈うむ、診療記録に書かれている。沢村先生の記録にね〉

〈そうだったかな。よく憶えてません。頭の調子の悪いときに、そんなこと言ったのかもしれません〉


患者の記憶に欠落があるのは、その間《かん》、交代人格との入れ替わりが起きていたからだと考えられる。——岐戸医師はそう言っていた。

「ただし、ほんとうに憶えていなかったのか、ぼくを揶揄《からか》うためにわざとしらばっくれたのか、そのあたりはよく判らないんですが……」

あの日の面接では、亜左美は、新任の榊に対してあまり心を開かず、かれの質問にまじめに答えようとしないことが多かった。

広瀬由起は片手を頬にあてて俯《うつむ》き、吐息まじりにつぶやいた。

「あの子の言うこと、嘘かほんとか判断しにくいですからね」

「まったくです。そこが困るんです」

「厄介ですね」

うすく苦笑する広瀬由起に、榊はこんな話もしてみた。

「じつは、〈記憶の欠落〉のほかに、〈人格交代〉の可能性についても、ぼくは一つ気になっていることがありまして」

「どんなことですか？」

「ペンギンです」

「は？」

「これもやはり、初めて彼女を面接したときの話なんですが……」

〈じゃあ、お姉さんの考えが頭の中に割り込んでくるなんていう感じは、いまは全然ないわけだ〉

〈はい、だけど……〉

〈だけど？〉

〈だけど、ほかの声が話しかけてくることはあります〉

〈誰の声が話しかけてくるの？〉

〈ペンギンの声〉

〈ペンギン？〉

〈そうよ、子供のペンギン〉

〈それが話しかけてくるのかい？〉

〈わたしが呼ぶときもある〉

「……ペンギンに話しかけられたり、自分がペンギンを呼んだりすることもある、なんてことを彼女が口にして、ぼくはその意味をつかみきれなくて——というより、まあ分裂病の幻聴や幻覚の類《たぐ》いではないかと感じて、あまり意味を深く考えたりはしなかったんですが、岐戸先生に、動物の交代人格がいた報告例もある、と聞かされて以来、彼女のあの言葉が、どうも気になっているんです」

「ペンギンの人格……」

広瀬由起は半端《はんぱ》な表情でつぶやいた。

榊も、自分の言ったことがやはり滑稽《こっけい》に思えてきて、苦笑がうかんだ。

「そんな人格がありうるのかな」

「どうかしら」広瀬由起は、めずらしく懐疑的な返事をした。「少なくとも、わたしの中には、ペンギンもアザラシもおりませんでしたけど」

「……担《かつ》がれたのかな」

のんびりとしたペースで自転車での往復をつづける亜左美を、ふたりはまた見おろした。

そのとき、携帯電話の着信音が鳴った。広瀬由起の携帯電話だった。白衣のポケットからそれを出して彼女は応答した。

「……あ、はい、わかりました。すぐ行きます」携帯電話をしまいながら榊にいった。「あたらしい患者さんの心理テストをたのまれてたんです。忘れてました。ちょっと行ってきます」

歩きかけて、すぐにふりむき、頬笑んでみせた。「べつに〈記憶の欠落〉じゃないですよ。うっかりして忘れていただけですから、心配しないでくださいね」

うなずいて笑みをうかべ返した榊だが、広瀬由起がふたたび背を向けた瞬間に、笑みは頬からすべり落ちた。岐戸医師のもとで彼女の秘密を明かされて以来、すべてを呑《の》み込んだ顔で接してはいるものの、しかしあのときに味わった当惑は、まだ完全には鎮《しず》まりきっていない。いまの微笑のぎこちなさが彼女にも判ってしまっただろうか。——思いつつ、部屋にひとり残った榊は、窓の外に目をもどした。

亜左美は院内でいちばん大きい欅《けやき》の木蔭《こかげ》を折返し点にして、道幅いっぱいにゆっくりとターンし、飽きもせずに、榊のいる窓の下へと引き返してくる。窓の下へきたとき、不意にブレーキをかけて左脚をおろした。

さすがに疲れたのだろうか、と思って榊が見ていると、ヤンキースの野球帽、その前庇《まえびさし》が上を向き、サングラスをした亜左美の顔がこちらを見あげた。——まるで、榊がひとりになるのを待っていたかのようなタイミングだ。窓から見られていたことに、ずっと気づいていたのだろうか。

亜左美は、右手で榊を手招きした。おりてくるように求めている。

榊は腕時計をみた。つぎの患者の面接までに、二十分ほど時間があった。——亜左美にうなずき返した。

七葉樹《とちのき》の木蔭で、亜左美は待っていた。

自転車にまたがったまま片脚を地面につき、口もとに笑みをうかべ、榊にむかって招き猫のように顔の横で右手をニギニギした。汗ばんで、頬がほてっている。サングラスは取らずにいる。

そばへやってきた榊に、

「先生、白衣は？」

と訊いた。

「外は暑そうだったから、ナース・ステーションに預けてきた」

白い半袖のポロシャツを榊は着ている。木陰にいても、地面からの照り返しが強い。

「広瀬先生と何を話してたの？　わたしのこと見ながら、何か話してたでしょ？」

やはり気づいていたのだ。

「この暑いなかを、きみがいつまでも自転車で行ったり来たりしてるから、何をしてるのかと思ってふたりで見ていたのさ」

「ふうん。わたしは反対に、先生たちはいつまでわたしのこと見つづけるんだろうかと思いながら、様子をうかがってたの」

精神科医は患者を観察するのが仕事だが、患者のほうでも自分を観察する医者を観察している。これはごく普通のことではあるのだが、とりわけ亜左美は、それをする傾向が強いようだ。榊に対してあるていど気を許しかけたように見えても、まだまだ内部の意識には警戒心が解《と》けずに残っているのだろう。

内部の意識。——亜左美のそれは、しかし単一ではない可能性がある。複数の意識が、彼女の中に存在している可能性がある、と広瀬由起は言っている。

だが、いまこうして榊と会話をかわす亜左美には、そんな気配《けはい》はすこしも感じられない。いつもの亜左美と何の変わりもない。

……いや、だめだ。そんな大雑把《おおざっぱ》な観察ではだめだ、と榊は自分を戒《いまし》めた。

そもそも、〈いつもの亜左美〉とは、どんな亜左美なのだ。

並んで歩きながら榊の腕に肩をぶつけて戯《じゃ》れてくる亜左美か。広瀬由起の男関係を中傷する亜左美か。幼女を叩《たた》いたことを泣いて否定する亜左美か。榊に腹を立て、彼にからだを触《さわ》られたと訴える亜左美か。そのことをあっけらかんと詫《わ》びる亜左美か。兎《うさぎ》の幻聴やペンギンのことを口にする亜左美か。……

〈人間の人格というのは、多面体をなしている、という言い方、よくするでしょう〉

榊はまた岐戸医師の言葉を思い出す。

〈優しい側面。怖い側面。清い側面。下劣《げれつ》な側面。……そういうものすべてをひっくるめて、ひとりの人間ができているんだ、と。そこまではいいんですが、それをさらに敷衍《ふえん》して、《だから人間はだれもがみな多重人格的な存在なんだ。わたし自身もそうだ》なんてことを言う者がいる。しかしね、そういうのは文学的な修辞《レトリック》としては許されるかもしれないが、医学的には、はなはだしい認識の錯誤《さくご》ですよ。多重人格者の人格は多面体じゃなくて、優しい人格、怖い人格、清い人格、下劣な人格、その他いろんな人格が、それぞれ別個に、独立して存在しているわけです。そんな途方《とほう》もない状態のことを、多重人格と呼ぶわけですからね〉

亜左美という少女にいろいろな側面があるとしても、そのこと自体は問題ではない。問題は、それらの側面が彼女の意識の中で連続しているのか、それともバラバラに独立しているのか、という点にある。

その点がどうなっているのかを、榊と広瀬由起はこれから探《さぐ》ろうとしているわけだ。

「ねえ、先生。町までサイクリングに行こうよ」

両手のブレーキを握ったり離したりしながら亜左美が言う。

榊は亜左美の太腿をあまりじろじろ見ぬように気をつけた。

「そんな時間はないよ。もうじき患者さんと面接だ」

「つまんない」

「しかも、そのあとは、きみとの面接だぞ」

「先生」亜左美はサングラス越しに榊をみた。

「何だい」

「わたし、いつ退院できるの？」

「……そうだな。もう少し様子をみてから決めるよ」

「二学期から学校へ戻れるの？」

「早く学校へ戻りたいのかい？」

亜左美は野球帽をいったん脱《ぬ》ぎ、髪を後ろになでつけてから、もういちどかぶりなおした。

「そうでもないけど、ここに居るのが厭《いや》になってきたの。だって、看護婦さんたち、みんな意地悪なんだもん。前はやさしかった人まで、急に冷たくなったのよ。感じ悪いったらないよ」

……境界例シフト。

看護婦たちは、榊の指示をまもっているのだ。——亜左美の障害は、境界例ではなく、多重人格である可能性が出てきた今、あのシフトは解除すべきだろうか。そう思いはじめている榊だが、まだどうするか決めかねていた。

「わたしが理事長の孫だってこと、よっぽど明かしてやろうかと思ったけど、それをしたら逆にお父さんやお母さんに叱られちゃうだろうし……」小さな子供のように下唇をつきだして膨《ふく》れっ面《つら》をしたあと、嘆息してみせた。「ほんと、こんな病院うんざり」

「まあ、そう言うなよ」榊はなだめ、そしてこう告げた。「じつは、今週から、きみとの面接時間を増《ふ》やすことにしたんだ」

「増やすってどれくらい？」

「週一回から週三回にふやす」

「え、なぜ？　どうして？」亜左美はサングラスをはずし、じかに榊の目をみた。不安と警戒の色が表情に出ている。

「きみのことを、もっとしっかり診《み》るためさ」

榊はつとめて軽い口調でいったが、亜左美の顔つきは硬いままだ。自分の〈病気〉には何か深刻な問題があるんだろうか、と心配になったのだろう。面接時間が急に三倍に増やされると聞けば、動揺するのは当然だ。

しかし、深刻、ということで言うなら、沢村医師の診断——精神分裂病であろう、という診断——のほうがよほど深刻であり、それに比べれば、多重人格の可能性が出てきたことは、彼女にとって、むしろ救いだと考えることもできる。亜左美にそう話して動揺をしずめてやりたいところだが、多重人格者を〈化け物〉のように描くサイコ・ホラー映画がはびこる昨今、その影響を彼女自身も何らかのかたちで受けていないとも限らない。多重人格、という言葉を持ち出しただけで、亜左美は恐慌《きょうこう》をきたすかもしれない。

かつての広瀬由起も、〈わたしはそんな不気味な怪物じゃありません〉と岐戸医師に向かって涙声で否定したという。

やはり軽はずみに口にすべきではないだろう。

そこで、榊はこう言った。

「集中して診療したほうが、退院だって早められるかもしれないしね」

「……」亜左美は探るような目で見ている。

榊は、彼女の帽子の前庇《まえびさし》に手をのばし、そのわずかなズレをま〻すぐに直してやった。亜左美はよけいなお節介《せっかい》を嫌って帽子をぬぎ、自分でかぶりなおした。また少し横にズレた。

「面接時間がふえるのは厭かい？」

「……そうは言ってないけど」

「ほかの患者さんが僻《ひが》むかもしれないな」

「時間ふやすのは、わたしが理事長の孫だから？」

「いや、そんな依怙《えこ》贔屓《ひいき》はしない」

亜左美はふたたび探るような目で斜めに榊を見ていたが、

「ま、いいや。どうせ退屈してたしね。先生といっしょにいる時間がふえるんなら、そのほうがいいかも」

なげやりな口調で言ってサングラスをかけなおし、「じゃ、あとでね」とペダルを踏みこんで離れていった。踏みおろした脚の裏側に惹《ひ》きつけられる目を、榊は努力してよそへそらした。そらした視線の先に、南棟一階の作業相談室の窓があった。窓枠《まどわく》に腕をのせて男がこっちを見ていた。看護主任の大窪だった。大窪は榊と目が合っても無表情のまま、よく日焼けした顔をゆっくりとめぐらせて、背中を向けた。

一時間あまり後、例によって時間ぴったりに面接室にやってきた亜左美は、白いTシャツとベージュのチノパンツに着替えていた。自転車で汗をかいたからだろう。ショートパンツ姿で来なかったことが、榊にはありがたかった。

けれども、ふと思った。

多重人格者は、それぞれの人格が固有の趣味嗜好《しこう》を持っており、服装の好みもまったく異なることがあるという。亜左美はこれまで太腿を露出したことなどなかったのに、さっきは珍しくショートパンツをはいていた。つまりあのときの亜左美は、これまでとは別の人格が現われていたのだろうか。いまチノパンツに着替えてやってきた彼女は、ふたたび露出嫌いの人格にもどったのだろうか。

榊はしかし、そんなあやふやな〈推測〉をすぐに頭から追い払った。何かにつけて、いちいち神経質に関連づけをしていたのではキリがない。枯《か》れ尾花《おばな》に幽霊を見るの類《たぐ》いだ。亜左美のショートパンツにまで多重人格を投影するような愚《ぐ》は控《ひか》えよう。彼女はただ暑かったから脚を出しただけかもしれない。そして自転車で汗をかいたから着替えただけなのかもしれない。外は暑いが病棟内はエアコンが効《き》いている。だからいつものように長いズボンを着用しただけなのかもしれない。

榊は回転椅子をまわして亜左美に正対し、やさしく語りかけた。

「きょうはね、きみの子供のころの思い出を訊《き》こうと思うんだ」

「子供のころの？」

「うむ、まず小学校の話から訊こうかな。一年生のときの思い出を聞かせてくれないか」

しかし、亜左美は鬱陶《うっとう》しげに榊を見返した。

「何よ、それ」

「何よ、って、これも診療のひとつなんだよ」

「小学一年の話なんか聞いて、どうするわけ？」

「きみの思い出を、順番にたどっていきたいんだ」

「だから、どうしてよ」

〈記憶の欠落は、ほんの短い時間ということもあれば、かなり長い場合もある。数カ月間、あるいは数年間、という例もある、とパトナムの論文にあったので、わたしは、真由美の生活史を、あらためて細かく訊き出してみようと思いました〉——岐戸医師が言っていた。——〈物心がついてから現在までのことを、一年ずつ、ゆっくり訊いていったんです。学校の、学年ごとの担任教師の名前とか、友達の名前とか、印象にのこっているエピソードとか〉

「きみがどんなふうに成長してきたのか、それをくわしく知る必要があるんだ。そのことが、きみの治療をする上で、とても役に立つはずなんだ」

「……」亜左美は榊から目をそらし、ひだりの二の腕を掻《か》いた。「さっき蚊《か》に食われちゃった」

「一年生のときの担任の先生は、何という名前だった？」

「そんなの忘れちゃったよ」こんどは右腕を点検しはじめた。

「憶《おぼ》えてないのかい？」榊は、自分の声がやや緊張するのを感じた。

「だって昔のこと思い出すの、めんどくさいんだもん」腕の点検をつづけながら、つぶやく。

「昔、といったって、きみはまだ高校生だし、せいぜい十年しか経《た》ってないだろう」

「わたし、記憶力わるいの」

だが、沢村医師の診療記録には、学校では比較的いい成績をとっていたことが書かれている。

「じゃあ、一年生のときのクラスの友達で、誰か思い出に残ってる子はいるかい？」

亜左美は宙に目をやって少し考え、

「……山田くんと、チエちゃん」

軽い口調で答えた。でまかせのようにも聞こえる。

「その二人とは、どんな思い出があるの？」

「いっしょに遊んだ」

「何をして遊んだ?」

「いろいろ」

「たとえば?」

「だから、いろいろだってば」いらだちを見せ、駄々をこねはじめた。「ねえ、こんなのやめて、もっと他の話しようよ」


……この日の面接に先立って、榊は、広瀬由起からこう言われていた。

「以前のわたしもそうでしたけど、DIDの人は、自分の記憶が抜け落ちていることを深く考えようとはしないんです。考えても訳《わけ》がわからないから、考えたくないんです。それで、人と話をしていて辻褄《つじつま》が合わなくなると、適当に取り繕《つくろ》って、ごまかしてしまうんです。そういう習性が身についちゃってるんです。——ですから、あの子の生活史を聞き取るさいにも、そのへんのことに注意しながら、急がずに、根気よく進めていかれたほうがいいと思います」

「だったら、こうしよう。何年生のときの事でもいいから、きみが話したい思い出を話してごらん」

「話したい思い出なんか、べつにない」

「何もないのかい?」

「ない」

「一年のときの担任は憶えていないと言ったけど、じゃあ二年の担任は——」

「先生」

「ん？」

「トイレ」

「え」

「おしっこよ」

「……行ってきなさい」


「はぐらかすばかりで、まともに答えようとしない」

榊が嘆息すると、広瀬由起はうつむいて腕組みをした。

「あの子、強情《ごうじょう》なところがありますから、当分こういう状態がつづくことを覚悟しなきゃならないかもしれませんわね」

ほかに誰もいない会議室。その片隅にすわって、小声で話をした。

亜左美が多重人格かもしれないということは、院長やほかのスタッフには、まだ伏せていた。確かな証拠もないままにそんなことを広言すれば、きっと批判され、横槍《よこやり》が入るにちがいない、と広瀬由起が懸念《けねん》しているのだ。全員を岐戸医師のもとに連れてゆくわけにもいかないし、たとえ岐戸医師の話を聞かせても、なお納得しない者たちがいるはずだからだ。それゆえ、亜左美にたいする多重人格診断は、いまのところ榊と広瀬由起、ふたりだけの秘密作業なのだった。

「記憶の欠落を取り繕《つくろ》うというよりも――」榊は疲れをおぼえ、首のうしろを揉《も》みながら言った。「彼女の場合は、興味のない質問にはでたらめを答える癖があるように思えます。ほんとうに記憶がないのかどうか判然としないんです。憶えていることまで、忘れたと言い張っているのかもしれない。どうもそんな気がしてしかたがない。医者を翻弄《ほんろう》して遊んでるんです。始末《しまつ》におえない」

「でも、我慢して続けるしかありませんわ」

「どうかな。あんなやりとりを続ける意味があるのかな」

「DIDの診断には時間がかかるんです」

「岐戸先生もそう言っておられた。けれども、無駄なことをして時間を浪費するのは、ぼくは好きじゃない」

しばらく沈黙がつづいたあと、広瀬由起が言った。

「でしたら、こうなさいます？　記憶の欠落をさぐるのはひとまず横へ置いて、別の質問を先になさってみます？　交代人格の気配《けはい》をさぐる質問」


「ねえ、きみ――」

と榊は、つぎの面接のとき、亜左美に質問してみた。「きみは、こんなふうに感じるときってないかい？　自分という人間が一人だけじゃなくて、なんとなく、ほかにもいるみたいな感じがするとき」

「え、何、意味わかんない」亜左美は眉をよせて、よそ見をしながら言う。

「つまり、いまこうやってぼくと話をしているきみの他に、別の自分というか、別の考えを持った自分が存在している、と感じたりするときってないかい？」

「別の考え？」

「うむ」

「いま、わたし、何考えてたか判る？」榊の目をみて訊いた。

「いや」

「お尻の右側のとこが、なんか痒《かゆ》いな。でも、いちおう女の子だから、先生の前でポリポリ掻《か》くのはちょっとな。ほっといたらおさまるかな。あと三十秒くらい待っておさまんなかったら、やっぱり掻いちゃおって考えてたの」

「……掻きたけりゃ掻きなさい」

「おさまったから、いい」言ってジーンズの脚を組み、膝《ひざ》をかかえた。

そばで、若い看護婦が苦笑している。

榊はあきらめずに続けた。

「じゃあ、きみが独りきりでいるとき、誰かがどこからか自分を見ているように感じることはないかい？」

「覗《のぞ》き見？」

「そうじゃなくて、ぜったいに見ている者なんかいないはずの場所なのに、誰かに見られているように感じること。自分以外に誰もいないはずなのに、誰かがいるような感じ」

「幽霊？　幽霊って、やっぱりいるの、先生？」まじめな目で問う。

「……いや、ぼくが言っているのは、自分以外の自分、ということなんだ。自分のほかに、別の自分がどこからか自分を見ているような感じ」

言いながら、しかし言葉が空疎《くうそ》に上滑《うわすべ》りしているのを榊は自覚していた。多重人格ではない榊が、多重人格者の経験する微妙な感覚をうまく言い表わせるわけがない。

看護婦も、榊の質問の意図がつかめずに、怪訝《けげん》な顔でみている。

亜左美は首をかたむけ、いつものように二つに結んだ髪の房の一方を手でつかみながら、無邪気な口調で訊き返した。

「先生には、そういうことがよくあるの？」


多重人格診断。

その試みがなかなか思うようにいかぬまま日は過ぎ、九月に入った。

台風の接近で海が荒れ、病院内の木々の葉もしきりに吹きちぎられているさなか、本館と南棟をつなぐ空中の渡り廊下を歩いていた榊に、広瀬由起が追いすがってきた。

「先生、榊先生……」

榊が足を止めて振り返ると、広瀬由起は蒼《あお》ざめた顔で息をふるわせながら言った。

「……岐戸先生が亡くなられました」

それはすでに予測されていた死である。あと半年も保《も》たないらしいと岐戸医師自身が語っていた。半年どころか、あれからわずかひと月あまりでの死だったが、だとしても、けっして予想外の死ではない。

にもかかわらず、広瀬由起は動転している様子だった。

「いま……いま東京の娘さんから連絡があったんです」

「そうですか」

「わたし……わたし……」

日頃の落ち着きをうしない、両手を胸の前で握りしめてオロオロしている。渡り廊下のガラス窓を風が叩《たた》き、木の葉が何枚も貼りついている。その窓を見たり、足元のベージュ色の床を見たり、榊の顔を見たり、視線が定まらない。

榊は、ふと彼女に問いかけてみた。

「あなた、真由美さん？」

しかし、首をはっきりと横に振り、

「いえ、由起です」

と答えた。「すみません、取り乱して」

「いや、お気持ちはわかります」

「あの、わたし、お通夜に……いまからお通夜に行ってきます。院長先生にお話しして、すぐに発《た》ちます。戻るのは、お葬式が済んでからになりますけど、よろしくお願いします」

「ええ、心得ました」

「じゃあ、あの、失礼します」

会釈《えしやく》をのこして背を向け、渡り廊下を引き返しかけたが、なぜか途中で窓に寄って立ち止まり、外を吹く風を無言でじっと眺めた。榊があゆみ寄ろうとすると、しかしそれを避けるように窓を離れ、小走りに本館へと去った。

24

台風の余波で、京都は雨だった。新幹線をおりた江馬遥子は、駅前でタクシーをひろった。永照寺、という名前を告げると、運転手から二度問い返された。

「北桑田郡の山国村というところにあるんです」

遥子がそう説明を加えても、運転手は首をひねっている。

「山国村ちゅうような場所、聞いたことないな。ちょっと本社に無線で訊《き》いてみますわ」

問い合わせた結果、山国村は四十年以上も前に無くなっていることが判った。付近の村々との合併によって、いまは京北《けいほく》町と呼ばれているのだった。

本社の通信センターから返ってきた答えをもとに、運転手は地図で目的地を確認した。「片道一時間半ぐらいかかりますけど、かまいませんか?」念を押された。

遥子はクレジットカードを持たない主義だ。きょうは日曜で銀行のキャッシュコーナーも閉まっている。急いで財布の中身をたしかめた。思ったより多く入っていた。なんとか大丈夫だろう。

「……ええ、お願いします」

タクシーは北へ走った。

京都の街を出て、雨に濡《ぬ》れた山間《やまあい》の道路を延々と走る。道は蛇行し、両側からせまる山腹には、枝打ちされた杉が整然と立ち並んでいる。まるで定規で何百本もの垂直線を引いたような景観だ。

「北山杉です」

運転手が教えてくれたが、いまの遥子はそんなものには何の関心もなかった。

やがて、山が左右にすこし退《しりぞ》き、狭い平地に出た。ちいさな集落のこぢんまりとした田圃《たんぼ》に稲が穣《みの》りはじめ、青い穂並が雨に煙っている。

「ええっと、ここを右やな」つぶやいて運転手はハンドルを切った。

田のなかの道がほぼまっすぐになった。

「地図によると、この先の山裾《やますそ》ですな」

「もうすぐですか？」

「と思いますけどな。……あ、お客さん、あれとちゃいますか？」ハンドル越しに前方を指さした。

「どこ？」

ワイパーが雨を拭《ぬぐ》い払うフロントガラスの彼方《かなた》に、遥子は目を凝《こ》らした。

「ほれ、あそこに石段が見えますやろ、突き当たりに」

道の真正面には、こんもりとした山が立ち塞《ふさ》がっており、生い茂った樹木のあいだから、なるほど石段がのぞいている。

その石段のたもとへ、タクシーは到着した。

料金メーターにのばしかけていた手をひっこめて、運転手が訊いた。

「待ちますか、お客さん」

そうだった。帰りの足が要る。

「あ、ええ、待っててください」

「傘、貸しましょか」

「おねがいします」

運転手は車をおりて、トランクルームから透明のビニール傘を出してきた。

礼を言ってその傘をさし、石段の真下へと歩いた遥子は、のぼる前に上のほうを見あげた。

――そして心の中でうなずいた。

やはり、ここだった。

確かめてみるまでもなかったが、遥子は傘の柄《え》を肩と顎《あご》ではさんで、バッグの中から例の写真を取り出した。まだ若かった父と五十嵐潤吉が、白っぽいズボンにランニングシャツという格好で、石段の途中に並んで立っている写真。裏に〈永□寺にて〉の文字が書かれた写真。

セピア色に褪《あ》せたこの古びた写真にうつっている石段と同じものが、いま遥子の目の前にある。

きょうは雨のせいで、この写真のような木洩《こも》れ陽《び》はないけれど、おなじ場所であることは疑いない。てっぺんまで何十段もあるこの細長い石段のなかほどに、父と五十嵐潤吉は、昭和二十年八月三日に、立っていたのだ。

帝室博物館の美術品を疎開させた、永照寺。

当時の最重要品をふくむ夥《おびただ》しい美術品が、空襲を避けて東京からここへ移送されてきたのだ。京都二条駅でトラックに積み替えられ、遥子がいまタクシーでやってきた山間部の道を通って、この石段の下まで運ばれてきたのだ。そしてその美術品の保護管理のために、父と五十嵐潤吉は、上司であるもう一人の人物とともに、昭和二十年から二十一年にかけて――つまり終戦の時期をはさんで――この永照寺に滞在していたのだ。

遥子は写真をバッグにしまい、傘を持ち直して、石段をのぼりはじめた。

両側に生い茂る木々の枝葉が頭上にかぶさって、長いトンネルのようになっている。その枝葉のすきまから、木洩れ陽のかわりに、雨のしずくが滴《したた》り落ちてくる。木々の香《か》と草のにおいが、濃密にたちこめている。

この寺には、光厳天皇、後花園天皇、後土御門天皇の分骨所があり、かつては宮内省ともゆかりが深かったことが、〈疎開計画書〉に書かれていた。臨済《りんざい》宗の禅宗寺院。市街地から遠く離れた山里の古刹《こさつ》だ。

石段をのぼりきったところにある門は、小さいながらも重厚な屋根をのせ、遥子の実家の安《あん》麓《ろくじ》寺の、あのささやかな門とは比較にならない立派なものだ。門をくぐると、みぎては細い小径《みち》が藪《やぶ》へとつづいており、ひだりてはそれよりもやや広い坂道になっている。その坂道をすこし登ると、寺の玄関があらわれた。

傘をたたみ、敷居をまたいで、仄暗《ほのぐら》い屋内に足を踏み入れる。

広い三和土《たたき》。上がり框《かまち》の板は永い年代を経て、灰黒色にくすんでいる。あたりは静まりかえって、人の気配もない。

「ごめんください」

奥へ呼びかけたが、返事がない。

やや声を大きくしてもういちど繰り返すと、みぎての廊下から、和服姿の中年の女がひっそりと現われた。

「ご参拝ですか？」物憂げに訊いた。

「ちょっと見学させていただきたいんですが」

「ご案内はしまへんけど、よろしいやろか？」

辺鄙《へんぴ》な山里にあるせいで客の訪《おとな》いも多くはないのだろう、観光客ずれした雰囲気はなく、むしろそっけない。

「ええ、かまいません」

「そしたら、どうぞお上がりやして」

遥子は靴をぬぎ、堂内に上がった。

廊下をまっすぐに進むと、広い座敷に出た。『方丈』という額が掲《かか》げられている。その方丈のまわりを廊下が取り巻き、その先は屋根付きの渡り廊下となって、『開山堂』の額を掲げた古堂につながっている。

大寺院ではない。けれども、山間地に孤立する禅寺《ぜんでら》にしては、全体にゆったりとした広さがあった。

方丈の廊下からは、よく手入れされた庭園がながめられる。くどくどしい植栽《しょくさい》も、大仰《おおぎょう》な石組みもなく、松や楓《かえで》が、ごくあっさりと配置されている。

遥子は廊下の板敷きに腰をおろして、その庭をしばらく眺めた。坐っていると、雨に濡れたスカートの裾《すそ》のひんやりとした湿りけが、腿《もも》の裏側にじわっと伝わった。

しだいに雨の降りが強くなり、庭一面に白くしぶいて、塀《へい》ぎわの苔《こけ》がビロードのような光沢《こうたく》を発した。

半世紀あまり前、父もときどきこうしてこの庭を眺めていたのだろうか。

25

台風の進路がそれ、余波もしずまって、初秋のおだやかな日々がおとずれても、広瀬由起は病院に戻ってこなかった。しばらく休暇をとりたいと院長に電話してきたという。そのわがままを、久賀院長は鷹揚《おうよう》にうけいれた。

九月も半ばを過ぎた日曜日の午前、榊が宿舎のマンションで遅めの朝食をとっていると、ドア・チャイムが鳴った。インターフォンで応答した榊は、

「先生、おはよう。まだ寝てた？」

という亜左美の声に、おどろかされた。

玄関へ行ってドアをあけたが、当然のように中へ入ってこようとする亜左美の肩を、あわてて押し返した。例のヤンキースの帽子に紺のTシャツ。下はブルージーンズだ。

「ひとりで来たのかい？」

亜左美はあっけらかんとした顔で、

「そうよ」

とうなずいた。

「だったら、入れるわけにはいかない」

「なぜ」

「若い女性患者をひとりで自宅に入れることはできない。当たり前のことだ」

すると亜左美は揶揄《からか》うような笑みをうかべて斜めに榊を見あげた。

「わたしがまた嘘を言いふらすんじゃないかって用心してるの？　先生にむりやり変なことされた、とか」

「……それもある」

「だいじょうぶよ、心配しなくても」

年下の者をあしらうような口調で言って、平然と中へ入ってこようとするのを、榊はふたたび押し返した。

「だめだと言ってるだろう」

押し返しながら、榊の脳裏に、苗村伽奈の顔がよぎった。妻と暮らしていた榊のマンションに押しかけ、榊の胸に飛び込んで抱きついてきた苗村伽奈。榊の私生活を侵《おか》し、妻の神経までを掻《か》き乱した苗村伽奈。

「なによ、せっかく来たのに」

亜左美は本気で腹を立てはじめたようだ。Tシャツの肩をおさえる榊の手を、身をよじって振り払った。

榊は妥協案を出した。

「じゃあ、いっしょに外へ出よう」かれはパジャマ兼用のジャージーの上下を着ていた。「すぐに着替えてくる。下の通りで待っていなさい」

「自転車で来たから喉《のど》渇いてるのよ」

「缶ジュースか何かを買ってあげるさ」

「先生の冷蔵庫に入ってないの？」

「ビールしかない」

「ビールでもいいよ」

「そうはいかん。とにかく、下で待ってなさい」

ややきつい声で命じると、

「わかりましたよ」

しぶしぶ従い、ぴったりしたジーンズの尻ポケットに両手の指先を突っ込んで、ふてくされた歩き方で廊下を引き返していった。

三階の部屋から榊がおりてゆくと、亜左美はマンションの横のフェンスに背中でもたれて、ぼんやり足元を見ていた。手を後ろにまわし、両脚をかるく交差させて立っている。野球帽を目深《まぶか》にかぶったその無防備な横顔に、面接では見せたことのない憂愁《ゆうしゅう》の翳《かげ》が暗く浮き出ているのを見て、榊はふと胸を衝《つ》かれた。不安、怖れ、無力感……ほかの入院患者たちと同様、亜左美もやはり自分の未来が見えず、心細さに戦《おのの》きながら生きているのだろう。そんな日々に、彼女は疲れはじめているのだろう。

榊の気配に気づいた亜左美は顔を起こして見返り、帽子の前庇《まえびさし》をすこし持ちあげて生意気《なまいき》そうな顰《しか》めっ面《つら》をこしらえ、

「おそい」

と文句をいった。

「すまん。回していた洗濯機がちょうど止まったんだ」榊は釈明した。「で、洗濯物を手早く干《ほ》してから来た」

「自分で洗濯してるの？」

「ほかに誰もしてくれないからね」

「女と暮らしてるのかと思ったけど――さっき部屋に入れてくれなかったから」

「残念ながら、独り暮らしだ」

榊が言うと、

「もてなさそうだもんね、面白みがなくて」

侮《あなど》りつつも亜左美の表情がやわらいだ。帽子をぬいで髪を風にさらし、指で掻きあげてかぶりなおす。そんな何げないしぐさにも、初々《ういうい》しさとふてぶてしさの入《い》り交《ま》じった仄《ほの》甘い生命感

の放射がある。その放射を浴びているのが、倍も歳の離れた精神科医であることを、榊は、この美少女のために惜《お》しんだ。本来ならば同年代の少年たちと、あるいは幾つか年上の青年たちと、こういう休日を過ごすべき少女なのだ。

「外出簿には何て書いてきたんだい」

「町へサイクリングしてきますって書いたの」

S病院では、一部の患者をのぞいて、外出は自由である。たとえ外出簿への記入を忘れたとしても罰則はなく、ただ看護婦からやんわりと注意をうけるだけだ。

「自転車は？」

「あそこ」

ライトグレーに塗られたフェンスのそばに、似たような色の、銀鼠色のフレームのマウンテンバイクがあった。いつか、夏のさかりに、病院のなかの道を行ったり来たりしていたあの同じ自転車だ。

それを押して歩く亜左美とともに、榊は、町の西端を流れる川の土手へと向かった。高曇りの空の下、クローバーが絨毯《じゅうたん》のように平たく生《は》えひろがる河川敷《かせんじき》で、子供たちがサッカーをしたり、若い夫婦が幼児を遊ばせたりしている。網で魚を獲《と》っている少年たちもいる。

途中の自動販売機で買ったアイスティーの缶を手に、榊は亜左美と並んで、土手の斜面に腰をおろした。草の香が仄温かく周囲をつつみ、川面《かわも》から漂う水のにおいも、かすかに混《ま》じっている。

「独りで暮らして、さみしくないの？」

子供と遊ぶ若夫婦の姿を眺めながら、亜左美が訊《き》いた。

「たまに淋《さみ》しくもなるが、気楽さもある」

「先生、離婚したんだったよね」

「うむ」

亜左美を初めて面接したとき、そのことをふと漏らしたのを思い出した。

「いつごろ別れたの？」

「いまの病院へ来る三ヵ月ほど前だ」

「じゃ、まだ一年もたってないんだ」

「うむ」

「なんで別れたの？」

離婚の原因は、かれの患者だった苗村伽奈にある。しかしそのことを亜左美に話すのは、やはり憚《はばか》られた。

「ま、いろいろあってね」

「何があったの？」

「だから、いろいろだよ」

「それじゃ判んないよ。具体的に話してよ」肘《ひじ》で榊の肘を小突《こづ》いた。

「勘弁してくれよ」

「だって、こんどゆっくり話してくれるって言ったじゃない。最初の面接のときよ。忘れたの？」

「わたしが昔のこと忘れたって言ったら、なんだこいつって顔で見るくせに、自分だってついこないだのこと忘れてるじゃない。わたしのこと苛《いじ》める資格ないよ」

「そうだったかな」

その言葉に、榊は注意を払った。

多重人格診断の第一歩として亜左美の記憶の欠落をさぐるため、幼少期からの記憶を順に確かめてゆこうとしたとき、彼女は「忘れた」という答えを連発した。ほんとうに憶《おぼ》えていないのか、それとも真面目に答えるのが面倒でわざと惚《とぼ》けたのか、それが判然とせず、榊はじれったい思いをした。

けれども、いまの亜左美の言葉には、自分の忘れっぽさを認め、それを恥じ、悔《くや》しがっているニュアンスがある。そしてそのことに直面させようとした榊への腹立ちが込められている。

つまり、彼女は惚《とぼ》けたのではなく、ほんとうに憶えていないのだ。そう見なしてよさそうだ。

——記憶の欠落は、やはりあるのだ。

考えながらアイスティーの缶を飲み干すと、亜左美がその空き缶を榊の手から奪った。立ちあがって土手の緩斜面《かんしゃめん》を駆けおり、遊歩道わきに置かれた金網製の屑籠《くずかご》に自分の缶といっしょに捨て、ちょうどそこへ転がってきたサッカーボールを子供たちのほうへ蹴《け》り返してから、戻ってきて榊の横の草にドタリと仰《あお》むけに寝ころがった。薄曇りで日射しは強くないが、帽子を前にずらして顔を隠してしまった。そのままじっとしている。

眠くなったのかと思ったが、

「ねえ、先生」

と帽子の下から話しかけてきた。

「なんだい」

「先生もさあ、当然だけどさあ、これまでエッチはしてきたんでしょ?」

「……」

無視すべきかどうか迷ったが、亜左美の口調はあっけらかんと乾《かわ》いている。知らんぷりをすると、かえって淫靡《いんび》な空気をつくってしまい、亜左美を狼狽《ろうばい》させてしまいそうな気がした。そこで、彼女に負けぬ呑気《のんき》な調子で榊は答えた。

「あたりまえじゃないか」

亜左美がさらに訊く。

「エッチのときは、先生もスケベになるの?」

「……なるね」

「なのに、どうしていつもそんな顔してるの?」

「そんな顔とは?」

「ぼくはエッチなんかしません、ていう顔」

「そんな顔してないだろう」

「してるよ」

「そうかな」

「先生がどんなふうにエッチするのか、いっぺん見てみたいよ」

……これは、誘惑のつもりだろうか。

この少女は、榊に抱かれたいと言っているのだろうか。

〈面接中に、患者の一人が、わたしに性関係を求めてきまして——もう少しで応じてしまうところでした〉

岐戸医師が語っていた。

〈そのときわたしの前にいたのは、その患者の交代人格の一人で、男を誘惑することに非常に長《た》けていて——ああいうセクシャルな交代人格を相手にするとき、こちらも男ですから、やはりなにがしかの性的刺激はどうしても受けてしまう。これは避けられないことだろうと思います。そして、向こうもそれを敏感に見抜くんです。で、どんなときにどういう迫り方をすれば、こちらの気持ちがぐらつくか、といったことまで、おそろしいくらい知り尽《つ》くしているんです〉

けれども、野球帽を顔にのせて野放図《のほうず》に寝ころんでいる亜左美に、誘惑の底意《そこい》は感じられない。それとも、この野放図さも、男の目を意識した一種の媚態《びたい》なのだろうか。

いや、それは勘ぐりすぎというものだろう。

いま彼女が口にしたきわどい言葉は、むしろ榊のまじめ面《づら》への失敬な皮肉と受け取るべきだろう。それ以上の意味はないのだろう。そこで、榊も軽口の応酬《おうしゅう》として、ぶっきらぼうに言い返した。

「きみなんかに、そんなところを見せるわけにはいかんよ」

言い返しながら、しかしこれまでに病院の中でときおり亜左美が見せた、あきらかな媚態のいくつかをふと思い出したりもして、〈セクシャルな交代人格〉という岐戸医師の言葉が意識の隅にひっかかった。ああいうときの亜左美は、たしかに誘惑的だった。

〈あの誘惑は、わたしに対するテストだったのか、それとも本心からの誘いだったのか、その判別はつきませんでしたが、しかし、いずれにしても、わたしがそれに応じていれば、その瞬間から治療関係が崩壊《ほうかい》したことは間違いない。一匹の雄《おす》でしかない医者に幻滅《げんめつ》して離れてゆくか、あるいは、愛人気取りでまとわりつくか、どちらの場合でも、もう治療関係は成立しなくなってしまったはずです〉

「ねえ、先生」

とまた亜左美が帽子の下から言った。

「なんだ」

「広瀬先生がいなくて淋しい？」

広瀬由起は、復帰の予定もまだ連絡してこない。

「どうしてるのか気にはなっている」

「早く戻ってきてほしい？」

「優秀な心理士さんだからね」

「ずいぶん仲良くしてたしね。誰もいない場所でこっそり会ったり」

油断のならない少女だ、と榊はあらためて思った。かれと広瀬由起がときどき人目を避けて話し合いをしていたことを、しっかり観察していたようだ。話し合いの内容が、亜左美自身の多重人格診断についてだということまでは知らないはずだが……。

「何を勘ぐってるのか想像はつくが、ぼくと広瀬先生とのあいだには、妙な関係は一切ない。がっかりさせて悪いけどね」

毅然《きぜん》とした声で言う榊に、しかし亜左美はこんなことを口にした。

「まあ、どっちでもいいけどさ、でも気をつけたほうがいいよ。前にも教えてあげたでしょ。あの人けっこうすごいからね。先生じゃ、扱《あつか》いきれないかもよ。おまけに、レズの気《け》だってあるんだよ。わたしのこと、いやらしい目で見るんだよ。気持ちわるいったらないよ」

「思い過ごしだ」

「ちがうよ。心理テストをさせられたとき、答えを書いてるわたしの後ろから屈《かが》みこんで、髪を撫《な》でたりしたんだよ。ぞっとしたよ」

「それは、きみの気持ちをほぐそうとしたんだろう。きみが訳《わけ》もなく反発しているのを広瀬先生も感じ取って、なんとかその気持ちをほぐして、信頼し合える関係になりたかったのさ。そのためのスキンシップのつもりだったのさ」

「そんなんじゃないよ。だって髪を撫でながら、匂い嗅《か》いでたよ。躁病《そうびょう》の鴨山とおんなじいやらしさだったよ」

「きみ、まだ懲《こ》りないのか」怒りが声に出ぬように自制しつつ、たしなめた。「そういう悪質な嘘で、気に入らない者を陥《おとし》いれようとするのは、許されないことだぞ」

亜左美は顔から帽子を取って身を起こし、榊をつよく見た。

「嘘じゃないってば。前に先生のことでひどい嘘ついたのは謝《あやま》るけど、これは本当だよ。広瀬先生は、男みたいな目でわたしを見るんだよ。あのひと両刀づかいだよ、ぜったい」

榊はふと思った。

……〈周《しゅう》〉のしわざだろうか。

かつて広瀬由起の中にいたという交代人格のひとり。

同級生の美少女に恋をしたり、弟のガールフレンドを好きになったり、入浴中の真由美の裸をじろじろ見たり、男性向けのエロチックな雑誌を押し入れに隠したり、つまり男としての性欲を持った少年人格。

人格の融合が進むにつれて、周は自分の意志で消えていった、と岐戸医師は言っていたが、消えたふりをして、じつはこっそり居残っていたのだろうか。

〈きれいな脚〉

自転車をこぐ亜左美の太腿を窓から見おろしながらつぶやいた広瀬由起。

あれは同性としての羨望《せんぼう》から出た賛辞ではなく、男の気持ちで漏らしたつぶやきだったのだろうか。

〈かれら自身が、一つになろうという気を起こさないかぎり、統合なんかできるわけはありません。ところが、困ったことに、なかなかそういう気持ちになろうとしない人格たちがいまして……統合されると自分が消えてしまうと思っていて、それをひじょうに厭《いや》がっていました〉

消えたはずの〈周〉がまだ潜《ひそ》んでいるのだろうか。であるとすれば、それ以外の人格も、おなじように隠れ残っている可能性がある。——たとえば……たとえば〈朱実《あけみ》〉という交代人格。ほかの人格たちが寝たあと男あさりに出てゆく性的に放縦《ほうじゆう》な人格。

〈あの人ね、院長先生の愛人じゃないかって思うの〉

榊の頭の隅にこびりついている亜左美の例の言葉。

〈広瀬先生はね、沢村先生のことも好きだったんだよ。ふたりはできてたかもしれないよ。そ〉

〈それだけじゃないよ。まだあるんだよ。広瀬先生はね、大窪とも怪しいんだ〉

あの言葉は単なる中傷ではなく、するどい洞察だったのだろうか。

広瀬由起のなかには〈朱実〉がまだ居るのだろうか。

……もしもそうであった場合、榊としては、どうすべきなのだろうか。

広瀬由起のことについて岐戸医師から後事《こうじ》を託《たく》されたかたちの榊としては、果たして何をなせばいいのだろうか。彼女にたいする面接治療をおこなうべきなのだろうか。あらためて、彼女に人格統合への努力をうながすべきなのだろうか。

それとも、黙って見守っていればいいのだろうか。

〈そもそも、《統合》そのものが治療の目的じゃありません。患者の苦痛を取り除いて、支障なく生活できるようにする、これが目的であって、統合というのは、そのための手段の一つにすぎないと思うんです。完全には統合できていなくても、生きてゆくことに支障を感じなければ、それでいいんじゃないか、と〉

岐戸医師はそう言っていた。

〈無理に完全統合を強《し》いることで人格どうしの確執《かくしつ》をあおってしまうと、かえって患者の苦しみをいつまでも長引かせることになる。そんなのは、わたしに言わせれば、本末転倒です〉

広瀬由起本人が支障を感じていないのであれば、〈周〉が隠れていようと〈朱実〉が潜んでいようと、榊がとやかく言う必要はないのだろうか。

無言で考えていると、

「わたし、もう帰る」

と亜左美が立ちあがった。「駅前の本屋で雑誌買って帰る」

「うむ」

榊も立ったが、

「元気出しなよ、先生」

と背中を亜左美がかるく叩《たた》いた。「女は広瀬先生だけじゃないんだからさ。先生にはもっといい人が見つかるよ、きっと」

並んで歩きながら、こんなことも言った。

「こないだ来たあの人、ちょっと良かったじゃない。ほら、運動会の日にやってきたショートヘアの女の人。東京の博物館の人。先生、気取った顔して立ち話してたじゃない」

榊も思い出した。首都国立博物館の学芸員の名刺を持っていた。五十嵐潤吉という隔離患者に面会を求めてきたが、果たせずに帰っていった。名刺には〈江馬〉とあった。珍しい姓なので憶えている。しかし、ただそれだけのことだ。

自転車の錠をはずしてサドルに跨《また》がった亜左美は、漕《こ》ぎ出そうとした足を止めて、

「わたし、あの博物館に行ったことあるよ」と言った。

「学校で見学に行ったのかい？」

「ううん、そうじゃなくて、沢村先生に連れてってもらったの」

「……」沢村医師はそんなことまでしていたのかと、榊はすこし驚いた。

博物館に連れてゆくことで、何か、診断や治療に役立てるつもりだったのだろうか。それとも、ただの暇《ひま》つぶしに亜左美を同行させたのか。後者であるなら、医師として、あまり褒《ほ》められた行動ではない。

亜左美はしかし、こう続けた。

「きょうみたいに町へ出て来たのよ、わたし。でも、まだ寒い季節だったから、自転車じゃなくてバスでだけどね。でさあ、雑誌買ったついでに、沢村先生のマンションに寄ってみようと思ったの。風邪《かぜ》で休んでたのよ、その日、沢村先生。それなのに、ちょうど先生は車で出かけようとしてたの。ズル休みだったわけ。どこ行くの、って訊いたら、東京だ、って言うからさ、わたしも連れてって、って頼んだの。だめだ、って言われたから、わたし車の前で通せんぼしてやったの。行くのは博物館だから面白くないぞ、って先生が言ったけど、博物館でもいいから連れてって、って言って、強引《ごういん》に乗り込んじゃった」

閉口《へいこう》して仕方なく亜左美を乗せる沢村医師の様子が目にうかび、

「困った子だな、まったくきみは」

と榊も苦笑した。「……で、博物館で何を見てきたんだい」

「本を読んできた」

「本を?」

「だって、資料館だもの、連れて行かれたのは」

「へえ」

「沢村先生が調べものをしてるあいだ、本棚の本を適当にパラパラ見て時間つぶしてたの。退屈でつまんなかったけど、無理についてきたから文句は言えないしね。そのかわり、帰りに途中のレストランでごちそうしてもらっちゃった」

……国立博物館の資料館で調べもの?

精神医学の資料は博物館にはないだろう。

仕事とは無関係に、趣味か何かで調べたいことがあったのだろうか。

「何を調べてたの、ってレストランでわたしが訊いたらさ、それは秘密だ、って言ってニヤニヤ笑ってるの。かと思うと、宙をにらんで、ううむ、なんて唸《うな》ったりして、ひとりで興奮してるの。馬鹿みたいだった。この先生、患者のがうつって頭おかしくなったのかな、って思ってたら、その一週間ぐらいあとに死んじゃった。変な先生」

「……」榊は、聞きながら、いくつかの疑問の切れ端が頭の中で絡《から》みあうのを感じた。

「じゃ、わたし行くね。バイバイ、先生」

帽子をいったん脱いで髪をなでつけてからかぶりなおし、銀鼠色のマウンテンバイクを漕ぎ出していった。

26

京都の山間地にある永照寺。

そこを訪れて、どんな場所かを自分の目で確かめてきた遥子だが、しかしそれをしたからといって、〈都博の秘密〉についての新たな手掛かりが得られたわけではなかった。

遥子がこんな調べを始めたそもそもの目的は、都博が収蔵する重要文化財の狛犬《こまいぬ》一対、その真贋《しんがん》を究明することにあった。あの狛犬は贋作だという五十嵐潤吉の指摘が正しいのかどうか、それをはっきりさせることにあった。

ところが気がついてみると、その目的はいつのまにか脇へ追いやられ、戦時下の美術品疎開についての調べに熱中しているのだった。

精神病院で出会った少女が口にした奇妙な言葉。世間が知ればひっくりかえるような秘密が都博には隠されている、という言葉。五十嵐潤吉から聞いたというあの思わせぶりな言葉に、遥子はすっかり囚《とら》われてしまっている。

帝室博物館の美術品疎開。

夥《おびただ》しい美術品が、空襲を避けて東京から遠く離れた数ヵ所の土地へ移送され、そのうちの一ヵ所、京都府の永照寺に、遥子の父と五十嵐潤吉が滞在していた。当時の最重要品をふくむ疎開美術品の管理のために、上司であるもう一人の人物とともに、その寺に滞在していた。それを知ったとき、遥子は、これかもしれない、と思った。五十嵐潤吉のいう〈都博の秘密〉とは、このときの美術品疎開に何か関係があるのかもしれない、と。

〈いまの館員はほとんど知らないんだってさ、古い話だから〉

あの少女の言葉とも符合する。

けれども、では具体的にどんな秘密なのかとなると、さっぱり見当がつかぬままだった。足踏み状態のなかで、ときおり冷静さもよみがえる。

あの誰とも知れぬ少女の言葉に、いったいどれほどの信憑性《しんぴょうせい》があるのだろうか。そんな〈秘密〉がほんとうに存在するのかどうか、はなはだあやしい。精神を病んで入院している五十嵐潤吉の妄想かもしれないし、あるいは、あの少女自身の妄想か虚言である可能性だってある。

何度もそう思った。思ったけれども、かといって、しかし妄想や虚言だと決めつける根拠もない。

そこで遥子は、これまでの経過を金工室長の岸田に話して意見を聞こうとしてみたが、かれは乗ってこなかった。

「よっぽど暇なんだな」

と呆《あき》れた顔をされ、相手にしてもらえなかった。

そんな遥子のもとに、ある日、Ｓ病院の医師だという男から電話がかかってきた。

Ｓ病院。——五十嵐潤吉が入院している、あの精神病院だ。遥子は、何事だろうかと、学芸部の自分の机の電話で、やや声をひそめながら応答した。

相手は榊と名乗ったが、その名に心当たりはない。

「いつぞやは申し訳ありませんでした。せっかくご面会に来られたのに、ああいうことになって、どうかご容赦ください」

五十嵐潤吉への面会が許可されなかったことを詫《わ》びている。その、おだやかな声の響きと、ゆったりとした語調から、遥子は、あのときの男だと気づいた。面会の手続きを訊《き》こうとして彼女が声をかけた男。ちょっと待っていてください、といって、総婦長を呼んできてくれた男。灰色のズボンをはき、ノーネクタイのワイシャツを袖捲《そでまく》りしていた。最初は職員なのか患者なのかも判らなかった。総婦長とのやりとりの様子から、どうやら職員の一人らしいと見当はついたが、医師だったのか。

あのとき、遥子が総婦長に手渡した名刺を、かれも脇から覗《のぞ》きこんでいた。

しかし、何の用だろう。五十嵐潤吉との面会の許可がおりることになったのだろうか。そう思いかけた遥子に、相手はこう言った。

「じつは、ちょっとお訊きしたいことがあって電話しました」

「はあ、どんなことでしょうか」

「以前にですね、五十嵐さんの担当医だった者が、そちらの資料館におじゃましたことがあるようなんですが、そのことは知っておられましたか？」

「いいえ、存じませんが。――資料館へ何を調べにおいでになられたんでしょうか」

「あ、いや、それがちょっと不明でして、もしや、あなたにお訊きすれば判るかと……」

何のことだか、まるでちんぷんかんぷんだ。

「わたし、その先生のこと、まったく存じあげませんが」

「そうですか。や、失敬しました」バツの悪そうな声だった。

「その先生にじかにお訊きになるわけにはいかないんですか？」

「ええ、死亡していますので」

「あら」

遥子は事情がさっぱり呑《の》み込めぬまま、「すみません、お役に立てなくて」といちおう詫びておいた。

「いえ、とんでもない。こちらこそ、おかしな問い合わせをして、失礼しました」

相手が電話を切る前に、遥子はすかさず訊いた。

「ところで、五十嵐さんとの面会は、まだ当分だめなんでしょうか」

遥子はいまも諦《あきら》めきれずにいる。例の〈都博の秘密〉とは何であるのかをはっきりさせるには、五十嵐潤吉に直接問う以外に方法はなさそうだった。

「五十嵐さんのことは院長が担当していますので、わたしには何とも言いかねます。申し訳ないですが」

「……そうですか」

つい嘆息すると、

「五十嵐さんとは親しくしておられたんですか？」と相手が訊いた。

「いえ、一度もお会いしたことはないんです。けれど、ぜひお尋ねしたいことがあって、それで病院へおじゃましたんです」

「なるほど。……しかし、面会は無理でも、院長を介《かい》してお訊きになるという方法がとれるかもしれません。わたしから、そのことを院長に頼んでみましょうか？」

そう言ってくれたが、人を介して訊けるような事柄ではない。

「ありがとうございます。でも、ちょっと込み入った内容ですので、間接的な問いかけでは、やはり難しいと思います」

「そうですか」

「お心づかいには感謝しますけれど」

「先日も申しましたが、うちの病院はできるかぎり制約や拘束をしない方針で、ほんらいは面会も自由なんです。ただ、五十嵐さんだけは、ま、特例でして。——どうか、了解してください」

「ええ、わかりました。でも、五十嵐さんの病状って、そんなにお悪いんですか？」

返事に、やや間《ま》があいた。

「……わたしは担当医ではないので、一度も診《み》ていません」

「五十嵐さん、隔離されているそうですね」

例の少女がそう言っていた。

「……ええ、個室で、独りで過ごしていただいているようです」歯切れのわるい口調になった。

「わたし、面識がないと申しましたけれど、でも、わたしの父が——父はもう亡くなっておりますが——むかし五十嵐さんと一緒にこちらの博物館で働いていて、しかもかなり親しいお付き合いをしていたようなので、まったくの他人とは思えないんです。ご入院中だと知ってから、すこし気になっているんです。訊きたいことがあるのは事実ですけれど、それとは別に、何かしてさしあげられることがあるのなら、父に代わって、それをしたいとも思っています」

その気持ちは本当だった。

「なるほど、そういうご関係だったんですか」

「五十嵐さんは、隔離された部屋の中でどんなふうに過ごしてらっしゃるんですか？　縛りつけられたりしているんですか？」

「いいえ、それはないと思います。五十嵐さんは凶暴な行為をする患者さんではないということですから、身体拘束まではされていないはずです。しずかに回想録を書いたりなどして過ごしておられるようです」

「……回想録を？」遥子はおもわず受話器をにぎりなおした。

「ええ」

「その回想録には、あの……京都に滞在なさった時期のことも書かれているんでしょうか」

ひょっとすると、〈都博の秘密〉とは何かということが、文中にはのめかされているかもしれない。

「さあ、わたしは読んでいませんので……」

「その回想録、わたしに読ませていただくわけにはいかないんでしょうか」

「ふむ……」

「だめでしょうか」

相手はすこし考えていたが、

「そのご要望を、担当医である院長を通じて五十嵐さんに伝えてもらうようにしましょう」と言ってくれた。

「ありがとうございます」

「五十嵐さんの返事が出たら、イエスにせよノーにせよ、あなたにお知らせします」

「よろしくお願いします」

「では――」

と電話を切りかける相手に、

「あの――」

と遥子はなおも話しかけた。「それはそうと、五十嵐さんには、いま、ご家族というか、お身内というか、そういう方はいらっしゃるんでしょうか」

相手は、その点についてもよく知らないらしく、

「……確かめてみます」と言った。

「すみません、おねがいします。……あの――」遥子は自分が持っている情報をひとつ伝えることにした。「わたしの知るかぎりでは、息子さんが一人いらっしゃったみたいですけれど、もう四十年くらいも前に、知り合いの方に養子として引き取られたそうです」

「ほう」

「引き取ったのは、五十嵐さんがこちらの博物館に勤めていらっしゃったときの上司の方です。でも、その息子さんとの交流が、いま現在、あるのかないのかは存じませんが」

「ちなみに、その息子さんが養子に行かれた先の名前は、ご存じですか？」

「真柴、という姓のはずです」

「マシバ？」

と訊き返す相手の声に、なぜか驚きの気配があった。「どんな字を書くんですか？」

「真実の真に、柴犬の柴ですけれど」

「うちの理事長と、おなじ姓です」

「ほんとうですか？」

「ええ、真柴コウジロウというんですが」

「どんな字ですか？」と今度は遥子がその問いをした。

「公けに、治療の治、太郎・次郎の郎です」

字もおなじだ。――しかし念のために、

「その方、むかし、こちらの博物館にお勤めでした？」

と訊いてみた。

「どうですかね。わたしは知りません」

「お歳は？」

「八十代半ばだと思いますが」

……だったら、まちがいない。

「その方です。五十嵐さんの息子さんをご養子として引き取られたのは、きっとその方です」

「そうか……なるほどね。そういうわけか」相手もしきりに納得している。「うちの病院で一番いい個室に入っておられるということなので、よほどの資産家か、あるいは裕福な身内がいらっしゃるんだろうと思っていましたが、なるほど、理事長とのあいだにそういう繋《つな》がりがあったんですね」

「ご養子さんは、ご健在ですの？」

「理事長に壮年の息子がいることは聞いています。病院以外の事業は、その息子がほとんど引き継いでいるらしいですが、ただし、それが、果たして五十嵐さんのもとから引き取られた養子なのかどうかまでは……」

「真柴さんには、もともとお子さんがいらっしゃらなかったそうですから、たぶんその息子さんが五十嵐さんのご実子じゃないかしら」

「それなら、おそらくそうでしょう」

「さっきまで、わたし、五十嵐さんのこと、とても気の毒に思っていましたけれど、理事長さんとのご縁でそちらに入院しておいでになるのなら、病状はともかくとして、少なくとも、ケアという面では恵まれていらっしゃるわけですね」

「……でしょうね」

「ちょっと安心しました」

「あ、すみません、そろそろ診察の時間ですので、これで……」

「はい」

　電話を切る前に、

「回想録の件、かならず連絡します」と約束してくれた。

「よろしくおねがいします」

遥子は期待した。

27

理事長はめったに病院に現われない。

そのため、榊が顔を合わせたのは一度きりだ。ここに勤めるようになって一ヵ月ほどたったころ、呼ばれて院長室へゆくと、渋い背広姿の小柄な老人に引き合わされ、それが真柴理事長だった。

「新しく入った榊君です」

院長の紹介で榊が頭をさげると、理事長も丁寧に礼を返し、

「ますますいい病院になるように、どうかお力添えください」

と腰のひくい挨拶をしてきた。

短かめの銀髪から透《す》ける頭の地肌がさくら色で、老いた羊のような柔和《にゅうわ》な目元だった。

あの理事長と隔離患者・五十嵐潤吉とは、どうやら古くからの知己《ちき》だったようだ。しかも、五十嵐潤吉の息子を真柴家の養子にしていたらしい。

が、そんな話は、これまで院内の誰からも聞かされなかった。――職員たちにも伏せられているのだろう。孫娘を仮名で入院させているくらいだから、きっとそうに違いない。

……孫娘。

自分は理事長の孫だと打ち明けた亜左美の言葉を、榊はほぼ信じている。いったん彼を亜左美の担当から外しておきながら、その撤回《てっかい》をねだる彼女のわがままを、久賀院長があまりにも諾々《だくだく》と受け入れたのを見て、榊はそれを信じた。亜左美との約束があるので、院長に確認することはしていないが、おそらく本当だろうと彼は思っている。その点に関してだけは、亜左美の言葉を疑っていない。

しかし、そうであるならば、亜左美は五十嵐老人の実の孫ということにもなるが、彼女自身はそのことを知っているのだろうか。

いずれにせよ、真柴理事長は、その良心的な経営方針とはうらはらに、身内の精神疾患について は、きわめて忌《い》まわしいものと感じ、外聞《がいぶん》を気にしているようだ。息子が五十嵐潤吉の実子であることを伏せ、さらに孫娘の亜左美を仮名で入院させている。入院患者とその血縁者への世間の偏見《へんけん》を、ことのほか怖れているように見える。

それはともかくとして、榊は、博物館の江馬遥子にたのまれたことを果たすため、院長室を訪れた。久賀院長はデスクで書類をチェックしていた。きょうは多忙らしく、榊をソファにすわらせ、自分はデスクでの仕事をつづけながら話を聞こうとした。

ところが、

「五十嵐さんの回想録」

という言葉が榊の口から出た瞬間、院長は仕事の手を止めて、慎重な目つきでデスク越しに榊を見すえた。

「回想録のこと、あなたは誰から聞いたんですか？」

しかし、榊が答える前に、

「——そうか、広瀬君からですね？」と自分で言った。

〈なにか奇妙な回想録を書いてるんですって。沢村先生がそうおっしゃっていました。面接のときに読ませてくれたんですって〉

「ええ、以前に彼女から聞きました。で、その回想録をぜひ読んでみたいという方がいるんですが」

すると、院長はデスクから腰をあげ、白髪まじりの長髪をなでつけながら、ゆっくりした歩調でソファのほうへ来た。低く咳払《せきばら》いをして、榊の前にすわり、

「どういうことですか？」

と物静かに訊いた。「どなたが読みたいとおっしゃっているんですか？」

「先日、五十嵐さんに面会を求めてきた女性です。首都国立博物館の学芸員の方です」

「ああ、名刺を置いていった方ですね」

「ええ、院長が電話で面会不許可の返事をなさった相手です」——わざわざそこまで言わずとも院長はすでに思い出しているはずだが、これはつい漏れ出た皮肉である。

「その方、回想録のこと、はじめから知っておられたんですか？　それとも……」

「わたしが言いました。彼女の亡くなった父親が、五十嵐さんと古い友人どうしだったそうです。そんな関係で、入院生活の様子をだいぶ気にかけておられたので、わたしは安心させようとして、五十嵐さんは個室で回想録など書きながら静かに過ごしているようだ、と答えました」

「そうですか。いずれにしても、回想録は見せられない」

五十嵐潤吉自身の意思を確かめようともせずに、院長はその場で拒絶してしまった。

榊は得心がいかず、

「人に見せることを、本人が厭がるのですか?」

と、おさえた口調で問いかけた。

「そういうことではなく――」久賀院長もおだやかに答える。「医者以外の者が読むべき内容ではない、という意味です。回想録とはいっても、妄想にもとづいた内容なので、みだりに部外者の目に触れさせるわけにはいかない。たとえ本人が了解したとしても、あくまでも病者としての判断ですから、むしろ、それをやめさせるのが医者の役目でしょう。いまの五十嵐さんには、自分の名誉を自分で守るだけの認識力はない。それともう一つ――」

と院長は眼鏡を指で押しあげた。「五十嵐さんの妄想にはね、まわりの者を引きずり込んでしまう奇妙な力があるんです。これ、前にもいちど言ったと思いますが」

「ええ、お聞きしました」

五十嵐潤吉をなぜ隔離しているのか、それを榊が問うたときに、院長がその理由として語ったのだった。

〈担当医までが引きずり込まれそうになった。以前は沢村君に担当してもらっていたんです。ところが、かれの様子が少しおかしくなってしまって。言動の一部に、患者の妄想と似たものがまじるようになったんです〉

〈被害妄想のようなものですか？〉

〈そうではなく、突飛《とっぴ》な空想物語というか、作話性のつよい妄想でね。しかし話の作られ方がひじょうに緻密《ちみつ》に体系化されていて、ついこちらも興味をおぼえてしまうくらいよく出来ている。沢村君も、いつのまにか患者の妄想世界に引きずり込まれてしまったようで、その気配に気づいた私が、すぐに彼を担当から外して、自分で直接診《み》ることにしたわけです〉

広瀬由起が話していた。

〈わたしも読んでみたいって興味本位に言ったら、院長先生にたしなめられてしまいました〉

彼女は、沢村医師自身の言葉も教えてくれた。

〈なかなか面白い内容なんだけれど、どこまでが事実でどこからが妄想追想なのか、それがよく判らないんだ、ともおっしゃっていました〉

「そういうわけで、五十嵐さんの回想録は、院内のスタッフにも読ませないようにしています。まして外部の方には、とうていお見せするわけにはいかない」

その神経質すぎる処置に、榊はどうも心から納得できないものを感じる。

「ですが、妄想の伝染というのは、そうやたらに起きることではないでしょう。院長のご心配が、わたしにはあまりよく理解できません。若輩《じゃくはい》の身で生意気なことを申しあげてすみませんが」

「いや、それは別にかまわない。ご意見は遠慮なく言ってください。……ただ、一般論についてあれこれ言い合っても仕方がない。わたしは、妄想の伝染性という一般論で話をしているんではなく、〈五十嵐さんの妄想の伝染性〉という個別事例のみを語っているわけで、これに関しては、失礼ながら、五十嵐さんを診ていないあなたと深い議論が交わせるとは思えない」

「たしかに、そうですね」榊は謙虚にうなずき返したうえで、遠慮がちに頼んでみた。「そういう事例を、わたしはこれまでまだ実際に目にした経験がありません。もしよろしければ、ぜひいちど、院長が面接なさる場に立ち会わせていただけないでしょうか」

「五十嵐さんとの面接の場に？」

「そうです。見学させていただければ、わたしにとっても貴重な勉強の機会になると思うんですが」

短い沈黙のあと、

「考えておきましょう」

と院長は言ったが、顎《あご》をなでながら疎《うと》ましげに付け加えた。「ただし、いずれにせよ、すぐには無理です。というのは、わたし自身、五十嵐さんの病態をまだきちんと把握《はあく》できているとは言いがたいので、もうしばらく単独で面接していきたいんです」

「……そうですか」

「申し訳ないが」

「回想録を拝見することも、だめですか」

院長は苦笑して答えた。

「あれはね、じつをいうと、わたしの手で、もう処分してしまった」

「え」

「沢村君がちょっとおかしくなったのを見て、あんなものは処分したほうがいいと考えたんです」

「診断資料として、いちおう取っておくことはなさらなかったんですか？」

「そんな必要はないでしょう。ふたむかし前の精神分析医じゃあるまいし、患者の妄想をああだこうだと分析しても意味がない。分裂病患者の妄想は脳のはたらきの異常が引き起こしているわけだから、妄想の中身など、じつのところ、どうでもいい。そんなものを真面目くさって分析するのは時間のむだです。治療にも役立たない」

その点については、榊もほぼおなじ考え方をしているが、それでも患者の所有物を勝手に処分するのは職権の乱用であろう。こと五十嵐老人のケースにかぎって、久賀院長は日ごろの彼の誠実な医療理念にそぐわぬことを行なっている。榊にはそう思えてしかたがない。

「五十嵐さんは、怒りませんでしたか？　それとも、取り上げられたことすら、認識できない状態なんですか？」

「取り上げたわけじゃない。わたしに読ませようとして差し出してきたんです。処分したことは、本人には言っていない」

「返してほしい、と言われたらどうなさるんですか？」

「言わないでしょう、自分の手元にフロッピーがあるから」

「フロッピー・ディスクですか？」

「わたしが処分したのは、プリントアウトです」

「五十嵐さんはパソコンかワープロで書いていたんですか？」

「古いタイプのワープロを持っていてね、それで書いていた。できればフロッピーも消去させたかったが、しかし仮にそれをしても、妄想があの人の頭の中にあるあいだは、何度でも同じものを書こうとするだろうから、まあ、放置してあります」

「でしたら、もう一度プリントアウトするように頼んでみていただけないでしょうか」

榊の求めを、院長は頑《かたく》なに撥《は》ねつけた。

「患者の妄想を興味本位に覗《のぞ》くようなことは控えるべきです」

「医者としての興味でもですか？」

「何度も言うように、沢村君の例があるので、わたしは読ませたくないんです。優秀な医師を、これ以上あの老人の妄想に巻き込みたくない。べつに、あなたを青二才あつかいしているわけじゃないが、院長として、用心深くなっているんです。どうかあなたは、ほかの患者さんたちの診断と治療に専念してください」

院長は腕時計をにらんでソファから立ちあがり、もうこの話は打ち切りにすることを榊にしめした。

「はい、お電話かわりました。学芸部の江馬ですが」

「こんにちは、榊です、S病院の」

「あ、先日はどうも」

「さっそくですが、例の件で——五十嵐さんの回想録の件で、ご返事を……」

「ありがとうございます。で、どうなんでしょうか。読ませていただけるんでしょうか」期待のこもった声だ。

「いえ、それが、残念ながら……」

「だめなんですか？　五十嵐さんが厭だとおっしゃってるんですか？」

「いや、担当医である院長の判断です」

「……そうですか」

「回想録といっても、その内容は妄想なので、たとえご本人の承諾が得られた場合でも、やはり外部の方にお見せするのは適切ではない、というのが院長の考えです」

「妄想？」

「だそうです」

「なにか奇怪な内容なんですか？」

「突飛な作り話のようです」

「作り話……」

「とにかく、そういうわけですので、ご了解ください」個人的な意見や感情はさしはさまずに、伝達人としての立場に徹して告げた。

「面会もだめ、回想録もだめ、ということですね？」不服の思いが声に出ている。

「どうか悪《あ》しからず」

「しかたありませんわね」しぶしぶ納得したあと、「ところで、あのことは、やっぱりわたしの申しあげた通りでしたかしら？」と訊《き》いてきた。

「あのこと、とは？」

「理事長さんのことです。むかし、こちらの博物館に勤めていらした真柴さんに、まちがいありませんでした？」

「や、それは確かめていません。というよりも、あなたのお話の通りなら、あえて確かめるまでもなく、おなじ人物でしょう」

「ええ、わたしもそう思っていますけれど。――むかしの記録を見ると、真柴さんと五十嵐さんと父の三人で、京都の山奥のお寺に滞在していたことがあるんです」

「ほう」

「そんな頃の思い出などが、五十嵐さんの回想録にはいろいろ書かれているのかと思っていたんですけれど、妄想から生まれた作り話なら、そういうものを期待してもだめですね。……でも、それ、ほんとに確かなんでしょうか、書かれた内容が作り話だというのは」

「院長はそう見ているようです。――しかし、読む者がとても興味をおぼえてしまうくらいによく出来ているとか……」

「そんなふうに聞くと、なんだかよけいに読んでみたくなりますわ」

「同感です」

つい自分の気持ちを漏らした榊に、

「でしたら、なぜお読みにならないんですの？」

と相手が問いかけてきた。

「担当じゃありませんから」

とだけ榊は答えたが、相手はなおも追及してくる。

「担当の先生以外は、読むことができないんですか？」

「……ええ」

「おなじ病院のお医者さんなのに？」

「ええ」

「なぜですの？」

「や、それはつまり……」

いくら患者と関わりを持つ相手とはいえ、外部の人間にたいして、必要以上の受け答えをしすぎてしまったことを榊が悔やんでいると、受話器の向こうで不意にこうつぶやく声が聞こえた。

「……まるで機密文書みたい」

その夜は榊の当直だった。

簡易ベッドに横になっていると、五十嵐老人の回想録をめぐって幾人かの者が口にしたさまざまな言葉が、頭のなかで交錯した。

久賀院長。〈回想録は見せられない。回想録とはいっても、妄想にもとづいた内容なので、みだりに部外者の目に触れさせるわけにはいかない〉

広瀬由起。〈なかなか面白い内容なんだけれど、どこまでが事実でどこからが妄想追想なのか、それがよく判らないんだ、ともおっしゃっていました〉

久賀院長。〈話の作られ方がひじょうに緻密《ちみつ》に体系化されていて、ついこちらも興味をおぼえてしまうくらいよく出来ている。沢村君も、いつのまにか患者の妄想世界に引きずり込まれてしまったようで……〉

亜左美。〈何を調べてたの、って訊いたらさ、それは秘密だ、って言ってニヤニヤ笑ってるの。かと思うと、宙をにらんで、ううむ、なんて唸《うな》ったりして、ひとりで興奮してるの〉

久賀院長。〈言動の一部に、患者の妄想と似たものがまじるようになったんです〉

江馬遥子。〈でも、それ、ほんとに確かなんでしょうか、書かれた内容が作り話だというのは〉

久賀院長。〈たとえ本人が了解したとしても、それをやめさせるのが医者の役目でしょう。いまの五十嵐さんには、自分の名誉を自分で守るだけの認識力はない〉

江馬遥子。〈……まるで機密文書みたい〉

榊は深夜に簡易ベッドから起き出て、本館一階のナース・ステーションへ下りた。若い夜勤看護婦がひとり、机の上で看護記録に書き込みをしていたが、榊の足音に気づいて顔をあげ、

「何かありました、先生？」

と小声でたずねてきた。

「うむ。眠れなくて、図書室から本でも持ってこようと思って廊下を歩いていたら、変な物音がしてね。二階のいちばん奥の部屋のようなんだが、あそこは施錠《せじょう》されてるよね。ちょっと様子を見てみたいので、鍵《かぎ》を貸してくれないかな」

看護婦は宙を見あげた。二階のその部屋の位置を頭のなかに描いているようだった。

「五十嵐さんの個室ですね？」

「……うむ」

「あの部屋の鍵は、大窪主任が持っています」

「え、かれがずっと持ち歩いてるのかい？」

「はい」

「じゃあ、大窪さんがいないときはドアは開かないってこと？」

火事でもあった場合はどうするのかと、榊は憤《いきどお》りを覚えかけたが、しかし看護婦はこう言った。

「主任は、あの隣の部屋で寝泊まりなさってますから、電話して起こしましょうか?」

「寝泊まりって、毎晩、泊まり込んでるの?」

「そうですよ」

「ふうん、そうなのか」

「大窪主任に電話しましょうか?」

「うむ、そうだね、そうしてください」

榊が二階へもどると、廊下の奥の、五十嵐老人を隔離した部屋の前で、すでに大窪が待っていた。草色のタンクトップに白いジャージーのズボンという格好だ。ベッドから飛び起きてきたのか、生えぎわの後退した髪の一部が寝癖で逆立《さかだ》っている。

榊はかるく頭をさげ、

「すみません、夜中に起こしてしまって」

と詫びた。

「いいえ」

逞《たくま》しく日焼けした大窪の顔が蛍光灯の下で、不審げに榊を見ている。

「さっき、この部屋で物音《さえぎ》がしたもんですから、ちょっと中を——」

榊が言いかけるのを遮るように、

「看護婦からそう聞いて、いま中を見てみましたが、患者はぐっすり眠ってました。物音は、どこか、ほかの場所から聞こえたんじゃないですか?」

と榊の背後の廊下に目をやった。

「いや、たしかにこの部屋だった」

「しかし、わたしは隣の部屋で寝てましたが、何も聞こえなかったですよ」

隔離患者の隣室での寝泊まり。——この男は看守のような役割を負《お》わされているのだろうか、と榊はおもった。

「とにかく、いちおう患者さんの様子を確認したいので、錠を開けてくれますか」

「わたしが確認しました。そう言ったはずですがね」

「医者としての目で、ぼく自身も確認したいんです」

「この患者の看護はわたしに一任されてまして、わたし以外の者は、たとえ先生でも、院長の許可がないと入れません」

大窪は譲《ゆず》らなかった。

榊は呆れて嘆息した。

「厳重だな。なぜそこまで厳重にガードしなきゃならんのかな」

「すいません。院長のご指示なもんで」

タンクトップの腹を悠然《ゆうぜん》と撫《な》でながら、大窪は無表情に詫びた。

榊はあきらめて廊下を引き返した。

物音が聞こえたというのは嘘だ。五十嵐老人の部屋に入り込むための口実だったが、その試みは成功しなかった。が、これほどまで徹底した〈隔離〉をおこなう院長のやり方は、榊には、やはり異様としか思えなかった。

当直室にもどって簡易ベッドに横になったが、寝つけなかった。

……不意に、枕元の電話が鳴った。

南棟のナース・ステーションからだった。——亜左美が果物ナイフで手首を切った、という知らせだった。

28

秋の特別展『室町時代の美術名品展』の開幕準備に追われて、遥子はこのところ多忙な日々を過ごしていたが、ようやくそれが一段落し、すこし時間に余裕が持てるようになった。

そこで、ふたたび例の調べを再開した。——資料館へ行って、『当博物館関係文書』の入った大型キャビネットから、終戦後の文書を引っ張り出し、片っ端から目を通していった。

ほんとうはそんな公《おおや》けの文書なんかより、五十嵐潤吉の回想録のほうに興味があるのだが、病院側が見せないというのだから仕方がない。

調べを再開してまもなく、ある記録文書を見つけた。

連合国への無条件降伏から二カ月あまりが経った昭和二十年十月二十日、帝室博物館の幹部たちが、疎開美術品を東京へ送り還《かえ》すことを検討するためにおこなった会議の記録だ。会議の場所は奈良となっている。——当時、帝室博物館の本部そのものも、東京を離れて奈良に疎開していたのだ。

出席者の顔ぶれは、総長、事務官、それと四人の鑑査官であり、その鑑査官たちのなかに真柴公治郎の名前もある。——遥子の父や五十嵐潤吉の上司であり、ともに京都の永照寺に赴任していた人物。いまは精神病院の理事長。

父や五十嵐潤吉のような下級職員は、このときの会議には加わっていないようだ。

その会議記録にはこうある。

一、岩手県浄法寺町、ならびに福島県翁島村にある美術品は全部、東京に還送すること。ただし、道路が著しく破損されているという情報であるから、輸送については現地に赴任している鑑査官に一任する。
一、京都府北桑田郡にある美術品はその一部を還送する。

京都府北桑田郡というのは、山国村の永照寺と、弓削《ゆげ》村の弓削旅館のことを指しているのだろう。

岩手県と福島県に疎開させたものは全部を東京に戻すが、京都府のものは一部だけを還送する、というわけだ。敗戦直後の輸送事情の違いでそういうことになったのだろう、と思って遥子はその記録を読んだのだが、けれども、そのあとに目を通した別の文書には、こんな内容のことが書かれているものがあった。

京都府北桑田郡の弓削旅館は、戦後の営業再開をいそいでおり、美術品の保管場所としての契約を短縮してほしいと要望している。そこで、帝室博物館としてもそれを諒承し、同旅館の美術品を昭和二十一年一月半ばまでに京都御所に移送することとする。ただし、永照寺については、契約期限を当初の昭和二十一年五月末日から、二ヵ月間延長することとする。

29

亜左美が目をさました、と看護婦から連絡が入った。

時計をみると午後二時半だった。榊はアルコール依存症の男性患者を面接中だったが、それを早めに終わらせて、南棟一階の保護室へ向かった。

未明に手首を切った亜左美は、当直室から駆けつけた榊に傷口を五針縫われている間も、看護婦に包帯を巻かれている間も、ぼんやりと一点を見つめて黙り込んでいた。傷の処置が済んで榊がしずかに話しかけても、目を合わさずに緘黙《かんもく》をつづけた。

亜左美が手首を切ったのは、自分の病室でだった。見回りをしていた夜勤看護婦が亜左美の部屋をのぞくと、パジャマ姿で自分のベッドの端に腰をおろし、血のしたたる左手首を見ながらじっとしていたという。

刃は動脈に届いておらず、命にかかわる傷ではなかったが、縫合《ほうごう》不要なほど浅くもなかった。傷の処置後、榊は彼女に睡眠導入剤を注射し、ひとまず保護室へ入れて眠らせることにしたのだった。

南棟の保護室は、看護休憩室のとなりに二室設けられている。外から施錠され、監視窓がある。内部の壁には、患者が自分の頭を打ちつけても大丈夫なように白いゴム板が貼りめぐらされている。むろん、自殺や自傷の道具に使われそうなものも一切《いっさい》置かれていない。ベッドもない。薄茶色のリノリウムの床にじかにマットレスが敷かれている。

そのマットレスの上に、亜左美が両膝を抱えてすわっていた。ベテランの看護婦がそばに付いている。

榊が入ってゆくと、亜左美は目をあげ、わずかに頬笑んだ。それを見て、榊はすこしホッとした。しかし、手首の包帯や、象牙色のパジャマのあちこちに染みついた血痕《けっこん》が痛々しい。

榊は亜左美の前に片膝をついてしゃがみこんだ。

「気分はどう？」

亜左美は包帯をしていないほうの手で髪を掻きあげ、

「頭の奥が重い感じ」と、少しかすれた声で言った。

問いかけに、返事をした。

「ごめんね、先生」とも言った。

緘黙状態からは脱したようだ。

亜左美が手首を切ったのは、これで二度目だ。

最初は夏のはじめだった。手鏡を割り、その破片で手首を傷つけたことがあった。榊がほかの若い女性患者の腕をとって廊下を歩いていたことに腹を立てての自傷だった。看護婦が止めようとすると、榊にからだを触られた、などと訴えたのだった。

あのときは、死ぬ気のない単なる自傷行為と思われたが、今回については、まだ判断がつかない。致命傷にはならなかったものの、単なる自傷にしては切り方がやや深い。

「なぜ、あんなもの持ってたんだ」

「あんなものって？」

「果物ナイフだよ」

「こないだ、町に行ったときに買ったの。でも、なぜ買ったのか、よく判んない」答えながら、手首の包帯をそっと撫でた。「……なぜ切ったのかも、判んない」

〈ある日、ひだりの手首に包帯をしてきたんです。《またやっちゃいました》と小声で言って、悲しげな顔をしていました。死のうと思ったわけじゃないが、なにかむしゃくしゃした精神状態になって、気がついたらカッターナイフで切ってしまっていたそうです。こういう自傷は、その後も何回かありました〉

広瀬由起が診察をうけに通いはじめた頃のことを、岐戸医師がそう語っていた。

なぜ切ったのか判らない。気がついたら切ってしまっていた。——広瀬由起の場合は、交代人格のしわざだった。

亜左美もそうなのだろうか。

「喉渇《のど》いた。紅茶が飲みたい」と亜左美がけだるくつぶやいた。

榊はそばに立つ看護婦を見返った。かれが頼む前に、黙って目でうなずいて、看護婦は保護室を出ていった。

ふたりきりになると、亜左美は不意に榊に身をすりよせてきた。

「先生の腕のなかに抱いて」

榊はしかし、その肩を押しとどめた。胸に抱きしめてやることはしなかった。亜左美の甘えを受け入れることに対して警戒心がはたらいた。


〈そういう関係は精神医療には必ずしも良い結果をもたらさないという見方もあるようですが、多重人格の治療にかぎって言えば、やはり、あるていどは必要なことだと、わたしは思っています。依存感情を持つということは、それだけ信頼を寄せている、ということですからね〉


岐戸医師はそう言っていたが、しかし、もしも亜左美が多重人格ではなく、やはり境界性人格障害であった場合、こんなかたちでの甘えの受容は、最悪の事態を招いてしまう。自傷や自殺未遂をしてみせれば、甘えが受け入れられると思い込ませてしまう。

甘えはどこまでもエスカレートしてゆき、終点がなくなる。亜左美は榊にしがみつき、無理難題を言うようになるだろう。途中で榊がそれに応じきれなくなれば、また自殺を図《はか》るだろう。そんな泥沼のような関係が際限なくつづき、収拾《しゅうしゅう》がつかなくなることだろう。

それだけは避けねばならない、と榊は警戒したのだ。医師が患者をやさしく包み込み、腕のなかに抱きしめてやる、という、一見あたたかみのある、人間的な行為は、境界例患者にたいしては、むしろ最悪の結末への呼び水となってしまう。

亜左美の依存感情を受け入れるのは、彼女が境界例ではなく、多重人格であることが確認できてからでなければならない、と榊は自分に言い聞かせ、身をすりよせる彼女の肩をそっと押しとどめたのだ。

先日の川原での会話から、亜左美には幼少期の記憶に欠落があるらしいことが推察できたが、だからといって、まだ多重人格であると確定できたわけではない。記憶の欠落は、あくまでも、多重人格の可能性をしめす徴候の一つにすぎず、それだけでは決定的な証拠にはならない。今回の手首切創《リスト・カット》にしても、交代人格のしわざであるという確かな証拠は、何もない。

それよりも、担当医である榊の当直中に手首を切ったのは、ただの偶然だろうか、と彼は疑っている。わざとその日を選んで自殺未遂騒ぎを起こしたのではないだろうか。榊にショックを与え、心配させ、腕のなかに抱きしめさせることが目的だったのではないだろうか。

肩を押しとどめられた亜左美は、さぐるような目で榊の顔をみた。

榊はできるだけ優しい口調を心がけながら言った。

「医者と患者のルールのこと、前に話しただろう。もしもきみが、これからもぼくに診《み》てほしいと思うんなら、ルールに従わなきゃだめだ。——医者と患者とのあいだの節度をまもることもそうだし、それから、どんな理由があろうと、こんどみたいな真似《まね》は、もう決して繰り返さないと約束すること」

亜左美の肩から力がぬけ、斜めに俯《うつむ》いて、

「……わかった」と低く答えた。

看護婦がもどってきて、自動販売機で買った缶紅茶を亜左美に手渡し、それをゆっくりと飲む亜左美に話しかけた。

「そのパジャマ、洗ってきれいになるといいね」

榊は亜左美を病室にもどし、夕方、看護スタッフをあつめて、当分、彼女の様子に細かく注意をはらうよう求めた。しかし、甘やかしたり、過度に世話を焼いたりすることはせぬように と釘《くぎ》をさした。榊自身も、予定の面接時間以外には、亜左美の面会要求を受け付けないことを、あらためて念押しした。――つまり、境界例シフトの継続を再確認したのだった。

榊が担当する二十余人の入院患者たち。そのなかで、もっとも診断に悩み、手こずり、時間も多く割《さ》いている相手は亜左美だったが、反対に、毎週三十分間だけ、ひたすら単調に、手のかからない面接をつづけている相手がいる。――分裂病慢性期の及川氏だ。

及川氏にたいしては、手のかけようがないのだった。診断について頭を悩ます余地もないのだった。

夏のあいだは病棟内の面接室で会っていたが、秋に入ってから庭での面接を再開した。手狭《てぜま》な面接室で向き合って息のつまる時間を過ごすより、庭のベンチに並んで坐っているほうが、少しは及川氏をリラックスさせられるように思え、そして榊自身もゆったりした気分になれた。

及川氏の病状は、崩れた土砂が平地にひろがったような状態で固定し、寛解《かんかい》もないかわりに目立った悪化も見られない。あいかわらず寡黙《かもく》で、うつろな表情をどこか一点にじっと向けつづけている。

そして例の茶色の書類鞄《かばん》。それを大事そうに膝《ひざ》のうえに置いて、ひとり静かに異次元の虚空《こくう》をただよっている。

慢性期の陰性症状にたいしてよく使われる抗精神病薬リスペリドンの処方をすこし増やしてみたが、それも効果はないようだ。

榊はベンチに一緒にすわり、間合いをゆっくりと取りながら雑談風に話しかけることをつづけている。そんな榊の語りかけに反応が返ってくることはほとんどないが、まったく無関係に、唐突《とうとつ》に、独り言のような言葉を発することがあり、そういうところも以前と変わっていない。

それでも、及川氏が榊との面接にいくらか慣れはじめてきているのは確かで、疎通《そつう》はないものの、安心感が芽生えている気配は、多少感じられた。

亜左美の自傷騒ぎがあった翌日、庭のベンチで及川氏を面接中、やや疲れの溜《た》まっていた榊がふとぼんやりしていたとき、

「アノゴロージンはおらんのですか?」

というつぶやきが隣から聞こえた。

榊は、立派な福耳をもつ及川氏の横顔に目を向け、

「え、何ですか?」

と訊《き》いた。

すると、めずらしく榊の問いかけに応じるようにして、

「アノゴロージンはおらんのですか？」

と、比較的はっきりした口調で繰り返した。——あのご老人はおらんのですか？　と言ったようだ。

「ご老人というのは、どなたのことですか？」

榊は尋ねたが、しかし、それきりだった。

及川氏はふたたび黙り込み、視線も、ずり落ちるように下へ逃げ、足元の芝生を見おろして、そのまま固着してしまいそうな様子だった。

……ご老人。

院内には、老人と呼ばれる年代の者が十数人いる。そのなかの誰かのことだろうか。思って、かれらの顔を一人ひとり思い浮かべかけた榊は、もしや、という勘《かん》がはたらいて、白衣のポケットから携帯電話を取り出し、本館のナース・ステーションにかけた。

都合よくベテランの看護婦が出たので、榊は訊いてみた。

「いま及川さんが、あのご老人はいないのか、という質問を口にしたんですが、ご老人というのは誰のことか判りますか？」

看護婦の返答を聞いて、榊は自分の勘が当たっていたことを知った。

「それ、たぶん五十嵐さんのことじゃないでしょうか。五十嵐さんが隔離される前は、ふたりが庭のベンチに並んで坐っているところをよく見かけましたから」

「そうですか、ありがとう」

携帯電話をしまいながら榊は、その情景を想像した。

分裂病患者には、特定の場所や特定の物にこだわる固着現象がしばしば見られるが、人物にたいしてもそれが現われることがある。及川氏は、おなじ入院患者の五十嵐老人に、かれなりの親しみを感じていたのかもしれない。ベンチに並んで坐っていても安心できる相手だったのかもしれない。

「あのご老人と仲がよかったそうですね。あのご老人が庭に出てこられなくなって残念ですね」

榊が語りかけると、すこし間をおいて、

「あのご老人に返さなければ」

と及川氏は言った。——五十嵐老人に関する話題に反応している。

「何を返すんですか？」

「ヒワを返さなければ」

……ヒワ？　鳥の〈鶸《ひわ》〉のことだろうか。五十嵐老人は鶸を飼っていて、それを及川氏に預けていたのだろうか。

思っていると、及川氏は例の茶色の書類鞄をていねいな手つきで開き、中から十数枚の紙の束を取り出した。それを鞄のうえに載せ、両手できちんと角をそろえながら、

「あのご老人に返さなければ」

とまた言った。

横から覗く榊の目に、一枚めの紙の冒頭に印字された文字が見えた。

わが回想録——帝室博物館秘話

と読めた。

五十嵐老人の回想録。それをプリントアウトしたもののようだ。

〈あれはね、じつをいうと、わたしの手で、もう処分してしまった。……わたしが処分したのは、プリントアウトです〉

院長が処分したものとは別に、五十嵐老人はもう一部をプリントアウトしていたわけだ。そしてそれを、ベンチの口なたぼっこ仲間である及川氏に貸しあたえていたのだ。

榊は、おだやかに、しずかに、頼んでみた。

「及川さん、その回想録、わたしに預からせてくれませんか」

その要求は、しかし及川氏をうろたえさせてしまった。預けていいものかどうか、その判断ができないのだろう、かれは回想録を鞄にしまい込んだり取り出したり、という動作を、延々と繰り返しはじめた。

榊は、言い直した。

「及川さん、わたしに預けたくなければ預けなくてもいいですよ。わたしに持ち去られるのがお厭《いや》なら、わたしは今ここで、あなたの横で読ませてもらうことにします。読んだらそのままあなたに返します。それならどうですか?」

及川氏の動作が止まり、そして何かおずおずとした手つきで、そのB5サイズの紙の束を——五十嵐老人の回想録を——榊のほうに差し出した。

†

回想録なんぞというものは人生において何事かを成したる者が書くんであろうが、何事も成しえぬままに老いぼれ果てたる身にも、筆にしておきたい逸話の一つぐらいはあるんである。齢八十ともなれば、もはや世間への気兼ねも憚りも失せ、秘事も密事もなんのその、腹の奥に押し込めてフタをしておった隠しごと、そのフタがすっかりゆるんで誰彼となく無性に明かしたくなるのは何ゆえか。これをモウロクと呼びたい者は呼ぶがよい。とうにわが脳味噌はその持ち主への忠誠を欠いておる。

私は三十代半ばからの後半生において美術工芸の道でひとかどの仕事を遺さむと励んだつもりではあるが、世に鑑賞眼を有する者なきか、はたまた己の無才のゆえか、いずれにせよ光の差さぬ薄暗道をうろうろ歩いて幾十年、その間、人に語るほどの事は、残念ながら何もない。語るべき逸話はそれ以前の時代にあり、すなわち私が上野の帝室博物館に奉職しておった当時の秘話がこの回想録の主題となるんである。

しかし物事は順を追って語らねばならんだろう。それができねば支離滅裂となり、爺いの頭はやっぱりおかしいと、無礼なあざけりを受けるに相違ない。だが心配無用。わが脳味噌は四六時中叛乱を起こしておるわけではない。混濁もなく縺れもなく、秋の明月のごとくに冴えわたる、というはちと誇大かもしれんが、ほどほどの活動がよみがえる時もあるんである。この回想録がそのよき証拠となるであろう。

まずは私自身の生い立ちを述べる。多言は費やさぬ。大正九年、東京は牛込区の生まれ、父、東京市職員。関東大震災後、荻窪に移り、長じて上野の美術学校に入ったが、二年目に肺を病んで休学。右肺の半分を切除され、逗子のサナトリウムで療養した。

この時の療養仲間に、休職中の文部省役人がおって、えらく馬が合い、サナトリウムを出たのち美術学校を中退した私は、その御仁の口ききで帝室博物館に（館は宮内省の所管であったが文部省とも縁が深かったんである）見習い雇員として勤めることになった。時に昭和十六年六月、すなわち日米開戦の半年前のことであった。

開戦後、身体壮健の若手男子職員は、一人二人とまさに櫛の歯の欠けるがごとく召集されてゆき、その穴埋めに、私は金工担当の技手として正職員に引き上げられた次第である。とはいえ、もとよりその道の経験浅く、今にして思えば金工のイロハもろくにわきまえぬ半素人であったが、病弱にて召集を免れた負い目もあり、出征した先輩の預託に応えむとして日々勉強と研究に没頭したもんである。

館に勤めて三年がたち、戦争の旗色どうやら悪化の一途をたどっておる様子、四十近い職員にまで召集令状が届くに至り、まわりの空席は増えるばかり、上野の森のカラスの声さえ寥々として、なんとも物寂しい様相とは相成った。様相といえば別館裏の庭の様相、これもがらりと一変した。食糧不足の補いにと皆で開墾の鍬を入れ、せっせと種蒔き水やり下肥撒き、風向きしだいでその薫気、館内にまで漂うありさまであった。

しかし下肥のにおいぐらいで憂鬱になっておる場合ではなかった。昭和十九年の秋の終わり頃から、いよいよ東京が空襲にやられ始めた。子供はお国の宝なりとて学童疎開はすでに夏から始まっておったが、博物館の宝もこのままではまずかろうということになり、どこか安全な場所へ疎開させるべく幹部が検討を始めた。これより先、十七年の夏に最重要の美術品が南多摩の倉庫に移されてはおったものの、近くに軍需工場ができたせいで、かえって危なくなっておった。

このさい思い切ってずっと遠方まで移したほうがよかろうとなって、幹部達が八方手分けして候補地を探し回った。そうして決まったのが京都と岩手と福島であり、総長じきじきに現地を検分し、建物の貸借契約を交わして来られたんであった。

とかく重要美術品なるものは世間知らずの深窓の美女に似たるところあり、油断すればたちまち悪い虫に取り付かれ、目を離せば盗賊にさらわれ、片時も放置できぬという点で、実に世話の焼けるものなんである。そこでどの疎開地にも番人が付き従ってゆかねばならず、この私も番人の一人として昭和二十年五月一日、京都への赴任を命じられたんであった。

京都と聞いて喜んだ私はまことに浅薄であった。東男に京女という言葉もあるから、いささか期待するところ無きにしもあらず、鼻唄まじりで国民服のゲートルをきれいに巻き直し、颯爽と京都二条駅に降り立ったまでは良かったが、第一便の荷物ともども載せられたトラックが、町を外れ野を外れ、山間の凸凹道を濛々たる砂埃を巻き上げつつ、いつ果てるともなく走り続けるのに揺すぶられながら、しだいに気がめいっていったもんである。私の赴任先、永照寺の在する山国村は、まったくもって看板に偽りなしの山国村なんであった。

先着のM鑑査官に出迎えられた私は、お茶の一杯とて飲む間もあらばこそ、荷物の搬入に動員され、百万段はあろうかという忌ま忌ましい石段を、日が暮れるまで登り下りしたんである。重い物は作業員に任せ、私はなるだけ軽い物を運んだが、だいたい何も持たずに石段を登り下りするだけですでに大運動である。私の右肺が半分しかないことをM鑑査官に仄めかして苦役の免除を得ようとしたものの、「ほう、それは羨ましい、おれの右肺は三分の二も取られた」と切り返されては、諦めて荷物を運ぶしかないではないか。

数日後、第二便の荷物と共にやってきたE君も合流して、永照寺の番人三人組がそろったんであった。M鑑査官は美術学校の五年先輩にあたり、私と違って無事卒業している。E君は昭和十八年に入ってきた男で、私の一つ下、仙台の寺の息子、学芸大学で美術を学んだ純朴な青年である。片目を失明しておったが、勉強家で、仏教美術に詳しく、飲むといささか理屈っぽくなるのが唯一の難であった。

荷物は逐次東京から送られてきて、そのつど我々は二条貨物駅まではるばるお出迎えに行ったんであるが、それにつけても梱包はまったくお粗末なものであった。時節柄、資材不足はどうにもならず、しかも厖大な数の一点一点、のんびり丁寧に梱包しておられるわけもない。送り出した東京の連中も、さぞかし気を揉みながら見送ったことであろう。おまけに、荷下ろしにいそしむ駅の作業員達の豪快さに、我々は何度肝を冷やしたことか。彼等はよほど娯楽に飢えておったに相違なく、できるかぎり乱暴に扱うよう密かに申し合わせて、我々の顔が青ざめるのを眺めては無上の喜びに浸っておったとしか思われんのである。

とにもかくにも、こうして山国村永照寺での日々が始まった。五月中に十一回のお出迎えをしたが、それで大方の荷物は移送を終え、あとは月に一度か二度、館蔵図書の一部が送られてきたりする程度であった。搬入品は、寺の蔵はむろんのこと本堂といわず脇屋といわず押し込める場所にはすべて押し込んだ。しかしその整理を済ませてしまうと我々はすることがなくなってしまった。退屈をもてあまして溜め息ばかりついておった。なにしろ山国村なんである。本屋も映画館も国民酒場も何もないんである。暇つぶしといったら、せいぜい村役場の老吏と碁を打つか、子供らの川遊びに仲間入りするか、裏山からやってくるムクドリの餌付けで根気くらべをするか、そんなことぐらいしかないんである。せめて美術品をねらう盗っ人でもおればまだしも、それすら一人もおらんのであるからやりきれん。

ところが真夏のある日、麦藁帽をかぶって寺の庭の雑草とりをしたあと、藪蚊に食われた数をE君と比べ合っておると、村役場へラジオを聞きに行っていたM鑑査官が汗をふきふき帰ってきて、「おい君達、戦争が終わったぞ」と告げたんであった。

しかし終戦になってさっさと山国村におさらばできたかといえばさにあらず、我らの仙人暮らしはなおも続いたんである。鉄道は食糧買い出しの人の群れであふれかえり、美術品の還送どころではなかったんである。還送の段取りを幹部らが話し合ったのは、夏が過ぎ秋も深まった十月下旬になってからであった。館の本部は東京から奈良に移っておったので、会議も奈良で行なわれたんであるが、その会議への出張から帰ってきたM鑑査官が言うには、岩手と福島の疎開美術品はすぐに還送を始めるが、京都の分については、とりあえず弓削村の弓削旅館に置いてある品の一部だけを還送するという話であった。すなわち最重要品を集めた永照寺の分は、当分据え置くとの御沙汰である。戦後の輸送事情がまだ混乱しておったし、それが落ち着くまで大事を取ることにしたんであろう。

幹部会議は十一月の初めにもあり、街へ出られる嬉しさを隠して「やれやれまた鮨詰め列車の旅だ」なんぞと愚痴りつつ足取り軽く出かけてゆくM鑑査官の背中を、私とE君は山国村の朝の寒気に身ぶるいしながら指をくわえて見送ったもんであった。しかし会議から帰ってきたM鑑査官は顔を曇らせていた。わが帝室博物館の命運が未曾有の危機に瀕していると言うんである。なんとなれば、日本を占領した連合国軍総司令部が、三井、三菱、住友、安田といった大財閥を粉ごなに砕いて解体すると宣告したが、ついでに皇室にも莫大な財産税をかける気でいるらしく、そうなると帝室博物館も皇室財産の一つであるから当然処分の対象になるであろうし、いったいどんな処分のされ方をするのかが分からぬので、総長以下、幹部はみな神経をとがらせているという話であった。

十二月の初めにもM鑑査官は奈良での幹部会議に出席したが、帰ってくるなり、「おいおい君達、落ち葉でイモなんか焼いている場合ではないぞ」と私とE君を裏庭の片隅へ引っ張ってゆき、声をひそめてとんでもないことを言い出したんである。すなわち、永照寺にある重要美術品の偽物づくりを始めることになったと言うんである。我々の手で密かに贋作をするんである。各専門分野の学芸員と修復技師を永照寺にあつめて精巧な模造品をつくるんである。模造が難しいものについては、列品台帳の細部を書き換え、目録写真を撮り直して、別の二流品とすりかえるんである。本物はどこかに隠しておき、代わりに偽物を東京へ還送するんである。連合国軍総司令部の目を盗んでそれをやるんである。連中の横暴と無知のせいで帝室博物館の宝が散逸するのを防ぐために、あえてそれを行なうことが幹部会議で決まった、と言うんである。M鑑査官の話に私もE君も最初は目を円くしたが、しかしすぐに賛同を表明した。敗戦以来しぼんでおった愛国心がちっとばかり息を吹き返したということもあるが、それより何より、退屈しのぎの種ができて嬉しかったんである。

やがて一人また一人と、奈良や東京から腕利きの専門家達が積雪を踏んで永照寺にあつまってきた。収蔵品の模写、模造は、もともと博物館の仕事の一部であるし、資料用として戦前からそういう作業は続けられてきておるわけで、模造品づくりは我々にはお手の物であった。永照寺とのあいだで交わされておった建物貸借契約では翌年の五月末日が期限であったが、模造品を一点でも多く造るために、契約を二ヶ月間延長することになった。寺の者に対しては、疎開中に傷んだ品を修復しておるのだと説明しておいた。

そういうわけで山国村での生活の後半は、前半とは打って変わって忙しい日々を送ることになった。贋作工房と化した永照寺で、十数人の者達が脇目もふらず模造品づくりに励んだ。ついでに告白すると、私はこの時こっそりいたずらもした。平安後期の作である青銅の狛犬一対の模造品をこしらえる際、ちょいと現代風のデザインをまぎれこませておいたんである。なんにも知らぬ進駐軍の担当官どもがそれを見て「古代日本の美的感覚は現代にも通ずるところがあると思わんか」などと言い合っている場面を想像し、ひとりほくそ笑みながらこしらえたんである。

契約期限があと一ヶ月に迫った六月の終わり頃から、少しずつ還送が始まった。模造を終えた本物は、永照寺からさらに奥へ入った無人の山家に隠した。すでに博物館本部は東京に戻っていたんであるが、山間の寺で頑張る我々をねぎらうため、総長が月に一度は酒の差し入れも手配してくれていた。我々はその酒で英気を養いつつ、使命感に燃えて仕事に打ち込んだ。

ところがである。梅雨も明けた七月の半ばあたりであった。またそろそろ差し入れが届く頃であったから、酒に目のない老学芸員が仕事の手を休めて石段の木蔭から村の一本道を眺め下ろしておると、砂埃を巻き上げて米軍ジープが一台こっちへやってくるのが見えたんである。老先生、慌てふためき、転がらんばかりにして我々に知らせに来た。「皆、落ち着け、落ち着け」と制して回る者もおったが、いかんせんその当人の手が震えておるんであるから話にならん。

前触れもなく突然現われた進駐軍のC中佐は、日系人の通訳を一人従えただけでピストルすら帯びておらず、ということは贋作工房と知って摘発に来たんではなく、あくまでも視察が目的であることが分かったが、それでも我々は皆、顔も手足も緊張でこわばらせ、教練を受ける生徒のごとく神妙に立ち並んで、その雲突くような大男の中佐を迎えたんであった。

こういう時に頼りになるのがM鑑査官である。なりは小さいがなかなか胆のすわった男なんである。この場の責任者として、慌てず騒がず泰然とした物腰で歓迎の挨拶をし、それを見て我々もちっとは平静心を取り戻すことができたんである。

C中佐が開口一番に問うたのは、我々の人数のことであった。「美術品管理のためにここに赴任しているのは三人と聞いていたが、何故これほど大勢がいるのか」と訊くんである。M鑑査官、答えて曰く、「管理のための職員は三人でありますが、東京への美術品還送に備えて傷みを修復せねばならぬため、各専門分野の者が臨時に滞在しておるんであります」と。すなわち寺の者に対するのと同じ説明をしたんであった。ところがこのC中佐、鈍重そうな風体に似合わず意外に鋭いところを突くんである。「美術品は輸送の途中で傷む可能性もあるから、修復をするならばむしろ還送後のほうがよくはないのか」とのもっともな疑問を言う。これに対してM鑑査官、「ふつうならば確かにそうでありますが、戦災で物不足の東京よりも、空襲の被害がなかった京都のほうが、修復材料が手に入り易いのであります」とそつなく答え、中佐の不審をぬぐえたかに見えたんであるが、かたわらに佇立する我々の顔つきに何かウサン臭い気配でもあらわれていたんであろうか、中佐はひと通り寺の中を見て回ったのち、「今後の還送予定について詳しく訊きたい」という理由で、M鑑査官に京都の進駐軍司令部への同行を求めたんであった。

残った我々は、もはや模造品づくりの仕事も手につかず、寄り集まってM鑑査官の身を案じた。「厳しい尋問に負けて、もしもMさんがすべてを白状してしまったら、我々はどうなるんだろうか」と言い出す者がおり、ある者が「我々のやっておることは連中から見れば不法隠匿行為になるな」と言えば、別の者は「いや進駐軍への反逆行為にもなるから、関係者は全員逮捕投獄されるに違いない」と自信ありげに断言し、いずれにしても楽観論は一言も出ず、みな意気消沈して肩を落とした。

蟬しぐれのやかましい方丈の縁側にすわりこみ、何をなすでもなく暗い顔をして待っておる我々のもとに、次の日の夕方、M鑑査官が帰ってきた。我先に殺到して質問を浴びせむとする一同を苦笑いでなだめつつ、「御心配をおかけしたが、もう大丈夫、なんとかうまく切り抜けてきました」と報告するM鑑査官が、我々の目には、敵陣を突破して生還した不死身の英雄のように見えたもんであった。

寺との契約期限まではまだ半月あったが、この一件を知った東京の本部は、ただちに贋作工房を解散するよう指示してきた。元の三人組にもどった我々は、やがて最後の還送作業の始末をつけ、ほぼ十四ヶ月間滞在した永照寺を引き払った。ただし東京へ帰ることができたのは私一人である。M鑑査官とE君の二人は、すりかえた本物を隠した例の山家を守る番人として、当分この地に残されることになったんである。

そうして半年後にE君と私が交代する手筈になっておったが、結局その交代はせずに済んでしまった。何故かといえば、その山家が焼け落ちたからである。M鑑査官に用を命じられてE君が京都の街まで出かけている間の出来事であった。M鑑査官の火の不始末が原因らしいが、知らせに驚いて総長ほか二人の幹部が夜行列車で現地へ駆けつけたところ、火事は山家のまわりの山林にも広がっており、進駐軍の飛行機までが出動して鎮火の試みに爆弾を落としたりもしていたという。

いやはや、この火事は館の幹部や模造に関わった者達をしたたかに打ちのめした。私も耳を疑った。国の宝を守るためにやったことが裏目に出て、貴重な美術品の数々を焼失させる羽目になってしまったんである。事が明るみに出れば、関係者全員の逮捕投獄はむろんのこと、世間からも囂々たる非難を浴びることは間違いなかった。悄然として現地から戻った総長は、模造関係者達を会議室に集め、苦渋に満ちた顔で、この秘密を各自が終生守り抜くよう求めて低頭したんであった。したがって世間一般は勿論のこと、館の中でも関係者以外の者はこのことを全く知らず、このの戦地から復員してきた学芸員達も知らんのである。関係者の中にはこの件をいつまでも気に病み続けた者もおって、E君も、根が真面目なだけに神経衰弱になり、二年後にとうとう館を辞めて仙台の寺に帰ってしまった。

結局のところ帝室博物館は昭和二十二年に首都国立博物館と名を変えて宮内省から文部省へ移管されただけで済み、美術品散逸の心配は杞憂に終わったんであるが、なにしろ右に語ったような事情であるから、今も館に収蔵されておる重文級の品々のうちの一部は、きわめて精巧につくられた模造品なんである。しかしそれを知る者も、もはや果たして何人が生き残っておることか。当時の関係者の中ではE君と私が一番若かったんであるが、彼は還暦を待たずして亡くなったと風の便りに聞いたので、ことによれば私がこの秘密を知る最後の一人であるかもしれん。否々、もう一人大事な人物を忘れておった。M鑑査官である。あの御仁も今なお健在なんである。

M鑑査官に対しては、関係者の誰もが腹の中で疑いながらも口に出せずにきたことがある。すなわち、あの山家の火事の真相についてである。あの火事の責任をとってM鑑査官は館を辞めたが、それから数年と経ぬうちに彼は事業家として発展していった。いったい事業の元手はどこから用意したんであろうか。皆が疑っておったのはC中佐との闇取引きである。証拠を摑んだわけではないから断定はできぬものの、あの火事はM鑑査官とC中佐との取引きの結果ではなかろうかと、多分誰もがそう疑っておったはずである。あのとき焼けたことになっておる美術品は、今頃どこか海外の資産家の秘蔵コレクションの中に澄ましておさまっておるんではあるまいか。

館を辞めて事業に成功したM鑑査官は、その後なにくれとなく私の面倒を見てくれており、私にとっては有難い恩人なんであるが、それとこれとはまた別なんである。恩を受けたとて疑いは消せぬのである。

しかし、いずれにせよM鑑査官は何も語らぬままあの世へ赴くつもりであろうから、私のこの回想録も、遺憾ながら、こうしてもやもやとした霧の中で終わらざるを得んのである。

30

遥子が待っていると、ほぼ約束通りの時間に榊医師が到着した。

本館の脇にある東洋館、その簡素な玄関ホール。榊医師は灰色のスーツを着て、黒っぽいネクタイがやや捩《よじ》れている。

遥子は迎え寄って会釈を交わしたあと、そのまま階段をのぼり、二階の休憩室にかれを導いた。東洋館はおもに、日本以外のアジアの考古品・美術品を陳列しているが、きょうのような日曜日でも観覧客は本館にくらべて少なく、休憩室もいつも閑散《かんさん》としているので、あまり人の耳を気にせずにゆっくり話ができる。

榊医師は電話で面会を申し入れてきたとき、資料館で会うことを求めたが、

「資料館は土日や祝日は休みなんです、博物館のほうは月曜休館ですけど」

遥子がそう話すと、

「じゃあ、どこでもかまいません」

と言い、遥子に場所を決めさせた。

休憩室の茶色い合皮《ごうひ》張りベンチに腰をおろして、榊医師は、五十嵐潤吉の回想録の内容を遥子に聞かせた。

かれはメモの紙を見ながら話した。回想録を読んだあと、それを持っていた入院患者にすぐに返さなければならなかったので、忘れぬうちに要点をメモに取ったそうだ。

榊医師が語った内容は、少なくとも当時の客観状況に関しては、遥子がこれまでに資料館でしらべた事実と完全に符合している。

美術品の疎《そ》開《かい》は実際にあったことだ。人物名のイニシャルにしてもそうだ。〈M鑑査官〉は真柴公治郎、〈E君〉は遥子の父の江馬文範のことに違いない。資料館に辞令の写しが残っている。永照寺の借り上げ期間の契約を二ヵ月間延長したことも、たしかに記録にあった。

それを遥子が言うと、榊医師は眉《まゆ》をよせて、

「そうですか。事実なんですか」

とつぶやき、あらためて自分の書いたメモをじっと見つめた。

資料館で会いたいと最初に彼が求めたのは、傍証《ぼうしょう》資料の有無を遥子といっしょに探すつもりでいたからだろう。が、それらの資料の存在を遥子が即答したので、かれにとっては手間が省《はぶ》けたことになる。

「でも――」

と遥子は釘《くぎ》をさした。「永照寺がほんとうに〈贋作《がんさく》工房〉になったのかどうか、それを明らかにする公的資料は、当然ですけれど、ありません」

その言葉は、現職の館員としての、そして〈E君〉の娘としての、防御的な言辞と受け取られたかもしれないが——そしてそういう面も無くはなかったが——しかし実際のところ、遥子には信じられない思いのほうが強かったのだ。

模造品《もぞう》を本物とすりかえて還送した？

しかも本物が焼失したため、それらの模造品は今もそのまま館に収蔵されている？

そんなことがありうるだろうか。一点や二点ならともかく、重要文化財級の美術品の数々が、半世紀以上もの間、模造であることを見破られずに済むものだろうか。

きわめて疑わしい。

……けれど——

絶対に不可能だと言い切れるかとなると、遥子は口ごもってしまう。

たとえば例の青銅の狛犬《こまいぬ》。——回想録にはそのことも書かれていたという。あの狛犬の変則的な様式は、五十嵐潤吉自身が仕組んだ悪戯《いたずら》だという。理屈には合う。金工室長の岸田が抱いていた疑問への答えにはなっている。

真贋鑑定で岸田を悩ませたあの狛犬が模造品であるのなら、そしてその他の模造品もあれくらい精巧に、そして、あれ以上に忠実につくられているのなら、専門家たちの目をくらましつづけることも、あるいは不可能ではないかもしれない、という気はする。

「で、回想録の内容は、それで全部ですの？」

遥子が確認すると、

「ほぼ全部です」

と榊医師は答えた。

「ほぼ?」

「最後の部分は、〈回想〉ではなく〈想像〉で書かれているので、これは省いてお話ししました」

「どんな想像ですか?」

「確認の取りようがない憶測です」

「ですから、どんな?」

「ある人物を誹謗《ひぼう》する憶測です。確かめようのない憶測をみだりに広めるのは不本意なので、話さずにおきます」

静かに言われて、遥子もあえてそのことは追及せずにおいた。


……日暮れにS町の宿舎マンションに帰り着き、留守電メッセージの再生ボタンを押した榊は、上着を脱ぎかけた手を止めた。

「もしもし、先生、亜左美ちゃんが、あの、またあれを、自殺を、しようとしました。至急、おねがいします。病院のほうへおいでねがいます」

看護婦の声だ。午後四時十分を皮切りに同じ内容のメッセージが何度も入っていた。

博物館での江馬遥子との話を邪魔されたくなかったので、榊は携帯電話を持たずに出かけていたのだ。

すぐに病院に電話を入れた。ベテランの看護婦が出た。

「あ、先生、お休みのところ済みません」

「いえ、今からすぐにそちらへ向かうつもりですが、どんな状況ですか？」

「亜左美ちゃんが屋上から飛び降りようとしたんです。飛び降りる前に捕まえたので大丈夫でしたけど」

「……よかった」

「で、先生がお留守でしたので、院長先生が来てくださいました」

「そうですか」

榊はひとまず安堵《あんど》しかけたが、そのあとの看護婦の言葉を聞いて驚いた。

「それで、いまECTをしているところです」

「ECT？」――電気ショック療法だ。

「はい。あの子、つい先日も自殺をもくろんだばかりですし、これはECTしかないな、と院長先生がおっしゃって」

「ちょっと待ってください。ぼくは承諾できない」榊は強い口調でいった。「ECTはあの患者には無意味だと思います」

患者の頭の両側に電極をあてて百ボルト前後の電流を二、三秒流すECT。この手荒い療法は、鬱《うつ》病の希死念慮や分裂病の妄想、興奮、昏迷に対しては確かに目をみはるような効果をあらわすのだが、しかし人格的な障害には何の効《き》き目もないことが判っている。

「はあ、でも、院長先生のご指示で……」

「担当医はぼくです。すみませんが院長に代わってくれませんか」

亜左美の自殺企図は鬱病のせいではないし、分裂病によるものでもない。境界例患者の虚無感や対人操作、もしくは多重人格者のなかの交代人格のしわざ、このいずれかであろうと榊は思っている。亜左美の脳に無意味な通電をおこなうことを、かれはやめさせたかった。

「でも、もう終わってるころだと思いますけど」

榊は受話器を置いて部屋を出、駐車場の車に乗り込んだ。


岬の斜面のひだに沿って曲がりくねる道路を、いつもの通勤では十五分かけて走るのだが、このときは半分の時間で病院の門を通過した。駐車場の横を素通りしてそのまま奥の入院病棟の前へ乗り付けた。

南棟一階の保護室へ駆けこむと、手狭な部屋の中に、電撃装置、心電図モニター、脳波計、持続血圧計、救急用薬剤などが持ち込まれ、運動着の白いジャージー姿でマットレスにぐったりと横たわる亜左美を取り囲んで、久賀院長と大窪看護士、そして二人の看護婦がいた。

息を乱してあらわれた榊に、

「やあ、来てくれましたか」

と院長は淡々とした顔を向けた。「どうも自殺企図が頻回《ひんかい》なので、ECTをやることにしました。連絡がつかないもんだから、あなたの了解なしで進めたが」

「もう通電なさったんですか?」

大窪看護士を押しのけるようにして榊は亜左美のそばへ行った。

「いや、これからです」と院長はいった。「三十分前に硫酸アトロピンを与えて、いま静脈麻酔を終えたところです。三時ごろに何か食べていたらしくてね、開始をちょっと遅らせたんです」

　胃からの嘔吐物《おうとぶつ》が気道に詰まることがないように慎重を期したのだろう。おかげで間に合った。榊は安堵の息を吐いた。

　看護婦の一人が屈《かが》みこんで亜左美のこめかみの皮膚をアルコールで拭《ぬぐ》いはじめた。その肩を手で制して、榊は院長を見返った。

「通電は中止してください」

　そんな榊を、院長はおだやかに諭《さと》そうとした。

「ためらいは判るが、ECTを尻込《しりご》みしていると取り返しのつかないことになるかもしれない。わたしも好きでやるわけじゃないが、自殺されてしまってから悔やむよりはいいでしょう」

　榊は、このさい思いきって言うことにした。

「この患者は、分裂病じゃありません」

「しかし沢村君の診断では――」

「誤診だと思います」

「ふむ……」

「この患者についてのわたしの所見は、境界性人格障害、もしくは……」

「もしくは？」

「……もしくは、解離性同一性障害です」

「え？」院長は眉をよせ、不快げに榊をみた。

「どちらなのか、その結論はまだ出せずにいるんですが」

「榊先生――」院長の顎《あご》の下がムッとふくらんだ。「境界例はともかくとして、多重人格まで持ち出すのはどうかな。――あなたへの信頼が、いささか揺らぎそうだ」

院長の反応は不思議ではない。むしろ当然の反応だろう。榊自身、ついこのあいだまで、解離性同一性障害（多重人格）などという病名を安易に口にする者たちに対して、強い不快と不信を感じていたのだ。

「とにかく、通電はやめてください」

「やめるのは簡単だ。だが、それで取り返しのつかない結果になったら、誰が責任を負うんですか。たとえ辞職したからといって、この子の命は戻りませんよ」

院長は折れる様子を見せない。榊の口から解離性同一性障害という言葉がいきなり出てきたことで、よけいに折れる気をなくしたのかもしれない。

「院長」

「何です」

「ちょっと部屋の外でお話を」

「なぜ」

「この患者のご家族のことで、ちょっと……」

小声でいう榊に、院長は怪訝《けげん》な目をしたが、

「このまま待っているように」

と大窪や看護婦に言い残し、榊のあとに随《つ》いて保護室を出た。

廊下の片隅で、榊は院長にささやいた。

「あの少女の身元を、わたしは知っています」

「え」

「理事長のお孫さんだそうですね」

「……」院長は無言で眼鏡を押しあげた。亜左美の言葉はやはり本当だったようだ。

「それから、五十嵐さんの回想録、あれも読みました」

「嘘《うそ》でしょう」半信半疑、というよりもむしろ不信が勝《まさ》った顔だ。「……いつ、どうやって読んだんですか？」

それには答えずに、榊はこう続けた。

「戦争末期の美術品疎開の話でした」

「……」院長は口を引き結んで俯《うつむ》いた。

「京都の山奥の寺で模造品づくりをしたと書いてありました。その模造品を東京へ送って本物のほうは――」

「わかった。もういいです」院長はひるんでいる。

「嘘を言っていないことを認めていただけますか？」

「本当に読んだんだね」

「わたしは、嘘やハッタリで物は言いません。あの少女の診断所見についても同様です。けっして安易な気持ちで多重人格の可能性を口にしたわけじゃないんです。その点を、どうか信頼していただきたいんです」

院長は顔をあげて榊の目をしばらくじっと見ていたが、

「……いいでしょう。ECTは中止しましょう」とうなずいた。

「ありがとうございます」

頭をさげて保護室へもどろうとする榊を、院長が呼び止めて言った。

「あとで、院長室へ来てくれますか。ゆっくり話し合いたいことがあります」


夜の院長室で、ふたりはこんな会話を交わした。

「五十嵐さんの回想録を読んで、どう思いました？　忌憚《きたん》のないところを聞かせてほしいんだが」

「妄想と見るかどうか、ということですか？」

「うむ」

「それはわたしには判断できません。ただ、美術品疎開の話が事実であることだけは、きょう確かめてきました」

「なるほど、博物館へ行ってきたんですね？　沢村君も同じことをしていた」

「沢村先生はご自分で資料を探されたんだと思いますが、わたしは、博物館の方と会ってその方から聞くことができました。江馬遥子さんです。五十嵐さんの回想録を読みたいと望んでいた学芸員です」

「え、その人にも回想録を読ませたの？」

「要約して口頭で話しました」

「……そうか」

「あの江馬さんは、回想録に登場する〈E君〉という人のお嬢さんなんです。Eは江馬さんのEです」

「そうだったのか、そのことはわたしも知らなかった」

「江馬遥子さんは、美術品疎開については博物館に資料が残っているけれども、模造品をつくって云々《うんぬん》という話は、証拠資料がないと言っていました。ですから、事実か妄想かは不明です。しかし、妄想にしては破綻《はたん》がなさすぎますし、適度なユーモアもある。もしもあれが事実でないとしたら、妄想というよりも、意識的なホラ話、小説の類《たぐ》い、と見たほうがいいのではないか、というのがわたしの感想です」

「うむ、で、その女性――江馬さんだったね――江馬さんは、どう言ってました？」

「いま言いましたように、模造品の件については証拠資料がない、と」

「それだけですか？」

「個人的な意見や感想は口にされませんでした」

「最後の部分についても？」

「最後の部分、というのは、真柴理事長への疑惑を書いた部分ですね？」

「うむ」

「あの部分は話していません。あそこだけ省いて話しました」

「そうか、それは賢明でした」

「ただし、申しあげておきますが、これは理事長を守ろうとしての隠蔽《いんぺい》じゃありません。証拠のない憶測だから話すのを控えただけです。それ以上の理由はありません。もし単なる憶測以上のことが書かれていたら、あの部分もそのまま話していたと思います」

「わたしが賢明だと言ったのも、そういう意味です。証拠もない憶測が往々にして世間に浸透してしまうんです。人から人へと伝わるうちに、まるで確かな事実であるかのように皆の頭に刷《す》り込まれてしまったりする」

「五十嵐さんの〈妄想〉に沢村先生が引きずり込まれたと、院長はそうおっしゃっていましたね。言動の一部に五十嵐さんの〈妄想〉と似たようなものがまじるようになった、と」

「うむ」

「つまり、沢村先生はあの回想録の内容を事実として信じたということですか？」

「どうもそんな様子だった。――とりわけ、理事長に対しての憶測の部分に、つよい関心を示していた。いや、関心を示す、なんていうような冷静なものではなかった。なにか異様に興奮していた」

「そのすぐ後に、亡くなっていますね。――じつをいうと、わたしは沢村先生の死に不審を感じています。沢村先生は、あの回想録を読んでから、五十嵐さんと一緒になって理事長を疑いはじめた。かれは、そのせいで死んだのではないか、と今そう思いはじめているところです」

「なにやら遠回しな言い方だが、遠慮はいらない。きょうは腹蔵《ふくぞう》なく話し合おうじゃないですか。わたしは最初からそのつもりでお呼びした。回想録を読んだ、とさっきあなたが言ったときから、あなたの頭の中で、あの内容と沢村君の死とが結び付けられているだろうと覚悟はしていた。沢村君は鬱《うつ》による自殺などではなく、誰かに殺されたのではないか、と考えているんでしょう？　理事長か、あるいはその手下であるわたしか、それとも、ふたりの意を受けた何者かによって屋上から突き落とされたのではないかと。――なにか推理小説みたいだね。推理小説にはそんなふうな話が、うんざりするほど溢《あふ》れているし、ま、新聞にもそのての殺伐《さつばつ》とした事件が載ったりもする。けれども、榊先生、どんな理由があれ、人ひとりを簡単に殺せる人間というのは、反社会性人格障害といわれる冷血動物のようなタイプの人間か、それとも妄想で錯乱した病人以外は、そんなに沢山いるもんじゃない。たとえ殺したいほどの相手がいたとしても、到底《とうてい》そんなことはできない人間のほうが圧倒的に多いからこそ、ストレスを背負い、神経を病んで、われわれの診療を受けにくる者が後を絶たないわけだ。しかしまあ、多数か少数かという議論は、あなたにとってはさほど意味を持たないかもしれない。理事長やわたしが、その少数派に属している可能性がある、と言われればそれまでだからね。――とにかくきょうは、五十嵐さんや沢村君に関してのこれまでの経緯《いきさつ》を、わたしの知る範囲で、ありのままにあなたに話すことにします。それであなたの不審が解消されるかどうかは判らないが、とにかく話します」

「うかがいます」

「回想録にもあるように、理事長と五十嵐さんとは博物館時代からの古い知り合いで、その五十嵐さんが精神に変調をきたしてゆく様子を、理事長は心配しながら見守っておられて――」

「五十嵐さんの息子さんを理事長が養子として引き取ったそうですね」

「……何でも知っているね」

「江馬遥子さんから聞きました」

「ふむ。理事長の息子さんのことは、沢村君とは関係がないのであえて触れないつもりだったが、じゃあそれも含めて話すことにしましょう。江馬さんの言う通り、理事長は五十嵐さんの息子さんを養子にしておられる。理事長ご自身がわたしにそれを話された。理事長はああ見えて、たいへんな世話好きでね。そもそも理事長が精神病院の経営に乗り出したのも、じつは五十嵐さんのためだったというんだから」

「は？」

「五十嵐さんが神奈川のＫ病院に入院したのは今から十年ほど前だが、理事長は何度か見舞いに訪れるうちに、あの病院の劣悪なケアに我慢がならなくなってきた。どこかもっと良心的な病院に転院させることも考慮なさったようだが、それよりいっそ自分で精神病院を設立して、そこへ五十嵐さんを引き取るほうがさらにいい、とこれは事業家ならではの発想なんだろうね、とにかくそう決心された。で、ある日突然わたしのもとへ来られて、ぜひ院長になってくれと頭を下げられた。わたしはそれまで理事長とは会ったこともなかったが、あちらは事前にいろいろと調べておられたらしい。わたし以外にもベテランの精神科医を何人か調べ回られたみたいで、何がお眼鏡にかなったのか、ま、あいつはいくらか良心的な医者だという評判でも耳にされたのか、最終的に、わたしが新病院の院長候補に選ばれたということだった。わたしは当時、総合病院の精神科医長をしていたんだが、理事長のしつこい勧誘に根負けして、それに、あの方の人柄にもすこし惚《ほ》れて、二ヵ月後に承諾の返事をしたんです。

といっても病院の場所すらまだ決まっていないありさまで、それからは理事長とわたしの二人三脚で設立プランを練り、用地を探し歩き、役所と折衝し、有能な事務長をスカウトし、そして、そうこうするうちに今のこの場所でリゾートホテルの計画が頓挫《とんざ》したという情報が理事長のもとに入り、造成済みの土地を安く買い取って、ようやく建設が始まったわけです。人材もひと通りそろって開院に漕《こ》ぎつけたのは四年前、いやもう五年前になるかな、それと同時に理事長は五十嵐さんをK病院から連れてきて、ぜひ最高の診療をお願いするとわたしにおっしゃったんだが、ここは五十嵐さん一人のための病院ではないから、かれだけを特別扱いするようなことはしない、どの患者にも等しく良心的なケアを心がける、とわたしが少々青くさい建前《たてまえ》論をいうと、いやいや勿論《もちろん》それで結構、そうしてくださいと理事長もうなずかれた。

さっきあなたは、亜左美の身元も知っていると言ったね。どこからどう漏れたのかは知らないが、その通り、あの子は理事長の孫です。養子にした息子さんの娘だから、五十嵐さんの孫でもある。血は五十嵐さんとつながっている。去年の夏、あの子の精神に変調があらわれたのを知って、理事長はショックを受けておられた。分裂病の遺伝率け、子の場合でも十数パーセントに過ぎないし、孫ならわずか数パーセントなんだということをわたしが説明しても、その数パーセントに入っているのかもしれない、といって心配しておられた。とりあえず短期入院させて診断することになり、沢村君に担当してもらった。亜左美という仮名はあの子が自分で付けたんです。本名は、小さく織ると書いて、小織《さおり》といいます。沢村君はあの子と五十嵐さんとの血縁関係については何も知らなかったはずだから、先入観で分裂病と診断したわけではないと思うが、わたしのほうは、なまじその血縁を知るだけに、沢村君が出した診断に疑いを持たなかった。先入観に毒されていたと言われても、まあ、仕方がない。

話を五十嵐さんと沢村君との関係にもどすけれども、あの回想録を沢村君が読んだのは、たしか今年の四月初めだった。面接中に五十嵐さんからプリントアウトを見せられたと言っていた。しかし沢村君も最初はあれを妄想だと見ていたようで、わたしのところへ来て、五十嵐さんが妙な妄想追想を文章に書いている、なかなかよく出来ていて面白い、などといってその内容を話してくれたりした。なるほど面白い妄想だね、とわたしも少し興味を惹《ひ》かれたが、そのときはただそれだけのことだった。ところが、沢村君はあの回想録がだんだん頭から離れなくなってしまったらしく、とうとう博物館まで出向いて行って、昔の記録文書を調べるようなことまで始めた。調べてみたら、美術品疎開の話は記録と正確に一致していることが判った。しかも当時の人事記録まで見つけ出した沢村君は、回想録にあったM鑑査官というのが、ほかならぬ真柴理事長だということも知って、興奮した様子でそれをわたしに報告にきた。わたしもちょっと驚いて、さっそく電話で理事長に確かめてみると、理事長は、京都の寺で五十嵐さんと一緒に疎開美術品の管理をしたのは事実だが、模造品をつくってすりかえたなどというのは、とんでもない空想物語だと笑っておられた。すりかえがなかったというのなら、そのあとの闇《やみ》取引きも当然ありえないわけで、だから、わたしはその件についてはあえて理事長に尋ねることすらしなかった。つまり、理事長は回想録の最後に何が書かれているかを知らない。自分への疑惑が綴《つづ》られていることは、わたしが言わなかったので、ご存じない。

回想録の内容を理事長が一笑に付《ふ》したと聞いて、沢村君はなにやら不服そうな、釈然としない顔をした。その顔を見て、わたしは決めたんです。かれを五十嵐さんの担当から外し、わたしが自分で診《み》ることにした。沢村君はあの回想録に引き込まれすぎていた。証拠のない、憶測だけの疑惑を、五十嵐さんと共有しはじめていた。これは医師のすべきことではない。

わたしは沢村君という人を、知的で、良識に富んだ、冷静な人間と見て高く評価していたんだが、その沢村君ですらあの回想録の虜《とりこ》になってしまったとなると、ほかの者も皆そうなるのではないかと、ひじょうに心配になった。わたしは理事長の誘いをうけて、理事長の支援で、理事長とともに、この病院をつくったんです。自分で言うのも何だが、きわめて良心的に運営されている精神病院だと思っています。それを可能にしてくれているのが理事長です。ひとりの患者の、事実か妄想かも判らぬ話のせいで、理事長に世間の非難の目が集まるようになっては困るんです。憶測だけの疑惑で、あの理事長の信用を失墜《しっつい》させることは、誰のためにもならない。この病院にも打撃になる。これほど良心的に運営されている精神病院は日本ではまだまだ数少ないというのに、場合によっては存続さえ揺らぐかもしれない。そんな事態は招きたくなかったんです。

正直にいうと、わたしもあの回想録の内容を頭から妄想だ、嘘だ、と決め付けているわけじゃない。事実である可能性が、まったく無いとは思っていない。理事長への疑惑の部分についてもです。だが、博物館の美術品が本物であろうと偽物であろうと、わたしには関心がない。重要文化財級の美術品が戦後の混乱期の闇取引きで海外に流出していたとしても、そんなことはさほど気にならない。それよりも、わたしにとっては、精神疾患の患者たちに良心的なケアを提供できる病院を存続させることのほうが、よほど大事なんです。

そういう理由で、わたしは五十嵐さんを隔離することにしたんです。理事長の要請ではなく、わたし個人の判断です。その代わり、五十嵐さんには、できるだけいい部屋を用意するようにした。あの特別室は、もとは理事長室だったんです。わたしが理事長に頼んで明け渡してもらったんです。理事長は、どうせ自分はたまにしか来んのだから、べつにかまわんよと快諾《かいだく》なさった。いっぽう沢村君は、五十嵐さんの担当を外されてから、わたしという人間に不信感を持ったのか、目立って陰気な態度を見せるようになった。抗鬱薬を自分で処方したりもした。わたしへの当て付けだろうと、そのときは思っていたけれども、一週間後、当直中に屋上から飛び降りてしまった。かれの鬱は、本物だったのかもしれない」

「しかし、自分で飛び降りたかどうかは、不明なのでは？」

「うむ、目撃者はいないからね」

「沢村先生の死体をまぢかで見たと言った患者がいるんですが」

「それはありえない」

「確かですか？」

「死体を発見したのは、深夜に見回りをしていた大窪看護主任だが、すぐにわたしの自宅へ電話してきた。わたしは車で駆けつけて、それから警察を呼んだ。同時に、患者たちに余計な動揺を与えないために、各病棟の出入口を施錠させた。現場検証が終わって遺体が運び出されるまで、患者たちの目には一切触れさせないよう気を配った。当然のことだけれども」

「見た者がいないとなると、ますます自殺かどうかは判らないわけですね」

「うむ」

「誰かに殺された可能性も、依然として残りますね」

「……あなたの不審を消すことは、結局できなかったようだね」

「目撃者がいないので、お言葉を鵜呑《うの》みにできないんです」

「どうも残念だな。このままでは今後わたしとあなたの間は、ぎくしゃくしてしまうだろうね。あなたは自分も沢村君と同じ目に遭《あ》うのではないかという疑心暗鬼で戦々恐々《せんせんきょうきょう》とし、わたしはそんなあなたの視線に辟易《へきえき》することになるんだろうね」

「辞《や》めてほしい、ということですか?」

「そのほうがいいのではないかと思う一方で、辞めてもらいたくない気持ちもある。この半年間、あなたの診療の姿勢や内容を見てきて、信頼するに足る医師だとの思いを強くしているのでね。できることなら一緒に働きつづけてほしいが、あなたの中にわたしへのおぞましい疑念が生まれてしまった今、わたしはどういう顔をしてあなたに接すればいいのか、それが判らない」

「そうですね。お互いに、神経をすりへらすことになるでしょうね」

「おそらくね」

「担当していた患者さんたちには申し訳ないことになりますが……わたし自身も心残りですが……しかし辞めることにします」

「そうですか」

「あす、辞表をもってご挨拶にまいります」

「わかりました」

　……紫外線がカットされた金工室の蛍光灯の下で、若白髪のおかっぱ頭が、繊細な銀細工のような渋い光沢をおびている。岸田は、テーブルのうえに置いた青銅の狛犬《こまいぬ》一対を前にして、何か放心したような顔つきでじっとしている。

遥子は白手袋をはめた手で、その狛犬のひとつをそっと撫《な》でた。

高さ二十センチ足らず。口をひらいて吠《ほ》えているような阿形《あぎょう》の像と、みじかい一角を頭にもち、口をとじた吽形《うんぎょう》の像。適当に省略をほどこした、どこか現代的なにおいのする造形。

「事実だなんて思いたくないですね」

「……」岸田は黙ったままだ。

沈黙が息苦しい。

連合国軍総司令部の目を盗んでの模造品づくり。すりかえ還送。そして、本物の焼失。模造品の収蔵。——ばかばかしい、と岸田に笑い飛ばしてほしかったのだが、無言で放心している彼をみて、遥子は、榊医師からこの話を聞いたとき以上に動揺した。

動揺のなかで、父の死に方のことを、ふと思い出した。鬱病で精神病院に入院中に自殺。夏のはじめに帰省したおり、兄からそれを明かされた。父の鬱は、五十嵐潤吉の回想録にしるされた内容と深い関係があるのではないだろうか。退職後もずっとその〈秘密〉を気に病みつづけて、鬱病が発症したのではないだろうか。

回想録の内容を信じたくないと思いつつも、父の死に方をそれに結びつけて考えている自分に気づいて、遥子は戸惑った。

「どうしたらいいのかしら。こんな話は無視して、取り合わずにおけばいいのかしら。それとも、いちおう学芸部長に言うべきなのかしら。……でも、言われた部長だって困ってしまいますよね。はっきり事実だと判ってるんならともかく」

半《なか》ば独り言のように遥子がつぶやいていると、岸田が浅い吐息をひとつ漏らして、ようやく口をひらいた。

「困るだろうな。学芸部の全員が困っちまうさ。けど、無視はできねえよ」

岸田はうつむいて自分の右手を見つめた。見つめながら、低い声でつづけた。

「もしも当時の状況のなかに自分が置かれたとしたら、おれだったらどうしただろうか、といま考えてたんだ。たぶん、おんなじことしたんじゃねえかな。誰も言い出さなきゃ、おれ自身が提案したかもしれん。――つまり、この話はちっとも馬鹿げてなんかいねえんだ。それどころか、すんなりうなずける話だ」

「じゃあ、事実だというんですか？」

「その可能性が高い、と思う。だから収蔵品の鑑定をやりなおすべきだと思う」

「でも、この狛犬みたいに……」

「うむ、見破れねえ物もあるだろうな。その場合は、向こうの勝ちだ」

「向こう？」

「半世紀前の先輩らの勝ち、ということだ。五十嵐さんの回想録は、おれたちへの挑戦状だと、おれは感じた。受けて立たねえわけにはいかんだろう」

「でも、鑑定しなおすといっても、どこから手をつけるんですか？　いったい何年かかるんですか？」

「何年かかるかは知らんが、やるしかねえだろう」

「学芸部長はそれを許可するかしら」

「部長が尻向けたら、おれは独りでやるさ。ほかがやらなくたって、金工だけでもやる」

そして狛犬のひとつを素手《すで》でつかみあげ、

「こいつにはすっかり手玉にとられちまったが、おれだってそうそう間抜け面《づら》してるわけにはいかねえよ」

そう言って悔やしげに撫でまわす手つきが、しかし、どこか愛《いとお》しげにも見えた。

遥子は自分ももうひとつの狛犬を手にとり、その重みをこころよく味わいながら、

……なるほど、挑戦状か。

と胸の中でつぶやいた。現役学芸員への挑戦状。

「だったら、わたしもお手伝いします。何か手伝えることがあったら、遠慮なくおっしゃってください」

「おう、そうする」

躊躇《ちゆうちよ》なく答えた。すでに遥子を自分の相棒《あいぼう》と見なしてくれているようだ。

回想録の内容を知ってからというもの、遥子は当惑と煩悶《はんもん》を抱えて気分が晴れなかったのだが、岸田と話しているうちに、なにやら少し元気が出てきた。

「さて、帰ろうか」岸田は狛犬をテーブルにもどした。「きみ、先に帰れよ。まだ居残ってる連中に見られたら、きみが心配するように、みょうな噂をされかねんしな。おれは五分ばかりずらして帰る」

「べつにいいです」遥子も狛犬をもどした。

「何が」

「噂、べつにいいです。よかったら一緒に帰りませんか」

言いながら二匹の狛犬を仲よく並べなおした。

「……うむ、おれはかまわんが」

「どこかで、すこしお酒でも飲みませんか」

考えてみると、岸田とは仕事関係以外の話はほとんどしたことがないのだった。

かれは腕時計をみて数秒思案していたが、

「そうだな。そうするか」とうなずいた。「じゃあ、娘に電話しておこう」


……院長室をあとにした榊は、南棟のナース・ステーションに立ち寄り、その後の亜左美の様子をたずねた。

夜食代わりにクッキーを齧《かじ》っていた若い看護婦が、口元を手で覆いながら答えた。

「麻酔はほぼ醒《さ》めたみたいですが、まだふらつきがあるようなので、保護室に置いたまま、もうしばらく様子を見ようと思っています」

榊は鍵《かぎ》を借りて保護室へ向かった。

すでに消灯時間が過ぎ、病棟内はひっそりしている。

まず外側のドアを解錠して廊下から前室に入り、ふたつ並んだ保護室の右側の小窓を覗《のぞ》くと、麻酔から醒めた亜左美が、なにかぼんやりした顔つきであぐらをかいているのが見えた。髪がすこしみだれて縺《もつ》れている。

榊はかるくノックをしてから、そのドアの錠をあけて入っていった。

亜左美は顔をあげてまじまじと彼を見つめ、

「だれ？」

と訊《き》いた。

「ぼくだよ」

「ぼくってだれ？」榊の顔をしっかり見ながら問う。

……逆行性健忘？

榊が院長室で話をしている間に、誰かが亜左美に電気ショックをかけてしまったのだろうか。院長が中止の指示を出したにも拘《かか》わらず、勝手に通電してしまったのだろうか。そのせいで、一時的な健忘を起こしているのだろうか。

榊は腹立ちをおさえつつ亜左美のそばに片膝《ひざ》をついてしゃがみ、

「きみの担当医の榊だよ」やさしい口調で話しかけた。「忘れちゃったかい？」

「タントーイってなに？」

「主治医だよ」

「シュジーてなに？」

「……」榊はハッとした。

逆行性健忘では言語理解力までが退行することはない。亜左美のこの状態は、電気ショックをかけられたせいではないようだ。

「からだはどうだい？　ふらふらするかい？」

尋ねながら榊は、亜左美の様子を注意深く観察しはじめた。

「かゆい」

「え」

「せなか、かゆい」手を後ろにやろうとする動作が子供のようにせっかちで、なおかつ不器用だ。

「背中が？」

「うん、かいて。ポリポリッてかいておじさん」坐ったまま体を回して榊に背中を向けた。

「はやく、はやくぅ」

どこか舌たらずの喋《しゃべ》り方。

「どこだい。このへんかい？」

ジャージーの上から適当な場所を掻いてやると、

「うえ、もっとうえ。うん、そこだよ。ポリポリ、ポリポリ、はい、いいよおじさん、かゆいのきえたよ。ありがと」

向きなおって、あどけない笑顔をみせた。顔にかかる髪を払う手つきも子供っぽい。

十七歳の亜左美が、まるで幼女のような話し方としぐさをしている。

榊は、岐戸医師の診療室で目にした光景を思い出していた。広瀬由起の中にいる幼女人格のミク。あのときの光景と、いまの亜左美のありさまは酷似《こくじ》している。

榊は唾《つば》をのみこみ、自分を落ちつかせながら、思いきって問いかけてみた。

「きみは、誰かな。名前は何ていうの？」

亜左美は照れたようにちょっと首をすくめて答えた。

「キューちゃんだよ」

「え？」

「ペンギンのキューちゃん」

「……ペンギンの？」

「うん」


〈だけど、ほかの声が話しかけてくることはあります〉

〈誰の声が話しかけてくるの？〉

〈ペンギンの声〉

〈ペンギン？〉

〈そうよ、子供のペンギン〉

〈それが話しかけてくるのかい？〉

〈わたしが呼ぶときもある〉


「ねえ、おじさん、なんかしてあそぼ」

「……何をするの？」

「おにんぎょうもってない？」

「持ってないな」

「こないだのこ、もうかえった？」

「誰のことだい？」

「おにんぎょうもってたこ」

「さあ、おじさんにはよく判らないけど」

「あのこ、いじわるなんだよ」

「どうして」

「キューちゃんがおにんぎょうかしてっていったのに、かしてくれないんだよ。だから、ぶっちゃった。あのこ、もうかえった？」

「それは、夏にお母さんのお見舞いにきていた女の子のことかい？」

「うん」

「あの子を叩《たた》いたのは、きみだったんだね」

「だって、かしてくんないんだもん、おにんぎょう」

「あの、きみ……」

「なあに」

「きみは、ペンギンのキューちゃんなんだね？」

「そうだよ」

「キューちゃんは、いつもは何をしてるのかな」

「なかでおあそびしてるの」

「中で？」

「うん」

「中には、ほかにも誰かいるのかな」

「サオリちゃんがいる」

「サオリちゃん？」

〈亜左美という仮名はあの子が自分で付けたんです。本名は、小さく織ると書いて、小織《さおり》といいます〉

「サオリちゃんて、かわいそうなんだよ」

「どうして？」

「だって、いっつもおねえちゃんにしかられてたんだよ」

「おねえちゃんが叱るのかい？」

「うん、ぶったりけったりもされたんだよ」

「ほんとかい？」

「ほんとだよ。サオリちゃん、おねえちゃんがこわくて、だもんで、なかでじっとしてるんだよ。かわいそうでしょ？」

「そうか、かわいそうだね。じゃあ、おじさんが小織ちゃんとお話をして慰めてあげようと思うんだけど、中にいる小織ちゃんと、ちょっと代わることはできるかな」

「サオリちゃんをなぐさめてくれるの？」

「そうだよ」

「なら、かわってあげる」

「ありがとう。すまないね」

「でもサオリちゃん、おそとへでるかなあ」

「おじさんは心のお医者さんだから、安心して出てくるように、キューちゃんからも言ってあげてくれないか」

「うん、いいよ。じゃあね、おじさん、またね」

亜左美は、顔の横で子供っぽく手をふったあと、居眠りするように俯き、しばらくそのまま動かなくなった。が、数十秒が経過したころ、頭がかすかに揺れ、ついで静かに顔があがった。榊を見て、すぐに目を伏せ、そして、あぐら坐りを正坐に変えて、みだれていた髪をていねいに撫でつけた。そのあとは、両手を膝の上にそろえてじっとしている。

榊は、誘導暗示を避けるため、こちらから名前を呼びかけることは控えて、あくまでも当人に名乗らせようとした。

「だいじょうぶ。緊張しなくていいんだよ。ぼくの名は榊というんだけど、きみの名前は？」

少女は硬い姿勢のまま、ささやくような小声で答えた。

「真柴小織です」

「歳はいくつ？」自己認識を確かめたかった。

「十六です」

実年齢より一つ少ない。去年の歳を答えている。

顔立ちはむろん亜左美のままだが、蒼白《あおじろ》くおびえたその表情と、消え入るような小声は、榊が初めて目にし、耳にするものだった。亜左美の、あの生意気なまなざしや、馴《な》れ馴れしく、そしてふてぶてしい態度は、片鱗《へんりん》も見られない。

「いま、自分がどこにいるのか判るかい？」

「いえ、わかりません」

「ここは病院なんだ。ぼくは医者だ。精神科医だ。でも心配しなくていいよ。きみと少し話をするために出てきてもらっただけだから」

「お医者さんだというのは知っています。キューちゃんから聞きました」

「キューちゃんとは話ができるんだね？」

「はい、ときどきですけど」

訊かれたことには、きちんと答えようとする。亜左美のように適当にはぐらかしたり、うるさがったりすることはない。

〈やや内気だが、すなおで礼儀正しい子〉

沢村医師の診療記録にあった亜左美の病前性格。おそらく親の言葉を聞いて書かれたと思われるあの言葉は、じつはこの小織の性格を述べていたものに違いない。去年の夏から始まったこの少女の変調は、要するに、〈中〉〈引きこもってしまった小織に代わって亜左美という別人格がおもてに現われた、ということなのだろう。その突然の交代が、周囲の目には、狂気の発現のように見えたのだろう。

解離性同一性障害——多重人格。

広瀬由起の勘は、やはり当たっていたのだ。榊もようやくそれを認める気になった。

そして、このまま慎重に〈面接〉をつづけることにした。あす辞表を出す身であることは、いまは考えないようにした。

「小織ちゃん。きみは、お姉さんを怖がっているんだって？」

「はい、怖いです」答えながら肩をすぼめるようにする。

「それは、いつごろから？」

「ちいさいときからずっとです。ずっと怖かったんです」

「なぜ怖いの？」

「優しいときもあるんですけど、でもすぐ怒るし、怒るとすごく怖くなるんです」

〈先生、妹のこと、どうかよろしくお願いします。妹を助けてやってくださいね。あの子、わたしが居てやらないと何もできない子ですから〉


「どんなふうに怖くなるの？」

「わたしの髪をつかんで引きずり回すんです」

「ふむ」

「背中を蹴《け》ったりもします。おまえなんか死ねって言って庖丁《ほうちょう》持って追いかけてきたこともあります」

「どうしてそんなにひどく怒るのかな」

「わたしがちゃんとできないからです」

「何をちゃんとできないの？」

「何もかもです。姉に言われたことがうまくできなかったり、忘れちゃったりするから、それで姉が怒るんです」

「たとえば？」

「牛乳をこぼしちゃったり、外から帰ってくる時間が遅れたり」

「そんな些細《ささい》なことでかい？」

「姉は何でもきちんとしないと我慢できない性格なんです。それにくらべてわたしはぼんやりだから、姉が苛々《いらいら》するんです。それでお仕置きされるんです」

膝の上の手を、モジモジと擦《こす》り合わせながら話す。

「でもときどきは、なぜなのかわからないで怒られることもあります。さっきまで笑ってたのに急に機嫌が悪くなって、なんだかよくわからないでお仕置きされることもあるんです」

「……ふむ」

もしもこの話が虚言や誇張でないとすれば、これは姉のほうの人格障害も大いに疑わなければならない。

「だから最近では、姉にじっと見られただけで体が震えてきて止まらなくなったりするんです。姉のことを考えただけで金縛りみたいになることもあります」

――患者は、姉にたいして被害妄想を抱いているように見うけられる。自分の行動や思考が、姉のテレパシーに操られることがある、という。

「お姉さんがそんなによく怒ることを、お父さんやお母さんは知ってるの？」

「父も母も仕事で忙しくて、ほとんど家にいないから、知らないと思います。父や母がいるときは、姉もそんなに怒りませんし」

「家には、ほかに人は？」

「いません。母がお手伝いさんを雇っても、姉がすぐに難癖《なんくせ》をつけて追い出してしまうんです」

「お姉さんとのこと、お父さんやお母さんに相談してみたことは？」

「ありません。親に言ったりしたら姉に何をされるかわかりませんから」

「友達にも話せなかった？」

「友達はいません。友達をつくると姉の機嫌が悪くなるんです。男友達なんか特にだめなんです」

「お姉さん自身はどうなのかな。お姉さん自身は外で友達と付き合ったりしてる？」

「姉もあんまり友達をつくりません」

「じゃあ、きょうだい二人でいる時間が長かったわけだ」

「はい。とくに雨の日はそうです」

「雨の日？」

「姉は中学でいじめに遭《あ》って全身に水をかけられてから、雨がすごく嫌いになって、雨が降るとどこへも出たがらないんです。仮病《けびょう》をつかって学校を休んだこともあるくらいです」

「雨が降ると、窓のカーテンをぜんぶ閉めきって、薄暗い中で、独りで塞《ふさ》ぎこんでいるんです。灯《あか》りをつけることも許さないんです。そしてわたしが何か物音を立てたり、気にさわることをしたりすると、いきなり怒りだして、ひどいお仕置きが始まるんです」

「ほう」

——夜の雨音をみょうに怖がる。

「雨の日に、わたしが大事にしていたペンギンの縫いぐるみを、ズタズタに切り裂かれたこともあります」

「ペンギンの、縫いぐるみ？」

「はい。キューちゃんという名前だったんですけど、そのキューちゃんが今、中で、わたしと一緒にいてくれてるんです。姉のお仕置きから、キューちゃんが守ってくれたこともあります。わたしに代わってキューちゃんが出ていくと、姉は気味悪がってお仕置きをやめるんです」

〈目かな〉

〈え〉

〈相手の目よ〉

〈相手の目？〉

〈相手の目の感じよ。目でわかるでしょう、相手が何かする気でいるのがさ。そのときにね、

わたしもペンギンを呼ぶのよ。でないと怖いもの〉
〈それは、相手が男の場合、ということ?〉
〈なぜ?〉
〈いや、男の目つきが怖いの?〉
〈なぜ男なの?〉
〈相手が女の人でも同じなのかい?〉
〈そうよ、あたりまえじゃない〉

「でも、キューちゃんだって、そんなにしょっちゅうは出られないし、キューちゃんはペンギンの子供だから兎《うさぎ》の面倒も見られないし、わたしが中に隠れてばっかりはいられなかったんです」

「あ、ちょっといいかい?　いま兎って言った?　兎を飼ってたの?」

「はい。二匹飼ってました」

「そう」

「その兎を、こないだ姉が殺しちゃったんです」

「殺したの?」

「わたしがまた言いつけを守らなかったことがあって、それで姉が怒って、ふたりで一緒に飼っていた兎を地面に叩《たた》きつけて殺しちゃったんです。二匹ともです」

「……ふむ」

「わたしが言いつけをちゃんと守っていれば、あんなことにはならなかったんです。わたしのせいで兎は死んじゃったんです」

そう言って、すすり泣きを始めた。

〈わたし、うす暗い倉庫みたいなものかな。うす暗くて窓もなくて。……隅っこで兎がガサゴソしてるだけ〉

〈倉庫に兎はいないだろう〉

〈わたしの中には、いるのよ〉

「小織ちゃん、ちょっと訊《き》くけどね、きょう屋上から飛び降りようとしたのは、きみかい？」

「飛び降り？」涙に濡れた目をあげた。

「うむ」

「わたし、そんなことしません」

「違うの？」

「ちがいます」ジャージーの袖《そで》の先を引っ張り伸ばして、目を拭《ぬぐ》った。

「じゃあ、手首は？」

「え？」

「その手首の傷。きみがやったのかい？」

「傷って？」

「ひだりの手首を見てごらん」

小織は袖を捲《まく》った。まだ抜糸もされず、包帯を巻かれたままの左手首を、彼女はいぶかしげに見つめている。

ということは、自傷や自殺未遂は、ほかの人格のしわざなのかもしれない。亜左美や小織や、そしてペンギンを名乗る子供人格のほかに、さらに別の、自殺願望や自傷衝動をもつ人格が、この少女の中に潜《ひそ》んでいるのかもしれない。

榊が思っていると、

「頭が……」

と小織がつぶやいた。「頭が痛くなってきました」両手で側頭部をはさんだ。

「大丈夫かい？」

「痛い。頭が痛い」

小織は揉《も》みこむようにこめかみを押さえていたが、不意にがっくりと脱力して俯《うつむ》いた。しかし、ものの二、三秒でふたたび顔が持ちあがり、顔にかかっていた髪をさっと掻きあげた。

「あの子、おおげさなんです。あの子の話は、あまり真《ま》に受けないでくださいね」

めりはりのある、しっかりした声でそう言った。聞き憶えのある声だった。

さっきまで前に俯きぎみだった正坐の背すじがぴんと伸び、勝ち気そうなまなざしで榊を見ている。

不意の変化に言葉を発しかねている彼に、

「あ、ご挨拶《あいさつ》が遅れちゃって。わたし、小織の姉です。亜左美の姉でもありますけど」

そう自己紹介し、

「お電話のお声から想像していた通りの素敵な先生ですね」

と感情のこもらぬ世辞《せじ》を付け加えた。

榊は当惑をおさえて、その人格に応対した。

「以前、ぼくに電話をかけてきたお姉さんというのは、あなたですか」

「ええ、あの節は失礼しました」

澄ました顔で答える。

実在する他者の人格が交代人格のなかに混じっていた症例もある、と岐戸医師も言ってはいたが、妹を心配して榊に電話をかけてきたあの姉も、じつは交代人格の一人だったとは。――つまりあれは外からの電話ではなく、この少女自身が病院構内のどこかから、かけていたわけだ。

「小織はあんなこと言っていましたけど、わたしはあの子をきちんとした子にしてやりたいから、それで厳しい躾《しつけ》をしたんです。だって先生、母はお花を教えることにばかりかまけて、妹の世話をわたしに押し付けたんですよ。つまりわたしがあの子の母親代わりなんです。だから、あの子がちゃんとしてくれないと、わたしの責任にされてしまうでしょう？　それなのに、いい子だった小織が急に悪い子の亜左美になってしまって……。わたしがもっとしっかり面倒を見ていれば、こんなことにならなかったんです。それを思うと悔《くや》しいです」

この人格は、実際の姉の姿をそのまま写し取ったものなのだろうか。それとも、この少女のなかで歪曲《わいきょく》された姿なのだろうか。――それを確かめるには、やはり実際の姉と面談することが必須《ひっす》だ。是《ぜ》が非《ひ》でも親を説得して、それをおこなうべきだ。

ペンギンの縫いぐるみを切り裂いたのは、果たして実際の姉だろうか、それとも交代人格としての〈姉〉だろうか。兎を殺したのは、どちらなのだろうか。

「お姉さんも、ふだんは彼女たちと、中でいっしょに過ごしているんですか?」

榊の問いかけに、〈姉〉は眉をよせて訊き返した。

「何のことですか?」

「小織ちゃんや亜左美ちゃんやキューちゃんたちといっしょに、中で過ごしているんですか?」

「ナカって何ですか、先生」

「中というのは、つまり――」

言いかけるのを〈姉〉がさえぎった。

「あ、すみません、先生。わたし、もう行かないと」

「行くって、どこへですか?」

「どこって、それはお答えできませんよ。プライバシーですから」

「ちょっと待ってください。まだ話が――」

「だって、もう行かなきゃ。失礼します。妹のこと、よろしくお願いします」

早口に言って、目を閉じ、横ざまにマットレスに突っ伏してしまった。

逃げるようにして〈姉〉の人格は消えた。

そのままじっと横たわる少女を、榊は、いったいどうしたものかと迷いながら眺めていた。

声をかけて目覚めさせるべきだろうか。だが、どの名前で呼びかければいいのか。

やがて、もぞもぞと少女のからだが動いた。

榊は見守った。

少女は両手をついて上体を起こし、斜めに横坐りした姿勢で榊をみた。

「先生」

といって、小指で髪を払い、笑みをうかべた。

「亜左美ちゃんか?」

訊いた榊に、少女は大人びた含みわらいをして、

「ちがうわ」

と首をふった。

「……じゃあ、誰かな」

「エリカ」

「エリカ?」

「そう」

「……ええと、きみの年齢は?」

問いを無視して、

「先生、なんでネクタイしてるの?」

と訊いた。「またネクタイすることにしたの? 似合わないよ」

「あ……きみは、あのときの子か」

「先生って、ほんとニブイよね。わたしのこと、ずっと亜左美とごっちゃにしてたでしょ」

「すると、最初の日の面接は、亜左美ちゃんじゃなくて、きみだったのか」

「亜左美だよ。でもうざったくなって亜左美が途中でどっか行っちゃったから、わたしが出たの。あの日だけじゃないよ。亜左美がほかのこと考えたりしてるとき、隙《すき》をみて、わたしがこっそり出るの。先生、わたしのタイプだもん」

榊にたいして少女がときおり見せた、あの媚《こ》び。誘惑的な目や、しぐさ。——そうか、そういうことか。

「だけど、先生カタブツだもん、がっかり。ゴリなんかは、もっとラフだよ。あいつ見かけ倒しでベッドテクもたいしたことないけどさ」

「え、きみは大窪看護士とそういう関係をもっているのか？」

「うん、まあね」

「おどろいたな」

「沢村先生にもいろいろモーションかけたけど、いい関係になる前に死なれちゃった」

「……」

広瀬由起の中にいた朱実《あけみ》。どうやらそれとおなじ類型に属する人格が、このエリカであるようだ。

〈街へ出て、行きずりの男を誘うんだそうです。恋とか愛とかではなく、ただセックスだけを愉《たの》しんで帰ってくるそうです。その朱実を催眠で呼び出してみましたが、なるほど、みょうに崩《くず》れた色気を発散していました。医者のわたしに対してさえ媚びを見せました〉

榊は、疲労をおぼえた。いままでその存在すら定かではなかった亜左美の中の交代人格が、突然、四人も出現した。――これは、電気ショックの準備としておこなわれた麻酔がなんらかの作用を及ぼしたせいなのだろうか。

いずれにせよ予期せぬ遭遇に、榊は神経を消耗《しょうもう》し、疲れた。そして、あわてる必要はないと思った。この少女の中に、ほかに何人の交代人格がいるのか、どんな人格なのか、そしてその解離の原因は何であったのか、姉のせいなのか、あるいはそれ以外にも何かがあったのか、それらの諸々《もろもろ》のことは、このさき、ゆっくりと、じっくりと、明らかにしてゆけばいい。

……いや、しかしそれはできないのだった。自分はあす辞表を提出する身であることを榊は思い出し、途方に暮れた。

「でもさ――」

とエリカはなおも話しつづける。「あのときは、ほんと変な感じだった。前に言ったでしょ、沢村先生の死体を見たこと。ウンコの臭《にお》いなんかがして、腕も捻《ね》じ曲がっちゃってるし、沢村先生のカッコよさも台無しだったなあ。もっとよく見たかったのに、ゴリが部屋へ帰れって言うから、しかたなく帰っちゃったけど」

「……きみ、あのとき大窪看護士といっしょに死体を見たのかい？」

「そうよ」

「夜中に、大窪看護士と会ってたのか？」

「かれと寝てたのよ、かれの部屋で」

「かれの部屋で？」

「そしたら、窓の外でおかしな物音がしたの。何だろうってゴリが窓をあけてみたら、隣の部屋へ上から誰か怪しい人が下りてくるところだったの、屋上から」

「隣の部屋というのは――」

「五十嵐さんの部屋よ。それを見たゴリが、おい誰だっ、て怒鳴《どな》ったら、その人、手をすべらせて地面へ落っこっちゃったの。ふたりで下へおりて懐中電灯で照らしたら、沢村先生だった」

「……沢村先生は、屋上から五十嵐さんの部屋へ忍び込もうとしていたのかい？」

「そうみたい」

「しかし、みんなは飛び降り自殺だと思っている」

「ゴリがほんとのこと言わなかったからよ。自分が怒鳴ったせいで沢村先生が落ちたことを言わなかったの。で、夜中の見回り中に見つけたことにしちゃったわけ」

「そうだったのか」

おそらく沢村医師は、例の回想録の検証をあきらめきれずに、五十嵐老人の隔離部屋への潜入をもくろんだのだろう。となると、かれは事故で死んだのだ。自殺ではないが、他殺でもなかった。――久賀院長にたいする榊の疑念は、いまのエリカの言葉によって拭《ぬぐ》い去られた。

……辞める必要は、なくなった。その理由がなくなった。

「先生」

「何だい」

「亜左美が起きたみたい。わたし、引っ込むわね」

言い残してエリカが去り、ほとんど間をおかず——いつ代わったのかも判らぬほどの一瞬の切り替わりで——亜左美があらわれ、大きなあくびを一つし、寝起きのような目でまわりを見た。そして行儀《ぎょうぎ》わるく片膝を立てて、

「ちょっと、いいかげんに保護室から出してよ」

と例の生意気な顔つきで要求した。

その聞きなれた口調や見なれた態度が、榊にはみょうに懐かしくさえあった。だがその亜左美も、この少女の本来の姿というわけではない。いくつにも分かれてしまった人格、その中の一つに過ぎないのだと思いながら、榊は立ちあがった。

「オーケー。部屋まで送っていこう」

「え、先生が送ってくれるの？」と亜左美は意外そうな目で見あげた。

「うむ。ふらつくようなら、凭《もた》れてもいいぞ」

「……いいの？」念を押すように訊いた。甘えかかろうとするたびに、これまではいつも突き放されてきたので、かえって戸惑っているようだ。

「かまわない」

榊がうなずいてみせると、亜左美は照れ隠しのように鼻の下をこすってから、ゆっくりと立った。

31

　亜左美の交代人格。その出現を目《ま》のあたりにした榊は、広瀬由起に連絡をとろうと思った。けれども彼女の携帯電話は何度かけてもつながらなかった。そこで翌朝、病院の事務局へ電話して彼女の住まいを訊《き》いた。ちいさな町で暮らしていながら、同僚である彼女がどこに住んでいるのかも、榊はこれまで知らなかった。

　広瀬由起はS町の商店街のはずれにあるマンションの二階に部屋を借りていることが判った。降りはじめた雨の中、さっそく行ってみたが、やはり不在だった。

　三階建ての小ぢんまりとしたマンションで、一階はコンビニエンス・ストアだった。榊は傘をとじて店内に入り、カウンターの内側で暇そうに朝刊を読んでいた初老の男に管理人の所在を問うた。蛙《かえる》顔のその男は自分がマンションの家主であり管理人でもあると答え、広瀬由起はひと月前から留守にしたまま何の連絡もよこさないのだと、榊にぼやいた。つまり、岐戸医師の通夜と葬儀のために東京へ行ったきり、彼女は一度もここへ帰ってきていないようだった。家主にも居場所を知らせていなかった。

　カウンターをはさんで立ち話をしているところへ、店の奥から家主の妻も顔を出し、広瀬由起についてこんなことを語った。

「引っ越してきてから二年以上になるのに、あのひと、自分のまわりに垣根をこしらえてて、わたしらとも全然うちとけようとせんのよ。それに、なんかちょっと変なとこもあるし——いつだったか、屋上の温室でつくったトマトをおすそわけに持ってってあげたら、外で会うときと違って、妙におどおどしたふうで、変な感じだった」

……真由美だ。

と榊は思った。おそらく部屋の中で真由美になっていたところへ家主の妻が訪れたのだろう。

「どこに居るんだか知らんが、あのひと、帰ってくるんかねえ？」

家主の疑問に、榊もはっきりとは答えられず、あいまいに言葉を濁してそこを去った。

外へ出て傘をさし、すこし歩きかけたが、ふと振り返って二階のバルコニーを見あげた。一フロアに二戸ずつしか部屋がなく、ひだり側が広瀬由起の住まいだ。狭いバルコニーの柵《さく》型フェンスの奥にガラス戸が見える。中のカーテンがぴったり閉じられている。大きな赤いイチゴを散らした柄《がら》だ。そんなカーテンは広瀬由起の趣味とは思えない。真由美の好みだろうか。それとも、人前で外へ出ることを許されていないミクのために選んだ柄だろうか。

傘を傾けて見あげていると、細かな雨粒が顔にふりかかる。

雨降りにもかかわらず、バルコニーの物干し用ロープの端《と》に暗紺色の布が干されている。ふたつに折って掛けられ、ピンクのクリップで二カ所を留められたそれは、どうやら袴《はかま》のようだ。居合《いあい》の稽古《けいこ》のとき広瀬由起が身につけていたあの袴。干したまま取り込むのを忘れて出て行ったのだろう。

その袴をつけた彼女を初めて見た日のことが、脳裏によみがえった。

榊がS病院へきて最初の当直勤務が明けた早朝だった。職員食堂の前の自動販売機で缶コーヒーを買って飲んでいたとき、背後のスポーツ室で物音がし、扉をそっと開いて中へ入ってみると、広瀬由起がひとりで居合の稽古をしていたのだった。髪を後ろで結び、白い稽古着に、この暗紺の袴をつけていた。ひだりてを腰の黒鞘《くろざや》に添え、みぎては抜き身の日本刀を――模擬刀《もぎとう》だったが――にぎっていた。

〈勇ましい姿ですね〉

榊が言うと、彼女は刀を腰の鞘におさめてから、

〈おはようございます〉

と微笑を返したのだった。色白の肌がわずかに火照《ほて》り、ひたいにうっすらと汗をにじませていた。

二回めに見たときは、スポーツ室の床に坐《すわ》っていた。奇妙な坐り方だった。ひだり足は正坐、みぎ足は趺坐《あぐら》のような立て膝《ひざ》のような、半端な格好をしていた。

〈居合独特の坐り方なんです。座構え、というんです〉

と彼女は説明した。

〈坐りにくくないんですか?〉

榊が訊くと、

〈だって、らくな坐り方をしていたら、相手の動きにすぐ反応できなくて、斬《き》られてしまうでしょ?　居合っていうのは、要するに、片時も油断しないでいるっていう武術なんです〉

そう答えた。

多重人格という障害をかかえつつ、それを隠しながら生活し、仕事をしていた広瀬由起は、片時も油断することのできない人生を送っていたのかもしれない。岐戸医師の診療所からの帰

りみち、

〈異世界〉

という言葉を彼女は使った。

〈自分だけ別の世界に生きているような感じ。ふつうの世界とは別の法則でうごいている異世界。……だから、ときどきとても孤独な気分になります〉

そんな彼女の心の支えになっていたのが岐戸医師の存在だったのだろう。自分のすべてを知り、理解し、支援してくれている、この世で唯一の人物。かれの存在をつねに意識することで、日々の不安や緊張や鬱屈《うっくつ》を乗り切ってきたのだろう。

その岐戸医師の死は、広瀬由起にとって、榊が想像していた以上につらいことだったようだ。葬儀からひと月が経過しているのに、まだ仕事に復帰することができずにいるのを見ても、それが判る。

……いったいどこに居るのだろう。

バルコニーに干されたままの袴を見あげながら、榊は考えた。

〈臨床心理士の資格認定をうけてまもなく、彼女は父親を亡くしまして、以来、義母や弟との付き合いを絶《た》ってしまっているんです〉

と岐戸医師が言っていた。〈親しい友人もいなかったようだし、彼女が心をゆるしていた相手は、これまでは、わたしだけだったと思います〉

そして岐戸医師はあのとき、榊に対してこう付け加えたのだった。

〈できれば今後はあなたが彼女のよき相談相手になってやってくださると、安心して死ねるん

ですが〉

けれども広瀬由起は、岐戸医師の死によって落ち込んだ心を榊に支えてもらおうとは考えずに、独りで姿を隠してしまった。

岐戸医師の葬儀のあと、あちらこちらを旅行しているのだろうか。それともどこかに逗留《とうりゅう》しているのだろうか。国内だろうか、国外だろうか。

だが、そんな問いを独りで重ねていても答えなど出ない。いま榊に心当たりのある場所といえば、ただ一カ所しかなかった。岐戸医師の診療所だ。

かれはそこに電話をかけた。しかし、その番号はすでに不使用になっていた。主《あるじ》の居なくなった診療所は、むろん閉じられてしまっているはずだが、土地建物がどうなったのか、人手に渡ったのかどうかまでは、行ってみないことには判らない。——榊は行ってみることにした。

秋雨前線の影響で、東京近郊もやはり雨だった。

診療所の建物はまだそのまま存在しており、そぼ降る雨にひっそりと濡《ぬ》れていた。まわりの住宅にくらべて、敷地だけは広いが、だいぶ古びた質素な構えの建物。ふた月あまり前、広瀬由起に案内されて訪れたとき、診療所の玄関は閉じていて、角を曲がったところにある通用口から中へ入ったのだった。いまも表の玄関は閉ざされている。榊は通用口へまわった。

通用口の前に白いワゴンが駐《と》められていた。ワゴンはこちらに尻《しり》を向け、後部ドアが開いて上にあがり、大きな庇《ひさし》のようになって雨をはじいている。

通用口を入った奥に、診療所の玄関とは別の、私的な出入口としての和風の玄関があるが、引き戸を開けはなったその玄関から、ひとりの女が出てきた。女は黒いレザーキャップをかぶり、焦げ茶のトレーナーシャツにブルージーンズという姿で、ダンボール箱を胸に抱えていた。

榊は一瞬、広瀬由起かとおもった。ちょうどそんな背格好に見えたのだ。しかし、雨の中、ダンボール箱をワゴンへ運びながら帽子の下からちらりと榊のほうに目を向けたその女は、かれの見知らぬ顔だった。広瀬由起よりもすこし若そうだった。彼女はダンボール箱をワゴンの荷台に置いたあと、すぐにまた玄関へ引き返し、こんどは何か古風な卓上ランプのようなものを抱えて出てきた。運びながら、もういちど榊に視線を向けた。ランプを荷台に置き、ふりむいて、

「あの、何か？」

と問いかけてきた。開いた後部ドアを雨よけにして立っている。運送業者には見えない。

榊は傘の下で浅く会釈し、

「岐戸先生のお身内の方ですか？」

とたずねた。岐戸医師には既婚の娘がいることを彼は思い出していた。そして、予想したとおりの答えが返ってきた。

「ええ、娘ですけれど……どちらさま？」

きりっとした知的な目元が父親に似ているような気がするが、なにぶんにも榊が見た岐戸医師は末期癌《がん》で痩《や》せ衰えていたから、その面影を彼女に重ねるのは無理だろう。ただ、どちらさま、と顎《あご》をそらしぎみに問い返した口調には、少々冷ややかな雰囲気がある。

榊は名乗り、自分も精神科医であること、ふた月前に岐戸医師と面会したこと、岐戸医師の

訃報《ふほう》を聞いたことを話し、お悔やみの言葉を述べたあと、おもむろに広瀬由起の名前を出して、その所在を探しているのだと明かした。

広瀬由起の名前を聞いても相手がすぐには反応しなかったので、

「岐戸先生のお弟子さんなんですが」

と補足した。

「ええ、知っています。父の患者さんでもありました」その言い方がなにやら無愛想に聞こえる。「彼女、お通夜とお葬式に来てくれました。そのあと、しばらくここに泊まっていました」

「ここに滞在していたんですか？」

「そうさせてほしいっておっしゃるもんですから」

「しばらく、というのはどれくらいですか？」

「先週まで」

「先週までここに居たんですね？」

「ええ」

「そのあとどこへ行かれたか、ご存じなら教えていただけませんか。じつは、わたしはいま、ぜひとも広瀬さんの手助けを必要としていまして」

だが岐戸医師の娘は関心うすげな表情で、

「行き先は聞いてません」

とそっけなく答えた。

榊は落胆し、一礼して帰ろうとした。帰りかけて、非礼に気づき、後戻りした。

「お葬式に伺うことができなかったので、お仏壇にお線香をあげさせていただきたいのですが」

しかし、

「すみません、仏壇はないんです」

という言葉が返ってきた。「父は無宗教で、仏壇はいらないと遺言していたものですから」

「そうですか」

ふたたび去りかける榊の背に、

「あの」

と声がかかった。あまりにもそっけない応対をしたことに少し気が引けたのかもしれない。

「仏壇はないんですけど、遺影だけならありますので、もしそれでよろしかったら……」

「ええ、もちろん結構です。ご遺影に手を合わせて帰ります」

「じゃ、どうぞ。遺品の整理中で、ちょっと散らかってますけど」

榊は礼をいい、彼女に傘をさしかけて、いっしょに玄関へ向かった。

廊下のひだり側に例の板敷きの部屋。その横をきょうも素通りした。

〈わたし、ここで居合を習ったんです。岐戸先生は、わたしの居合の師匠でもあるんです〉

ふた月前はがらんとして何もなかったその板の間に、ダンボール箱が四つ置かれていた。

「いらない物と残しておきたい物の仕分けが、けっこう大変で」

言いながら岐戸医師の娘が榊を招じ入れたのは、前回通されたのと同じ応接室だった。けれども、以前に飾られていた山と樹林の描かれた油絵はすでに取り去られている。榊をそこへ通したあと、彼女はどこか別室から父親の遺影を抱えてきて、壁ぎわのサイドボードの上に立てかけた。

まだ衰弱する前に、あるいは罹病《りびょう》前に撮られた写真であろう、榊が会ったときとは別人のように頰《ほお》がゆたかで、なかなか滋味のある微笑をたたえている。

榊は立ったままそれにむかって合掌し、広瀬由起のショックを癒《い》やしてやれずにいること、彼女に頼られる存在にはなれずにいることを、心の中で詫《わ》びた。

手をおろしてふりむくと、岐戸医師の娘は黒いレザーキャップをぬぎ、すこし雨に濡れたそれを手の中でうごかしながら目を伏せ、

「お茶もお出しせずに申し訳ありません」

と榊の長居をのぞまないことを暗にしめした。

かれのほうも、故人をしのんで彼女と話しこむつもりは最初からなかった。

「いえ、こちらこそ、遺品整理でお忙しくなさっているところへ突然お邪魔して、失礼しました」

玄関へもどって靴をはいた榊は、しかし立ち去る前に、いちおう言付《ことづ》けをすることにした。

「もし広瀬由起さんから何か連絡が入るようなことがあったら、すみませんが、わたしに電話をするように伝えていただけませんか」

だが彼女の返事は、にべもなかった。

「わたしに連絡してくることは、たぶんないと思います。なぜかというと、わたし、あの人の

こと、あまりよくは思っていないし、あの人もそれを知っていますから。——だって、彼女のせいで、うちの両親、別れてしまったんです」

そのことは、広瀬由起自身の口からも聞いている。

〈わたし、一時期、岐戸先生にしがみついてしまったんです。先生が奥様と離婚なさったのは、わたしのせいなんです〉

面接日以外にもひんぱんに電話をかけたり、休診日に押しかけたり、フラッシュバックでの錯乱をよそおって夜中に呼び出したりして、岐戸医師の私生活を引っ掻《か》き回したのだと打ち明けた。

〈当時の岐戸先生は、まだＤＩＤの治療に慣れていらっしゃらなくて、しかも、根があの通りの優しい先生ですから、懸命にわたしをケアしようとなさったんです。そんなふたりの関係が、奥様の目には、あまりにも常軌を逸しているように見えたんだと思います〉

何度も夫婦間に諍《いさか》いが起きたが、岐戸医師は広瀬由起を突き放すことができず、とうとう家庭の崩壊に至ったということだった。

〈……あのときのこと、わたし、とても反省しているんです〉

「じゃあ、いまも彼女を憎んでらっしゃるんですか？」

「ええ」

「それなのに、彼女がここに滞在することをお許しになったんですか？」

するとと岐戸医師の娘は頬に片手をあててうつむき、

「憎んでいるけれど、でも、気の毒な女性だという気持ちもあるんです」

とつぶやいた。「あの人の病気について、わたしはあんまり詳しいことは知りませんが、とにかく本人がいちばんつらいんだろうな、とは思っています。つまり、憎しみが半分、同情が半分、といったところかしら」

「なるほど」

と榊も低くうなずいた。「複雑な思いがあるでしょうね」

「父が亡くなって、彼女なんだかとても心細くなっている様子だったので、わたしもあまり邪険にしづらくて、しばらくここに居ることをオーケーしたんです。――あんなふうで大丈夫なのかしら。この先、ちゃんとやっていけるのかしら」

「やっていけるように、岐戸先生に代わってわたしが支えようと思っているんですが……」

言って、黒い陶製の傘立て壺《つぼ》から自分の傘を引き抜いた榊に、しかし岐戸医師の娘は冷笑的《シニカル》な言葉を口にした。

「でも彼女と父との関係は特別な感じだったから、ほかの人が代わりをするのは無理じゃないかしら」

「……」榊は何も言えずに、一礼して外へ出、傘をひらいた。

通用口を出てワゴンのそばを通り、曲がり角で、いったん振り返った。

岐戸医師の娘が通用口から顔を出して見送っていた。黒いレザーキャップが雨で濡れひかっている。

角を曲がる前に榊がもういちど会釈をすると、彼女は答礼の代わりに、なぜか手招きをした。立ち止まっていぶかる榊のほうへ、彼女は自分から小走りに寄ってきて、こう言った。

「じつはわたし、彼女のあたらしい携帯電話の番号、知ってるんです」

どうしてそれを隠していたのかを榊が問う前に、

「彼女に口止めされていたもんですから」

と釈明した。

「なぜ教えてくださる気になったんですか？」榊は一歩寄って彼女を傘の下に入れながら訊いた。

「そのほうがいいような気がして……」榊から目をそらし、そばの板塀にしぶく雨を見つめて答えた。「父がそうしろと言っているような気がして」

「はい、もしもし」と小声の応答があった。

「もしもし、広瀬さん？」

「……はい」

「ぼくです、榊です」

「あ、榊先生。あの、こんにちは」すこし驚いているようだ。

「どうしているのかと心配していました。いま、どちらですか？」

「え、あ、旅先です」

「どこへ旅行しているんですか？」

榊はさっきの応接室へもどり、そこのソファに坐って自分の携帯電話からかけていた。岐戸医師の娘はかれに番号を教えたあと席を外してくれている。

「あの、北陸のほうへ……」

「北陸？」ほんとうかどうかは判らない。

「ええ。——元気にしていますから、どうかご心配なさらないでください」

「しかし、お顔を見るまでは、やはり心配です。病院へは、いつごろ戻ってくる予定ですか？」

「それはまだ、ちょっと……」

「未定ですか」

ひと月ぶりに声を聞いて、榊はひとまず安堵《あんど》したが、それと同時にいくぶん上がりぎみの自分を感じた。なぜ上がるのかが不思議だった。電話で女の声を聞いて上がることなど、高校生のころ以来だ。広瀬由起の不安と狼狽《ろうばい》の気配が、こちらに反射しているのかもしれない、と思いながら、しずかに話しかけた。

「岐戸先生が亡くなったこと、よほどこたえたみたいですね」

「ええ……」

「まだ元気はもどりませんか？」

「ええ、なんだか、わたし……」

言ったきり沈黙してしまった。かすかな息づかいが、すこしふるえて聞こえた。

「ま、そんなに簡単には元気はもどらないかな。しかし、いつまでもクヨクヨするのはあなたらしくない。以前のように、颯爽《さっそう》として、ぼくをやりこめてくれなくては」

「……」ふるえる息づかいだけが聞こえる。

榊は、亜左美のことを報告しなければと思った。

「ところで、ひとつニュースがあるんです。あなたの目はやはり正しかった。じつは、あの亜左美という少女が――」

その声にかぶせるようにして、電話機から子供の声が聞こえた。

「せんせえ、サカキせんせえ」

「……え」

「せんせえ、ミクだよ。せんせえ、ユキねえさんをたすけて」

「……」

「ユキねえさん、ずっとないてばっかりいるよ。キドせんせえがしんだからだよ。ミク、どうしたらいいのかな。ミクもかなしい。せんせえ、サカキせんせえ、ユキねえさんをたすけて」

榊は携帯電話を持ち替え、自分の意識を切り替えてから、ゆっくりと広瀬由起に語りかけた。

「……ミクちゃん」

「なあに」

「だいじょうぶだ。……安心しなさい」

「あんしん？」

「うむ、先生は、由起ねえさんの力になるよ。由起ねえさんを助けるよ」

「ほんと？」

「ほんとうだよ。由起ねえさんのことも、真由美さんのことも、それからもちろんミクちゃんのことも、先生がちゃんと見守ってゆくよ。岐戸先生と同じにできるかどうかは判らないけど、でもね、せいいっぱい力になるつもりだよ」

「ユキねえさんをたすけてくれる？」

「助けるよ」

「ミクとあそんでくれる？」

「遊んであげるとも」

「ほんとに？」

「嘘なんか言わないよ。だからね、ミクちゃん、由起ねえさんに伝えてくれるかな。榊先生のいる病院へ早くもどろうって言ってくれるかな」

「うん、いう」

「由起ねえさんに、元気出すようにって、ミクちゃんから言ってくれるね？」

「うん」

遠くのどこかで、ひとり携帯電話をにぎりしめて幼女のようにコックリうなずいている広瀬由起の孤独な姿が、榊の脳裏にうかんだ。

「榊先生が待ってるよって言うんだよ」

「うん」

「榊先生が助けてくれるって言うんだよ」

「……」

「ミクちゃん、聞いてるかい？」

「……」

返事がなくなった。電話はまだ切れていない。

「もしもし、ミクちゃん」

もういちど呼びかけたとき、

「あの、榊先生ですね？」

と聞きなれない声が、しずかに返ってきた。

「誰？」

「初めまして。ぼくは聡《さとし》と言います。岐戸先生から名前は聞いてらっしゃると思いますが、こうして榊先生とお話しするのは、いまが初めてです」

榊は、また急いで意識を切り替えた。

「……ああ、うむ、知っています、きみのことは知っている」

交代人格のすべてをつねに見守り、岐戸医師にたいして助言もしたという、不思議な男性人格。

北米ではそういう人格を、ＩＳＨ──内部にいる自己助力者《インターナル・セルフ・ヘルパー》、と呼んでおり、聡はまさしくそれなのだ、と岐戸医師は言っていた。

「榊先生」

と聡は、どこか中性的な声音で冷静に語りかけてくる。「先生はいま、ミクを通じていろいろ約束しておられましたが、でも、ああいう約束は、彼女たちの依存感情をあおることになって、あまりいい結果を生まないんじゃないかと、ぼくはちょっと心配になりました」

　まるで第三者のような超然とした物言いに榊は面食らい、一瞬、言葉につまったが、

「しかし——」

　と、かろうじて応じた。「あるていどの依存はかまわない、と岐戸先生は言っておられたが」

　多重人格の治療においては、患者が医師にたいして依存感情を持つのはやむをえない、むしろ、あるていどは必要なことだと岐戸医師は言っていた。依存感情を持つのは、それだけ信頼を寄せているということなのだから、と。

「でも榊先生」聡が語りかける。「あるていど、とはどこまでのことを指《さ》すのか、先生にはおわかりなんでしょうか。彼女たちは、ほどほどのところで自制するなんていう器用なことは、あまり得意じゃないんです。岐戸先生とのあいだでもいろいろあって、何年もかかってやっと適度な距離をたもてるところにまで漕《こ》ぎつけたんです。その状態でようやく気持ちが落ち着きかけたと思ったら、岐戸先生は亡くなってしまわれた。榊先生はご自分があとを引き継《つ》ぐようなことをミクにおっしゃったけれど、そんなに簡単に岐戸先生の代役はできないと思います。岐戸先生とのあいだで出来あがった微妙な関係とか、微妙な距離は、すぐには引き継げないだろうと思います」

「うむ、そうかもしれない」榊もそれを否定する気はなかった。「すぐには無理だろう。けれどね、できるだけ努力はしてみるつもりでいるんだ」

「岐戸先生のお葬式のあと——」と聡が明かした。「由起は何度も榊先生に電話をしようとし

ていました。でも、途中でやっぱりやめていました。電話をかけようとして、やめるんです。毎日それを繰り返していました。由起は先生にご迷惑をかけたくないんです。先生にしがみついてご迷惑をおかけするのが怖いんです。岐戸先生とのあいだで起きたのと同じようなことを再演してしまうんじゃないかと考えて、とても臆病《おくびょう》になっているんです」

そうだったのか、と思いながら榊は黙って聞いていた。

そんな逡巡《しゅんじゅん》の中で、彼女はこのひと月を過ごしていたのか。

「榊先生。もし、そうなった場合、先生はどうなさいますか？　閉口してお逃げになりますか？　彼女たちを見捨てますか？」

「……いや、そんなことはしない」

「ほんとうですか？　口先だけの安易な約束は、かえって罪つくりですよ」

「口先で言っているんじゃない」

「でも、大変ですよ。岐戸先生はそのことおっしゃいませんでしたか？」

「……おっしゃっていた」

〈境界例患者を診《み》るのはじつに厄介《やっかい》ですが、しかしね、多重人格の治療は、それ以上に大変です。疲労困憊《こんぱい》してしまいます。精神的にも肉体的にもヘトヘトになります〉

「その大変さを引き受ける覚悟が、ほんとうにおありなんですか？」

「そのつもりだ」

「でも、雨の中で傘をさしかけるのとは訳《わけ》がちがいますよ。先生ご自身がずぶ濡れになるかもしれませんよ」

「わかっている」

言ったあと榊は不意に、もしや……という思いが頭をかすめ、ソファから立ちあがった。

携帯電話を耳にあてたまま、ドアをひらいて廊下へ出ようとした。ドアの外に岐戸医師の娘が立っていた。榊の声を立ち聞きしていたようだ。

彼女を無視して、榊は廊下の奥へ向かった。勝手に進む彼のあとから、岐戸医師の娘が少しうろたえた様子でついてくる。

さっき榊が彼女に傘をさしかけたのを、どこからか広瀬由起が見ていたのではないかと彼は疑っていた。

電話からは聡の声がつづいている。

「ちょっと傘をさしかけるつもりが、嵐になって、すっかり嫌気《いやけ》がさして、彼女たちを見捨てるようなことはなさいませんか？　そんなことになるくらいなら、初めから彼女たちに関わらないでいてやってほしいんです。ほっといてやってほしいんです」

二階への階段があった。

それを昇ろうとする榊の腕を岐戸医師の娘がつかんで引き止め、無言で廊下の奥を向いてみせた。折れ曲がったその廊下の先には診療室があるはずだった。

「頼るものを失ったショックが、思っていたよりもずっと大きかったので、彼女たちはすっかり怯《おび》えているんです。このショックがまた繰り返されるのを怖れているんです」

診療室のドアの前に榊は立った。

もう携帯電話を耳にあてる必要はなかった。ドア越しに、聡の声が聞こえていた。

「とくに由起がそうなんです。由起は、自分を理解してくれる相手を見つけても、その相手がまた自分を置いて消えてしまうんじゃないかと悲観的になっているんです。もう誰にも理解なんかされなくてもいい、と思いはじめているんです」

榊が見返ると、岐戸医師の娘も黙って彼の目を見つめ、それからゆっくりと背を向けて廊下を引き返していった。

「ですから榊先生、途中で面倒になって由起たちをほうりだすくらいなら、もう彼女たちのことは忘れてください。お互いにとって、そのほうがいいと、ぼくは思うんです」

榊はドアのノブをつかみ、自分自身を励ますように息を一つ吸ってから、そっとひらいた。

広瀬由起がふりむいた。

診療室の中は、まだ以前のままだった。広瀬由起は岐戸医師のアームチェアに坐っていた。雨空の仄《ほの》かな外光が、デスクの背後の窓から漏れ入り、枯れ葉色のカーディガンを羽織った彼女の姿を淡く浮きあがらせている。

おどろいて榊を見つめていた広瀬由起は、携帯電話を床に取り落として椅子から立ちあがり、両手で頭を抱えた。――やがてその手をゆっくりとおろして再び榊のほうを見た。聡から由起にもどったことが榊にも判った。

榊が歩み寄って肩に手をまわそうとすると、それをのがれて身を遠ざけようとした。かれは手をつかんで、やや強引に引き寄せた。

榊の腕の中で身を硬くしてうつむいている広瀬由起を、かれは何も言わずに抱きつづけた。彼女の体がしだいにほぐれ、疲れきったような深い吐息とともに榊の肩に頬をあずけてきた。

解説

ここ4、5年、出版界ではトラウマもの、多重人格ものが相次いで出版され、サイコ系として一定のジャンルを占めるようになっている。職業柄それらの本を時々書店でぱらぱらとめくってみるのだが、どれもが現実にカウンセラーの仕事をしている私からはほとんどリアリティーが感じられない。つまり、嘘っぽいのだ。妙におどろおどろしかったり、妙に主人公がかわいそう過ぎたり、いかにも臨床の現実を知らない作者がネット上の手記から引用したような、興味本位で飛びつきそうな内容になっている。

そういった先入観を持って本書を読み始めたのだが、見事に予想は裏切られた。「ひょっとしてこの作者はひそかに我々の業界に潜入していたのではないか」と疑ってしまったほどだ。それくらい精神医療の現実がたんねんに調べ上げられている。私もその一員である臨床心理士と精神科医との微妙な関係が、実に納得のいく描写で浮かび上がっている。精神病院に勤務経験のある身としては「そうそう、よくわかってくれたわね」と何度も著者に言いたくなった。患者さんをめぐる意見の相違、独特の権威構造の解説書としても一流だろう。

物語としては精神医療と博物館の真贋《しんがん》をめぐる謎とが交互に語られていくのだが、私は精神医療の部分だけ独立させても十分に読み応《ごた》えがあるのではないかと思った。読者の多くは、精神科医とは全員精神分析ができて、やさしく話を聞いてくれるだろうと思っているだろう。そんな幻想も本書では見事に打ち砕かれている。主人公は精神分析に対する反感に満ちている。「あんなもの文学だ」と。まして多重人格などという捏造《ねつぞう》と偽記憶の疑いに満ちた存在は歯牙《しが》にもかけない。自らの診断である境界例（ボーダーライン）に即して必死に治療に取り組む姿は、医師として実に誠実である。

そんな主人公がどのようにして多重人格の存在を認めるようになるのか。それが本書の最大の山場である。離婚のきっかけとなった過去の担当患者、そして現在の担当患者である少女、それと、臨床心理士の3人の女性との関係が幾重にも重なって、ひとつの必然としていくつかの人格を一人の女性に認めるに至るのだ。それは感動的ですらある。

私自身もカウンセリングで多重人格のひとに出会った経験がある。それは自分の感覚を一瞬疑うような衝撃だった。でも、目の前に存在しているこのひとの現実を信じる勇気を持とうと思った。そのことが本書を読んでありありと思い出された。

精神医療を、そして多重人格を描くということは、キワモノになる危険性を十分自覚していなければならないだろう。その一線を守ることは実に困難だとおもう。著者はそのことを知悉《ちしつ》しているようだ。私にとって本書がリアルである理由は、巻末に列挙された膨大な資料を見たとき納得がいった。もし「本格的サイコ小説」という表現が許されるなら、まっさきに本書を挙げたいと思う。

信田さよ子（カウンセラー／原宿カウンセリングセンター所長）

〈参考文献〉

『精神分裂病──臨床と病理 1』松本雅彦編 1998年 人文書院
『私の分裂病観』中澤洋一編 1995年 金剛出版
『分裂病への理解と治療』人見一彦 1993年 金原出版
『今日の分裂病治療』島薗安雄・藤縄昭編 1990年 金剛出版
『分裂病者の行動特性』昼田源四郎 1989年 金剛出版
『分裂病の精神病理 15』高橋俊彦編 1986年 東京大学出版会
『破瓜病の精神病理をめざして』小出浩之 1984年 金剛出版
『精神分裂病と気分障害の治療手順──薬物療法のアルゴリズム』精神科薬物療法研究会編 佐藤光源・樋口輝彦・山脇成人責任編集 1998年 星和書店
「青年期境界例」成田善弘 1987年(『精神科治療学』選定論文集 星和書店)
「強迫症状を伴う境界パーソナリティ障害──治療的観点からの接近」満岡義敬 1987年(同右)
「退行を転機に治療関係が進展した境界例患者の1症例」横井公一・宮田明 1987年(同右)
「境界例のデイケア」浅野弘毅・望月美知子・杉博 1987年(同右)
「境界パーソナリティ障害と抑うつ」守屋直樹 1987年(同右)
「境界例の初期診断と対応」皆川邦直 1990年(同右)

「境界人格障害の初期治療」市橋秀夫　1991年（同右）
「米国における境界性格障害の概念の動向――外傷説を含む視点から」岡野憲一郎　1993年（同右）
「心的外傷と心的現実――観察者の心的現実をめぐって」丸田俊彦　1995年（同右）
「外傷性精神障害のスペクトラム」岡野憲一郎　1995年（同右）
「多重人格性障害の診断について」安克昌・金田弘幸　1995年（同右）
「解離・多重人格のメカニズム」西岡和郎・笠原嘉　1995年（同右）
「『多重人格』の歴史的・文献的考察」関根義夫　1997年（同右）
「解離性同一性障害の成因――解離と心的外傷」安克昌　1997年（同右）
「多重人格と家族機能」斎藤学　1997年（同右）
「スプリッティングと多重人格」岡野憲一郎　1997年（同右）
「多重人格の治療戦略――多重人格の催眠療法」高石昇　1997年（同右）
「多重人格の長期予後」金田弘幸　1997年（同右）
「わが国における多重人格――その病理と治療」（座談会）安克昌・市橋秀夫・江口重幸・中安信夫・山口直彦　1997年（同右）
「解離性同一性障害と分裂病様症状」田中究　1997年（同右）
「多重人格障害の治療のストラテジー――役割理論を用いて」磯田雄二郎　1997年（同右）
「多重人格に関する懐疑論」中谷陽二　1997年（同右）

「解離性同一性障害は究極の解離性障害か？——新解離性連続体仮説の提言」梅末正裕・坂本仁美　1997年（同右）
『記憶を書きかえる——多重人格と心のメカニズム』イアン・ハッキング　北沢格訳　1998年　早川書房
『多重人格者の真実』服部雄一　1998年　講談社
『わたしの中にいる他人たち——多重人格は本当に存在するのか』町沢静夫　1999年　創樹社
『踏みにじられた魂——私は多重人格だった』ジョーン・フランシス・ケイシー　竹内和世訳　1994年　白揚社
『心的外傷と回復』ジュディス・L・ハーマン　中井久夫訳　1996年　みすず書房
『臨床心理学』坂野雄二・菅野純・佐藤正二・佐藤容子　1996年（ベーシック現代心理学8）有斐閣
『臨床心理学の原点——心理療法とアセスメントを考える』村瀬孝雄　1995年（自己の臨床心理学1）誠信書房
『新版　臨床心理学概説』田中富士夫編著　1996年　北樹出版
『看護のための臨床医学大系16——精神医学』天羽敬祐・石原昭・三川宏編集　1983年　情報開発研究所
『狂気と正気のさじ加減——これでいいのか精神科医療』シドニー・ウォーカーIII　冬樹純子訳

１９９９年　共立出版
『精神病院を語る　千葉病院・三枚橋病院の経験から』仙波恒雄・石川信義　１９８３年　星和書店
『精神病院の話――この国に生れたるの不幸①』大熊一夫　１９８７年　晩聲社
『フロイト』懸田克躬責任編集　１９６６年（世界の名著49）中央公論社
『夢と構造――フロイトからラカンへの隠された道』新宮一成　１９８８年　弘文堂
『ラカン　鏡像段階』福原泰平　１９９８年（現代思想の冒険者たち13）講談社
「精神分析――フロイトの可能性の中心はどこにあるのか」村井翔　１９９９年（別冊宝島編集部編『わかりたいあなたのための心理学・入門』宝島社文庫）
『東京国立博物館百年史』東京国立博物館編　１９７３年　第一法規出版
『博物館学事典』倉田公裕監修　１９９６年　東京堂出版

〈引用文献〉

『ラカンの精神分析』新宮一成　１９９５年　講談社現代新書（82頁・186〜187頁）↓（本作品105〜106頁）
『ガリヴァー旅行記』スウィフト　平井正穂訳・解説　１９８０年　岩波文庫（219〜220頁・227〜228頁・415頁）↓（本作品81〜84頁）

付言

二〇〇二年八月、日本精神神経学会は、これまで永く使われてきた「精神分裂病」という病名を、今後は「統合失調症」という名に変更することを決めました。けれども、本作品が書かれた時期、および背景となっている時代は、二〇〇〇年以前です。それゆえ、文庫化に際しても、当時は存在しなかった病名への書き換えはおこなわず、あえて旧称のままで通しています。かつての病名そのものが患者や家族にあたえた不安感・恐怖感・苦痛について、本作品のなかで触れているからでもあります。

多島斗志之

この作品は、二〇〇〇年十月、小社より刊行された単行本を文庫化したものです。

症例《しょうれい》A

多島斗志之《たじまとしゆき》

角川文庫 12804

平成十五年一月二十五日 初版発行
平成十八年五月三十日 十六版発行
発行者——井上伸一郎
発行所——株式会社角川書店
東京都千代田区富士見二—十三—三
電話 編集(〇三)三二三八—八五五五
営業(〇三)三二三八—八五二一
〒一〇二—八一七七
振替〇〇一三〇—九—一九五二〇八
印刷所——暁印刷 製本所——本間製本
装幀者——杉浦康平

た 45-1　ISBN4-04-369001-0　C0193